魯迅
自覚なき実存

山田敬三

大修館書店

魯迅　50歳の誕生日（1930年9月）

[魯迅を取り巻く人々]

周作人

朱安

魯瑞

藤野厳九郎

魯迅（1933 年 5 月）

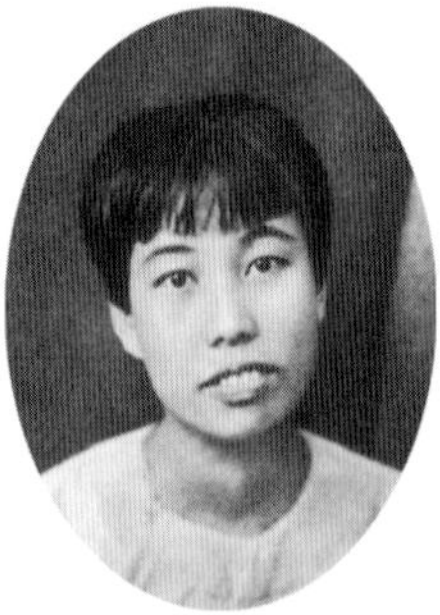
許広平

胡風

孫文

梁啓超

魯迅　自覚なき実存　目次

目次

表紙版画：ケーテ・コルヴィッツ作『犠牲』

魯迅　自覚なき実存

序説　魯迅（一八八一―一九三六）小伝

一　近代文学への出発

中華民国時代の作家、評論家、文学史研究者、翻訳家。浙江《せっこう》省紹興《しょうこう》出身。本名は周樹人《しゅうじゅじん》、字《あざな》（呼び名）は豫才《よさい》。[1] 文筆活動では百以上のペンネームを使った。[2]「魯迅」は、一九一八年に口語小説「狂人日記」を発表した時に初めて使用した筆名である。母方の姓である「魯」と、日本留学時代に使用した筆名の一つ「迅行」の「迅」を組み合わせ、魯鈍にして迅速というユーモラスなペンネームに仕立て上げたのである。

清朝末期に生まれ、二百六十余年にわたる王朝の崩壊に直面した魯迅は、政権の交代劇とともに、中国文化の根源にかかわる価値観の変動を体験した。旧家の長男であった彼は、科挙（高級官吏登用試験）への登第によって一家の期待に応えるはずであったが、その科挙にかかわる事件で祖父が下獄した後、旧来の読書人家庭の子弟とはまったく異なる道程を歩むことになる。

一八九八年、魯迅は南京の江南水師学堂機関科に入学した。そして半年後には、江南陸師学堂附設鉱務鉄路学堂に転校する。いずれも、富国強兵政策のために、清朝政権が設置した「新式」の「兵隊学校」であり、伝統的な学問体系からみれば、そこでの勉学は異端であった。しかし、ここで初めて、魯迅は進化論を初めとする西欧の学問体系の一端をかいまみることになる。と同時に、日本の明治維新にならって中国を近代化しようとする「維新派」の運動理論をも知り、社会改革に向けて目を開かれた。

卒業後、彼は官費留学生として日本に派遣され、当初は成城学校へ入って軍事を学ぶはずであったが入学を拒否され、ひとまず清朝留学生のために設置された弘文学院に在籍した。このころ、東京の留学生社会は「維新派」や、清朝政権の打倒を目指す「革命派」の根拠地であり、彼もそうした風潮から無縁でいることはできなかった。おりしも、本国での改革に失敗して日本で亡命生活を送っていた梁啓超《りょうけいちょう》の提唱する「小説界革命」の論理に、魯迅は共鳴し、文筆による啓蒙活動に取り組むこととなる。こうして、魯迅の文筆活動は留学時代（一九〇二―〇九）に始まる。

だが、本格的に文学を志したのは仙台医学専門学校退学（一九〇六年）以後のことである。この当時の彼はバイロンを初めとする西欧近代のロマンティシズムに傾倒し、そのかたわらニーチェの思想を自己流にとりこんで中国人の「国民性改造」の手がかりを模索した。文学雑誌『新生』の発刊に失敗したり、ヨーロッパ弱小民族の文学作品の翻訳集『域外小説集』の出版に挫折したりしながら日本での留学生活を終え、帰国後は教員生活の合間に中国小説史の材料を収集した。一九一一年、辛亥革命によって清朝政権が倒れ、翌一二年に中華民国が誕生すると、その教育部（日本の文部科学省に相当）に入って社会教育行政に従事しつつ碑文や金石文字、画像の拓本等の研究を行なったが、言文一致を唱える文学革命（一七年）に呼応して「狂人日記」を発表（一八年）して以後、本格的な創作活動に踏み込み、近代中国の代表的な文学者となった。また、その『中国小説史略』は中国文学研究史上の画期的な業績となる。

このような創作や文学史研究の一方で、彼は多くの翻訳をてがけており、今日残されている文筆活動の一半は翻訳であって、しかもその大部分は日本語文献からの重訳である。日本での留学生活を通して魯迅が吸収した近代西欧文化の中国への移入に、彼がいかに熱心であったかを物語る事実である。ただし、翻訳の対象として魯迅が選択した作品の系列はきわめて個性的であり、そのときどきの彼の価値観を反映している。

すなわち、それらはある時には進化論であり、自己流に解釈したニーチェイズムであり、またある時にはロマンティシズムであったり、マルキシズムであるようにも見えるが、要するにその根底には、列強の侵略の前で滅亡の危機に瀕した中国をいかに救うかという発想が常に介在していた。それらは一見無定見にも思えるが、むしろその態度の実存主義的であることに特徴があった。そして、彼自身が「雑文」と称する独特の鋭い社会批評のなかに、その傾きはいっそう顕著である。

二六年八月、北京を離れて廈門《アモイ》大学教授となったが、翌年一月、後に夫人となる許広平がいた広東に赴いて中山大学教授に就任。まもなく国民党による四・一二クーデターによって多数の学生が犠牲となったことに抗議して辞職し、二七年十月、許広平とともに上海へ移住、革命文学論争や国防文学論争を初めとする多くの論戦で、革新陣営内部のセクト的な傾向に対しても妥協のない論陣を張った。また、版画の普及に尽力し、中国版画史上に大きな足跡を残した。

二　中国における魯迅の位置

中国共産党初期の指導者で、すぐれた文芸批評家でもあった瞿秋白《くしゅうはく》は、自ら編集した『魯迅雑感選集』（一九三三年）の「序言」で、魯迅は「進化論から、最終的に階級論へと到達し、進取的に解放をかちとる個性主義から戦闘的に世界を改造する集団主義へと進んだ」と記述し、魯迅が最終的にマルクス主義に到達したと論定した。毛沢東も『新民主主義論』（四〇年）の中で、魯迅を「中国文化革命の主将であり、彼は偉大な文学者であっただけではなく、偉大な思想家であり、偉大な革命家であった」と称讃して、そのような観点を補強したけれども、魯迅の思想は必ずしもそれほど明確に割り切って把握できる体系をもたない。

瞿秋白にやや遅れて全面的な魯迅論を展開した李長之《りちょうし》は、むしろ魯迅を思想家と見ることに否定的で、彼はその『魯迅批判』（三五年）のなかで、魯迅には「深遠な哲学的思索の能力はなく、その心底にあるものは、けっして幽遠な問題ではなかった」と評定し、魯迅は「戦士」であり「詩人」ではあるが、およそ思想家には遠く、「基本的には虚無主義者」であると断定した。

日本では竹内好の『魯迅』（四一年）が李長之のこの観点を肯定しつつ、やはり魯迅は「思想家」ではないという。竹内にとって、魯迅は「何よりも文学者であった。彼は啓蒙者であり、学者であり、政治家であるが、彼は文学者であることによって、つまりそれらを棄てたことによって、現れとしてそれらであった」という。では、竹内のいう「文学者」とは何か。竹内によれば、それは「他物を支えにしていない」ということである。

ここで注意しなければならないのは、魯迅に影響を与えたものと、魯迅がそこから得たものとの間には常になにほどかの距離がある、という事実である。若き日の魯迅は確かにニーチェに傾倒した。中国を変革し、中国人の魂を改造することのできる「精神界の戦士」が、その超人思想によって出現することを念願したのである。だが、ニーチェの説く超人と魯迅のいう「精神界の戦士」とは似て非なるものであった。

ニーチェには、ぬきがたい民衆蔑視の思想があった。ツァラトゥストラとは、もともと人間の不平等を前提として想定された超人像である。ニーチェはいうのである、「また、人間は平等となるべきでもない！　もしわたしがかく語らないとしたら、わたしの超人への愛はいったい何であろう？」と。そして人間とは、「動物と超人の間に張られた一本の綱」でしかなかった。人間を超克するものだけが、よく彼の英雄たり得たのである。

魯迅の民衆像にも、彼と重なり合う面がなかったわけではない。魯迅はこのとき「自分が腕を振って一呼すれば、人は必ずなびきよって来る」と考えていた。腕を振るものはバイロンの如き「精神界の戦士」であり、この際の「人」とは、目ざめたエリートであって「衆」ではない。このような魯迅にとっての「衆」とは、単に救済を待つパッシヴな存在でしかなかった。だがそれにしても、そうした民衆の解放こそが、魯迅のやむにやまれぬ出発点であった。既成の権威に対する反逆は、そのために必要とされたのである。そもそもの前提において、彼らは動機を異にしていたのだ。

また、魯迅は梁啓超の「小説界革命」に共鳴して、自らの営為を文筆活動に投じた。しかし、梁啓超のめざす社会と魯迅の理念とは明らかに異なっていた。梁がその師である康有為《こうゆうい》の教えを脱しきれず、ついに保皇派の立場(立憲君主制)を踏み出すことができなかったのに対して、魯迅はそれとは明らかに対立する種族革命を志向した。しかも、その文学観もほどなく「小説界革命」の功利主義を批判する方向に転じさえしたのであった。

マルクス主義に移行したといわれる晩年にも、妥協のない激しい論争によって上海の中国共産党グループを悩ましたのは、ほかならぬ魯迅であった。このような魯迅の思想的立場を指して、魯迅は終生変わらなかった、と仮定したのは先述の竹内好であり、魯迅はついに思想家ではない、といいきったのは李長之であった。そして、竹内も李も、ともに魯迅がいつの場合も現実に即して自らの立場を主体的に選びとっていく人であったことを等しく認めている。ただし、このような魯迅像を結ぶことは、毛沢東以後の中国文化界では長い間タブーであった。

とりわけ、六六年に始まる文化大革命の中で魯迅は神格化されたが、八〇年代に入ると、そのような枠組みにとらわれない研究や評価が現れるようになった。なかには、魯迅独特の評論文として知られる「雑文」の存在意義や歴史小説集『故事新編』の芸術的価値を否定する見解まで出現した。また「これまでの魯迅研究はその肩に、党と国家のイデオロギー規範という重荷を担っていた」という汪暉《おうき》の指摘は、(3)魯迅研究は「まず魯迅へ帰れ」という王富仁《おうふじん》らによる当然の主張とともに多くの共感を呼び、従来の研究法に対する全面的な批判も現われるようになった。

三　実存主義的思考

魯迅は常に既成の羅針盤に身を託して航海することを拒否した。意識的にそうしたというよりは、かれの現実に対処する姿勢のなかに、おのずからそうならざるを得ない何かがあったというべきであろう。つまり、おしきせの価値世界に身を寄せることができなかったのである。魯迅はその一生を通じて、永遠の旅人であった。この旅人にはみずからの存在を未来に向かって主体的に投企する道が残されているにすぎない。

魯迅は対を絶した自由者であったが、しかし自由者であることによって、指標なき投企者の担わねばならぬ重荷を背負っていた。彼はすべてをみずからの手で選びとり、その手で創り出さねばならない。彼のためにあらかじめ用意された安息の場は、もともとどこにも存在しなかったからである。このような魯迅の態度はきわめて実存主義的であるといえよう。

ものごとを、あらかじめ設定された本質論の枠から規定して判断することは、魯迅の気質にそぐわぬものであった。彼は常にあらゆるものを懐疑した。既成の価値のなかに安住することができなかったのである。しかし、だからといって意識的に希望を排除したり、虚無に身をゆだねることもなかった。彼が散文詩「希望」で引用したペティフィ・サンドールの一句はまさしくそのような彼の心境の発露であった。

「絶望の虚妄なるはまさに希望と相同じい。」——絶望なんて虚妄なんだ、希望がそうであるように。彼はどのようなイデオロギーの流派にも身売りせず、言葉によって表現されたものを唯一絶対の真理とは認めず、自己の思想の支配者となることに徹した。環境が与えることのできないものを、自力によって構築しようと努めたのである。彼自身は実存主義という用語には無縁であったが、その態度はまさしく実存主義者のそれであった。

口語小説「狂人日記」(一九一八年)によって中国近代文学の道を切り開いた魯迅は、その自由で主体的な生きざまによって、同時に近代中国最初の実存主義者になったといえよう。だが、李長之もいうように、彼は詩人であり、戦士ではあっても、しょせん思想家ではなかった。イデオロギーの体系をもたず、思想家でないことはしかし、けっして文学者魯迅の価値をおとしめるものではない。自覚なき実存主義者としての彼の生涯は、絶対的な価値観を喪失した今日の世界にこそ見直される蓋然性をもつ。

創作集には、初期の小説を集めた『吶喊《とっかん》』（二三年）および『彷徨《ほうこう》』（二六年）、散文詩集『野草』（二七年）、回想体の小説集『朝花夕拾』（二八年）ならびに歴史小説集『故事新編』（三六年）がある。『熱風』を初めとして、生前に刊行された十六種の評論集には、後に魯迅自身が「雑感」あるいは「雑文」と称する鋭利な筆致の文章が収録され、その多くは時局批判や論争にかかわる。そのうち第五評論集の『墳』（二七年）には、日本留学時代の魯迅の思想と文学観を見る上で重要な論文「文化偏至論」「摩羅詩力説」などが収められている。

また、主として日本語から重訳された三十三冊の翻訳集があり、その時々に彼が必要と認めた国外の思潮を中国に導入した。

第一章　「読書人」への訣別

一　王朝崩壊の前夜

のちに魯迅という筆名で知られるようになった周樹人が生まれたのは、中国最後の王朝――大《だい》清《しん》帝国が崩壊するちょうど三十年前の光緒《こうしょ》十四年、西暦では一八八一年、日本の明治十四年である。かつて「眠れる獅子」として畏敬された清朝が、アヘン戦争（一八四〇-四二年）の敗北によって、その国家としての弱体ぶりを西欧列強の前に露呈した年から数えてほぼ四十年後のことであった。

　それはまさしく内憂外患の時代であった。対英・対仏・対米・対日・対露の戦いにことごとく敗れて国土の一部を植民地化され、国内には太平天国《たいへいてんごく》の乱（一八五〇-六四年）を初めとする内乱への対応に疲弊して国力を消耗した。そしてその末期、二十世紀初頭には、清王室の支配を否定し、少数民族政権の存続に異議を唱える種族革命運動によって、体制の基盤を根底から掘り崩されたのである。

もともと清の王室は、人口比で圧倒的に多数を占める漢族に対して、わずかその一パーセントにも満たない少数の満洲族によって構成されたいびつな政権であった。十七世紀の初頭、明《みん》王朝末期の混乱に乗じて、彼らは騎馬兵を主力とする軍事力を背景に明の領域内へ侵攻、瞬く間に関内を占領して、以後二百六十余年に及ぶ政権を樹立したが、その統治に対しては、常に漢民族の側からナショナルな反発があった。とりわけ文化面では、三千年の歴史を誇る漢字文化の伝統に抗しうるはずもなく、政権発足の当初から漢族の文化に飲み込まれながら、むしろそれを統治の政策に援用していた。

だがそれにもかかわらず、その王朝は一六四四年、毅宗《きそう》が自殺して明王室が滅亡して以後、一九一一（明治四十四）年の辛亥革命まで、江戸幕府の成立（一六〇三年）よりやや遅れた出発であるが、ほぼ後者に匹敵する歳月の政権を持続し、一九一二年（日本では大正元年）にアジアで初めての共和制国家である中華民国が成立するまで三百年近く存続した。そして魯迅が生まれたのは、漢民族からすれば異民族政権であった清王朝が欧米列強の強圧によって屋台骨をゆすられていた、まさにその末期であった。

このころ清王朝は、「洋務政策」と呼ばれる富国強兵策の採用によって、その危機を乗り切ろうとしていた。一八六一（咸豊《かんぽう》十一）年には、開明派の皇子として知られる恭親王《きょうしんのう》（道光帝の第六子、一八三二―九八）の上奏によって総理各国事務衙門《がもん》を開設した。今日の外務省に相当する機関であるが、それは単なる役所の新設という次元の事柄ではなかった。それ以前の清朝外交は、礼部や理藩院で処理されており、それらは建前として朝貢国を引見するための役所であった。つまり、清国には外国と対等の外交関係を結ぶという意識はなかったのである。だが、総理衙門の設立は、西欧列強に対してはそのような中華思想がもはや通用せず、清朝の尊大を自ら修正しなければならなかったことを意味していた。

同じ年、恭親王等はまた『奏請創設京師同文館』によって外国語学校の設置が必要であることを上奏した。その結果、同治元年（一八六二)には英語通訳の養成を目的とする同文館が北京に創設され、その翌年には同文館に法学館（フランス語学校）と俄文館（ロシア語学校）が併設されて京師同文館と改名された。この種の学校が必要になった直接の原因は、第二次アヘン戦争（アロー号事件）の敗北後、フランス及びイギリスと天津条約（一八五八年）、北京条約（一八六〇年）を締結した時、爾後の条約文は必ず当該国の言語によって作成しなければならないこと、漢文の添付は当分の間に限定することが定められていたことにある。

こうした欧米諸国との接触を通じて設立にいたった外国語学校はその他の沿海地域にも及び、一八六三年には広州同文館と上海広方言館が設置されている。当初それらはもっぱら通訳の育成を第一目的としていたが、やがて言葉の習得だけでは時代の要請に応えられないことが認知されるようになり、それらの学校では学術書の翻訳・出版もあわせて行なわれるようになった。カリキュラムにも自然科学や社会科学の科目が取り込まれるようになった。だが、そこに至る道筋は決して平坦なものではなかった。

たとえば、一八六六(同治五)年に上奏された恭親王の『奏請創設京師同文館添設天文算学館疏《そ》』には、京師同文館に「算学館」を附設するまでの経緯が記されている。それによれば、「機器を製造するためには、天文・数学を講求すること」を必須と考えた総理衙門が、京師同文館に「算学館」を附設しようとしたけれども、それに対して翰林院《かんりん》(皇帝直属の秘書機関)の掌故学士を務める倭仁《わじん》らが反対を唱え、中国人にして西洋の学問を学ぶのは恥であると主張して抵抗したことが記されている。

この論争では、けっきょく洋務派が勝利を収めて「算学館」は設けられ、この学校は一九〇一年に京師大学堂(北京大学の前身)へ改組されるまで、外国語、自然科学、社会科学のメッカ的存在となって、中国の近代化を側面から援護することになる。それは閉鎖的な世界に安住していた清朝が、外部からの必要に迫られて設立した「洋式学校(学堂)」であり、洋務運動の展開を象徴的に物語る事実であった。そして、青年時代の魯迅が時代の趨勢に目を開かれたのは、そのような「新式学堂」の中であった。

二　読書人家庭の没落

魯迅の生まれた紹興は上海から南へ約二百五十キロ、浙江省の中北部に位置する古い都である。紀元前五世紀、越王勾践《こうせん》によって最初の紹興城がこの地に建設された。江南地方に特有のクリークやそれをまたぐアーチ型の拱橋と呼ばれる石橋が町中のあちこちに見られ、紹興酒の産地でもあるところから、水郷、橋郷、酒郷などと称される。郊外の田園地帯では、今でも黒い水牛が水中をゆったり歩んでいる姿を見かけることがある。

現在の紹興市には紹興、諸暨《しょき》、上虞《じょうぐ》、嵊県《じょうけん》、新昌《しんしょう》の五県と越城区《えつじょうく》（紹興市街区）が含まれており、総面積七千九百一平方キロメートル、人口約五百万を擁する広大な地域であって、春秋時代（紀元前七七〇–前四七六）、この一帯はすべて越国の領域であった。ただし、かつて城壁に囲まれていた市域の面積は九・四平方キロで、人口約十五万のこぢんまりした街である。

市の南方に連なる山なみは、禹が治水に成功した後、ここに諸侯を集めて論功行賞を行なったことから会稽《かいけい》（集めて評定する）山と名付けられた。(1) 越王勾践が薪に臥し、苦い肝を嘗めて、会稽の恥を忘れず雪辱を果たした「臥薪嘗胆《がしんしょうたん》」の地である。

市の東部を流れ、杭州湾にそそぐ曹娥江《そうがこう》のもとの名は舜江《しゅんこう》、かつて古代の帝王虞《ぐ》舜が狩りに訪れたという伝説にもとづく命名である。東晋の書家王羲之《ぎし》、南宋の詩人陸游《りくゆう》（放翁）、明の画家、書家、戯曲作家であった徐渭《じょい》（文長）等、古来あまたの文人を輩出し、彼らにまつわる名所旧跡が今も数多く保存されている。地方政府や軍隊の幕僚となる「紹興師爺《しや》」を生み出す土地柄でもあった。師爺は、科挙によって官僚となる「読書人」の正道からは離脱した知識人層の職業であり、紹興出身の者が多かった。(2)

魯迅の生家は紹興市街区東南の都昌坊口に位置する周家新台門（「台門」は屋敷、別に旧台門と過橋台門の周家がある）の中にあり、そこには一族の六世帯が居を構えていた。魯迅の幼時、家にはまだ四、五十畝（約三十ヘクタール）の農地があり、そこからあがる小作料によって、一家はまずまずの暮らし向きにあった。祖父の周福清《ふくせい》（字は介孚《かいふ》、一八三七―一九〇四）は、周一族の中ではただ一人、殿試に合格して進士となり中央官庁の役人を務めた人であるが、父の鳳儀《ほうぎ》（字は伯宜《はくぎ》、一八六一―九六）は科挙の受験資格をもつ「秀才」ではあったものの、その後の試験には合格せず、「郷試」での挫折を繰り返していた。そして、魯迅が十三歳になった時、一家は「一大変事に遭遇し、ほとんど無一物になった」という。(3)

この年、浙江省では郷試が行なわれることになっていて、その試験官は祖父福清と同年に進士となった人であった。そのため福清は、この知人に銀一万両を送って息子の鳳儀と知人五名の合格を依頼しようとした。しかし、その手紙を届けた使いの男の不手際から買収工作が露見し、祖父は「斬監候《ざんかんこう》」という執行猶予つきの死刑判決を受け、杭州の監獄に収監された。鳳儀は科挙の受験資格（秀才）を剝奪され、魯迅らは生家から十数キロ離れた安橋頭にある外祖母の家に難を避けた。

生前の魯迅は、この祖父の疑獄事件についてはついに一言も触れていない。彼にとってはそれだけ傷が深かったのであろう。後に周作人が『魯迅的《の》故家』で事件の経過を記しているけれども、そこには若干の記憶違いがあるだけでなく、事が父に及んだ事実についてはまったくふれていない[4]。

引き続き、父の鳳儀が不治の病に侵され、その治療のため一家は経済的にも困窮した。没落した読書人家庭の長男となった樹人は、その過程で世間のあり姿を見たという。祖父の下獄と父の闘病にともなう出費を賄うため、周家は農地を手放し家財を質入れした。質草を質屋にもちこみ、そこで借り入れた金をもって医者の要求する薬品を手に入れるのは、長男である魯迅の役割であった。

「私はかつて四年あまりの間、しょっちゅうほとんど毎日、質屋と薬屋に出入りした。年齢は忘れてしまったが、ともかく薬屋の帳場はちょうど私と同じくらいで、質屋のは私の倍も高かった。私は倍も高い帳場の外から着物や髪飾りをさし出し、さげすみの中で金を受け取ると、今度は私と同じ高さの帳場へ行って長わずらいの父のために薬を買った。家へ帰ってからは、また別の仕事を手伝わねばならなかった。」（魯迅『吶喊』「自序」一九二二年）

すでに充分、傷ついていた少年の心に追い打ちをかけるような事件が同じ屋敷内で発生した。弟の周作人によれば、当時、台門内での利害にかかわる一族の協議が行なわれ、一家を代表して会議に臨んだ魯迅は、その利害が一致しなかったため署名せず、祖父の指示が必要だと主張した。それに対して一族の長老たちが声をあらげて署名を強要したという。この事件が魯迅に与えた影響は、祖父の下獄によって田舎へ避難した際、近隣の人々から「乞食」呼ばわりされた時の屈辱よりも小さくなかったという(5)。

また、同じ新台門に住む周一族の衍太太《えんタイタイ》（衍夫人）によるデマも、魯迅が郷里からの脱出を考える上で大きな要因となった。衍太太は、手元不如意をかこった魯迅に対して、母の装身具を盗み出すようそそのかし、「それから一と月もたたぬ内」に、早くも彼が「家の物を盗んで売った」というデマが広まった。そのころ「まだ若かった」魯迅は、「自分でも本当に罪を犯したように感じて、人の目が気になり、母の愛情を受けるのがうしろめたかった」。そして、授業料のいらぬ南京の学校に入ったという（魯迅「瑣記《さき》」一九二六年(6)）。

これらの回想記に記された内容には、魯迅の作品に特有の誇張と単純化がある。しかし、彼が故郷からの脱出を決意した動機の一端を読みとることはできよう。紹興という古い土地柄と、そこに住む人々が没落した読書人家庭の嗣子に向けた人情は、当時の魯迅にとって憎悪と嫌悪を引き起こす以外の何物でもなかったのである。先の文に続けて魯迅は、

「よし、それなら出て行こう！
だが、どこへ行くのか？　S市の人の顔は、とっくに見なれてしまって、どうせ、腹の底までわかっているような気がする。どうしても、別な種類の人々を探さねばならぬ。S市の人から悪くいわれる人々を、探しに行くのだ、たとえそれが畜生や悪魔であっても。」

と記しているが、このような激しい言葉には、紹興の人心に対する少年魯迅の深い憤りがこめられている。こうして魯迅は新式学堂への道を選び取ったのであるが、それはとりもなおさず、科挙受験を目標として古典の勉学に邁進する「読書人」家庭への訣別であった。

三　洋務政策の破綻

清国に対するイギリスのアヘン売り込みは理不尽な経済侵略であった。麻薬は人々の心身を蝕み、その国の財政にも甚大な被害を与えた。だが、それを阻止する欽差《きんさ》大臣として派遣された林則徐が戦いに敗れた時から、大清帝国は欧米列強の膝下《しっか》に屈服しなければならなかった。アヘン戦争以後、清朝はもはや従来のような鎖国状態に安住することを許されず、否応なく国際社会に引きずり出されたのである。そして、ペリーの黒船来航直後の日本がそうであったように、列強から次々とつきつけられる不平等条約の締結を余儀なくされ、屈辱的な外交に甘んじなければならなかった。

敗戦によって致命的な打撃を受けた清朝は、時代に対応する方途を、むろん必死で模索した。林則徐は戦いの相手についての知識を得るため、すでに戦争中から西洋に関する資料を部下に命じて収集・翻訳させ、それを「四洲志」と題して編纂した。後に魏源《ぎげん》の撰した地理書『海国図志』にはその内容が取り込まれて、当時の知識人を啓発した。魏源はその序において「夷の長技を以て夷を制する」と記したが、夷は当時の中国人から見た未開人、つまり欧米人であり、長技とは機械文明のことである。一八六〇年代に始まる洋務運動の基本となった思考形態がここには見られる。

アヘン戦争は外憂を誘発した。清朝を見くびった列強は強大な軍事力を背景に中国大陸での権益を要求、清朝政府はフランス、ロシア、アメリカからも「租界」という名の植民地提供を迫られて領土の一部に対する支配権を手放し、外国人に対する裁判や関税の自主権も放棄した。しかも国内では「太平天国」軍の蜂起(一八五〇-六四)という、十九世紀最大の内乱が政権の基盤をゆるがした。キリスト教の理念を掲げ、「滅満興漢」(満洲族政権を滅ぼし漢族政権を復興する)を唱えて組織されたこの農民一揆は、一時期、南京を都として中国大陸内に二重政権状態を生み出すほどの勢力をもった。

太平天国軍の反乱とアロー号事件(第二次アヘン戦争、一八五六年)は、ほとんど同時期に勃発した内憂外患であった。後者との戦いに敗北し、講和条約を結ぶころになると、英仏との交渉にあたった恭親王の唱える洋務政策が、朝廷でも採用されるようになる。先述した総理各国事務衙門の設立や京師同文館と名付ける外国語学校の創設は、そうした洋務運動の先駆けである(7)。

総理各国事務衙門の設立に始まる洋務運動は、以後、清国が甲午戦争（日清戦争）によって敗北する一八九五年まで、三十数年間にわたって継続した。洋務政策を推進する上で中心的な役割を果たしたのは、李鴻章《りこうしょう》や曾国藩《そうこくはん》、左宗棠《さそうとう》、張之洞《ちょうしどう》といった高級官僚層の開明的な実力者たちであったが、彼らにはむろん、清朝の制度を根底から変革する意図はなかった。中国知識人の精神的基盤を形成する文化はあくまでも儒学であり、そのような中国の学問を主体（中体）となし、西洋の学問を作用（西用）とする「中体西用」論が、洋務政策の根底にはあった。

洋務派にとって、中国の伝統的な政治、制度、学問、道徳などの精神文化はあくまでも本体（根幹）であって、西洋の優位に対する認識は技術面に限定されていた。科学技術の背後に、それを生み出す合理主義的な思考や学術のあることを認めることはできなかったのである。このような意識の遅れを今日の時点から批判することは易しい。しかし、論理的整合性を欠く「中体西用」論も、その当時けっして順調に容認されたわけではない。洋務政策の採用に対しては、朝廷内部の保守派による頑強な抵抗があったことは、すでに見てきた通りである。

洋務運動はそうした守旧派をも巻き込みながら、まず外国語学校の創設から着手し、引き続き福建船政学堂（一八六六年）、上海機器学堂（六七年）や天津電報学堂（八〇年）といった工業技術学校と、天津水師学堂（八〇年）、広東水陸師学堂（八七年）のような軍事教育機関を設置した。ただし、軍事教育機関にも工業技術を教える学校の附設されることがあり、十八歳の樹人が南京で入学した学校は軍事教育機関の附属学校である。

「読書人」社会に訣別した樹人が最初に入学したのは、海軍の教育機関であった江南水師学堂（一八九〇年創設）である。彼がその学校を選んだのは、当時、読書人からは敬遠されていた新式学堂が「授業料のいらない学校」だったからであるが、そこに一族の周椒生が管輪堂（機関科）監督をかねて古文を教えていたからでもある。周作人によれば、その縁で水師学堂には、周一族から四名の入学者があったという。しかし、学堂が人々からさげすまれる「兵隊学校」であったため、彼らは入学に際してわざわざ改名したという。後に魯迅の本名となる樹人も、実はこの時、椒生によって命名されたものである。(8)

こうして、重大な決意をもって入学した学校であったが、半年後には退学した。その間の事情について、魯迅は後に『瑣記』と題する自伝体小説の中で詳細に述べている。それによれば、授業内容や学堂内での旧態依然たる風潮になじむことができなかったのである。「どうも、気持ちがおちつかない」と記し、それを「烏煙瘴気」――毒気が立ちこめているようだ、と表現している。そしていったん郷里に帰り、周作人とともに科挙の県試に応募（一八九八年十二月）して、二人ともに合格した。ただし、翌月実施された「府試」を、魯迅は受験しなかった。県試への応考は、彼が読書人となることを願う母親への申し訳であったのかも知れない。(9)

四　変法自強説と進化論

一八九九年一月、再び故郷を離れた魯迅は、陸軍附属学校である南京官立江南陸師学堂附設の鉱務鉄路学堂（一八九六年創設）に入学した。

当時、中国陸軍の制度はドイツ方式を採用しており、陸師学堂の校長が兼務していた鉱務鉄路学堂校長銭徳培はドイツ語に通じていた。魯迅はこの学堂で初めてドイツ語に接し、同時に水師学堂にはなかった新しい学問を知った。周作人によれば、「鉱務鉄路学堂の授業は、鉱山開発を主とし、鉄道敷設を従とする」ものであり、学堂設立の目的にそって地質学や鉱物学も教授された。そこでの勉学内容は、日本留学初期の文筆活動に生かされることになる。(10)

魯迅の入学二年目に校長となった兪明震《ゆめいしん》は「新派」と呼ばれる開明的な思想の持ち主であった。康有為の唱える「変法自強」説に共鳴する維新派である。そのためこの学堂には『時務報』や『訳書彙編』といった変法維新派の刊行物が備え付けてあり、魯迅はここで、自然科学を初めとする西欧の近代科学とともに、そのころの新思潮に目を開かれることになる。ただし、変法自強論に関する魯迅自身の言及はなく、「瑣記」の中で彼はもっぱら厳復によって紹介された進化論に筆を費やしている。

「そこで新しい本を読む流行がおこり、私も中国には『天演論』という本のあることを知った。日曜日に城南へ行って、買ってきた。白紙の厚い石印の一冊本で、値段は五百文だった。開いてみると、立派な文章である。（中略）おお！ 世界には赫胥黎《ハックスリー》などという人もいて、書斎の中で、そんなことを考えていたのか。しかも、これほど新鮮な考え方で。一気に読んでいった。「物競」や「天択」も出てきた。蘇格拉第《ソクラテス》も柏拉図《プラトー》も出てきた。斯多噶《ストイック》も出てきた。学堂内には新聞閲覧所も設けられ、『時務報』は言うに及ばず、『訳学彙編』もあった。」

厳復によって『天演論』の名で翻訳されたハックスリーの『進化と倫理』は、当時、中国の現状を憂える知識人たちの心をとらえた。「物競（生存競争）」や「天択（自然淘汰）」という概念は、列強との競争に敗れた中国が、淘汰されるという危機感をもたらしたのである。

制度の変革をともなわない洋務政策によっては、もはや十九世紀末の国難を乗り切ることはできなかった。一八九五（明治二十八）年の日清戦争による敗北は、属国日本によって大清帝国にもたらされた最大の屈辱であり、時政への警鐘であった。日本の明治維新にならって立憲君主制を採用し、議会を開設して封建政治を抜本的に改革せよという康有為の変法自強説は、それまでたびたびの上書による建言も無視されてきたが、ここに来てようやく光緒帝から採用されることになった。「戊戌《ぼじゅつ》の変法」である。(11)

「変法」とは制度もしくは法制の改革を言う。「洋務」が改制に触れず、単に西洋技術の中国への適用を企図し、もっぱら軍備増強と経済振興による富国強兵策を志向したのとは、基本的に異なる自強策である。だがどのような改革論も、儒学の伝統と断絶して受け容れられることはなかった。それが当時の中国知識人における精神的風土であった。康有為の場合も、むろん例外ではない。

読書人の家に育った康有為は、幼時より儒学の経典を中心とする伝統の学問を身につけ、科挙に応じて高級官吏となることを生涯の目標としていた。したがって康の変法自強も、あくまで孔子の教えを正面に掲げた説である。しかし、それを生み出した背景には、明らかに青年時代の香港体験があったろう。『康南海自定年譜』によれば、一八七九（光緒五）年、二十二歳の康有為は「しばらく香港に遊び、西洋人の建築が壮麗で、道路が整備され、警察が厳正であるのを目にし、初めて西洋人の統治には法制があり、昔のように夷狄（未開人）と見なす」ことの適切でないことを自覚する。

変法自強説については、今ここで立ち入ることは避けたいが、その基盤は「経書と西政」であったといわれる[12]。この場合の「経書」は今文学派の経典『春秋公羊伝《しゅんじゅうくようでん》』である。周知のように、孔子の編纂したと伝わる『春秋』には三伝（「左伝《さでん》」「穀梁《こくりょう》伝」「公羊伝」）があるものの、康有為はその中の「公羊伝」のみが「『春秋』の真義を明らかにするもの」と考えた[13]。その「春秋三世説」を引き、それに『礼記《らいき》』「礼運《らいうん》」篇を重ねて、彼は自らの理想を語ったのである。

康有為は『春秋公羊伝』にいう「所伝異辞」「所聞異辞」「所見異辞」にそれぞれ「拠乱」「昇平」

「太平」をあて、前二者が『礼記』にいう「小康」であるという。この段階では、各国はまだ「国別主義」に立って「督制主義」を採用せざるを得ない。即ちそれが「現在の社会」を治める方法である。後者、つまり「太平」の世にあっては「世界」はすでに「国別」をこえた「世界主義」の「大同」の世となり、そこに適用されるのは「督制」を必要としない平等主義である。

だが、それはあくまでも「将来の世界」を治める方法であって、今はともかく「小康の級」を経過して、その後に「大同」に赴かなければならない。しかも、「いったん小康の級を経過すれば、それからは必ず大同にまで至る」のであって、その理想は必ず実現するものであるという。そこは国家なく、家族なく、すべてを「公」によって処理する完全なユートピアである。

康有為の大同説は、このようにラディカルなものであったが、しかし、彼が当面の目標としていたのは、あくまでも日本の明治維新をモデルとする立憲君主制である。だが、既得権益の喪失を恐れる守旧派はそれを危険視し、袁世凱の軍事力を利用してクーデターを発動した（戊戌の政変）。かくして光緒帝による新政はわずか百余日でついえさり、文字通り「百日天下」となる。光緒帝は幽閉され、運動の中心にいた康有為や梁啓超は日本へ亡命、譚嗣同《たんしどう》を初めとする主だった同志たちは処刑された。一八九八年、魯迅十七歳のことであった。新時代に向かって大きく動き始めた中国の十九世紀末に、彼の多感な青年期は遭遇したのである。

五　そして日本へ

西暦紀元前後に仏教が伝来するまで、中国の人々は伝統宗教の構図に死後の世界を描くことはなかった。極楽もなければ地獄もなかったのである。そうだとすれば、今の命をいかに生き延び、日常生活をどのように充足させるかが、人生の大きな目標となるだろう。その結果、永遠の生を追求して仙界を夢想し、現実を豊かに過ごすための富への関心が、方士による不老長生術や錬金術を生んだという説には説得力がある。

このようにして発生した自然宗教は、中国古来の巫術を基盤としながら墨家や儒家の哲学、老荘の思想、さらには仏教とも結びつきながら「道教」を形成し、中国社会に普及した。それは長寿を願い、病苦からの解放を求め、富を追求する万人の素朴な願いに応えることで、人々の間に浸透したのである。三国時代、呉の葛洪《かっこう》（二八四－三六三）が記した『抱朴子《ほうぼくし》』には、道教の語こそ使用されてはいないものの、こうした民間宗教の基礎理論が述べられている。

神仙の道を説いた『抱朴子』内篇には、仙薬の処方や不老長生の法が記述されており、それらの多くは今日から見れば明らかに滑稽ではあるが、しかし、そうした道教の理論は以後千数百年にわたって、中国社会に根付く民間信仰となった。生命を養って長生をはかる「養生」の思想は、こうして呪術（迷信）と医術（漢方）が結合し、生の哲学を構成することになる。

魯迅が青年時代を迎えた十九世紀末ですら、そのような迷信に近い漢方の医術が中国医学の主流であった。病床に臥した父のために招いた漢方医の見立てと処方によって、魯迅の一家がますます困窮し、しかも父の命が助からなかったことに対して、魯迅はその怒りを『吶喊』「自序」や「父の病気」において繰り返し述べている。

彼が日本へ留学した理由の一つは、「私の父のように誤られた病人の苦しみを救う」ことであり、もう一つは、戦争の時に軍医を志願し、「同胞の維新に対する信奉を促進する」ことであった。ここで「維新」というのは、「変法維新」を意味するであろう。このころの魯迅が、まだ種族革命論者ではなく、康有為らの説く変法自強説に立脚していたことを物語る記述である。そうした魯迅の思想は、鉱務鉄路学堂の勉学によって培われたものであった。

「この学校で、私は初めて世に物理、数学、地理、歴史、絵画および体操なるものもあることがわかった。生理学は習わなかったが、私たちは木版本の『全体新論』や『化学衛生論』のたぐいを目にすることができた。私は今でもおぼえているが、これまでの医者の議論や処方を、そのときわかったことと比較してみると、漢方医は意識的もしくは無意識的な騙りにすぎない、ということに、しだいに気づいてきた。それとともに、だまされた病人とその家族に対して深い同情を抱くようになった。そのうえ翻訳された歴史書によって、日本の維新が大半は西洋医学に端を発しているという事実をも知ったのである。」（魯迅『吶喊』「自序」）

ここでいわれている「日本の維新」と「西洋医学」との関係は唐突にかんじられるが、この両者は魯迅のなかでは不可分の関係にあった。そのことは、たとえばM・Bジャンセンが『日本―二百年の変貌』(岩波書店)で、一七七四年の杉田玄白による『解体新書』の翻訳出版に注目し、蘭学による「西欧モデル」の出現が「中国を頂点とした従来の威信秩序構造」の崩壊につながった、とみなしている例を想起すればよいだろう。当時の中国知識人にとって、この両者は分かち難く結びついていたのである。

一九〇二(明治三十五)年四月、満二十歳になった魯迅は官費留学生として横浜に上陸する。時代の要請に応えられなくなった科挙の試験制度は、その三年後(一九〇五年)に廃止された。

第二章　苦渋の選択
——仙台医専

一　弘文学院に入学

一九〇二年（明治三十五）四月四日、魯迅は南京陸師学堂の兪明震校長に引率された総勢二十四名の一行に加わり、横浜港に到着した。[1] その後はただちに列車で東京へ向かったものと思われる。上京直後に周作人へ寄せた手紙には「まもなく成城学校に入る（不日進成城学校）」と記している。ただし、「成城学校」には魯迅ら鉱務鉄路学堂出身者六名の入学は許可されず、代わって弘文学院への入学となった。

成城学校は陸軍士官を養成するための施設であり、鉱務鉄路学堂も清朝の陸軍附設学校ではあったが、魯迅らの修学目的は「鉱学」であって、軍事に関係のない学生の入学は、日本の当局者のみならず清朝政府が好まなかったからだと考えられる。そのころすでに、革命のために軍事を学ぼうとする留学生の増えていたことが、その背景にはあり、清朝公使蔡鈞《さいきん》は留学生の派遣そのものに反対していた。そして、一週間後には蔡鈞の名義で、日本国外務大臣小村寿太郎あてに次のような公文書が出されている。(2)

拝啓　本大臣は南洋から派遣された鉱務鉄路学堂の卒業生六名が鉱物学研究のため来日することを許可しましたが、彼らはいずれも初めての来日で貴国の言語や文字を理解できません。つきましては、まず宏文学堂で学業を終え、言語や文字を解するようになってから改めて別な学校へ進むようにさせたいと考えます。名簿をお送りしますので、貴大臣においてご査収ください。

入学・学習のため便宜をお図りくださるよう書面をもってお願い申し上げます。敬具

大日本外務大臣男爵小村壽太郎閣下

蔡鈞謹具　中三月初四日

第三十一號

南洋派遣鉱務学生

左記の通り

徐廣鑄

顧　琅

周樹人
張華邦③
劉乃弼
伍崇學

書面中の「南洋」というのは、江蘇以南および揚子江一帯の沿海各省を指す当時の行政区域であって、周樹人（魯迅）を含む六名の留学生が卒業した南京の鉱務鉄路学堂もその地域にあった。「宏文学堂」とあるのは、清国留学生のために日本語および普通科（一般教養）を教えるため設置された弘文学院のことであるが、中国側では乾隆帝の諱（本名）である弘暦を避けて宏の字を使用した。校長は講道館の創始者としても著名な嘉納治五郎で、当時は東京高等師範学校の校長を務めていた。三月初四日は新暦の四月十一日、つまり魯迅らが日本に着いた日から数えてちょうど一週間目に相当する。

清国による日本への留学生派遣は光緒二十二年（明治二十九、一八九六）、日清戦争終結の翌年から始まり、それは後の弘文学院設立につながる。日清戦争による敗北が、日本への留学生派遣となったのであるが、この時の官費派遣十三名の受け入れについて、『嘉納先生傳』の著者横山健堂は次のように記している。

「時の東京駐劄《ちゅうさつ》清国公使裕庚《ゆうこう》は、日本政府に其教育方を依頼し、時の文部兼外務大臣西園寺公望は高等師範學校長たる嘉納先生に教育方を委托した。先生はこれを快諾して、同校教授本田増次郎を主任として、その事に當らしめることになつた。よつて更に教師數名を聘して日語日文及び普通科の教授を始めた。當初は別に學校名をつけず、塾同然の有様であつた。[4]」

このように、当初の弘文学院は正式な名称もないまま、「塾同然」の小規模な組織で出発した学校ではあったが、その後、清国留学生の急激な増加によって拡大し、魯迅の入学した年には、その規模も急速に膨らみ、そのため、後述するような問題も発生するようになっていた。ちなみに、明治末期（一八九六―一九一二）の清国留学生数は次のようであった。[5]

清国留日学生	関連事項
一八九六年（明治二十九）：　一三人	清国最初の留日学生
一八九八年（明治三十一）：　六一人	張之洞『勧学篇』、戊戌政変と康有為・梁啓超の日本亡命
一九〇一年（明治三十四）：二七四人	義和団事変の最終議定書（辛丑条約）締結
一九〇二年（明治三十五）：六〇八人	周樹人（魯迅）来日、雑誌『新小説』創刊
一九〇三年（明治三十六）：一三〇〇人	魯迅「中国地質略論」、『蘇報』事件、拒俄大会
一九〇四年（明治三十七）：二四〇〇人	日露戦争始まる

一九〇五年（明治三十八）‥八〇〇〇人　清国留学生取締規則、陳天華自殺、科挙制度廃止
一九〇六年（明治三十九）‥七二八三人　周作人来日、「選送留日学生制限辦法」
一九〇七年（明治四十）‥　六七九七人　魯迅「文化偏至論」、日露秘密協定
一九〇八年（明治四十一）‥五二一六人　アメリカは義和団賠償金の一部を免除
一九〇九年（明治四十二）‥五二六六人　魯迅帰国、周作人と共訳の『域外小説集』出版
一九一〇年（明治四十三）‥三九七九人　第二回日露秘密協定、韓国を併合、『白樺』創刊
一九一一年（明治四十四）‥三三二八人　周作人帰国、辛亥革命で多数の留学生が帰国
一九一二年（明治四十五）‥一四三七人　中華民国元年（大正元年）

これらの数字から判明するように、明治末期の日本は清国からの留学生が一挙に来日した時期である。ただ、そのブームも一九〇九年までで頭打ちとなって翌年から漸減し、辛亥革命以後には激減した。留学生の人数が減少した結果、弘文学院は一九〇九年に閉校するのであるが、魯迅の来日したころは、清朝留学生が爆発的に増えようとする前夜であった。

二　学園紛争

魯迅が日本に到着したほぼ三週間後（四月二十六日）、上野の静養軒を会場にして「支那亡国二百

四十二年紀念会」の開催が準備されていた。それは明朝の永暦帝が、清に捕らえられた殉難の年から起算した記念日である。会合の開催を呼びかける宣言文は、種族革命の熱烈な提唱者として知られる章太炎によって起草された(6)。この呼びかけには、日本亡命中の孫文ばかりではなく、梁啓超も加わっていた。この当時の梁は、中国の改革に関して、師の康有為とは異なる立場を表明しており、そのため康の怒りを買って、追放同然の処遇でハワイへ赴いたことのある人であった(7)。

このような時代思潮の中で、魯迅は嘉納治五郎が校長を務める弘文学院に入り、いくつかの刺激的な事件と向き合うことになる。たとえば、数年後に友人の許寿裳にあてた手紙の一節で、「ぼくらが清風で嘉納につめより、牛込で三矢を詰問した」と記すのも、そうした事件の一つである(8)。発端は弘文学院側から在校生たちに提示された「規定十二条」であり、その中でも学生たちは、直接経費にかかわる次の三条に反発した。

一、退学者を除き、休暇を申請して臨時に帰国したり、夏休みに帰国する者は毎月六円五十銭を納めなければならない。
二、洗濯は一か月に三回、一度に一組み、自分の持ち物は自分で処理しなければならない。
三、病人は二週間以内の医薬費はすべて学院で支払うが、それを越えれば自己負担とする。

当時、浙江省出身の留学生たちによって発行されていた雑誌『浙江潮』の第三期には、その経過が詳細に報じられている。

「陰暦二月二十六日（一九〇三年三月二十六日―筆者）舎監の大久保氏、教務幹事の三矢氏、会計の関氏が突然、学生の部長を召集し、新しく定めた規定十二条を部長らに提示した。最初は改善されたカリキュラムだと思ったが、よく見ると十二条の中にはカリキュラムに関するものはなく、金儲けのための方便でしかなかった。」（「記留学日本弘文学院　全班生与院長交渉事」）

これに対して、学生たちは修正を要求したが、教務監事の三矢は「校長がすでに決めたことであり、君たちがこのように反対するのは、まことに不可解だ。いやなら退学してはどうか。私は在籍を強制しようとは思わない」と開き直ったという。

三矢の対応に激昂した学生たちは、「特別会」を召集して討論した結果、全員で退学を決議し、三日後には五十二名の官費留学生(これには魯迅も加わっていた)だけが学校を出ていった(9)。それは弘文学院を窮地に追い込む効果的な方法であると同時に、実際には退学処分を受けることのない身分の学生たちでもあった。三条を巡る交渉は、この後、通学制度の実現を求めることと、通学生の経費軽減に関する方向へと重点が移っており、学生たちの戦術はきわめて巧妙であった。

その後、嘉納は「カリキュラムの改善」を約束し、学生たちに学校へ戻ることを要望したが、学生たちは「同窓会」を召集、教務監事及び会計の解職やカリキュラムの全面的な改善など七項目の要求を提出して闘い続けた。こうしてほぼ二十日間にわたって双方が交渉を続け、事態が解決しないまま、四月十六日には留学生全員が参加して復院式が開催された。席上、嘉納は学生代表がまず「演説」を行ない、学生側に行きすぎがあったことを認めるよう要求、清朝の留日学生総監督も学生代表の「演説」を督促したが、学生たちは沈黙を守ったままであった。嘉納はやむなく立ち上がって講話を行ない、職員に「過ち」のあったことを承認したという。

以上は、魯迅が数年後に許寿裳あての書簡で、「ぼくらが清風で嘉納につめより、牛込で三矢を詰問した」と記した事件のあらましである。ここで「清風」とあるのは、このころ中国の留学生たちが集会に使ったとされる清風亭のことであり、両者はそこで交渉をもったのであろう。「牛込」は弘文学院のあった牛込区（現在の新宿近辺）である。

手紙の内容から判断して、この事件には魯迅も留学生の一人として積極的にかかわっていたこと、他の学生との間に何ら心理的齟齬のなかったことは明らかである。留学生の側から見れば、この紛争は弘文学院の一方的な決定から発生した事件であり、しかも学院はその誤りを結果的に承認せざるを得なかった。紛争は留学生側の全面的な勝利で終結している。

これは学院にとってまぎれもなく不名誉な事件であった。夏休みや学生の帰国中にも学費を徴収しようとしたのは、むろん学院経営上の必要からであろう。学院側にも言い分はあったはずであるが、そのことを留学生たちに充分説得することはできず、三矢の留学生に対する対応も高圧的であって、留学生たちの反発を招いたのである。

また、紛争の背景には、かねてから留学生たちが学院の教育方針に批判的であり、それが改善されないことに対する不満があったことも事実である。魯迅が当時を振り返って、雑誌『改造』に日本語で記した「現代支那に於ける孔子様」には、こんな文章が残されている。

「或日の事である。学監大久保先生が皆を集めて言うには君達は皆な孔子の徒だから今日は御茶の水の孔子廟へ敬礼しに行かうと。自分は大に驚いた。孔子様と其の徒に愛想尽かしてしまつたから日本へ来たのに又おがむ事かと思つて暫く変な気持になつた事を記憶して居る。さうして斯様な感じをしたものは決して自分一人でなかつたと思ふ。」（一九三五年六月号）

中国の留学生教育にはたした弘文学院や嘉納の功績を考えれば、これは学院にとって不本意な事件であったが、しかしそれは、清朝の発展に寄与しているという嘉納らの思いこみと、清朝政権そのものを打倒したいと考えている留学生たちとの間に生じた不幸なすれ違いであった。

三　「蘇報事件」の影響

時代は急速に動いていた。魯迅の来日後、ほぼ十年で終末を迎えることになる清王朝ではあったが、それだけに王室の命運をかけた熾烈な戦いが、それを打倒しようとする勢力との間で展開されていた。ただ、魯迅が来日した一九〇二年春の時点でいえば、立憲君主を旨とする康有為たち維新派の勢力が、日本の華僑社会や留学生界で大きな影響力を保持していて、孫文に対する中国人の評価はまだそれほど高くなかったのである。

このころの中国知識人にとって、康有為は社会改革のために皇帝の顧問までつとめた学問ある政治家であり、保守派のクーデターによって挫折した悲劇のヒーローでもあった。一方、孫文の方は、その出自さえも不明で、およそ伝統の学問とは無縁な市井の社会運動家にすぎなかった。"*Kidnapped in London*"（中国語訳は『倫敦《ロンドン》遭難記』）の出版によって、革命家としては国際的にもかなり認知されるようになっていたとはいえ、その中国人社会での知名度には、まだ大きな開きがあった。

だが、このような孫文が高邁な理想をもつ優れた革命家であることを、留学生や中国のインテリに認識させる上で、宮崎滔天の『三十三年之夢』（一九〇二年単行）とその漢訳の出版（一九〇三年）が「大きく貢献」したといわれる。それは、生涯を通じて中国革命の盟友であった滔天が、生活に困窮していたころ、『二六新報』に連載した自伝である。刊行に際しては孫文も序文を寄せ、「宮崎寅蔵君は今の俠客なり、識見高遠にして、抱負凡ならず」と賞讃している。

魯迅自身は南京で維新派の改革論に啓発され、その夢を実現するために日本留学を志したはずであった。「卒業して国に帰ったら、私の父のように誤られた病人の苦しみを救おう。戦争の時は軍医を志願しよう。そしてかたわら、同胞の維新に対する信奉を促進しよう」――そうした夢を抱いて、魯迅は日本の土を踏んだのであった。しかし、東京での思想風土はそのような魯迅をほどなく革命論へ急激に移行させた。

そのころ、魯迅と同じ江南班に魯迅より四歳年少の鄒容《すうよう》がいた。彼は張継《ちょうけい》ら四人の仲間とかたらって、江南班の監督であった姚甲《ようこう》（文甫）の邸内へなぐり込みをかけ、姚の辮髪《べんぱつ》を切り落として留学生会館にさらした。(10) 姚甲が同僚の妾との間で不義をはたらいたことに対する懲罰ということになっているが、事柄はそれほど単純ではない。

清朝では、満洲族の風習にのっとってすべての男子に辮髪を強制したが、その政権を打倒しようとする革命派にとって、辮髪の保留は屈辱そのものであった。しかし、江南班に属する魯迅らが容易に辮髪を切れなかったのは、この姚甲の監督が厳しかったからであろうと、後に許寿裳は記している（もっとも、魯迅自身はその辮髪を、この事件の数日前に切り落とし、記念の写真をとって友人や弟の周作人に贈っている）。

事が発覚して、鄒容は上海へ逃れ、当時そこで「愛国学社」を開いていた章太炎《しょうたいえん》のもとに身を寄せた。章は鄒容や魯迅と同郷の文字学者で、清朝打倒を呼号する熱烈な種族革命論者である。この章のもとで、鄒容は『革命軍』二万字を書き上げ、章の序文を附し、一九〇三年春に大同書局から出版した。それは章太炎の序が述べるように、「云いたい放題、遠慮会釈もない言葉をつらねた」痛烈な王朝批判の革命論であった。

「私はいま、同胞に約束する。九世の仇を討つ大義をかかげ、十年を血戦の期間として、わが刃を磨き、わが旗をおしたて、おのおのが九死一生の覚悟をもって、われらを凌辱する賊・満洲人、われらを圧制する賊・満洲人、われらを虐殺する賊・満洲人、われらを姦淫する賊・満洲人を駆逐し、われらが名誉ある文明の祖国を回復し、われらが天賦の権利をとりかえし、われらが生を享けて以来の自由をとりもどし、みんなが平等となる幸福を購い取ることを。ああ、わが中国よ、革命せよ！　わが中国よ、革命せよ！」（第一章　革命の原因）

上海の新聞『蘇報』は、同年六月九日附の紙面で「革命軍を読む」及び「鄒容の革命軍を紹介する」を載せ、さらに六月二十九日には章太炎の「康有為を駁して革命を論ずるの書」を掲載した[11]。後者は、康有為の「南北アメリカ州の諸華商に答えて、中国は立憲を行ないうるのみで、革命を行ないえないことを論じた書簡」（一九〇二年）を完膚無きまでに批判した文章である。

その結果、蘇報館は清朝当局から弾圧を受け、六月三十日には章太炎が逮捕された。このことを耳にした鄒容は、七月一日に租界の警察（工部局）へ出頭、あえて自ら逮捕された。そして裁判の結果、章太炎は禁固三年、鄒容は禁固二年の判決を受けて下獄、鄒容は刑期満了を直前にした一九〇五年四月三日に獄死した。当時、中国の社会を震撼させた蘇報事件である。

この後数年間、辛亥革命の勃発まで『革命軍』は清朝政権の打倒をめざす革命派のバイブルとなって読み継がれ、熱狂的に迎えられて版を重ねたといわれる[11]。この事件の発生は、魯迅が弘文学院へ入った一年後のことであった。

四　光復会への加盟

先に記した「支那亡国二百四十二年紀念会」は、開催の前日になって、主宰者の章太炎らが神楽坂警察署に出頭を命じられた。清国公使の要請を受け容れた日本政府が、その中止を申し渡したのである。当日、上野の会場に参集した数百人の中国人は解散を余儀なくされ、孫文らは横浜に戻って、永楽楼でのささやかな会合に切り換えざるをえなかった。しかし、その「宣言書」は香港の『中国日報』に掲載され、広州やマカオの人々にも広く知れ渡ったという(12)。

この会の開催呼びかけがきっかけとなって、留日学生の間に「青年会」が結成され、まもなくそれは拒俄《きょが》（俄はロシア）運動に発展した。一九〇〇年の義和団事件で出兵したロシアの軍隊が中国の東北地方にいすわったまま、引き上げないことに対する抗議行動であるが、その内実は清朝政権に対する革命運動であった。彼らは一九〇三年四月二十九日に「拒俄義勇隊」（正式名称は学生軍）を組織し、日本の陸軍士官学校に在籍していた留学生の指導を受けて軍事教練に参加した。

この拒俄義勇隊も、清国政府の要請を受けた日本の警察によって解散に追い込まれたため、五月十一日には「軍国民教育会」と改称、義勇隊と通称された。そしてこの会は、同年七月以降、鼓吹（宣伝）・起義（武装蜂起）・暗殺を実行手段とする革命組織となり、そこから華興会《かこうかい》と光復会《こうふく》

が生まれることになる。(13)

拒俄運動を発端として組織された軍国民教育会には、国内の各地で武装蜂起を行ない、地方政権を奪取するという「分省起義」の戦略があり、一九〇四年秋には湖南省長沙での蜂起が実際に計画された。この時、湖南出身の留学生で「警世鐘《けいせいしょう》」や「獅子吼《ししく》」の著者として知られる陳天華《ちんてんか》が湖南省運動員として、同じ運動員の黄興とともに帰国し、湖南で華興会を結成している。

長沙起義は、西太后《せいたいこう》七十歳の誕生日に集まる全省の高官たちを一挙に爆殺して湖南に革命政権を樹立しようとするものであって、黄興を総指揮者とし、土着の秘密結社（会党）である哥老会と連携しながら企画されたが、計画が事前に漏れ、黄興たちは再び日本に亡命、華興会は解体した。

軍国民教育会には、こうした湖南派とは別に浙江出身のグループがあり、彼らも長沙起義に呼応して武装蜂起を実行するプランを早くからもっていた。すなわち一九〇三年の十月、東京牛込区榎木町にあった王嘉榘《おうかく》の下宿に集まって革命のための密議をこらし、そこでは「秘密の革命団体を組織」して、「暴力による武装蜂起」の実行を決定していたのである。(14)

そのころは、日露戦争勃発の情勢がすでに濃厚となっていて、それは彼らにとって「中国革命の好機」だと考えられた。その日の会合に集まった王や蒋百器《しょうひゃっき》、許寿裳《きょじゅしょう》、沈瓞民《しんてつみん》（いずれも杭州・求是書院の関係者）ら十余人は、「湖南、安徽あるいは浙江の一省を選んで武装占領を実行し、根拠地を作って、それから漸次拡大する」ことを討議していたのである。当時、弘文学院に学んでいた周樹人（魯迅）については、「断固として革命の道を歩む人士」だとみなして、個別に連絡を取ることにしていたという。

翌十一月、彼らは再び王の下宿に集まり、「革命の武装根拠地を取得」するため、陶成章《とうせいしょう》と魏蘭《ぎらん》をそれぞれ浙江と安徽へ派遣し、龔宝銓《きょうほうせん》は上海、張雄夫《ちょうゆうふ》と沈瓞民が湖南の長沙に赴いて華興会の黄興と連携しつつ武装蜂起に呼応することを決定している。この会議に参加した龔宝銓は、その後、上海に帰って暗殺団を組織した。このとき龔らは、「先に二三の重要な満洲人大臣を狙撃して、軍事進行の声援」を送ろうとしていた。ただし、参加者は浙江留学生数名にすぎず、実行には至っていない。

このような一連の動きがあった後、軍国民教育会の浙江グループは、一九〇四年十月に上海で光復会を結成し、十二月にはその東京支部を設立した。当時、清朝翰林院《かんりんいん》編修という要職にあった蔡元培《さいげんばい》が会長に迎えられている。魯迅は東京支部の結成と同時に加盟したと記されている(15)。

その経過からも判明するように、光復会は武装蜂起による清朝政権の打倒を前面に掲げ、要人の暗殺をもくろむ激しい革命組織であった。このころ、ロシアのナロードニキ運動が留日学生の間に伝えられ、軍国民教育会や光復会の運動にも影響を与えており、文学作品の題材となることも多く、清朝末期の十年間は「虚無党文学の全盛期」だったとさえいわれている(16)。

五　留学前期の文筆活動

魯迅の本格的な文筆活動は、来日二年目の一九〇三年から始まる。弘文学院時代を「留学前期」と区分すれば、前期の執筆内容の大部分は日本語文献を下敷きとしている点に特色が認められる。それは客観的には、彼の日本語読解力の向上を意味する活動であるが、魯迅をそうした文筆活動に向けてつき動かした動機は、故国や同胞の実状に対する彼の危機意識である。その内容については後ほど改めて詳しく吟味するはずであるが、ここではとりあえず、作品の一覧を提示しておきたい。

一九〇三年

「自題小像」（旧詩・霊台無計逃神矢、風雨如磐闇故園、寄意寒星荃不察、我以我血薦軒轅）

「スパルタの魂」　『浙江潮』五、九

「哀塵」ならびに「訳者附言」　『浙江潮』五

「中国地質略論」　『浙江潮』八

「ラジウム論」　『浙江潮』八

『地底旅行』　『浙江潮』十→一九〇六年三月、南京啓新書局出版

『月界旅行』ならびに「弁言」　　東京進化社から十月に出版

一九〇四年

『物理新詮』（二章・「世界進化論」「原素周期則」、翻訳原稿は不明）

『世界史』（原著者不詳、翻訳原稿は不明）

『北極探険記』（原著者不詳、翻訳原稿は不明）

これらのうち、七言絶句の「自題小像」を別にすれば、公開された作品あるいは公開されるはずであった作品のすべては日本語文献からの翻訳ないしは翻案である。そして一九〇三年のそれらは、『月界旅行』を除けば、すべてその年二月に創刊された浙江同郷会の機関誌『浙江潮』に発表されている。そもそも魯迅が「スパルタの魂」（原題は「斯巴達之魂」）を執筆したのは、当時、『浙江潮』の編集を引き継いだ許寿裳の要請があったからである。(17)

『浙江潮』創刊号に掲載された「浙江潮発刊詞」によれば、そのころ東京に在住する浙江省出身の留学生はすでに百一名に達していた。そこで同郷会を組織し、雑誌部を設けて月刊の雑誌を発行することになったという。その底流には帝政ロシアの東北地方占領に対する憤懣や、清朝政権に対する批判、近代国家を建設するための知識を導入しようとする彼らの思惑があった。

雑誌の項目は「社説」「論説」「学術」「大勢」「談叢」「記事」「雑録」「小説」「文苑」「日本聞見録」「新浙江与旧浙江」「図画」等に分類されていて、バラエティに富んでいたが、そこに共通するのは時事問題に対する彼らの強い関心である。今日の総合雑誌の形態をもつ月刊誌として企画されており、同郷人による留学生雑誌としては立派な内容をもっていたが、その形式についていえば、それは日本亡命後の梁啓超が行なっていた啓蒙活動にきわめて類似するものであった。ただ、梁の活動内容が、ある時には立憲君主の提唱であり、別な時期には共和革命に限りなく近づくというように、しばしば揺れ動いたのに対して、『浙江潮』の立場はあくまで清朝打倒の革命論を貫いた。もっとも、雑誌の存続期間は短く、二月の創刊号から十一月の第十期まで、わずか十か月にすぎなかった。そして、この雑誌が停刊となるころには、浙江出身者を母体とする光復会が結成されていたのである。

弘文学院時代より生涯を通じての親友となる許寿裳の誘いがあって以来、魯迅はさまざまな筆名を使って『浙江潮』誌上で筆をふるった。その中身はむろん、革命派のそれに呼応するものではあった。ただし文筆活動の形態には梁啓超の唱える「小説界革命」の論理への共感があった。換言すれば、それはあくまでも功利的な観点に立つ文学論に依拠していたのであって、仙台医学専門学校退学以後、二度目の東京生活で彼がめざした方向とは、かなりの距離があったのである。このことについては、当時の活動内容との関連で改めて論ずることにしたい。

六　暗殺命令と離京

一九三〇年代、上海で魯迅に直接師事した増田渉は、清末の魯迅について重要な証言を記録している。

「周作人の書いたものには、魯迅は清末の革命党に党員としては入っていなかったとあった。私もハッキリしたことはいま覚えていないが、(だが私が書いた『魯迅伝』という原稿を彼は目をとおしてくれたが、いまそれを見ると、彼は党員であったと書いているところが、そのままイキている)、たとい正式に入党していなくても、章太炎との関係から光復会に関係していたことは争えない事実と云える。だが入党していたのではないかと考えられることは、自分は清末に革命運動をやっていたとき、ある要人の暗殺を上級のものから命じられた、だが出かけるときに、自分はたぶん捕まるか殺されるかするだろう、もし自分が亡くなったら、あとに母親が残っているが、母親をどうしてくれるかハッキリきいておきたい、ということを申し出たら、そんなアトに心が残るようではダメだからお前はやめろということになった、と私に語ったことがある。」(『魯迅の印象』角川選書、p. 34)

魯迅と光復会ないしは軍国民教育会との関係について、魯迅は公表することを好まなかった。増田によれば、光復会は中国同盟会に合流して以後も両者の間に対立関係があり、魯迅在世当時の中国国民党には中国同盟会の流れを汲む人が多かったためであるという（増田渉「魯迅と光復会」、岩波書店『文学』一九七六年八月号）。だが、それだけの理由で魯迅は光復会との関係を語りたくなかったのであろうか？

弟の周作人でさえも、魯迅が光復会に入っていたことを最後まで知らなかった。この四歳年少の弟は、魯迅に四年遅れて一九〇六年に日本へ留学し、以後、魯迅の帰国まで生活をともにしていた間柄であるから、同じころ魯迅に暗殺命令が下っていれば、おそらく作人も知っていたであろう。従って、魯迅の光復会加盟と刺客事件があったのは、作人の来日以前、それも仙台へ行く前の弘文学院時代（一九〇二―〇四年八月）のことであったと考えられる。

それにしても、魯迅はなぜ彼が光復会に入っていたことや、暗殺命令を受けながら、それに従えなかったことを最も親しい近親にまで語らなかったのか？　光復会がすこぶる厳格な秘密結社で、その機密は「父子兄弟といえども、口を閉ざして語らなかった」というだけでは説明がつかない。このことについて、魯迅は語りたくなかったか、あるいは語ることができなかったのである。

光復会については、現在すでに多くの事実が明らかになっていて、構成員の一部も氏名が特定されている。周樹人ももちろんその一員である。組織の主要なメンバーは軍国民教育会の浙江グループであって、魯迅と親しく往来していた龔宝銓は上海に暗殺団を組織している。後に孫文をリーダーとする興中会や黄興らの華興会と連合して中国同盟会を結成するが、その中にあっても独自性を主張して最後まで孫文たちを悩ませた組織である。

この会に魯迅が加盟した時期を一九〇三年十二月だとすれば、暗殺命令が下りたのはそれ以後、つまり翌四年の一月から仙台医学専門学校への入学願書を出す同年五月までの間のことだと考えられる。[18] そして、魯迅はその暗殺命令を実行できなかった。後に残される母親のことが気にかかったからであるという。

刺客となることを命じられた若者が、家族のことを口に出すのは勇気のいることである。だが、魯迅はあえてその不安を申し立てたために刺客からははずされた。魯迅が東京を離れて、そのころはまだ中国人留学生のいなかった仙台へ赴いたことと、この暗殺事件との間には、たぶん密接な関連があったと考えられる。魯迅自身は仙台行の理由を、後日の作品中で述べているが、そのいずれを見ても読者を納得させるような内容にはなっていない。

『吶喊』「自序」では、「日本の維新が大半は、西洋医学に端を発しているという事実がわかった」ので「私の学籍は、日本のある田舎町の医学専門学校に置かれることになった」と述べるだけで、勉学先が仙台でなければならない理由はまったく記されていない。「藤野先生」の冒頭では、清国留学生の辮髪や、中国留学生会館での「ダンスの稽古」を風刺的に描いた後、「ほかの土地へ行ってみたら、どうだろう。」と記すだけで、東京を離れなければならぬ事情についてはは全くふれていないのである。

当時、東京には二千人をこえる清国留学生がいて、勉学を続ける上でも、また友人たちとの交流をもつためにも、そこは魯迅にとってつごうのよい場所であった。また、彼自身が情熱をもって参加していた中国革命の坩堝《るつぼ》でもあった。あえて東京を離れ、同国人のまったくいない仙台医専を選択するというのは、通常では考えられない異常な行動である。仙台行は、その異常を必然にする特別な事情によったと考えなければならない。そして、その特別な事情とは、暗殺命令に対する彼自身の態度の表明であり、それは魯迅が、留学生社会からの離脱という大きな代償と引き換えに実行した苦渋の選択であったのではないだろうか。

第三章　科学救国の夢（上）

一　日本の政治小説

魯迅の来日より二十一年前、日本では明治十四年（一八八一）に、十年後の明治二十三年を期して国会を開設するという明治天皇の詔《みことのり》勅が発せられた。それは活発化する自由民権運動の沈静化を企図した明治政府による人心収攬策であった。この立憲政体に関する方針を決定した明治天皇御前会議では、北海道開拓使官有物払い下げの中止と、大隈重信参議罷免のことも同時に決定された。いわゆる「明治十四年の政変」である。この時、大隈とともに太政官大書記の職を追われた矢野文雄は、後に一世を風靡する政治小説『経国美談』の著者となった龍渓であり、やがて大隈の手足となって立憲改進党結成のため奔走することになる。

十年後に国会を開設するという詔は、自由民権運動に具体的な目標を与えた。このころ日本の社会では、政党結成の機運はすでに充分熟していたが、同年十月には板垣退助を総理とする自由党が最初の本格的な政党として、早くも名乗りを上げた。そこには明治維新によっても志を得なかった士族と商業資本家および地方の農民が結集されていたといわれる。ルソー流の天賦人権・自由の権利等を主張する急進的な政治結社であった。一八八二年から八四年にかけて、政府のデフレ政策がもたらした米価の暴落が起こると、自由党員中のラディカルな部分は困窮した中貧農層を組織し、福島・茨城・群馬・秩父など各地で次々に武装蜂起を行なった。

この自由党の結党より半年おくれて、先に政府を追われた大隈重信らは、明治十五年四月、大隈を総理とする立憲改進党を組織した。この党には主に地主や産業資本家および都市の知識人が参集していたといわれ、彼らはイギリス流の穏健主義を党是として、自由党とは異なる進路を採択した。従って両党の間には批判と抗争が繰り返されることになる。しかしいずれにしても、それらは在野の人士による民間の政党であり、薩摩藩（鹿児島）や長州藩（山口）の出身者を中心とする明治藩閥政権とは、自由民権運動を軸として対立する関係にあった。

日本の政治小説は、このような運動に呼応して、その理念を啓蒙するための手段として明治十年代半ばに成立した。明治十三年（一八八〇）に刊行された戸田欽堂の『情海波瀾《じょうかいはらん》』はその第一作であり、全五齣の文学作品というにはあまりにも稚拙な小説だが、明治の政治小説はこれを嚆矢として以後次々に登場する。リットン、ディケンズ、デュマ等ヨーロッパ政治小説の翻訳も盛んに行なわれるようになった。それらの中には『東洋自由曙』『自由の凱歌』『自由の空夢』（いずれも明治十五年）など「自由」の二字を題名におりこんだ作品が多いのも一つの特色である。

こうして明治十六年（一八八三）三月、先に「明治十四年の政変」によって下野した矢野文雄（龍渓）が『経国美談』前篇を報知社から刊行することによって政治小説は全盛期を迎える。当時のことをふり返って徳富蘆花は、

「時代は潮の如く変わつて来た。二三年前『三国志』に耽つて張飛の長坂橋に胸を轟かした僕等は、今『西洋血潮小嵐』『自由の凱歌』など云ふ小説に余念もなく喰ひ入る時となつた」「其れから経国美談の番で」「僕等は幾夜徹夜してイパミノンダス、ペロピダスとセーベの経営に眼を悪くしたかも知れぬ」（明治三十四年五月『思出の記』）

と述べている。政治小説は自由民権運動の落とし子であるが、逆にまた政治小説によって運動に身を投ずる青年たちが数多く出現した。いや、むしろそのような直接的効果をねらったところに、後の近代小説とは異なった政治小説の最大の特色があったというべきであろう。それは徹頭徹尾、功利的観点に立った営為であり、文学の自律的機能を重く見る、いわゆる「近代」的文学観とはまともに対立する概念に支えられていた。作者の多くは当時の著名な政治家であり、彼らの所属する政党の機関紙も正面きって「政事に関する稗史《はいし》小説の必要なるを論ず」るという状態であった（明治十六年八月二十六日『絵入自由新聞』）。

だが、このような政治小説が盛んになったのは自由民権運動の当時に出版および言論の自由が保障されていたからではなく、事実はまさしくその逆であった。その間の事情を右記「絵入自由新聞」はこのように訴えている。

「夫れ言論出版の二自由全からざるが故に政理の人心に感通せざる場合に於ては已を得ず変通の策を以てせざるべからざるなり真の変通の策とは何ぞや則ち稗史小説の力を假る是れ也(1)」

明治専制政府による徹底した言論統制の現実が、在野の政治家に政治小説の筆をとらせる一つの大きな動機ともなったのである。その代表作の一つである『経国美談』が明治十年代の自由民権運動に与えた影響については、小栗又一『龍溪矢野文雄君傳』が次のように記している（引用文は常用漢字体に改めた）。

「明治初年には、いはゆる政治小説が盛んであつた。柴東海散士の『佳人之奇遇』や、末広鉄腸『雪中梅』、『花間鶯』や、その他『花柳春話』『春鶯囀』、『自由の凱歌』等々、さまざまの政治小説が上梓されて、文学史上未だ曾て見ざる賑やかな一新紀元を画したのである。雪崩れこむ欧洲政治思想の消化と、立憲政治の建設とに慌しい日を送り、政治思想の普及にもまた余念のなかつたその頃にあつては、假名垣魯文や、二世春水や、三世種彦などといつた人々の閑文学を顧る暇がなかつた。政治家であり、小説家であつたヂスレリーや、ロード・リットン等の作品までが翻訳されるに至つては、僅かに余燼を保つてゐた軟文学も、政治小説の嵐の前に忽ち影を絶たずに居られなかつた。この政治小説全盛の新機運を醸成し、日本の文学史上、一大革命を招来したのは果たして何ものであつたか。いふまでもなく、先生こそその第一人者であつたのである。先生の『経国美談』一巻は、実に洛陽の紙価を高からしめた。天下の青年の血を湧き立たせて、どれほど政治思想を高潮せしめたか知れなかつた。今日、政治家として朝野に名声を馳せるもので、この一巻の感化を受けないものは殆どないといつていい。」（第一篇　素描　一二）

この『龍溪矢野文雄君傳』の執筆者小栗又一は矢野文雄の弟である小栗貞雄の令息、つまり龍溪からは甥にあたる人で、同書はかつて龍溪が副社長をしていた毎日新聞社の方針によって、彼が伯父龍溪の依嘱を受けながら書いた伝記である。従って『経国美談』に関する部分の叙述には若干の誇張があるかも知れない。しかし、それが当時の青年に及ぼした影響については、すでに見た徳富蘆花を初めとする多くの人々による類似の証言が別にあり、この部分もあながち身内びいきの誇大表現とみなすべきではないだろう。明治文学史の一節にはめこんでも、そのまま引用に耐える記述内容である。

二　戊戌の変法

中国の変法自強運動は、日本の明治維新を重要なモデルとして設定していた。運動の中心となった康有為は早くから洋学に目を向けていたが、日清戦争の終わった翌年（一八九六）には日本の書物を多数購入して『日本書目誌』の編纂に取り組み、またその十年前から着手していた『日本変政記』の著述作業をも継続した。清朝政府の改革に関して、一八八八年に第一回の上書を提出して以来途絶していた上奏文の提出活動を、日清講和条約調印後には頻繁に繰り返し、その第六回上書（一八九八年）がついに光緒帝の手にとどいた。そのころ彼の提出した上書には変法における明治維新の位置が次のように記されている。

「なにとぞ陛下はロシアのピーター大帝の心をもって心の師とし、日本の明治の政治をもって政治の師とせられんことを。そしてその時代も距離も遠からず、習俗もほぼ同じく、効果がすでに顕著で、推移も順調であって、すぐれた書画の真跡が残っていて模写しやすく、宮室衣服のデザインのサイズが適当で、すぐ製作にとりかかれるようなものを求めるのであれば、日本の明治維新を範とするのが最も近道だと存じます。」（一八九八年一月「統籌《とうちゅう》全局疏《そ》」）

ここで康有為が描写する明治維新の構図はあくまでも建前であって、明治藩閥政権下の統治の実態とは相当かけ離れたものである。改革の方向を示す雛形であるから、それは極度に理想化された模型となっている。だが、それはこの際問題ではない。ここで重要なのは、康有為が明治維新を中国改革のモデルとした変法自強策を、光緒帝に進言していたという事実である。弟子の梁啓超も基本的には同じ立場にあった。

こうして戊戌変法は、一八九八年六月十一日（新暦）の「国是を定むる詔」によって開始される。以後矢継ぎ早に上諭が頻発され、制度上での改革が光緒帝の名によって指示される。それらはむろん、いずれも体制内改革であり、清朝政権のあり方を根底から変革する性格のものではない。けれども、制度の手直しは、これまで旧制度の上に胡座《あぐら》をかいてきた清朝支配層の既得権に抵触し、しばしば彼らに不利益をもたらす結果となった。そしてそれは当然、西太后を頂点とする保守派の怒りを買うことになる。変法開始後百三日目（九月二十一日）に政変が起こって光緒帝は幽閉され、西太后が「訓政」に乗り出した。「戊戌の政変」である。政変発生の当日、軍機章京である譚嗣同を訪れていた梁啓超は、その前後の模様を次のように記している。

「六日に至って政変が遂に起こった。その時、私はちょうど君の寓所を訪ね、ソファーに対座して計画を練っていた。ところが南海館（康有為先生の居所）を捜索しているという報せが突然来て、引き続き垂簾の諭（西太后が政治を行うという上諭）が伝わって来た。君は従容《しょうよう》として私に語った。「昔、陛下を救おうとしてついに救えなかった。今、康先生を救おうとして救えない。私にはすでになすすべがなく、ただ死を待つのみである。だが、天下のことは不可能と知りつつもやるのだ。君は試みに日本公使館へ行って伊藤氏に会い、上海領事に打電して先生を救われよ。」と。」

事件発生当時の駐北京公使は『経国美談』の著者矢野文雄（龍渓）であった。ただ、このとき龍渓は休暇をとって日本へ帰国していたため、事変への対応と日本国外務省への経過報告は臨時代理公使の主席書記林権助が処理した。おりしも侯爵伊藤博文が北京を訪れ公使館に宿泊していたので、事後の対策には本省の指示のみならず、伊藤の決断が大きく影響することになる。そもそも梁が日本公使館を訪れたのは、そこに伊藤がいるのを知っていてその援助を求めるためであった。清国駐札代理公使林権助は、後に当日のことを回想して次のように語っている。

「梁啓超が是非私にあひたいと言つて、公使館に飛込んで来たのは、恰度午後二時であつた。伊藤さんと食事のあと話をしてゐたわたしは、ともかくも梁を別室に通して対面した。見ればその顔色蒼白で、悲壮の気が漂つてゐる。事態の唯事でないのを看取せざるを得なかつた。」（林権助『わが七十年を語る』一九三五年三月、第一書房）

　このとき梁は光緒帝の安全と康有為の救出を林に依頼した後、いったんは公使館を離れ、その夜になって再び公使館を訪ねる。当時の大隈重信外務大臣にあてた林の電報(外交文書)によれば、梁はその日、公使館へ一泊した後、天津から船に乗って日本へ脱出することになった。

　梁啓超 advocate of reform came to this Legation to ask protection as he is afraid of being arrested at any moment. He stayed a night. Having fear however to create suspicion on the part of China, I advised him to leave 北京 before any order to arrest him is issued. He cutoff his tail, put on European dress, and left 北京 yesterday.

　これは九月二十三日、つまり事変の翌々日に打たれた報告電文の前半である。この電文と梁の「譚嗣同伝」をつきあわせてみれば、梁啓超の日本公使館訪問を譚嗣同が勧めたのは九月二十二日のことである。譚はこの時「著書及び詩文の原稿数冊と家書一箱」を梁に託し、「実行する者がなければ、将来につなげることはできず、死ぬ者がなければ皇帝に報いることはできない。いま南海先生（康有為）の生死はわからないが、僕と君はそれぞれに程嬰（晋の人、趙朔の子を抱いて山に隠れる）と杵臼（偽の子供を抱いて殺される）、月照（和尚）と西郷（隆盛）の役割を分かち合おう」と語って、最後の別れを告げたという。

　日本公使館に避難した後の梁は、日本の在天津一等領事鄭永昌《ていえいしょう》に伴われて北京を脱出し、日本行きの船が出帆するまで数日間、天津領事館に滞在した。そして紫竹林からジャンクに乗って日本船玄海丸へ九月二十七日に乗船するはずであった。しかし途中、北洋大臣の小蒸気船快馬号の追跡を受けたため、日本海軍の軍艦大島へ保護されることになる。この間の経過を詳細に報告した鄭領事の鳩山和夫外務次官あて「機密第十五号」は、外交文書というよりは手に汗にぎるようなドラマティックな脱険記である。(2)

こうして度重なる偶然の結果、梁啓超は日本軍艦の客となり、そこで日本の政治小説『佳人之奇遇』と対面することとなる。そして、そのことが中国に政治小説というジャンルを導入する直接のきっかけとなった。丁文公撰『梁任公先生年譜長編初稿』では「某記任公大事記」の次のような記述を引用する。

「戊戌八月(一八九八年九月)、先生は危難を脱出して日本へ赴いた。かの国の軍艦の中へは、身一つで文物をもちこまなかったので、艦長は『佳人之奇遇』なる書物をもって先生の無聊を慰めた。先生は読むかたわらから翻訳し、その後これを『清議報』に掲載した。翻訳の始まりは軍艦の中であった。」

ただし、この言葉は鵜呑みにできない。なぜなら、彼はこの当時ほとんど日本語を解しなかったからである。現に梁は『三十自述』と題する自叙伝の中で、「戊戌九月、日本に到着。十月、横浜商界の諸同志と清議報の発行を計画する。これより日本の東京に居ること一年、ようやく日本語が読めるようになり、思想はそのために一変した。」と記しているからである。漢訳『佳人奇遇』の訳者が誰であるかについて、私自身はかつて別な場所で論じたので、[3]ここでこの問題に立ち入ることは避けたい。いずれにしても、梁啓超が危難を避けて日本へ渡航する艦中で初めて柴四朗（東海散士）の『佳人之奇遇』にふれたこと、そしてそれが中国に政治小説を導入する機縁になった事実のみをここでは記述するにとどめたい。

三　小説界革命の提唱

日本に亡命した梁啓超は、横浜の華僑社会を基盤として旬刊の雑誌『清議報《せいぎほう》』を発刊し、その創刊号から『佳人之奇遇』を漢訳して連載した。それを翻訳・印刷するに際して付された「訳印政治小説序」は、中国最初の政治小説論である。梁啓超によれば、「政治小説の形態は欧米人に始まる」ものである。「かの米・英・独・仏・奥・伊・日本各国の政界が日々進歩するについては、政治小説が最も大きな功績をはたしている」のである。

「ヨーロッパ各国がかつて変革をなしとげるにあたっても、その国の大学者や仁徳ある人物、志士がしばしば自ら体験したこと及び胸中に抱く政治的主張をいったん小説に託する」ということがあった。かくしてそれは、「兵士や仲買人・農民・大工・車夫・女子・子供にまで及び、これを手に取って口ずさまない者はなく、往々にして一冊の本が出るたびに、全国の議論がそれによって一変する」こともあった。

小説は、このように絶大な影響力をもつものであり、それはイギリスの名士某君がいうように、まさしく「国民の魂」である。「いま、外国のすぐれた作者の作るもので、今日の中国の時局にかかわりの深いものを特に選んで順次翻訳し、巻末に附載して愛国の士の御覧にいれたい」と、梁啓超はその趣旨を開陳し、『佳人之奇遇』（漢訳名は『佳人奇遇』）の連載を開始した。

翻訳とはいっても、若干の削除や政治的主張を異にする部分の改作、修辞面での手直しをも含んだ訳業ではあるが、しかし、全体としてはかなり忠実な逐語訳である。原作の巻十二の冒頭部を、『清議報』第三十五冊（一九〇〇年）に訳載したところで連載を打ち切り、翌号からはこれに代わって、矢野文雄（龍渓）の政治小説『経国美談』の連載が始まる。中国の政治小説は、このように日本の代表的な二作品の翻訳・紹介からその歴史を歩み始めることになった。

一九〇一年、『清議報』は第百冊を発刊した直後に発行所が火事によって焼失した。その後を継いで発刊された変法自強派の機関誌『新民叢報《しんみんそうほう》』の第二十号（一九〇二年十一月）は「新小説第一号」と題する文章を載せ、同じ日に創刊された中国最初の小説専門誌である雑誌『新小説』のプロパガンダを行なった。

「小説は文学の最も優れたものである。近ごろ国外で学ぶ者は、多くそのように言うが、我が中国ではまだその風潮は盛んではない。……思うに今日、小説を提唱する目的は、国民の精神を振興し、国民の知識を開くことを任務とするのであって、以前のように窃盗や淫行をあおる作品とは異なるのである。必ず熱情と浄眼を具えねばならず、そうして初めてその言は有用となるのだ。小説とはいえ、蔵山の文、経世の筆をもって行なわなければならないのである。」

こう述べた後、筆者は雑誌に新小説を連載するという試みが困難なことを五点にわたって論じる。それは、『新小説』制作の困難さを慨嘆しているようであるが、実はその難しさにあえて挑戦しながら新しい作品を登載するのがこの雑誌『新小説』であるという自負を逆説的な表現で誇示しているのである。「五つの難」はとりもなおさず「五つの長所」でもあるのだ。

『新民叢報』に先立つ『清議報』では、同誌発行の目的を創刊号の「叙例」で四項目にわたって記していた。その一は「支那の清議を維持し、国民の正気を激発する」ことだった。また、同誌第十一冊の「本報改定章程告白」は「本報の宗旨、専ら清議を主持し、民智を開発するを以て主義と為す」と述べている。「新小説第一号」の文面で「今日、小説を提唱する目的は、それによって国民の精神を奮い立たせ、国民の知識を啓発するためである(今日提唱小説之目的。務以振国民精神。開国民智識)」という時、その創刊の趣旨が『清議報』のそれとまったく変わらないことに留意しておきたい。

こうして見ると、一八九八年に創刊された『清議報』から一九〇二年十一月発行の『新小説』

創刊号にいたる文脈はきわめて明白である。外国政治小説の翻訳・紹介の段階から、創作を主体として、それも月刊誌に長篇を連載するという中国最初の試みを行ないつつ、新しい小説を生み出していく抱負が、ここに来てにわかに現実化されたのだ。そして、それは「小説界革命」というキャッチ・フレーズのもとに提唱され、中国小説史上に未曾有の「繁栄」期を招来することになる。その舞台となったのは、むろんこの雑誌『新小説』である。

よく知られているように、「小説界革命」は最初、同誌創刊号の「論小説与群治之関係」(小説と政治の関係について)で提唱され、雑誌自体も「訳印政治小説序」(一八九八年)以来の梁啓超の宿願をはたす手段として発刊された。創刊号から連載の始まった梁啓超の政治小説「新中国未来記」は、この作品を発表するために雑誌『新小説』を発刊したと、作者自身が述べるほど期するところのあった作品である。ちなみに、その「緒言」では次のように記している。

「私がこの作品を書こうと思ってからすでに五年、だがついに一字も書くことができなかった。このところ幾つもの役柄にかかわり、毎日多忙で、そこまで手が回らなかったのである。しかし、この類の作品が、中国の将来には、大いに役立つであろうことを確信し、日夜その志の衰えることはなかった。しかし全書の完成を待ってから公にしようとすれば、おそらくはさらに数年が経過し、出版の日は来ないであろう。ここは定期刊行物によって自らを鞭打ち、少しでも得るところがあれば無いよりはましであろう。『新小説』を出すことになった主旨は、もっぱらこの作品のためなのである。」

こうして『新小説』創刊号は発刊され、その冒頭には「論小説与群治之関係」が掲げられた。「一国の民を新しくしようとすれば、先ず一国の小説を新しくしなければならない」と説き起こして、「だから今日、政治を改良しようとすれば、必ず小説界革命から始め、民を新しくしようとすれば、必ず新小説から始めよ」と結ぶこの一文は、要するに彼ら変法自強派の政治理念を小説に盛り込んで、啓蒙活動に役立てようとする趣意書であった。日本の政治小説を念頭においた典型的な功利的文学論である。

このような梁啓超の論法は、文学の自律性を重く見て、文学に対する政治の直接的な介入を忌避する西欧的近代文学の観点とは、まっこうから対立する概念である。だが、梁にとってそうした文学上の論議は、この際、問題ではなかった。彼はただ、小説のもつ効用にのみ着目して、それを変法自強、立憲君主という自分たちの政治的理念を実現する啓蒙手段に転用しさえすればよかったのである。ただし、梁啓超の意図とは無関係に、「小説界革命」は中国文学史に「近代文学」の礎石を構築し、留学直後の魯迅が着手した文筆活動にも大きな影を落とすことになる。

四　林訳小説と雑誌『新小説』

四歳年少の周作人によって記録された日記や回想録は、青年時代の魯迅を知る上での貴重な証言である。これから見ようとする留学時代に関しても、『周作人日記』や『魯迅的《の》青年時代』と題する文章にはしばしば重要な記述が残されていて、そこから私たちは魯迅の文学や思想の形成にかかわる多くの事実を読みとることができる。

今、影印本で刊行されている『周作人日記』には光緒戊戌（一八九八年）から乙巳（一九〇五年）の部分が含まれていて、若干の記載漏れはあるものの、そこから魯迅に関する事項を拾い上げることができるとともに、周作人がそれらの日記をもとにして記述した『旧日記の中の魯迅』（原題は『旧日記裏的魯迅』）は、彼が記録した当時の日記への補足の文章を含んでいて、在りし日の周樹人青年像をかすかな輪郭ではあるが浮かび上がらせてくれるのである。(4)

日記の日時は旧暦で記載されているので、今それらを新暦に置き換えて見れば、魯迅は一九〇二年三月二十四日、大貞丸に乗って南京から上海に到着、その地の旅館で宿泊した後、改めて日本に旅立つことになる。(5)四月四日には横浜港に着き、上京して麴町区平河町四丁目の三橋旅館に宿をとったことが、手紙で周作人に通知されている。この時点ではまだ成城学校に入学予定であったことが、やはり同じ手紙の中には記されている。だが、本稿で先述したように、魯迅ら鉱務鉄路学堂出身の学生数名は成城への入学を許されず、改めて弘文学院へ入ることになった。

四月十三日附で送られてきた手紙には、留学途次の紀行文と見られる長文の『扶桑紀行』が同封されていて、周作人はそれをわざわざ別冊に複写している。ただし、それは今日伝わっていない幻の文章である。これ以外にも、同年十月五日発の日記に記されている『戛剣生《かっけんせい》雑志』の一部や十日発の手紙に同封された「詩二章」も佚文となっている。

七月十日発の手紙は「すべて口語」、その次の手紙も「また口語」である。この当時、中国文人の間で手紙を口語によって書くという習慣はまったくなかったはずなので、さすがの周作人も驚いて「尽く是れ白話」「亦た是れ白話」と眼を丸くしながら日記に記載しているのである。この十五年後に「文学革命」が提唱されたとき、いち早く口語小説『狂人日記』でそれに応えた魯迅の原型を彷彿とさせるような事実である。

ところで、この日記には、日本から魯迅によって作人へ送られてきた書籍や文章の題名が詳細に記されていて、そのころの魯迅がどのような方面に関心を寄せていたかを如実にうかがうことができる。一九〇二年から翌々年夏にかけて、つまり仙台医学専門学校入学以前に記載された書物には次のようなものがある。

『最近清国疆域分図』、『留学生会館第一次報告』、『摩西伝』、『新訳英和辞典』、『浙江同郷会章程』、『浙江潮』（定期購読）、『新小説』（定期購読）、『権利競争論』、『清議報』（合訂本八冊）、『新民叢報』、

『訳書彙編』、『西力東侵史』、『世界十女傑』、『天籟閣』、『雷笑余声』、『林和靖集』、『真山民集』、『朝鮮名家詩集』、『日本名所』、『生理学粋』、『利俾瑟戦血余腥録』、『月界旅行』、『天方夜談』、『英文学研究』(山県五十雄編注)、『懐旧』(ユゴー)

これら以外にも魯迅に勧められて、周作人がジョン・ミルの『論理学』(厳《げん》幾道《きどう》訳『名学』)を中国国内で購入して読んだことが記されている。同じ時期に作人が読んだというモンテスキュー『法の精神』(中国訳名『法意』)、アダム・スミス『国富論』(中国訳名『原富』)は、魯迅が南京にいたころすでに読んでいたものである。コナン・ドイルの作品(中国訳名『華生包探案』)は、魯迅の要望により、作人が南京で購入の上、日本へ発送している。魯迅の読書傾向は一見雑多なようであるが、これらに共通して見られるのは、明治末期における日本文化からの影響の跡と、当時の在日清国留学生界の風潮ならびに文学への関心である。

もっとも、文学への関心といっても、この段階で魯迅が示した傾向は林訳小説への興味と梁啓超が提唱した小説界革命への共感である。前者は林紓《りんじょ》(字は琴南《きんなん》)が外国語のできる助手を使いながら桐城派《とうじょうは》の格調高い古文に翻訳ないしは翻案した世界各国の文学作品であり、当時の中国ではかつてない新鮮な内容をもつ作品として受けとめられた。周作人の記した別な文章から推定すれば、魯迅はそのかなりの作品に目を通している。(6) 後者は、小説を啓蒙手段として中国改革の運動に適用しようとする梁啓超の主張への共感である。ただし、魯迅が着手した文筆活動の中身には梁のそれと明らかに異なる部分がある。

梁啓超は日本の政治小説の代表作である『佳人之奇遇』や『経国美談』の翻訳を自らの主宰する雑誌に掲載し、それらによって基本的には立憲君主の維新運動を推進しようとした。「基本的に」というのは、このころの梁は相当程度、清朝政権の打倒を唱える孫文ら革命派の主張に共感を示していて、革命と維新の間を左右に揺れ動いていたからである(7)。

いっぽう、魯迅が同調したのは、小説を変革の啓蒙手段にせよという、梁による「小説界革命」の論理への共感のみであって、彼の文筆活動の内容は清朝政権の打倒、漢民族の光復（主権回復）という政治的態度ないしは覚悟の表明と科学知識の普及運動であった。前章で題目のみを掲げた「留学前期の文筆活動」の作品群は、どれをとってもそのことを端的に物語る例である。魯迅から周作人に送られた『月界旅行』も例外ではない。これについて作人は『旧日記裏的《の》魯迅』で次のように記している。

「『月界旅行』は魯迅自身の翻訳であり、作者は『新小説』上ではジュール・ベルヌと称された、フランスのもっぱら通俗的な科学冒険小説を書く有名人である。彼の『十五小豪傑』と『海底旅行』はいずれもその雑誌に連載されたことがある。読者からは大いに歓迎されたので、魯迅がこの小説を翻訳したのも、おそらくはその影響を受けたからだろう(8)。」

ジュール・ベルヌの翻訳は明治十年代から日本では盛んに行なわれていた。『新民叢報』や『新小説』ではそれらを日本語から重訳して掲載したのである。ただし、魯迅が訳した『月界旅行』（原名『月世界旅行』）には魯迅による「弁言」があって、そこにはこの作品の翻訳を手がけた訳者の意図が明確に打ち出されている。このことについては、次章で詳しく見ることにしたい。

五　自ら小像に題す

日本留学二年目の春、魯迅は辮髪を切り落とした。その姿を写真に撮り、弘文学院の同窓で、生涯を通じての親友となった許寿裳に贈った後、さらに一首の七言絶句を追贈する。この時点では無題であったが、許が「自題小像」と名付け、後日、回想文に記すことで人口に膾炙した。その時のことを許は次のように記している。

「魯迅は民族解放の事業に対して、比類なき堅固さをもち、一九〇三年の東京留学時に、写真を私に贈り、後から詩を追加した。その詩は：

霊台無計逃神矢　　霊台《れいだい》　神矢《しんし》を逃《のが》れんに計《けい》なく
風雨如磐闇故園　　風雨《ふうう》　磐《いわ》の如く故園《こえん》闇《くら》し
寄意寒星荃不察　　意《い》を寒星《かんせい》に寄《よ》するも荃《せん》は察《さっ》せず

我以我血薦軒轅　我《わ》れ我《わ》が血《ち》を以《もっ》て軒轅《けんえん》に薦《ささ》げん」

（許寿裳『我所認識的魯迅』）

同じ頃、魯迅は二度にわたって断髪の写真を、故郷の周作人に送っている。『周作人日記』（癸卯二）では、この前後の状況を次のように伝えている。

「十二日……夜、胡君韵仙《こくんいんせん》が日本からの五日附の手紙を人に托して来た。西園が四日に出発するので、衣類や書物をことづけるという。目録は後に記す。また弘文ストのことを述べ、姚監督も事故によって逃げたとある。こっけいだ。……（中略）……弘文同学の写真一枚。断髪の写真一枚。ガラスペン二本。

全部で書物二十七冊、写真二枚、ペン二本。また衣類数点、トランクに収める。」

「廿九日……兄の廿一日附手紙ならびに断髪の写真一枚を受け取る。弘文の事件は終わり、すでに院に返ったという。」

魯迅書簡の日附を示す旧暦三月「初五日」および「廿一日」は、それぞれが新暦の四月二日ならびに十八日となる。ここには「弘文散学事」、魯迅「断髪」のこと及び「監督姚某」のことあわせて、いずれも一九〇三年三月下旬より四月中旬にかけての三件にわたる魯迅身辺の大事が記されている。

手紙につけて日本から周作人に送られた断髪の写真二枚と、一九〇三年に魯迅から許寿裳に贈った「小像」は同じものであったと考えられる。魯迅にとっての断髪は、むろん単なる風俗の問題ではなかった。写真を贈った後に補った詩意にもその気持ちははっきりと示されている。「我れ我が血を以て軒轅に薦げん」という時の「軒轅」は、『史記』「五帝本紀第一」の冒頭にある「黄帝」の名で、漢民族の始祖とされたことから、当時の革命派が好んで使用した古代の皇帝であった。この五言絶句からは、種族革命に献身しようという魯迅の決意は読みとれるのであるが、しかし、全体の詩解は必ずしも容易ではない。

許寿裳によれば、「第一句では外国で受けた刺激の深さを言い、第二句では故国が風雨に閉ざされている状態を思いやることを記し、第三句では同胞がいまだ覚醒せず、寂寞の感に堪えないことを述べ、末句では故国への思いを叙述しているのであって、生涯にわたる実践の格言である」(許寿裳『我所認識的魯迅』「懐旧」)。

許寿裳は弘文学院時代以来の親友で、魯迅の性格や人柄について最もよく知っている人である。ここでの詩解も、おおむねその通りであるのかも知れない。だが、この詩については幾つかの疑問点があって、今日にいたるも充分な解釈は施されていない。とりわけ難解なのは、「神矢」「寒星」及び「荃」の三語であり、それぞれの寓意の解釈次第によっては、「霊台」や「故園」のような他の詩語の解にも変化が生ずることになる。

魯迅自身がこの詩について直接ふれた文章はないが、後年、許広平夫人の問いに対して次のように語ったという。

「この詩について周先生（魯迅のこと—筆者）に尋ねると、周先生はみずからこのように私に説明してくれました。周先生はみずからこの詩について説明してくれただけではなく、後日、一九一八年に書いた新体詩「愛の神」と一九一九年に書いたエッセイ「随感録・四十」を挙げて、詩の意味は後に二篇の中で書いたこととあまり変わらない、といいました。」（賜金「《自題小像》和〝婚姻説〟——《魯迅詩直尋》乃二」）(9)

許広平のこの言葉は、一九四一年に蔣賜金がこの詩意について彼女と検討した時に述べられたものである。だとすれば、第一句の「神矢」はギリシャ神話にあるキューピッドの矢ということになり、当時、魯迅の手元にはギリシャ神話の本が置かれていたという許寿裳の記述とも矛盾しないだけではなく、朱安《しゅあん》との望まぬ結婚を迫られていた、この頃の魯迅の心境も当然この中に詠み込まれているはずである。魯迅と朱安との婚姻の経過については本書の「第五章　朱安との結婚」でもふれるので、ここでは詳述しないが、第一句には「キューピッドによって打ち込まれた愛の矢を逃れるすべはない」という、自嘲的な作者の気持が諧謔に述べられていると解すべきであろう。従ってそれを承けついだ第二句の用語にも、きわめて個人的な思いが歌われているはずである。

　このころ、魯迅たち弘文学院の清国留学生は学院の経営方針に反対してストライキに突入していた。そして第二句にいう「故園」が、この弘文学院を指す詩語であることを、魯迅が帰国後に書いた許寿裳宛の手紙（一九一〇―一一―二）などを参照しながら私自身はかつて論証したことがある。[10]起句と承句は、朱安との婚約、弘文学院での騒動という内憂外患をやや大げさに冗談めかして詠った詩句と解されるのである。

　だが、第三句では一転して国事を談ずることになり、「寒星」は北天に在って兵乱、禍災、生死を司る「太乙星」、「荃」は戊戌の政変によって幽閉された光緒帝を暗喩する詩語と解釈した。[11]そのような理解は今も変わらない。

　なお、第四句が清朝政権打倒に与する作者の決意表明であるという理解に関する異説はないものの、それは一般に言われるような大上段に振りかぶった言葉ではなく、この句の韻律がすべて仄声によって成り立っているという特異な作法に注目すれば、むしろ「打油」の戯れ歌といった性格を帯びる語調であることを指摘しておきたい。ここからは「辮髪を落としてやったぞ！」という、青年周樹人のいたずらそうな顔つきが彷彿とするのである。詩意を要約すれば次のようになるだろう。


　心に打ち込まれた愛の矢を逃れるすべはなく、

ストライキに突入した学院もお先真っ暗。
志はあっても軟禁中の天子にはとどかない、
よし、それなら種族革命に命を捧げよう。

第四章　科学救国の夢（下）

一　文化の逆流

学問といえば漢学、それもオーソドックスには儒学であった江戸時代までは、日本は中国に対して一方的な文化輸入国であった。だが、明治維新を転機とする日本の近代化はそうした文化の流れを一挙に逆転させた。日本は自分たちの吸収した西欧文化を中国に媒介する役割を、その時点から担い始めたのである。中国にとって、日本は近代化の一つのモデルであると同時に、そこから西欧文化の精髄を導入する移入回廊ともなったのであった。

かつて「眠れる獅子」として世界の国々から畏怖されていた大清帝国は、阿片戦争（一八四〇－四二）の敗北以来、イギリス・フランスを初めとする列強の帝国主義的侵略の前で、次々と戦いに敗れ、容易に近代化の波に乗れないまま十九世紀末を迎えた。けれども有史以来三千年の文化を誇る中華民族にとって、西欧諸国の文明は未開のそれに等しく、かりに承認するとしても、わずかにその技術の優越を認識するにすぎなかった。

たとえば、魏源による『海国図志』(一八四二年)は、イギリスなどの侵略に対抗して、海防の強化や中国政治の革新を訴えることを目的に編まれた画期的な書物であったが、しかし、それは「夷の長技を師として、夷を制する」ことを基本方針としていた。夷は当時の中国人から見た野蛮人、この場合には欧米人を指す言葉であり、その長技は機械文明であった。しかも、その主張が朝廷によって受け容れられたのは彼の死後、十九世紀もようやく後半に入ってからであった。

そのころ、日本は攘夷からいち早く開国に乗り換えた維新派が、やみくもな近代化政策によって欧米の社会制度を模倣、ともかくも資本主義に基づく社会経済制度の整備に成功し、その封建制を温存したまま列強の侵出や内乱の続発による混乱を余儀なくされていた清朝とは、対照的な道筋を歩んでいた。

そして、気がついて見ると、清国はこれまで属国とあなどっていた小国日本との戦い(日清戦争)に敗れるという悲惨な現実に直面しなければならなかった。こうして、清朝政府はようやく十九世紀末より、日本の明治維新をモデルとする「変法維新派」の学説を取り入れ、旧套依然たる体制の改革に乗り出したが、ただ、その急激な改革策に危機感をもった保守派の巻き返しを受けて維新派はたちまち失脚、運動の中心にいた康有為と梁啓超は日本に亡命した。「戊戌の政変」と呼ばれるクーデター(一八九八年)である。

爾来、変法維新派の領袖であった康有為とその弟子梁啓超は、横浜や神戸の港町でそのころようやく生活の基盤を見出していた華僑社会に身をひそめつつ、言論による活発な啓蒙活動に着手した。とりわけ、梁啓超は、亡命途次の軍艦上で手にした日本の政治小説『佳人之奇遇』に目を開かれ、小説の形式を借りて人々の思考を改革に導こうとした。

前章で述べたように、梁は横浜で発行した雑誌『清議報』の創刊号に、中国最初の政治小説論「訳印政治小説序」を掲載し、東海散士（柴四朗）の『佳人之奇遇』の翻訳を連載し始めた。それは、厳密には翻案とも称すべき書き換えや加筆をともなう奇妙な訳業ではあったが、これによって、中国では初めて政治小説というジャンルが確立された。

二　政治小説『経国美談』

一冊の書物が一時代の青年たちの心を捕捉して、その時代を突き動かす原動力になるという例はそれほど多いものではない。だが、先述した『斉武名士経国美談』は、そうした稀有な作品であり、現代人の想像力をはるかに越えたところで読まれた書物である。それが明治十年代の自由民権運動に与えた影響については、こんな証言がある。

「この書の前篇が一たび世に現れるや、全國に非常なる一大センセーションを渦巻き起した。

当時、苟も將來に望みを抱く青年にして「經國美談」を讀まぬ者は殆どないといはれたが、全國の青年に、如何に大なる激動を與へたかは、幾十版といふその頃として未曾有の版數を重ねた一事に徴しても、推して知るべきである。本書に動かされて、或者は民權運動に身を投じ、或者は政界に志を立てた。少くとも一般の政治的自覺を動かし、政治熱を高潮せしめることに、どれほど深い原動力となつたか知れなかつた。今日、政界に名を成す人物にして、當時に於ける本書の感化を記憶せぬ者は、殆どないといはれてゐる。」(小栗又一『龍溪矢野文雄君傳』p. 217)

『経国美談』の前篇は明治十六年(一八八三)三月、後篇は翌十七年二月に、著者龍渓が社主を務める報知新聞社から刊行された。作者は同書の莫大な印税によって、明治十七年四月から十九年九月まで、ほぼ二年半にわたって欧米の各地を外遊する。「主としてイギリスに於ける憲法運用の實際、政黨の狀態、選擧の模様等を調査し、且歐洲の文物制度を研究せんがため」であったと、『龍溪先生年譜』では記載している。

作者の矢野文雄(龍渓は号)は、豊後(大分県)の藩士矢野光儀の長男として嘉永三年(一八五〇)十二月一日に出生し、藩校及び東京の田口江村の塾で漢学を学んだが、明治三年(一八七〇)、慶應義塾に入って英学を修めた。卒業後は義塾の教員に採用され、大阪、徳島の分校長を歴任、明治九年(一八七六)、二十六歳の時に『郵便報知新聞』の副主筆に招かれた。そして二年後に福沢諭吉の紹介で大蔵卿大隈重信に推挙されて大蔵省少書記官となり、さらに太政官少書記官、大書記官兼二等検査官から、統計院幹事を務めたが、いわゆる「明治十四年の政変」で大隈が参議を罷免されると、彼も進退を共にした。その後『郵便報知新聞』を買収してその社長となり、翌十五年（一八八二）三月、大隈重信を総理とする立憲改進党が組織された際、「三田派」のリーダーとして論陣を張った。

国会の開設、基本的人権の確立、地租軽減、外国との不平等条約改正をめざして展開された自由民権運動が最も盛んであったのは、明治十四年より十七年にかけてのほぼ三年間であるが、龍渓の『経国美談』はちょうどその最盛期に刊行されて、運動にたずさわる人々の熱狂的な支持を獲得したのである。この作品が多くの読者をもった理由の一つとしては、そうした社会的背景をまず第一に指摘する必要があるだろう。紀元前四世紀のギリシャの小国セーベが、民政を回復（前篇）し、大国スパルタに抗して国威を発揚（後篇）するといった内容が、内には明治藩閥政権と対峙しつつ、外に向かっては「条約改正」を求める青年活動家たちの熱狂的な人気を呼び起こしたのだ。

だが、単に政治的理念が時流にマッチするというだけでは、これほど多くの人々に衝撃的な感動を与えることはできない。『経国美談』が未曾有のベストセラーになった第二の（しかし最大の）原因は、やはり作者の文学的力量に基づく作品自体の面白さにあった、といわなければならない。時代を古代ギリシャに設定した題材の新鮮さ、青年志士イパミノンダス、ペロピダス、メルローを軸として展開される波瀾万丈のストーリー、構成の確かさ、語り口の巧みさ、また「欧文直譯體、漢文體三分ノ二ヲ占メ、和文體俗語體其ノ一ニ居ルガ如シ」（後篇「文體論」）といった文章上での工夫も大いにあずかって力があったに相違ないのである。

第三に、作者が政変によって下野した政府のもと高官であり、著名なジャーナリストであったこともその人気の秘密を解く上で無視できない事実である。小説といえば「婦女子」の手なぐさみの道具と考えられてきた従来の固定観念を打破し、高名な政治家みずからが筆を執った作品というだけでも、当時の人々にとっては新鮮な驚きであった。これは小説家の社会的地位が著しく向上した今日からはほとんど理解の困難な事実である。

その後に続いて出版された柴四朗東海散士の『佳人之奇遇』（初篇は一八八五年）、末広鉄腸による『雪中梅』（一八八六年）、『花間鶯』（一八八七年）等の場合も事情はまったく同様であった。いいふるされた言葉ではあるが、こうした政治小説の出現は世人の小説観を改める上で、画期的な役割をはたした。そして『経国美談』こそは、「この政治小説全盛の氣運」を最初に醸成した先駆的作品であった、といってよいだろう。

三　『経国美談』の漢訳

『経国美談』の前篇は全二十回よりなる。事件は紀元前三八二年、ギリシャの小国セーベ（今日では一般にテーベ）で、内紛が起こり、「共和の民政」が崩壊して、スパルタの干渉による「寡人政治」へと政体が移行するところより始まる。それまでセーベは隣国アゼン（アテネ）の制度にならって全市民による民主制を採用していた。だが、スパルタ兵を後ろ盾として行なわれたクーデターの結果、イパミノンダスを初めとする民政派は捕らえられ、ペロピダスとメルローその他若干の有志はかろうじて国外へ脱出、その多くはアゼンの都へ亡命した。

それから四年、ペロピダスはメルローら少数の有志者とともにセーベの都へ潜入、ヒルリダスの協力を得て専政党の主立った指導者を倒し、脱獄したイパミノンダスも「二十余名ノ壮士ヲ随へ」てかけつけた。かくして前三七九年十二月には民政を回復し、翌三七八年一月一日をもって大祝祭を行なうことになった。一方、スパルタでは国王みずからが将となって同盟列国と共にセーベ攻略の兵を挙げようとした。これより「希臘全土ノ大騒亂」が引き起こされることになる。『経国美談』の後篇は全二十五回よりなる。紀元前三七九年、スパルタ王クレオンブリュダスは十二万の同盟軍を率いてセーベを攻撃する。だが三旬を経てなおセーベの都を陥すことができなかったため兵を引きあげる。アゼンでは「極端の民政家」で、十年前に純正党から追われたヘージアスが政権を握り、さらに彼よりも「極端ノ平等均一論」を説く「亂党」が権力を握る。しかしチモヂウス及びカプリアス両将軍の「靖難」の義挙により「亂党」は滅ぼされ、セーベとの間にアゼン同盟が結ばれることになった。スパルタの老王アゼシラウスを将とする十五万の第二次討伐軍を、セーベはアゼンの支援を受けつつ撃退した。前三七八年、スパルタは三度目のセーベ攻略に失敗し、さらにスパルタ海軍はカブリアスを将とするアゼンの連合艦隊によって敗北する。

その後も双方の戦闘は繰り返されたが、軍事費の分担金をめぐってアゼンとセーベの間に確執を生じるようになった。

こうして、アゼン同盟の内部に隙間風が吹き始めたころ、コリンツ共和国のアンタルキダスによって「平和主義」が拡められ、前三七一年一月、スパルタの都でギリシャ全土の大平和会議が開催された。セーベの代表として列席したイパミノンダスは、スパルタ王の横暴に反対して退席、その結果スパルタはセーベ討伐の大兵を募った。スパルタの連合軍とセーベを盟主とするボーチアの同盟軍はレウクトラの大野に会戦、イパミノンダスの戦術によってスパルタ連合軍は大敗を喫することになる。ただし、『清議報』に訳載された話は、イパミノンダスが戦術を提起する途中までで連載を打ち切っている。

原文ではその後、イパミノンダスがアルカジヤ同盟と結んでスパルタを攻め、さらに北部に転じてヒーリー王アレキサンドルを追いつめる。こうしたセーベの台頭に脅威を感じたスパルタ、アゼン、コリンツの諸国は連合してペルシャの援助を求めたが、ここでもペロピダスを正使とするセーベの使節は外交上の勝利を得た。こうして紀元前三六六年、セーベは今やギリシャ全土の覇権を握ることになる。

この作品は著者龍渓がみずから記すように、「齊武ノ諸名士カ十九年間ニ於テ内ハ姦黨ヲ除キ外ハ國勢ヲ伸張セル經國ノ美談」である。だが、それは単なる歴史上の「美談」ではなく、作者はそこに明確な政治理念を盛り込んでいる。つまり、古代ギリシャのテーベ（原作ではセーベ）を模して実施した共和の民主制が、龍渓の脳裏には明治日本のあるべき姿として描かれていたのだ。彼が所属する立憲改進党の党是からすれば、「共和制」までもくろむものではなかったかも知れないが、少なくとも「市民」が参政権の上で平等な資格をもつような「代議制」の採用は意図されていた。

漢訳された『経国美談』は原文に忠実な逐語訳ではない。場面によっては、むしろ翻案に近い加筆や削除、書き換え、ストーリーの組み替えさえ行なわれている。これに先だって『清議報』誌上に連載された漢訳『佳人奇遇』が、原文をほとんど逐語的に翻訳していたのに比べれば、その相違はいっそう明らかである。だがそれにもかかわらず、内容面でしばしば重大な修正を行なった『佳人奇遇』に比較すれば、『経国美談』の方は、テーマ上での書き換えはほとんどないに等しい。あるのはただ、演出効果をねらった訳者による脚色のみである。いうなれば、訳者としての守備範囲を超えた読者サービスであった。『経国美談』の内容は、漢民族の光復（主権回復）にまで言及した『佳人之奇遇』ほどには、『清議報』編者の政治的立場に抵触しなかったのである。

四　「斯巴達之魂」と「哀塵」

龍渓がギリシャを舞台とする『経国美談』を描いたのは、当時の日本に言論の自由がなかったからである。作者は後篇の「自序」で、「然レトモ余カ述作ニ従事セシハ聊カ自ラ爲ニスル所有テ然リ徒ニ藝苑ニ優遊シテ歳月ヲ閒過スルノ意ニ非ルナリ世閒余ヲ知ルノ人他日必ス余ノ心事ヲ知悉スルノ時アラン」と述べ、その末尾の一節でも、同様の趣旨が繰り返されている。いわく、「余カ是書ヲ戲著セシハ其意文藻ニアラスシテ寧ロ事態ニ在リ故ニ其結構布置ニ多ク思ヲ費シ行文句法ニ輕ク力ヲ着ク世閒是書ヲ讀ム者幸ニ之ヲ察セヨ」と。

また、著者は前篇「自序」や「凡例」の中で、この作品が「實事」にもとづくものであることを繰り返し宣言する。それらは、『経国美談』がただの戯作ではないという作者の意図と矜持に根ざす発言であると同時に、作品に盛り込まれた龍渓の政治的意図が、官憲によって弾劾されることを避けるための周到な遁辞でもあった。

古代ギリシャを舞台にした作品は、日本では『経国美談』が最初であったと考えられる。そして、ここに描かれたギリシャの都市国家は、民政党によるアテネが善玉、専政党の支配するスパルタは悪玉という構図に定着する。だが、その十数年後、梁啓超や魯迅によって叙述されたスパルタの姿は、それとはやや異なるものであった。

一九〇二年、梁は「斯巴達小志」と題する一文を発表して、「雅典《アテネ》は文化の祖国であり、斯巴達は尚武の祖国である」という人があり、「雅典は自由政体の祖国であり、斯巴達は専制政体の祖国である」という人もいるが、それは必ずしも真実ではないという。なぜなら、「斯巴達の専制は、東方のいわゆる専制とは大いに異なり、それは民権の専制を打ち建てるものであって、君主の専制ではない」からだという。以下、梁啓超はスパルタの政治制度を具体的に論述して称讃する。

その翌年、魯迅は自樹という筆名で「斯巴達之魂」と題する小説を書き、『浙江潮』第五期と第九期に分載した。同誌の編集者となった友人許寿裳の求めに応じて、一気呵成に仕上げた短篇である。紀元前四八〇年、ペルシャ軍のギリシャ侵入を温泉門（テルモピュライ）で撃退しようとして全滅したスパルタ軍の戦闘を描いた作品であって、その主題は、戦いに臨んで生還することを潔しとせぬスパルタ軍の「尚武の精神」を称えるものであった。

小説とはいっても、それは必ずしも魯迅の創作ではない。晩年の魯迅は『集外集拾遺』の「序言」（一九三五年三月五日）で、その材料は「どこからか失敬してきたものにちがいない」のだが、今その典拠を明らかにすることはできないと述べている。悲憤慷慨調の文体は、作者自身が後で読み返してさえ、「耳たぶがほてってくる」ほどの青臭いものであったが、そのような覚悟で中国の改革に取り組みたいという、若き日の魯迅の熱い思いが伝わってくる文章である。

同じように古代ギリシャのスパルタを題材としながらも、「斯巴達之魂」を書いた魯迅の思いは、明らかに『佳人之奇遇』の作者柴四朗や「斯巴達小志」の筆者梁啓超とは異なっていた。この当時の魯迅にとって、スパルタの制度や歴史は関心の埒外であった。許寿裳によれば、弘文学院にいたころ、彼らは常に次のような三つの問題について討論したという。

一　どうすれば最も理想的な人間性となるか？
二　中国国民性の中で最も欠けているものは何か？

三　その病根はどこにあるのか？

魯迅が問題にしていたのは、「中国人の魂」のありようであり、国民性そのものであった。後に医学を捨て、文学に向かった魯迅の原型は、早くもこうした作品の翻案から読みとることができるだろう。ただし、そのような魯迅にとっても、中国人の間に科学知識の普及を図ることは緊急の課題であった。彼の考えでは、魂の改造と科学知識の普及とは、密接不離の関係にあったのである。このことについては、本文の後半で改めて詳述する。

ところで、『斯巴達之魂』前半が掲載された『浙江潮』第五期の「小説」欄には、「法国囂俄《フランス・ユゴー》著・庚辰《こうしん》訳」の「哀塵《あいじん》」が併載されている。筆名はまったく異なるが、これも魯迅の重訳で、文末には日本語訳者である森田思軒の「フハンティーン Fantine のもと（一八四一年）」をふまえた魯迅の附記が記されている。

その内容はヴィクトル・ユゴーが晩餐会の席で、太守としてアルジェリアに赴く将官と、植民地経営をめぐって論争する前半及び、街頭で見かけた貧しい婦人がその身なり故に警察官によって冤罪を受け、それをユゴーが救済するという後半とから構成されているが、「附記」でふれられているのは、作者のヒューマンな思想が現れている後半部のみであって、アルジェリアの植民地経営を肯定する前半に対して、魯迅はまったく関心を示していない。

思軒の記す「フハンティーン Fantine」（ファンティーヌ）は、『レ・ミゼラブル』に登場する女性の名であり、ここに描かれた事件は、後日その第五巻に挿入される物語である。雪中で辻馬車を待つユゴーの目前で、「一個の立派なる短領の衣服を着けし少年」が「一個の夫人の背」に雪つぶてを投げ、それが原因で激しく争う二人の前に現われた警官が、無辜の「賤女子」を捕らえて六か月の刑を言い渡そうとしたため、それを見かねたユゴーが婦人を救出するというエッセイである。

明治十年代の後半に入って、日本でもようやく翻訳の出始めたヴィクトル・ユゴーの作品(1)に着目した森田思軒がその随筆集を英訳本から重訳し、その中の弱者に同情を寄せつつ、官憲の横暴に立ち向かう作者のヒューマニスティックな挿話を、魯迅が「哀塵」と題して中国語文言で重訳したのである。訳題を「哀塵」としたのは、ユゴーの『レ・ミゼラブル』を思軒が『哀史』と訳しており、その『哀史』の部分を構成する「塵（片鱗）」という意味であったかも知れない(2)。

五　「中国地質略論」ほか

留学二年目に入った魯迅は、この年、同郷人の手で発行された雑誌『浙江潮』を舞台として、次々に文筆活動を開始する。その第八期には「中国地質略論」（署名は索子）と「説鈤」（「ラジウム論」、署名は自樹）、第十期にはジュール・ヴェルヌ『地底旅行』の第一回と第二回（底本の第一回〜第四回に相当、署名は索子）、いずれも日本語からの重訳である。また、それらとは別にヴェルヌの『月世界旅行』を、井上勤の日本語訳本から重訳して東京の進化社から単行本で刊行する。訳題は『月界旅行』。

これらの内、「説鉏」は五年前（一八九八年）にキュリー夫人が発見したばかりのラジウムに関する最新情報をまとめた科学知識の啓蒙文である。執筆の意図は「旧学者の迷夢を破」り、「思想界大革命の風潮」を知らせて、科学的意識の昂揚を図ることにあった。しかし、同じ号に掲載された「中国地質略論」は、中国の地質に関する科学史的な叙述を行なうと同時に、あわせてその中に彼の革命論を盛り込むという奇妙な文章である。

この文について、かつて筆者はやや詳細に論じたことがあるので、ここでは重複を避けたいが、要するにその趣旨は、列強の侵略にさらされている故国の現状に対する憂いと、そこから抜け出るためには、清朝政権を打倒して共和制国家をただちに樹立しなければならないという革命論である(3)。ちなみに、その冒頭部では次のように警告する。

「ひろびろとして麗しく、最も愛すべきわが中国！　しかも実に世界の天府、文明の鼻祖である。およそあらゆる科学が昔より発達し、まして測量、製図の末技はいうまでもない。だがどうしたことか、地形を描いたものには、分図が多いけれども、これを集めてみると境界線が合わない。河の流れは上から見たものだが、山岳は常に横からの形である。」（第一　緒言）

中国の地質学に対する魯迅の苦言である。中国が自分たちの資源を活用できないでいるうちに、列強は大陸深く入り込んでむしばもうとしている。ドイツ人リヒトホーフェン、ポーランドの伯爵シチェチェニー、ロシア人オブルチェフ、フランス人の探検家、日本の学者などが次々に奥地へ入って調査報告を行なっている。だが、「中国は中国人の中国」である。

「異民族が研究するのはよいが、異民族の探検は許せない。異民族の賛嘆するのはよいが、異民族の野望は許せない。だが彼は足の傷つくことをものともせず、わが奥地に入り、オオカミやタカのごとく狙いをつける。これはなんとしたことか？」（第二　外人之地質調査）

この後も、一見、中国の地質を論じているようでありながら、実はそれにこと寄せて祖国の危機的状況に対する警告を発し、共和革命を主張、支配者である五百万の満洲族王朝を弾劾し、革命のために奴隷根性を打破せよという。ただし、こうした論調は必ずしも魯迅に特有のものではない。これより数か月前に発表され、中国知識人社会を震撼させる事件にまで発展したを鄒容の『革命軍』には、ほとんど同じような論旨が盛り込まれていたのである。魯迅の独創は、それを中国地質学に結びつけた点にあったといえよう。

鄒容の理想は、アメリカにならって自国民（漢民族を意味するが、それはまだ国民意識をもたないと彼は考えていた）による共和制国家を樹立することにあった。建国のプログラムとしては、男女の平等と、生命および言論、思想、出版の自由を、天授の奪うべからざる権利として保障しなければならないと考えた。人民の権利に干渉する政府を打倒する権利、選挙によって臨時大統領を選出する権利などがうたわれていた。いわゆるブルジョア民主主義の範疇に属する理念であったが、その意識の根底には強烈なナショナリズムがあった。

これに比べれば、魯迅の「中国地質略論」は、熱情的ではあっても、むしろ淡白である。民族的共和革命への支持と決意は表明されているものの、その具体的プランは皆無に等しい。しかし、両者の用語と発想には驚くほどの一致点がある。それらは、当時の留学生界にあった革命派の思潮そのものであった。そして、鄒容は『革命軍』を公表したために、師の章太炎ともども獄に下り、やがてその短い命を終えることになる。「蘇報事件」である。

翌一九〇四年、魯迅は『物理新詮』(「世界進化論」と「原素周期則」の二章)と『世界史』(原著者不詳)及び『北極探検記』(原著者不詳)の三点を翻訳したという。[4] これらの訳稿は散逸して今日いずれも見ることができない。それらの題名からは、「説鈤」と同じような自然科学への関心と啓蒙、史実に脚色して革命への意識昂揚を図る「斯巴達之魂」のような文章であったかも知れない。

いずれにしろ、この当時の魯迅には、自然科学への興味を人々の意識変革に結びつけようとする傾きが強かった。科学知識の普及と国民性改造への志向が密接不可分なものとして結びついていたのである。その具体的な現れの一つが、次に見る「科学小説」の翻訳である。そして、その直接の材料は当時の日本文壇から吸収したものであった。

六　明治人のヴェルヌ

明治十年代から二十年代にかけて、ジュール・ヴェルヌ（Jules Verne）は日本で最もよく読まれた外国作家の一人であった。その"*Le Tour du monde en quatre vingts jours*"が明治十一年に川島忠之助訳『新説八十日間世界一周』として出版されたのを嚆矢として、同十三年には井上勤訳の『九十七時二十分間／月世界旅行』と鈴木梅太郎訳『二万里海底旅行』、十四年には織田信義訳『地中紀行』、井上勤訳『北極一周』というように、彼の作品は立て続けに翻訳されている。

明治初期の日本では、自然科学はまだ学問として確立していなかった。ロケットに乗って月世界へ旅立ったり、潜水艦で海中を旅することは、想像するだけでも胸の躍るような人類の願望ではあったが、それが科学の発達によって現実化するという物語は明治人に新鮮な驚きをもたらし、その夢をかきたてたことであろう。その読者層は、フランスにおいてそうであったように、最初は年少者ではなく、当時の知識人であった[5]。明治十年代に翻訳されたヴェルヌの作品には次のようなものがあった[6]。

発行年月	作品名	訳者	出版社	備考
十一年六月	『新説八十日間世界一周』	川島忠之助	丸屋善七	（後編は十三年六月）

十三年十一月	『九十七時二十分間月世界旅行』	井上勤	大阪二書楼	（〜十四年三月）
十三年十二月	『二万里海底旅行』	鈴木梅太郎	京都山本	
十四年	『地中紀行』	織田信義	同人	（未刊）
十四年	『北極一周』	井上勤	望月誠	（未刊）
十五年六月	『千万無量星世界旅行』	貫名駿一		（刊否不詳）
十六年九月	『亜弗利加内地三十五日間空中旅行』	井上勤	絵入自由出版社	（〜十七年二月）
十七年四月序	『月世界一周』	井上勤	博聞社	（『月世界旅行』の続編）
十七年十一月序	『六万英里海底紀行』	井上勤	博聞社	
十七年八月	『英国太政大臣難船日記』	井上勤	絵入自由出版社	（〜九月）
十七年十月	『五大洲中海底旅行上篇』	大平三次	四通社	（下篇は十八年三月起業館刊）
十七年十月	『白露革命外伝自由廼征矢』	井上勤	絵入自由出版社	
十八年一月	『拍案驚奇地底旅行』	三木愛花・高須墨浦	九春堂	
十九年四月	『三十五日間空中旅行』	井上勤	春陽堂	（十七年刊分冊の合本）
十九年八月	『九十七時二十分間月世界旅行』	井上勤・三木佐助		（十三年刊分冊の合本）
二十年一月	『万里絶城北極旅行』	福田直彦	春陽堂	（ロシア語より重訳）
二十年二月	『学術妙用造物者驚愕試験』	井上勤	広知社	
二十年三月	『仏曼二学士の譚』	紅芍園主人	郵便報知新聞	（森田思軒訳）

二十年四月	『政治小説佳人之血涙』	井上勤	自由閣	
二十年五月	『天外異譚』	大塊生	郵便報知新聞	（森田思軒訳）
二十年八月	『煙波の裏』	独醒子	郵便報知新聞	（森田思軒訳？）
二十年九月	『盲目使者』	羊角山人	郵便報知新聞	（森田思軒訳）
二十年九月	『鉄世界』	森田思軒	集成社	（『仏曼二学士』単行本）
二十一年一月	『大東号航海日記』	森田思軒	国民之友	
二十一年三月	『大氷塊』	静盧外史	郵便報知新聞	（森田思軒訳）
二十一年五月	『瞽使者』	森田思軒	報知社	（『盲目使者』改題）
二十一年九月	『炭坑秘事』	紅芍園主人	郵便報知新聞	（森田思軒訳）
二十一年十二月	『通俗八十日間世界一周』	井上勤	自由閣	

明治人にとってジュール・ヴェルヌ（一八二八－一九〇五）は同時代人であった。『八十日間世界一周』の原作がフランスで『ル・タン』紙に連載され始めたのは一八七二年、単行本の刊行は翌七三年であるが、まもなくそれは英語に翻訳され、日本では四年後の一八七八（明治十一）年には川島忠之助によって英訳本 “*Around the World in Eighty Days*” から重訳された。

続いて、明治十三年から十四年にかけて井上勤は “*De la Terre à la Lune*” を英訳本 “*From the Earth to the Moon ; direct in ninety seven hours and twenty minutes*” から『九十七時二

十分間／月世界旅行』と題して重訳、十冊本として発行した後、明治十九年には合本にして再版した。それは二十一年までに四版を重ねたといわれる。(7) こうした流れは明治二十年代に入っても継続した。

『気球に乗って五週間』（一八六三年）に始まるジュール・ヴェルヌの空想科学小説―驚異の旅シリーズ（*LES VOYAGES EXTRAORDINAIRES*）は、当時のフランスで圧倒的な人気を博し、その作品を掲載した新聞は発行部数が急増したといわれる。デビューから亡くなる前年の一九〇四年までに、「小型本（挿し絵なし）だけで全作品約百六十万部が販売されたと見積もられ」ており、彼は「十九世紀随一の流行作家」だった。(8) その頃の科学技術が獲得した成果を空想によってふくらませ、それを巧みなプロットに仕立て上げて展開する著者の学識と技量が、人々の心をとらえたのである。

ヴェルヌの原作は、英語圏ではほとんどリアルタイムに英訳され、日本ではそれらがただちに英語から重訳された。しかし、明治三十年（一八九七）に発行された森田思軒訳『十五少年』（"*Deux ans de vacances*"の英訳本から重訳）を最後として、その作品は明治の出版界から姿を消す。しかも、科学小説というジャンルはついに明治の文壇で市民権を得ることなく、この分野での日本人による創作はほとんど行なわれなかった。

このことについて柳田泉氏は「これを生育するだけの科学思想なり科学知識なりが、まだ当時の日本にはなかったからである。」と述べられている。(9) 爾後、それらは政治小説と合体したり、少年少女向けの科学冒険小説へ変身することで生き延びることになる。そんな時、これらの作品に着目したのは、日本亡命中の梁啓超たちであった。

七　ヴェルヌ作品の翻訳

魯迅が日本を訪れたのは、ヴェルヌの作品がようやく明治期読者の関心を離れた数年後のことである。時あたかも、亡命後の梁啓超によって「小説界革命」が提唱され、中国の文学界に「小説」というジャンルが政治小説を筆頭として本格的な参入を始めるころであった。そして梁の主宰する中国最初の小説専門誌『新小説』創刊号には「南海盧籍東訳意・東越紅渓生潤文」のヴェルヌ作『海底旅行』が「科学小説」という分類で連載を始めていた。魯迅が日本を訪れたのは同じ年の四月であり、彼はいち早くこの雑誌を購読している。

翌年秋、日本語読解力がまだそれほど高いとは思えない時期に、魯迅は早くも井上勤訳『月世界旅行』を『月界旅行』と題して重訳、東京の進化社から出版した。井上訳は英訳からの重訳であるから、魯迅の翻訳は重訳からの重訳である上に、井上訳にかなりの加筆や削除を行なっている。語学力や知識の不足から生じた誤訳も少なくない(10)。

ヴェルヌの原作は一八六五年に『地球から月へ』と題して『ジュルナル・デ・デバ』紙に連載された前篇と、その五年後に完成した続篇『月をまわって』によって構成されているが、井上勤の訳文はバーベケインら三人が砲弾に乗って月に到着するまでの前篇だけであったから、魯迅の訳した『月界旅行』の筋書きも、主人公たちが月を回るところまでで打ち切られている。原作の章立ては全二十八章、井上の訳本もそれに対応する形で二十八回に区切るが、魯迅は「長いところを削り、短いところを補って、十四回にまとめた(截長補短、得十四回)」(弁言)と述べているように、原著の二章分をほぼ一回に組み替えている。(11)

魯迅重訳の底本となった井上訳『月世界旅行』では、「米國　ジュールス、ベルン原著」と記し、その「凡例」では〈此書は碩学ジュルス、ベルン氏の著述にして米国「チカゴ」府「ドン子リイ、ロイド」商会の発兌に係り原名を「フロム、ゼ、アース、ツー、ゼ、ムーン、イン、ナインチーセブン、アハス、エンド、トウエンチー、ミニユーチス、」と題せる所ろの書なり〉と解題している。(12)魯迅が「月界旅行・弁言」で作者について「培倫《ベルン》者、名査理士《ジユルス》、美国《アメリカ》碩儒也」と記したのは、井上勤の誤りを踏襲した結果である。

その後、魯迅は三木愛華・高須墨浦共訳の『地底旅行』から第一回と第二回を重訳して雑誌『浙江潮』第十期に『拍案驚奇／地底旅行』を掲載、一九〇六年には物語部分全体(13)の重訳を南京の啓新書局から刊行したが、ここでは作者名を「英国威男《ウエルネ》著」と誤る。これも底本の訳者が原作者を「英國　ジュールス、ウヱルヌ子著」と誤り、その「序」では「訳尤爾斯氏所著地底旅行」(ジュルス氏著するところの地底旅行を訳す)と記していたための誤りである。両作品の作者は、当時の魯迅にとって全く異なる人物でもあった。

また、原作は全四十五章、地底旅行に赴く三人の男性以外にも、主人公をとりまく女性たちを含む多様な人間関係をあつかっていて、地底への入り口を発見する経緯などに推理小説もどきの伏線を張り、読者へのさまざまなサービスを準備しているが、三木らの重訳本は物語を単純化し、全体を十七章にまとめてしまった。これは、あるいは英訳の底本にならったのかも知れないが、魯迅の訳本では、それをさらに約めて全十二回に集約し[14]、主人公アクセル（亜蘺士）の恋人で、危険な旅行から生還した後にその妻となるグラウベン（洛因）に関する叙述をほとんど削除している。

ヴェルヌに関する明治時代の翻訳が杜撰であったことも事実だが、それ以前に、欧米でのヴェルヌ受容にも問題があったのである。そもそもヴェルヌが十九世紀のフランスで人気作家となったのは、単にＳＦの創始者というだけではなく、その思想性とも関係があった。彼はギリシャやハンガリー、アイルランドなどヨーロッパの民族主義的な革命運動に共感を寄せ、奴隷制の廃止をその作品で称讃するヒューマニストであった。しかし一方では、植民地拡張をめざすパリ地理教会の会員であり、フランスによるアフリカ侵略には疑問をもたないナショナリストである。

だが当時、原作に忠実な英訳本はほとんどなく[15]、ヴェルヌ作品の翻訳は娯楽本位の科学冒険小説に換骨奪胎されてしまったと言われている。井上勤や三木愛華が準拠した底本もそうした類の英訳本であった。魯迅の翻訳はそうした英訳本からの重訳である上に、魯迅は重訳に際して、彼独特の加筆と削除を行なった。換言すれば、ジュール・ヴェルヌの原作と魯迅の訳文にはきわめて大きな距離が生じていたのである。

八　魯迅とヴェルヌ

一九六九年、アメリカの宇宙飛行士フランク・ボーマンは、ジュール・ヴェルヌの孫に次のような手紙を書き送った。

「我々の宇宙船は、バービケインと同様にフロリダから発射され……太平洋上に着水した地点は、小説中で言われている地点から実に二マイル半と離れていない場所でありました。(16)」

発射地点や着水場所ばかりではなく、ジュール・ヴェルヌは宇宙開発に関する多くの点で百年後に事実となる予想を的中させた。地球の引力から脱出するのに必要なロケットのスピード、飛行士が体験する無重力状態、宇宙から見た地球の形状（地球から見た月のように変化する）、アメリカがこうした事業で先駆的な試みを行なうという予想……『月世界旅行』に見られるヴェルヌの未来学は普段の情報収集によって獲得された成果である。

井上勤の準拠した英訳本（筆者未見）は、井上の訳から判断すれば、原作のかなりの部分を省略していると思われるが、それでも訳本の回数は原作と完全に一致している。ただし、科学的な説明のために具体的な数字が羅列されたり、歴史に遡及する記述が複雑になる場合には、それこそが原作者の情熱をこめた表現内容であるにもかかわらず、それらを大幅に削除してしまった。

また、作者が小説の随所に展開する現代社会への批判についても翻訳者はあまり関心を払っていない。魯迅訳の『月界旅行』は、それらをさらに縮小したものであるから、ヴェルヌの創作意図からはますます距離が生ずることになる。このことは、『月界旅行』以前に手がけたと考えられる『地底旅行』の翻訳において、よりいっそう明確に見られるのである。

すでに述べたように、ヴェルヌの『地底旅行』は全四十五章からなる作品で、その長さは『月世界旅行』にほぼ匹敵する長篇であった。ただ、前者は物語部分の前半と、「地球の出生及び沿革」から「創世時代の動物を説く」までの科学知識解説を目的とした後半から構成されていて、三木愛華らの訳本はその両方を訳しているのであるが、魯迅はこの後半部を全く翻訳していない。訳文の内容も『月界旅行』に比較すれば極端に粗雑である。

三木愛華・高須墨浦共訳『地底旅行』の文体は、一つのセンテンスが極端に長く、時として七五調の美文を交える擬古文であって、井上勤訳『月界旅行』に比べて読みづらい文章である。魯迅の訳文はその骨組みだけを取って、物語の内容を十四章にまとめてしまった。原作の著者が力を入れて描写している冒頭の謎解きや、話者となっているアクセルとグラウベンの関係などもすべて省略し、その代わりに、原文のこの部分にはまったく記されていない地球の成り立ちに関する解説を、後半部から取り込んで全体の枕としている。

翻訳に際しては、両作品ともに中国伝統の章回体形式にならい、各回の題目を二行に分けた対句形式を採用し、回末には「究竟為着甚事、且聴下回分解（結局なんのためであったか、どうぞ次回をお聞き下されー）」といった常套のつなぎ文句を附加する。その文体について、魯迅は『月界旅行』「弁言」で、こんなふうに記している。

「初めは俗語で訳して、読者の負担を少し軽くしようと思ったが、俗語だけ使うと、冗漫になるのが嫌なので、文語も使って紙幅を省いた。用語が無味で、我が国の人々に不適当なものは、少々削って改めた。文章が雑駁だという非難を免れるのは、難しいと思っている。」（初擬訳以俗語，稍逸読者之思索，然純用俗語，復嫌冗繁，因参用文言，以省篇頁。其措辞無味，不適於我国人者，刪易少許。体雑言厖之譏，知難幸免。）

このように、魯迅の訳文は重訳からの重訳による典型的な翻案なのであるが、それほどまでにして、彼がジュール・ヴェルヌの作品を中国語に置き換えようとしたモチーフは何だったのであろうか？

九　翻案の意図

晩年の魯迅は楊霽雲にあてた書簡の中で、彼が留学初期に科学小説の翻訳を手がけた目的を、「私は科学を志していたので、科学小説を好みました。しかし若い時には、自分で賢こぶっていたので、直訳をしようとはしませんでした。まことに後悔は先にたたぬものだと思います。（我因為向学科学，所以喜歡科学小説，但年青時自作聰明，不肯直訳，回想起来真是悔之已晩。）」と記している。(17)しかし、科学への愛好だけが目的でなかったことは、『月界旅行』「弁言」からも明らかである。「弁言」の内容は大きく四つの段落に分けることができる。最初の段落では、自然と人間との戦いを進化論的な観点から描き、「希望と進化」を持つ生物である人類は、いずれ「宇宙に植民し、月世界へ旅行する」ことが可能になるだろうという。そこには自然科学の発達に対する絶対的な信頼と、そのころ中国知識人たちの間で一世を風靡した進化論的思考がそのまま盛り込まれている。このような観点は、その後も十数年にわたって魯迅のなかで受け継がれ、第一創作集『吶喊』のころまで持続した。(18)

第二段落では原作者を紹介し、作品の特徴を論じる。ここでジュール・ヴェルヌ（訳者は「査理士《ジュルス》・培倫《ベルン》」と記す）を「アメリカの大学者（美国碩儒）」と誤ったのは、先にも述べたように、底本がそうなっていたからである。魯迅によれば、ヴェルヌは「学術も深く、想像力にも富んで」いる。

その作品は「世界の未来の進歩を推測し、奇想を描いた」小説であって、「離合悲歓や故事、冒険談」とともに「諷刺」も混じっている。多くの小説のように「女性の魅力を借りて、読者の美感をくすぐる」ようなことをせず、それでいて「奇想天外、不足を感じさせず、とりわけ超俗的である」と絶讃する。

第三段落では、小説を科学の啓蒙手段として、人々に知識を得させ、伝来の迷信を打破して民衆の思想改良を主張するのであるが、これこそは『月界旅行』を翻訳した魯迅の意図である。

「科学［知識］を並べ立てれば、一般の人々は嫌気がさし、全篇を読み終えないうちに眠気を催すだろう。人のいやがることを強いれば、勢いそうなってしまうのだ。だが小説の力を借り、その体裁を利用すれば、理論を説き、深遠なことを論じても、頭に浸透させることができ、飽きられることもない。……それ故、学理を身につけさせるには、話をくだいて面白くし、読者が深く考えずとも、見ただけで理解するようにすれば、きっと知らぬ間に知識を獲得し、伝来の迷信を打破し、思想を改良し、文明を補助できるのであって、その威力はかくも偉大である。我が国の小説には恋愛物や昔話、時政風刺、怪談録などがありあまるほどありながら、ひとり科学小説だけは、きわめてまれにしかない。知識が不毛になっているのも、実はこの点に原因がある。従って、もし今日の翻訳界の欠陥をつくろい、中国の民衆を教化進歩させようとするならば、まず科学小説より始めねばならぬのだ。」

文末の一句―「故にいやしくも今日の訳界の欠点を弥い、中国人を導きて進行せしめんと欲すれば、必ず科学小説より始めよ」という文言からは、「故に今日、群治を改良せんと欲すれば、必ず小説界革命から始め、民を新たにせんと欲すれば、必ず新小説より始めよ」という、梁啓超による『新小説』創刊号の巻頭論文「論小説与群治之関係」末尾の一句が想起されるのである。つまり、梁のいう「新小説」に、魯迅は「科学小説」を置換しただけで、その趣意はまぎれもなく梁の「小説界革命」に呼応するものであった。ただ、梁には科学知識の普及に小説を利用するという発想はなかったので、この点は魯迅のユニークな提唱である。

周樹人は、この訳稿を「三十元で売り[19]」、『月界旅行』は一九〇三年に東京の進化社から「中国教育普及社訳印」の名義で発売されたという[20]。

むすび

明治時代の前半、日本ではフランスのSF作家ジュール・ヴェルヌの作品が歓迎され、その作品が英訳本から重訳された。ただし、英訳のほとんどは原作に忠実な翻訳ではなく、フランスの世相に対する諷刺やヨーロッパの民族運動に対する共感、アメリカの奴隷制廃止に対する称讃といった原作がもつヒューマニスティックな側面も正確には伝えられていない。そして、こうしたヴェルヌものに対するブームがようやく去ったころ、日本に亡命してきた梁啓超によって創刊された雑誌『新小説』がヴェルヌの『海底旅行』を「科学小説」という分類で翻訳・連載した。

そのころ、日本へ留学してきた魯迅は、この雑誌を購読しており、自らもヴェルヌの『月世界旅行』と『地底旅行』を、日本で出版された英訳からの重訳本に基づいて重訳した。

前者の底本は井上勤訳『九十七時二十分間／月世界旅行』で、魯迅の翻訳題名は『月界旅行』、原作ならびに底本の二十八章(回)を十四回に改編した上、底本の一部を省略したり、底本にない文言を挿入したりした。その際、魯迅の附加した「弁言」には、魯迅がこの作品を翻訳した意図が明快に述べられており、それは梁啓超が提唱した小説界革命に呼応する魯迅の文筆活動であった。

ただし、梁の雑誌が社会変革を説くことに主眼をおいた政治的文学雑誌であったのに対して、魯迅訳業の意図は中国人の意識変革に重点があった。また、そこに盛り込まれた進化論への信仰及び人類の進歩に対する希望は、後に魯迅が作家として小説集『吶喊』を編んだ一九二〇年代初期にまで持続するものであった。しかも、そうした観点はジュール・ヴェルヌの原作とはまったく関係のない魯迅特有の関心から発したものであり、自然科学への興味を除けば、ヴェルヌの作品は魯迅によって完全に換骨奪胎されていたのである。

後者の底本は三木愛花・高須墨浦共訳『拍案驚奇／地底旅行』全十七回（原作は四十五章）であるが、ここでも魯迅は削除・修正・加筆を行ない、全体を十二回の章回小説体に改編した。訳文の第一回と第二回だけを、浙江省出身の留学生たちが発行していた雑誌『浙江潮』第十期（一九〇三年十二月）に「之江　索士」の筆名で掲載した後、全体を一九〇六年に南京の啓新書局から出版した。『月界旅行』『地底旅行』ともに、加筆や改訳のみならず、日本語読解能力の不足等に由来する多くの誤訳部分もあり、すぐれた翻訳とはいえないが、これらによって中国人の意識改造を行ないたいという魯迅の意図は明白である。

「斯巴達之魂」を嚆矢《こうし》として、日本留学の二年目から着手した周樹人の訳業は、仙台医学専門学校を退学するまでは、すべてこうした意図に基づくものであった。

第五章　朱安との結婚

一　彼女は母の贈り物

結婚が当事者の意志で行なえない時代があった。配偶者を決定するのは、その家庭の実権者―多くの場合、当人の両親や祖父母―であるという社会通念が、ごく自然に通用していたのである。それは儒教的倫理と結びついて、近年まで東アジア文化圏に普遍的であった。そして、そこから無数の悲劇が生まれた。魯迅（周樹人）と朱安《しゅあん》（一八七九?―一九四七）[1]の場合も例外ではない。

樹人に結婚話がもちあがったのは、彼が南京の学堂で学んでいた十八歳前後の頃だと推定されている。[2]夫が三十七歳の若さで亡くなり、その二年後に四男の椿寿が夭折して悲嘆にくれていた母に、彼女と仲の良かった同族の一人が長男である樹人の結婚話を仲介したという。婚約の時期は確定できないが、彼の南京修学中あるいは日本留学中のことであったと考えられる。北京の磚《せん》塔胡同《とうこどう》で、魯迅と同じ屋敷内に住んでいたことのある兪芳《ゆほう》は、魯迅夫婦の結婚のいきさつを、魯迅の母親から聞いた話として次のように記録している。(3)

「当時、私は縁談をまとめた後で、息子に知らせました。その時、彼は不服そうでしたが、私が決めたことだったので、とことん反対することはありませんでした。私を信頼していたので、私が選んだ人なら、間違いはないと思っていたのかも知れません。その後、相手(朱安女士)の纏足《てんそく》していることがわかりました。息子は纏足の女性を好みませんでしたが、それは旧社会のなせるものだと考え、纏足を理由に縁談を断わることはしませんでした。ただ日本から手紙をよこして、纏足を解くように申してくれと言ってきました。しかし、朱家では娘がもう若くないのだから、できるだけ早く婚礼を挙げてほしいと、仲人を介して再三催促してきました。というのは、あちらでは息子が日本の女性を娶り、子どもまでできているといううわさもないデマを耳にしていたからです。……実のところ私もわずらわしくなったので、人に頼んで私が病気だから、速刻帰国せよという嘘の電報を息子に打ってもらったのです。息子は思った通り帰ってきました。私が事情を説明すると、彼はとがめ立てもせず、結婚に同意しました。」

これとほぼ同様の事実を、魯迅の口から直接耳にした日本人もいる。改造社版『大魯迅全集』の第七巻に、訳者の一人である鹿地亘が記した「伝記」には次のような叙述がある。

「同郷者の或る者は、彼が日本婦人と結婚して子供をつれて神田を散歩してゐるのを見たと言ひ、その消息が故郷を驚かした。

一九〇六年六月、二十六歳の時、彼は一旦帰国してゐるが、晩年彼の私に話したところではかうである。かうした謡言のため家からは矢のやうに「帰国せよ」と催促し、時には一日に二度も手紙が来た、「私は憤怒と麻煩とのため神経衰弱になつた。」と。しかし結局は帰国して、親戚・家族に迫られ山陰の朱女士と結婚したが、一週間後に再び独りで東京に向つてゐた。「家人はその時、私が新人[4]であるといふので、祖先にも礼拝せず、旧式の婚儀にも反対するだらうと心配した。けれども私は黙って彼等のいふままにした。」かういふ事情であつたから、彼等の結婚も幸福なものでなかつたことは想見される。」

いずれの証言からも、樹人の結婚が本人の意思と無関係であったこと、それにもかかわらず、彼がそれを拒否しなかった（できなかった）ことがうかがえるのであり、そのことを今日否定する人はない。従って、魯迅が親友の許寿裳に「あれは母が僕にくれた贈り物だ[5]」とか、「彼女は私の母親の妻です。私の妻ではありません。」と内山完造に語った言葉[6]も、その自嘲的な響きとともに自然に受け止められている。

だが、これは朱安の立場からすれば、その妻としての存在や人間としての尊厳を否定するにも等しい、きわめて残酷な発言内容である。しかも、魯迅を不幸な結婚の犠牲者という悲劇のヒーローに仕立て上げることで、その神格化を完成させようとする研究者も後を絶たない。

たとえば、結婚式前後の樹人はこんなふうに描かれているのである。[7]

「当時、彼の家に雇われていた王鶴照《おうかくしょう》同志の回想によれば、魯迅は結婚の日の夜に泣いた。翌日一階に降りて来た時、顔がべっとり青くなっていた。あきらかに涙が枕カバーにしみ通って染まったのである。」

この時の魯迅について、別な研究書でも、「その夜、涙が青く染めたシーツを湿らせたために、翌日、二階から降りてきた時、魯迅の顔はくっきりと青く染まっていた」と叙述している。[8]

こうした記述があるからであろう、日本でも近年刊行された中国女性史の入門書に、「魯迅が「ハハキトク」の電報に驚いて留学先の日本から帰国したのは、一九〇六年、二十六歳の時だった。……魯迅は一度も新婦と寝室をともにすることなく東京に戻った。」と解説されている。[9]

だが、この文の前半に相当する王鶴照の発言は、「魯迅先生は二階で結婚され、一夜過ごしてから、次の夜、魯迅先生は書斎で眠られた。プリント模様の布団の濃い青が魯迅先生の顔も染めてしまったので、彼は不興だったようです。」と語っているだけである。[10] 望まぬ結婚による涙で顔が青く染まったのではなく、初夜も妻と同室しなかったのではない。魯迅を尊重する余り、魯迅神話を捏造することは、結婚生活では魯迅より更に不幸であった朱安という女性の人格を否定し、その尊厳を傷つける心ない仕業である。

王鶴照は、当時の周家で掃除やお茶くみ、買い物などの走り使いに雇われていた少年であり、婚礼前後の魯迅については、後日、この王の口述が周芾棠《しゅうふつどう》によって整理され、『回憶魯迅先生』と題して発表された。その内容は信憑性の高い証言である。

それにしても、夫によって「私の妻ではない」といわれ、「母が僕にくれた贈り物」とまで言われながらも、離婚する自由さえなく、姑に仕えその最期をみとった朱安こそは、時代の不幸な犠牲者であった。また、魯迅を彼女が愛していたとすれば、よりいっそうの悲劇であったというべきであろう。

二　愛情は知らない

「愛情」についての、魯迅の有名なエッセイがある。一九一九年に雑誌『新青年』のコラムに発表された「随感録・四十」である。(11) 当時、教育部の役人として、北京の紹興会館に一人住まいをしていた魯迅の所に、ある知らない青年から「愛情」と題する一編の詩が送られてきた。「私は憐れな中国人。愛情よ！　私はお前がどんなものなのかわからない。」という一句で始まる詩の後半部では次のように歌われている。

「私が十九のとき、父母が私に妻を娶ってくれた。それから数年、私たち二人は仲睦まじく暮らしている。だがこの結婚は、すべて他人が言い出し、他人が取りもったものだ。ある日の彼らの冗談が、私たち一生の盟約となった。まるで二匹の家畜が「ほれ、お前たちは仲良く一緒に住むんだよ！」と主人から命令されたかのように。

愛情よ！　憐れむべき私は、お前がどんなものなのかわからない！」

この引用に続けて、魯迅は、「愛情がどんなものなのか、私にもわからない。」という。そして、「だが女性の方には、もともと罪はない、今は古い習慣の犠牲になっているのだ。」と続け、「われわれはやはり愛のない悲しみを叫び、愛することのない悲しみを叫ばねばならない。……われわれは古い帳簿が抹消されるときまで叫ばねばならない。古い帳簿はどうすれば抹消されるのか？私はいう、〝われわれの子供が完全に解放されたら！〟」と結ぶのである。

ここには朱安に対する魯迅の率直な思いが述べられている。母親によって選ばれた妻に、彼が愛情を持っていなかったのは事実であろう。同時に、そうした妻が旧社会の犠牲者であることに胸を痛め、みずからの結婚を呪いながら、しかし、その生活を解消できない現実に絶望していたであろう。このような古い「帳簿」を抹消するには、新時代の到来を待たなければならなかった。子供の解放にかけるという発想は、当時の進化論信奉から出た言葉である。

この前年にも、魯迅には「キューピッド」（原題は「愛之神」）と題する詩が(12)あって、愛情についてこんなふうに歌っている。

小さな赤児が、翼を拡げて空中に、
片手で矢をつがえ、片手に弓を引く、
どうしたはずみか、僕の胸に矢がつきささった。
「赤ん坊さん、当てずっぽうでも有り難う！
でも教えてくれないか、僕が誰を愛すればよいのか？」
赤児は慌てて、首を振り、「おや！
君は見識のある人なのに、そんなことを言うなんて。
君が誰を愛すればよいのか、僕には分るはずがない。
どのみち僕の矢は放たれたのだ！
誰かを愛するなら、命がけで愛したまえ、
誰も愛さないのなら、命がけで死ぬがいい。」

これは、当時まだ一般になじみのなかった新詩の形式で作られた口語自由詩である。男女間の愛に目覚めた喜びをかみしめながら、しかし、愛の対象を持ち得ない複雑な心境を吐露した作品である。詩的情緒に乏しい戯れ歌のような詩句の羅列であるが、詩が文語定型でしか作られることのなかった時代に、同時代の胡適が試みた「嘗試」の作品を頭におきながら、新しい詩の構築を意図して挑戦した実験詩である。

樹人が清国留学生のために設置された弘文学院に学んでいたころ、彼の机の引き出しには、「バイロンの詩、ニーチェの伝記、ギリシャ神話、ローマ神話等々」が、「離騒」とともにしまい込まれていたといわれる。(13) それから十数年を経て、日本の言文一致運動に相当する文学革命が提唱され、その発端を作った胡適《こてき》が「白話詩八首」と題する口語詩を試作(14)したものの、詩語の多くはまだ文語から充分に脱しきれず、語の配列も定型であった。

胡適作品の形式および内容に対して批判的であった魯迅は、みずからの作品を対置することで新詩の世界を切り拓く意向を示したと考えられるのであるが、同時に近代的な「愛」への憧れを、ギリシャ神話のキューピッドに仮託して歌ったのである。「愛之神」を掲載した同期の『新青年』には「夢」と「桃花」、二号あとの第五巻第一号（一九一八年七月十五日）にも「他們的花園《かれらの》」及び「人与《と》時」と題する詩をいずれも唐俟《とうし》の署名で発表している。

けれども、みずからの結婚に「愛」はなかった。「あれは母が僕にくれた贈り物なんだ。僕はそれを大切に養うしかない。愛情なんて僕には分からない。(15)」朱安にとってはこの上なく残酷な言葉ではあるが、それはまぎれもなく魯迅の本音であった。

三　婚約の経緯

科挙の試験を受け、役人になることを既定方針とする読書人の家庭に長男として生まれた魯迅は、幼い頃から塾に通ってそのための古典学習に励んだ。彼が六歳の時、勉学の手ほどきを受けたのは、魯迅からは叔祖（祖父の弟）にあたる周玉田《しゅうぎょくでん》（兆藍）からである。魯迅によれば、周家の一族が「集って住んでいる屋敷の中で、彼の家がいちばん本をたくさん持っており、また変わったものがあった。」という[16]。

玉田は科挙の最初の試験に合格した「秀才」で、その夫人は藍太太《ランタイタイ》と呼ばれていた。夫人の実家は魯迅たちの住んでいた新台門の周家から道路一本を隔てて一キロばかり西方にある水溝営丁家弄（現在の地名では丁向弄）の朱家であった。

玉田夫妻には二人の息子があり、長男である周鳳《しゅうほう》珂《か》（伯撝叔または謙叔）の妻は謙少奶奶《けんしょうナイナイ》（姓は趙）と呼ばれており、一人子を亡くしていた彼女は、同じように子供をなくして悲しみにうちひしがれていた魯迅の母親とは仲が良かった。彼女は、魯迅の母親が夫に引き続き、「子供を亡くして悲しんでいるのを慰めるために、ときどき見舞いに来た[17]。」だけではなく、気晴らしのため、芝居見物を勧めたりした。

『周作人日記』の己亥三月十三日（新暦四月二十二日）で、「朝、船に乗って偏門外に祭を見に行き、午後芝居を見る。十四日朝、帰宅。」とあるのは、謙少奶奶が魯迅の母親を見物に誘ったのである。(18) ここでいう「芝居」は、魯迅の作品『社戯』に描かれている紹興地方の宮芝居のことで、水辺の舞台にかけられた演目を、船の中から見物するのである。また、己亥四月五日(一八九九年五月十四日)にはこんな記述もある。(19)

「朝、朱筱雲《しょううん》兄、伯撝《はくき》叔、衡廷《こうてい》叔、利冰《りひょう》兄と船に乗り、夾塘《きょうとう》へ芝居を見に行く。平安吉慶班なり。夜半に大雨。」

ここでの朱筱雲は、朱安の弟朱可銘(一八八一―一九三二)のことであり、魯迅とは同年齢の少年であった。伯撝叔は玉田の長男周鳳珂、つまり謙少奶奶の夫である。この時は二艘の船を借り上げ、男女別々に乗船した。女船には玉田夫人とその姪(朱安?)、謙少奶奶、それに長媽媽《チャンマーマ》および魯迅の母とまだ幼なかった周建人《けんじん》が乗り込んでいる。(20)

その翌日、一行は雨の中を今度は大樹港へ出かけて芝居を見たのであったが、この時、周家の女中であり、魯迅の乳母であった長媽媽が船中で発作を起こして急死した。そのため、女船の女性たちは男船に乗り移り、長媽媽の遺体は元の船に乗せて彼女の実家にとどけられることになる。その夜、小雲《しょううん》(朱安の弟朱可銘)は周家に泊まり、翌日帰宅している。

この間の事情から明らかなように、魯迅の一家と周玉田及び朱家の三家族は、当時すでに相当親密な関係にあった。同じ船に乗って宵越しの芝居見物に出かけ、不幸のあった夜、身内の一人が相手方の家に宿泊するというのは、親戚づきあいである。魯迅の母親と謙少奶奶が、ともに子供を亡くして慰め合っていたというだけでは説明のつかない密着ぶりである。なぜなのか？

実は、この度の芝居見物より二か月前、己亥二月初五日（一八九九年三月十六日）の『周作人日記』には、「朱宅出口、托恵叔備席、約洋五元」（朱家が求婚を受け入れたので、恵叔に会席の準備を頼んだ。洋銀約五元）という記載がある。馬蹄疾によれば、(21)「出口」というのは、「昔の結婚風俗で、まず男性の方から〝求帖〟を送って、女性側に求婚し、女性の側では同意すれば「求帖」を収めて、別に「允帖」を用意し、男性側へ送り返して、承諾の意を表明する、という手続きである。紹興の民間で「紅緑帖」と称されている。

「朱家出口」は、朱家が「允帖」を送ったことであって、それゆえ周家では遠縁の一族である恵叔（周子衡）に頼んで酒席を設けてもらい、朱家と会食するための費用として五元を用意した。以後、両家の往来は頻繁になり、その模様が、先に引用した『周作人日記』からうかがえるのである。

辛丑一月二十三日（一九〇一年三月十三日）の日記にも、「午後、兄、恵叔と楼下陳へ行って芝居を見、朱氏の舟と出会って、しばらく同船する。『盗草』、『蔡荘』、『四傑村』が演じ終わり、家へ帰ろうとしたが、引き留められて帰れず。恵叔と兄は先に帰り、私は留まって夜の芝居を見た。」と記されている。

そしてその一か月後、辛丑二月十五日（一九〇一年四月十三日）の日記には、両家の婚約を暗示する事項が記載されている。

「丁家弄の朱宅に人をやって請庚す。……夜、兄宛の手紙三枚を書き、明日郵送の予定。」

このころ、魯迅は南京の鉱務鉄路学堂に在学していたので、周作人が朱家への「請庚」を手紙で兄に伝えようとしたのであろう。「請庚」も昔の結婚手続きの一段階で、「出口」の後、女性方に妻となる者の生辰八字（生年日と誕生時刻を示す干支の八字）を問い合わせて、新郎となる者のそれと適合するかどうかを占い、両者に不都合がなければ、次に「文定」、すなわち男性側が「彩礼」（結納）を贈って正式に婚約することである。(22) ただ、周作人はこの後、やはり南京へ向かったので、「文定」の行なわれた事実は日記に記載していない。

通常、「請庚」は「出口」に近接して行なわれるものであるが、この場合にはまる二年間の空白がある。その主たる原因は魯迅の反対にあったと推定されている。『周作人日記』に記す「出口」と「請庚」が、ともに魯迅と朱安の婚約に関する内容であったとすれば、二人の婚約は、形式的には一九〇一年、樹人の南京修学中に両家で取り決められたことになる。(23)

この間、魯迅が短時間、朱家の船に乗り込んだという周作人の記録（辛丑一月二十三日）はあるが、朱安がその場に居合わせたかどうかは定かでない。つまり、結婚前に魯迅は朱安とは面識がなかった可能性も否定できないのである。そうだとしても、当時、それはごく普通のことであった。

四　結婚の条件

周建人によれば、紹興では、「当時、男女の婚姻は一般に仲人が取り持つものであるが、親友の紹介によるものもあった。両家でまとまれば、仲人に頼んで形式を整える。結婚の条件は、(一)双方の身分がつり合っていること。(二)男女の生まれ年が衝突せず、八字の相性が悪くないこと。(三)女性の年齢が男性より一〜四歳上で、舅や姑に仕え、家事をこなすのに都合がよいこと。(24)」であった。

一家の主が、以上の条件を満たすと判断した場合、当事者の意思とは関係なく婚約が進められた。樹人より三歳年長で、母親の心証も良かった朱安は、母にとっては理想の嫁であったろう。周家、朱家ともに読書人の家柄でありながら、当時はいずれも没落状態にあったため双方の身分はつり合っていた。

だが、この婚約にあらかじめ当事者の意見が反映されていなかったことは、先に引いた魯端《ろたん》(魯迅の母)の言葉からも明らかである。そして、母親の定めた結婚に反対できなかった魯迅は、かろうじて二つの条件を提起したという。日本にいた彼は母親宛の返信で、「朱安嬢を娶るのはよいが、二つの条件がある。一つは纏足をやめること、もう一つは学校に入ること」を求めた。[25]

けれども、朱安は「考え方がやや古風」だったので纏足をほどこうとはせず、学校へ入ることも望まなかった。[26] その結果、魯迅の要求は受け入れられないことになり、こうしたすれ違いをもったまま、二人は一九〇六年の結婚式を迎えることになる。

その一方で、魯迅には別な結婚話があったといわれる。相手は琴姑《きんこ》という同族の娘であった。漢文ができて難解な医書も読めた。魯迅が南京で勉強していた時、両家で結婚話が持ち上がったけれども、魯迅の乳母である長媽媽が口やかましく反対したため、この話は立ち消えになったという。このことを琴姑は知っていたが、魯迅は知らなかったと周建人は述べている。しかも、他家へ嫁いだ琴姑は病死する直前に、このことを「死んでも忘れることのできない、終生の恨み事」であると言い残したというのである。[27]

ところで、日本へ留学した翌年の夏休み（一九〇三）、樹人は一か月ほど帰省している。朱安との婚約はすでに成立していたと考えられるが、それに魯迅がこの時点で同意していたかどうかはわからない。母親の決めた結婚に、当時もまだ魯迅が反対していたという説[28]もあるが、このことについても確証はない。初めての帰国で経験した最も苛酷な体験は、魯迅の断髪に対する人々の反発であった。『周作人日記』によれば、この年、樹人は辮髪を切り落とした断髪の写真を二度にわたって弟に送っており[29]、帰省の際にもむろん辮髪はなかった。

魯迅より八歳年少の弟周建人によれば、そのことによって魯迅が郷里の人々から受けた屈辱的な対応は、実に悲惨なものであった。洋服に断髪という日本帰りの服装に対してばかりではなく、あらかじめ上海で用意した辮髪のカツラに長衫という伝統の装備に対しても、人々は冷笑と悪罵で対応し、魯迅はついに外出を諦める事態にまで追い込まれてしまうのである[30]。

こうして、ちょうど一か月間の惨憺たる夏休みを郷里で送った後、樹人は再び日本へ旅立ち、以後、母親の病気を口実に呼び返されて婚礼にいたる一九〇六年の夏まで帰国しなかった。

五　許広平の思い

一九二三年、魯迅は北京女子高等師範学校[31]の校長を務めていた許寿裳から招かれて、教育部勤務のかたわら同校で中国小説史と文芸理論を講じることになる。後に魯迅夫人となる許広平(一八九八－一九六八)は、その前年に天津第一女子師範学校を卒業して同校に入学、魯迅が講師となった時には二回生であった。魯迅との年齢差は十八歳、一般の学生よりは年長である。

彼女は、このころすでに進取的な作家、評論家として著名であった魯迅の講義には毎回出席して最前列に陣取り、「いつも我を忘れて率直に、同じようにきっぱりした言葉で、よく発言する[32]」学生であった。許寿裳は間もなく校長職を辞任し、その後任となった女性校長の楊蔭楡《よういんゆ》は保守的な教育方針を学生たちにおしつけたため、猛烈な反発を浴び、学内では校長排斥運動が起こり、許広平はその運動で中心的な役割をはたしていた。

魯迅に傾倒し、教師としての魯迅を心底から敬愛していた許は、二五年三月十一日附で魯迅あてに手紙を書き、運動を進める中での悩みや困難を訴えながら魯迅の指針を求めた。よく知られているように、それがきっかけとなって、二人は頻繁に文通を繰り返し、その過程で当局による女子大の閉鎖とそれに対する抵抗運動が興起、立場を同じくする二人は急速に接近して、恋愛感情が生じた。

一年後、中国の内政問題に対する日本の干渉から三・一八事件(33)が勃発、北京女子師範大学における魯迅の受講生に犠牲者が出るとともに、事件とは無関係の魯迅にも危険が迫った。

この事件を契機に魯迅は北京を離れて廈門大学の教授になり、ちょうど大学を卒業して郷里の広東で教員となることの決まっていた許広平とともに、二人は同じ列車で上海へ向かった。この時、二人は二年後の同居を予定しており、魯迅を見送る朱安夫人も、夫が彼女の元から離れることを感じ取っていたという(34)。

魯迅の廈門生活は二六年九月四日から翌年一月中旬までのわずか四か月余であった。その理由として、魯迅は大学当局が彼の『古小説鉤沈』など古典研究の成果を出版すると言った約束を守らなかったこと、かつて北京では論敵であった保守派の文人が次々に大学へ招かれてきたことなどを上げているが、しかし、広東大学が孫文を記念する中山大学に改組され、魯迅に就任を依頼するとただちに応じるという、きわめて非常識ともいうべき転進の動機には、やはり許広平がそこにいたという事実を無視できない。

この間、魯迅は廈門で歴史小説「眉間尺」(35)（後に「鋳剣」と改題）と「奔月」を執筆しているが、そのいずれにも許広平への想いがさりげなく描き込まれている。すなわち、前者では、作中の「黒い男」が歌う「ハハ愛ヤー愛よ愛よ！／青剣を愛すヤー一人の仇みずから屠る。／夥しいかなヤー一夫その数を知らず。／一夫青剣を愛すヤーああ、孤ならず。……」という一見わけのわからない歌詞は彼女への相聞であり、後者のヒロイン嫦娥《じょうが》にも許広平の影がちらついている。(36)

廈門から許広平に送った魯迅の手紙には、煩悩に身を焼かれる男の姿が彷彿と浮かび上がる。広東から廈門へ発せられた許の手紙にも、敬愛する恩師を恋人に変身させた女の喜びと誇りが充満している。公表された往復書簡である『両地書』ではそうした生の感情を伝える部分が微妙に加工され、薄められているが、今日あきらかになった原信は一人の中年男性と、当時としてはやや年齢の高い独身女性のラブレター以外の何者でもない。

だが、世間的には妻のある著名な教授と、反権力運動の中で同志となった若い教え子との不倫であり、論敵からは絶好のスキャンダルとしてしっぽをつかまれることにもなりかねない。魯迅の広東到着後、許広平は教職をやめて、中山大学で魯迅の助手に採用され、日常的に接触するようにはなったが、二人の関係は公的には同じ職場の教職員であった。

しかし、当初、大学の建物内に単身で住み込み自炊生活を送っていた魯迅は、間もなく同僚に招いた許寿裳とともに市内の高級アパート白雲楼に移転、二人の炊事を引き受ける形で許広平も同じアパートに入り、三人は隣り合う三つの部屋に独立して入居したが、この時点で、魯迅と許広平は実質的な夫婦関係に入ったと推定される。こうして、北京から暖めてきたせつない感情はようやく満たされることになったのであるが、それとは逆に大学をとりまく環境は日を追って厳しいものになった。

当時、「革命の根拠地」[37]といわれた広東には、たしかに北京とは異なる進取の気風があふれていた。中国共産党の学生党員たちが魯迅の元を訪れて宣伝物をもちこみ、革命運動に対する彼の援助を求め、魯迅も彼らを好意的に迎えていた。だが、孫文の在世時、一九二四年の中国国民党第一回大会で成立した国共合作（中国国民党と中国共産党の共同事業）は、このころにはほころびが大きくなり、二七年四月十二日、上海では蔣介石の指導する国民党は、共産党員や労働運動の指導者を大量に逮捕、処刑した。四・一二クーデターである。

この動きはただちに広東にも波及し、四月十五日、ここでも大規模な「清党（レッドパージ）」が実施された。魯迅を慕っていた学生たちの多くが学内で逮捕され、あるいは突然行方不明となって、やがて虐殺されたことが判明する。文学系主任兼教務主任であった魯迅は大学の各系主任緊急会議に出席して逮捕された学生の釈放を図ろうとしたが、国民党右派に牛耳られていた大学では、彼の主張は採用されなかった。

大学の対応に怒った魯迅は許寿裳とともに当局へ辞表を提出、許の辞表はただちに受理されたが、学生への影響を恐れた当局は魯迅を何度も慰留した。しかし、魯迅の決意が固かったため、その辞表は六月に入ってようやく受理される。許広平との実質的な夫婦関係が成立したと推定されるのはこの間の事である。それだけに二人の関係を公にすることには危険がともなった。だが、許の方では、一日も早く二人が公的に認知されることを望んでいた(38)。

六　私はカタツムリ

魯迅が廈門へ出発した一九二六年八月を境として、朱安夫人との夫婦関係は事実上途絶した。結婚後の二〇年から、魯迅の留日期間や北京での単身赴任時代をさしひけば、二人が同じ屋根の下で生活を共にした歳月は多くなかったが、それでもこの間は名実ともに夫婦であった。

とりわけ、紹興の故居を売り払い、北京の八道湾に住宅を購入して母や兄弟一族で同居した時(一九年八月)から、周作人との不和で磚塔胡同へ転居(二三年八月)した時期及び西三条胡同で新築した四合院に移って生活した間(二四年五月―二六年八月)の七年間は、同じ住宅内で通常の所帯を構えていた。二人の間に共通の話題が少なく、心が通じ合っていなかったとしても、世間一般に言う夫婦であることに変わりはなかった。

この間、朱安夫人は魯迅の妻として生活を共にしただけではなく、夫の愛を求めてできる限りの努力を傾けていた。しかし、それでも魯迅の愛情を得ることは難しかった。磚塔胡同で、魯迅夫婦と同じ敷地内の家屋に住んでいたことのある兪芳は、そのころの朱安から痛ましい心境を耳にし、それを次のように記している。

「彼女（朱安―山田）は感情を昂ぶらせ、がっくりしながら私に申しました。「これまで先生と私とはしっくりいっていませんでした。でもよくお仕えし、何事にも従っていれば、いつかきっとよくなるだろうと思っていました」。彼女はまたたとえて申しました。「私はカタツムリのようなものです。塀の下から少しずつ這い上がれば、歩みはのろくても、いつかきっと塀の上に上れるはずでした。しかしもう駄目です。這いのぼる力もなくなりました。あの人がよくしてくれるのを待つのは、意味がありません」。彼女がここまで話した時、その表情はすっかりうち沈んでいました。さらに、「私の一生は、お母さま一人にお仕えするしかないようです。万一お母さまが亡くなられても、先生のお人柄からすれば、私の生活は保障して下さるでしょう。」と彼女はいったのです。」

これは、上海で許広平との同居に踏み切った魯迅が、二人で撮った写真を母親に送ってきた後の話である。このころ、北京で母親と同居している朱安に対して、魯迅は毎月の生活費として二百元を送り続けたのであるが[39]、朱安の予想に反して先に亡くなったのは母ではなく、魯迅の方であった。

使用人の賃金を含む一家の生活費は、魯迅の死後も許広平によって送金されたが、許が日本軍占領下の上海で、憲兵によって逮捕され、拷問を受けたとき[40]、その送金が一時的に途絶えたことがあった。そんな時、周作人が家人の生活費捻出を口実に魯迅の蔵書を整理して売りに出そうとした。作人は魯迅蔵書の中から外国の図書を整理して三冊の目録にまとめ、来薫閣に販売を委託したのである。

唐弢によれば、汪精衛《おうせいえい》の「国民政府」委員で国史編纂委員会の主任を兼任していた陳群《ちんぐん》（江蘇省長）は、当初、この目録に収録された図書をすべて買い取ろうとした。しかし、日本語部分にマルクス主義とソ連の文芸に関する図書が多いのを知って恐れをなし、それらを除外して購入しようとしたが、それは書店が認めなかった。その結果、売書目録が南京から上海に出回り、それを見た関係者は仰天した。

復社から刊行した三八年版『魯迅全集』の編集についても、北京の遺族には誤解が生じていた。その間の事情を説明し、蔵書の散逸を阻止するため、たまたま北京へ所用で赴くことになっていた劉哲民《りゅうてつみん》に唐弢が同行することになった。魯迅の紹興府中学堂時代の学生であり、当時は北京図書館に勤務して、魯迅一家とも親しかった宋紫佩《そうしはい》に対する許広平の紹介状を携えて唐は北京へ出発した。

七　私も魯迅の遺品

四四年十月十五日の夕刻、唐と劉は宋紫佩にともなわれて西三条胡同を訪れた。その時、朱夫人とかつて魯迅の母親に雇われていた老女は二人で質素な食事を取っていたが、宋紫佩が来意を告げ、唐弢が蔵書に対する許広平や知人たちの意見を補充すると、彼女はしばらく言葉を発せず、やがて感情を昂ぶらせながら次のようにいった。(41)

「あなた方はいつだって、魯迅の遺品を保存せよ保存せよとおっしゃる。私だって魯迅の遺品じゃないの。あなた方も私を保存してよ!」

この言葉に対して、唐は許広平が日本の憲兵に逮捕されて送金が途絶えたこと、そうした中で息子の海嬰《かいえい》を避難させたことなど上海の困難な状況を縷々説明した。話題が海嬰に及んだ時、彼女は唐弢が魯迅の息子を朱安の元へつれて来なかった事をやんわりなじったという。血の通わない子供であっても、魯迅の息子は自分の子供だという意識があったのであろう。

そうしたやりとりの中で双方の気分がほぐれ、蔵書の保存問題に話が戻ると、朱安が直面していた経済状況が明らかになってくる。当時、二人の老人が生活するためには北京で通用していた聯合準票銀行の貨幣で毎月九千元が必要であったという。それに対して、周作人からは百五十元だけが補塡されていた。これは魯迅の母親の在世時に、作人が小遣い銭として渡していた十五元を、当時の貨幣価値に合わせた金額であって、唐弢によれば北京の(市内から)西山まで行く時に支払った三輪車の代金だけでも百元かかった。九千元でも幾籠かの果物が買えるだけの金額に過ぎなかった。

唐弢は朱安が必要とする生活費を、引き続き上海から送金することを約束して、魯迅の蔵書をけっして手放さないよう説得し、朱安も、どうにもならなくなるまでは書物を売らないことを約束した。また、「私は周家の人間として生きてきたのですから、死ねば周家の仏となります。お母様のおっしゃった事に、決して背いたりしません。」というのであった。この「善良で憐れな老人」を目の前にして、唐と劉は思わず目頭を熱くしたと記す。

唐弢がこの間の事情を文章にしたのは、彼女と会った直後である。(42) 許広平もまだ在世中であったが、魯迅の妻でありながら、一生夫の愛を得られなかった老婦人のいちずな発言をすなおに受け止めて暖かく見守っている姿がそこからは彷彿とするのである。だが、このように朱安を描くことは、その後、長い間タブーとなる。

中華人民共和国の建国後、魯迅はともすれば、神格化され偶像視されて、それが論敵を打倒するため、政治的に利用されるという不幸な時代もあった。毛沢東によって「偉大な文学者、思想家、革命家」と称讃された魯迅が、結婚後に妻以外の女性と同棲し、子供までもうけたについては、それだけの理由がなければならない。そうでなければ、許広平との関係は単なる中年男の不倫だということになってしまいかねない。そういう心配もあってか、一般公開されている北京の魯迅故居では、あえて朱安の部屋を明示しない時代さえあった。(43)

今日では、そうした魯迅像を結ぶことへの批判が普遍的になり、かつてのように魯迅を神格化することはなくなったが、それでも事実とは異なる叙述が、無批判に継承されていることがある。

先に引用した馬蹄疾《ばていしつ》の『魯迅生活中的《の》女性』（一九九六年、知識出版社）にも、そうした叙述がいまだに通用しているのである。

魯迅の結婚に関しては、かつての日本でもそうした見方があった。戦後まもなくに出版された竹内好『魯迅』でも、「二人のあいだに精神的な交渉はなかったし、もしかすると肉体的な交渉もなかったかもしれない。」と記されている。(44) 竹内の場合は魯迅を神格化したわけではないが、しかし、魯迅に対する思い入れから、二人の夫婦関係を認めようとしなかったのである。それは、そうあってほしいという著者の願望の表明ではあっても、魯迅に関する資料が今日のように整備されていなかった時代でしか許容されない推測である。

だが、日本の魯迅研究者たちによる今日の魯迅論にも、魯迅と朱安の関係についてはまだそうした記述が通用している。(45)「私も魯迅の遺品」だと叫んだ朱安の底知れぬ悲しみが、実は魯迅の痛みそのものでもあったという事実を無視して魯迅の文学を読むことは、無意味であろう。

「祝福」「傷逝」「離婚」（いずれも作品集『彷徨』所収）等、魯迅には不幸な女性の生涯や結婚を描いた作品群がある。こうした作品を読み解く上でも、朱安との結婚生活に関する伝説的な誤解とはきっぱり訣別しなければならない。

第六章　清末の留学生

一　「藤野先生」をめぐって

一九〇二（明治三十五）年四月十二日、外務省の山本政務局長より、清国留学生の補修機関である弘文学院の嘉納治五郎院長あてに次のような公文書が発せられた。(1)

清國南洋派遣ノ礦務學生弘文學院ニ入學ノ儀ニ付通知
清國南洋ヨリ派遣ノ礦務學生六名徐廣鑄、顧琅、周樹人、張華邦、劉乃弼、伍崇學、事今般着京致シ候ニ就テハ一先弘文學院ニ入リ日本語等ヲ修行シ然ル後再タ、ビ別校に入學セシメ度旨在本邦清國公使ヨリ照会有之候而左様御承了ノ上至急御取計相成度此段申進候也ここで周樹人とあるのは、後に中国近代文学の開祖となった魯迅(一八八一―一九三六)の本名である。彼は江南督練公所派遣の官費留学生として、同年四月四日つまりこの公文書発行のほぼ一週間前に横浜港へ上陸した。満二十歳であった。(2) 以後、一九〇九年八月まで、二度にわたる短い帰国期間を除いて、彼は二十歳代の七年間を留学生として日本に滞在する。

中国から日本への留学が始まったのは日清戦争の翌年、一八九六年からである。最初の年はわずか十三名にすぎず、しかもそのうちの六名は途中で帰国してしまったのであるが、その後は急速に増え続け、魯迅来日の一九〇二年には六百八名にまで増大した。そして、日露戦争の始まる一九〇四年には二千四百名、翌一九〇五年から六年にかけては八千名という急増ぶりを示した。

つまり、魯迅は中国からの留日ブームが爆発する明治末期の日本で生活し、日本人の対中国認識が急激に変化するありさまを肌身で感じとっていたのである。短篇小説集『吶喊』の「自序」と、「藤野先生」と題する回想体小説は、医学から文学に転じた魯迅の精神形成をみずから語る作品として知られており、その両者に共通して叙述された「幻灯事件」には、当時の日本社会で彼の嘗めた民族的苦汁がさりげなく描かれている。

「当時はちょうど日露戦争のころで、戦争に関するスライドもおのずから比較的多くなった。私はこの教室で、いつも同級生たちの拍手と喝采に調子を合わせねばならなかった。ある時、私は思いがけず長らく遠ざかっていた多数の中国人たちと突然画面でお目にかかった。一人が真ん中に縛られていて、おおぜいがまわりに立っている。いずれも頑丈な体格だが、ぼんやりした表情を浮かべている。説明によると、縛られているものはロシアのために軍事上のスパイを働き、今しも日本軍によって見せしめのために首を切られようとしているのだ。そしてとり囲んでいるのはこの見せしめの祭典を見物にきた連中だということであった。

この学年が終わらないうちに、私はもう東京にもどってきた。あの時以来、私は医学はけっして肝要ではないと思ったからである。およそ愚弱な国民は、たとえ体格がどんなに丈夫で、どんなにたくましくても、無意味な見せしめの材料と見物人になれるだけのことだ、どれだけ病死しようと不幸とするに当たらない。だからわれわれに最も必要なのは、彼らの精神を変えることだ、そして精神を変えるのに有効なものとなれば、当時、私はむろん文芸を推すべきだと思い、そこで文芸運動を提唱しようと考えた。」（一九二二年『吶喊』「自序」）

このような魯迅の述懐に対して、かつて竹内好は、魯迅文学の本質にかかわる根底的な疑問を投げかけた(3)。たしかに、氏がいうように、魯迅は「同胞の精神的貧困を文学で救済するなどという景気のいい志望を抱いて仙台を去ったのではない」だろう。むしろ「屈辱を嚙むようにして彼は仙台を後にした」のである。

ただし、中国人の「国民性改造」は、青年時代からの魯迅の悲願であり、それを文学に求めたという彼自身の告白は、むろん嘘ではない。竹内もそのことは単純化された「事実」として肯定した上で、魯迅が仙台を離れた理由を、冤罪事件にからむ魯迅の屈辱感に根ざす行為だと読みとっているのである。この事件は「藤野先生」に述べられているだけで、『吶喊』「自序」では記されていない。

魯迅の描写によれば、藤野先生は「衣服には無頓着で、時にはネクタイをしめ忘れること」さえあり、汽車では車掌からスリに間違えられたりするような風采の上がらぬ人物であった。勤務先の仙台医学専門学校が大学に昇格した時、教授として留任する資格がなかったため、郷里に帰って診療所を開設したという後日の調査記録[4]からすれば、学界や学校での地位もけっして高かったとは考えられない。

だが、教師としての藤野先生は、授業に関しては厳格で、受講生の三割は定期考査で及第点をもらえなかったという[5]。その反面、魯迅の筆記した解剖学に関する先生の講義ノートに目を通して、毎週その誤りを朱筆で訂正するような、魯迅にとってはこの上なく暖かい教師であった。そして、冤罪事件はそれらのことがもとになって発生する。日本人でさえ不合格になることのある試験に魯迅が及第したのは、試験問題があらかじめ藤野先生によって漏らされていたからだというのである。

魯迅の留学数年前には日清戦争があり、仙台医専在学中には日露戦争があった。この二つの戦争は、日本と中国の関係を、それ以前とは決定的に異なるものに変え、日本人の中国人に対する蔑視を助長した。以後、半世紀以上にわたって継続する日中非友好の歴史が始まったのである。

普段にそれを感じとっていたはずの魯迅は、この冤罪事件によって致命的なダメジを受けた。

「中国は弱国である。だから中国人は当然低能児である。点数が六十点以上なのは、自分の能力ではない、と彼らが疑ったのも無理はない。だが私はつづいて中国人の銃殺を見学する羽目になった。……（中略）……第二学年の終わりになって、私は藤野先生を訪ね、医学の勉強をやめること、そして、この仙台を離れることを彼に話した。」（一九二六年「藤野先生」）

『吶喊』「自序」や「藤野先生」には、明らかに明治末期の日本人に対する魯迅の辛辣な見方がこめられている。ただ、それは大正期に来日して作家となった郭沫若《かくまつじゃく》や郁達夫《いくたっぷ》のように、直接日本人を批判する形をとっていないので、日本人の立場からは往々にして魯迅の真意が見過ごされてしまいがちである。[6]

このため、多くの日本人は、若き日の魯迅の日本人に対する印象を、彼の作品から充分に読みとることができず、「藤野先生」のように意味深長な回想文も、単なる日中友好の佳作として読み過ごすことが多い。それは、中国の人々が、この作品の中に魯迅の痛みを感じとるのとは、まったく異なった読みである。

このことは、「狂人日記」や「阿Q正伝」を初めとする魯迅文学の大きな特徴でもあるのだが、魯迅の向ける批判の矛先は、敵であるよりも常に自己の内面であり、この態度は晩年の評論活動の中でも一貫している。一九三一年の柳条湖《りゅうじょうこ》事件（満洲事変）以後、日増しに露骨となる日本の侵略に対しても、魯迅は批判の刃を日本軍国主義に向けるよりも、むしろそれと正面から対決しようとはしない中国人自身に突きつけている。

要するに、魯迅にとっては誰の目にも明らかな加害者などどうでもよかったのである。肝心なことは、その加害者と戦うこと、現に被害を受けているものが、自らの力によってその敵を打ち倒すことであった。敵との戦いに関する限り、魯迅は徹頭徹尾非妥協であり自力本願であった。そして、それだけに自らの陣営が不甲斐なく思えるのであった。魯迅の文学的営為の特徴は、常に自らを撃つことにあった。

二　相互に不快

だがむろん、魯迅が日本の軍国主義者や、そのお先棒をかつぐ中国知識人の中国認識を許していたというわけではない。次に見る日本の詩人や小説家との会見に対する魯迅の反応は、いみじくもそのことを雄弁に物語っている。

たとえば、詩人としては日本のみならず、アメリカやイギリスにまで名の聞こえていた野口米次郎、また、白樺派の一人で戯曲作家としても著名であった長与善郎と会見した後、彼らに対する感想を、魯迅は日本語でこんなふうに記している。

「名人（著名人の意味―山田）との面会もやめる方がよい。野口様の文章は僕の言ふた全体を書いて居ない。書いた部分も発表の為めか、そのまゝ書いて居ない。長与様の文章はもう一層だ。僕は日本の作者と支那の作者との意思は当分の内通ずる事は難しいだろうと思ふ。先づ境遇と生活とは皆な違ひます。」（一九三六年二月三日　増田渉あて書簡）

『魯迅日記』によれば、野口との会見は一九三五年十月二十一日に行なわれている。その時の会見記は、野口によって同年十一月十二日附の『東京朝日新聞』に「魯迅と語る」と題して発表された。そのどの部分を指して魯迅が「僕の言ふた全体を書いて居ない」と述べたのかは定かでないが、両者の話がまったく嚙み合っていなかったことは、たとえば、次のような記録にも明らかである。

「△…魯迅はいった。『憐れむべきは一般民衆ですが、また一面幸ひなことは、彼らが時の政治とは全然無関係である点です。彼らは誰が主権者であつてもなくても、そんなことには頭を使はずに蟻の如く、また蜂の如くに生活して行く。彼等が政治と無関係の存在であつたことは、国あつて以来のことで、もし支那が亡びる時が来ても、支那人といふ民族は永劫に亡びない訳です』

「私は魯迅にいつた、『インドにおけるイギリス人のやうに、どこかの国を家政婦のやうに雇つて国を治めてもらつたら、一般民衆はもつと幸福かも知れない』すると彼は答へた、『どうせ搾取されるなら外国人より自国人にされたい。詰り他人に財産を取られるより自分の倅に使はれた方がいゝやうに……詰り感情問題になつて来ます』

私と魯迅との会談はこゝで打切つた。」

ここでの野口の無邪気さは、救いようのないものである。痛みをこめて語られた魯迅の中国民衆観を、彼はまったく理解することができなかった。魯迅も応接に窮したのであろう、ただ「感情問題」だという一言で、野口の中国観を切り返すほかなかった。二人の間には、最初から対話の成立する基盤がなかったのである。

この野口にくらべても「もう一層」ひどいといわれた長与の文章は、「魯迅に会つた夜」と題して、雑誌『経済往来』の一九三五年七月号に掲載された。長与の記録した対話部分だけを見ても、両者の間に共通の言葉のなかったことは明らかであるが、さらに、魯迅は長与の文が、まったく彼の真意を取り違えていることに苦り切っているのだ。

「こゝへ来る道で今、樟の立派な棺を見たら、急に這入りたくなつて了つた。」

「飯が運ばれる頃、魯迅はやつと軽く箸を執りながらさう言つた。その嗟嘆は無論冗談のやうに見せてゐた。が、その余りに尖つた虚無的諧謔？は冗談にはならなかつた。」

「一座は笑はんと欲して笑へず、妙に白けて了つた。……（中略）……「暗い。たしかに暗い。以前はあんな陰惨な感じの人ぢやなかつたんだがなあ。」歩きながら松本君は厭世作家魯迅のことをさう言つてゐた。自分は何となくその晩い丶夢を見ないやうな気が一寸した。」

長与のこの記録が、魯迅の真意とまったくかけ離れたものであったことは、一九三五年八月一日附の、やはり増田渉あて書簡で魯迅自身が詳細に述べている通りである。次に、長与との会見に関わる部分だけを原文のまま抜き出してみよう。

「併し其の中に引用され、長与氏の書いた「棺に這りたかつた」云々などは実に僕の云ふ事の一部分で、其時僕は支那にはよく極よい材料を無駄に使つて仕舞ふ事があると云ふ事について話して居た。その例として「たとへば黒檀や陰沈木（日本の埋木らしいもの、仙台にあり）で棺をこしらへ、上海の大通りの玻璃窓の中にも陳列して居り蠟でみがいてつやを出し、実美しく拵へて居る。僕が通つて見たら実にその美事なやりかたに驚かされて這りたくなつて仕舞ふ」と云ふ様な事を話した。併しその時長与氏は他人と話して居たか、或は外の事を考へて居たか知らんが僕の仕舞の言葉丈取つて「くらいくらい」と断定した。若しだしぬけそんな事を言ふなら実は間が抜けてるので「険しい、くらい」ばかりの処ではない。兎角僕と長与氏の会見は相互に不快であつた。」

野口米次郎や長与善郎といった日本の「名人」たちは、魯迅の思い、ひいては中国人の心を理解できなかった。そして、日清戦争以来の日本の民衆は、しばしばこのような詩人や作家の眼を通して中国を眺め、中国の人々の心を想い描いていた。「日本の作者と支那の作者との意思は当分の内通ずる事は難しいだろう」という魯迅の言葉は、日本人の心と中国人の心とが、もはや接続不可能な地点にあることを見極めるものであった。

これらの会見が行なわれる二年前まで、魯迅は日本への旅行を真剣に考慮していた。増田渉や内山完造、山本初江のように気心の知れた日本人にあてた私信のなかで、魯迅はしばしばそのことに言及している。一九三四年七月二十三日附の山本初江あて書簡では、「来年に行きましやう。」と記していたのである。だが、それ以後は再び日本行にふれることはなかった。日本の中国大陸に対する野望がそれだけむき出しになっていたからであろう。

魯迅は抗日戦争の前夜、一九三六年十月十九日にこの世を去った。それまでまがりなりにも通じていた日中間のパイプは、ちょうどそれと時を同じくして断絶した。一九三七年七月には盧溝橋事件を引き金とする日本の全面的な中国侵略、中国による抗日戦争が本格的に始まり、四十年にわたって続いた中国からの留学生も、この年の五千九百三十四名を最後に途絶した。

三　痼疾と膺懲

魯迅は教育部に勤めるかたわら、北京大学を初めとする幾つかの大学で非常勤講師を兼任していた。『魯迅日記』によれば、一九二六年六月二十六日、彼は北京の東単牌楼にあった東亜公司で安岡秀夫著『小説から見た支那の民族性』（一九二六年四月、聚芳閣）を購った。この本の内容について、魯迅は、その「目次を見るだけで一目瞭然だ」（「馬上支日記」、一九二六年七月二日）と記している。ちなみに、それは次のような構成であった。

一、総説
二、過度に対面儀容を重んずる事
三、運命に安んじ物事を諦め易き事
四、気が長くて辛抱強い事
五、同情心乏しく残忍性に富む事
六、個人主義と事大主義との事
七、過度の倹約と不正なる金銭欲との事
八、虚礼に泥み虚文に流るゝ事

九、迷信の深い事
十、享楽に耽り淫風盛なる事

中国人の民族性に関する安岡の見解は、かつて中国に五十年以上居住して、"*Chinese Characteristics*"（邦訳は『支那人気質』、明治二十九年十二月、博文館）と題する書物を出版したことのあるアメリカの宣教師スミス（Smith, Arthur Henderson, 一八四八－一九三二）からの影響が大きい、と魯迅は指摘している。

スミスによれば、中国人は「芝居気の多い民族で、精神が少したかぶると、役者のように一字一句、一挙手一投足が大げさになるが、本音が出ているというよりも、むりにその場をとりつくろっていることのほうが多い」。中国人の国民性をないまぜに形成している重要なかなめは、つまりこの「体面」だというのである。

侮蔑にも近いスミスや安岡の中国人観に対して、しかし、魯迅はそれに反論することなく、むしろ「試みに我々が広く観察し、深く反省すれば、この言葉は決して刻薄にすぎるものでないことがわかる」という。後述するように、同じ書物に対して弟の周作人が真っ向から反発したのとは、まったく異なる反応を示したのである。魯迅はスミスや安岡が中国人の劣悪な民族性としてあげつらった批判を、中国国民性にひそむ痼疾《こしつ》(持病)としてとらえ、それを根絶することなしに民族の再生はあり得ない、とひらきなおったのだ。

「昔から伝わる舞台のすぐれた対聯に、「劇場は小天地、天地は大劇場」というのがある。人々はとかく、あらゆる物事を一場の芝居にすぎぬと見、真面目になる者があれば、馬鹿者とみなした。しかし、これとても積極的に体面を重んずることからきたわけではなく、心に不公正を感じてはいるが、報復するほどの勇気がなく、そこで、万事を芝居だとみなす思想で片づけているのだ。万事が芝居である以上、不公正も真実ではなく、報復しなくても卑怯ではない。それ故、道で不公正を目撃しながら、刀を抜いて助太刀しなくても、老舗の正人君子たる体面を失うこともないのだ。（「馬上支日記」）」

これより五年前、巴人の筆名で発表して物議をかもした中篇小説「阿Q正伝」の主人公阿Qを、他人から受けるさまざまな屈辱を自己欺瞞によって糊塗しつつ体面を保つ人物として形象し、それ以来、「阿Qの精神的勝利法」という用語の定着したことはよく知られているが、安岡の著に触発されて書いた「馬上支日記」の中身はまさしく阿Qの精神世界であった。

こうした「阿Q精神」の超克こそが、日本留学後、とりわけ仙台医学専門学校退学以来の魯迅創作の重要なモチーフであり、民族的偏見ないしは蔑視を下敷きとして述べられたアメリカ人宣教師や日本の「支那通」のどぎつい批判にたいしても、彼はあえて容認する態度をとった。つまり、自らの内部にある欠陥を冷厳にえぐり出すことに、魯迅の眼目はあった。このことは、魯迅文学の大きな特徴の一つである。

この五年後、柳条湖事件（一九三一年七月）を発端とする中国東北地方（満洲）への日本の露骨な侵略が始まった。この時、中国左翼作家連盟の機関紙『文芸新聞』は、上海文化界の著名人に向けて「満洲事変」に対するアンケートを行なったが、それに対して答えた魯迅の文面にも、同様の姿勢が読みとれよう。

文芸新聞社の問いに答える——日本の東三省占領の意義
これは、一面では日本帝国主義が彼らの奴隷——中国の軍閥を「膺懲《ようちょう》」したのであって、つまりは、中国の民衆を「膺懲」したことでもある。なぜなら、中国の民衆は軍閥の奴隷でもあるからだ。他の一面では、ソ連への進攻のはじまりであり、世界中の辛苦する大衆に永遠に奴隷の苦しみを受けさせようとする方針の第一歩である。
九月二十一日

ここで「膺懲」とあるのは、中国に対する侵略を正当化するために、日本側で使用した用語であり、征伐してこらしめるというのが原義である。この傲慢不遜な日本のものいいに対しても、魯迅は一見、「膺懲」を肯定しているとも誤解されかねないような回答をもって応じた。だが実際には、自国の民衆が「軍閥の奴隷」である限り中国には救いはない、いいかえれば、日本の「膺懲」を拒否できるのは中国の民衆自身でなければならない、というのが彼の真意であったろう。

魯迅にとって、スミスや安岡の中国人観はそれ自体として問題視するに値しないものであった。

明らかな侮蔑にたいしても、むしろそれを受忍することで民族の再生につなげることが大切であったのだ。それは「阿Qの精神的勝利法」の対極にある、いわば「魯迅精神」とでも称すべき強靭な精神のありようであり、魯迅文学を特徴づける内実でもあった。

このような魯迅とともに、少年時代から文学的体験を共有した周作人の場合はどうか？

四　白樺派と「人間の文学」

魯迅より四歳年少の次弟周作人は、兄より四年遅れて一九〇六（明治三十九）年に来日、立教大学で古典ギリシャ語と英文学を学んだ。在日中に下宿していた羽太《はた》家の娘信子と親しくなり、五年後（明治四十四年）には彼女を伴って帰国した。信子の妹もまた兄弟の末弟周建人の妻となっている。建人夫妻は後に離婚したが、作人夫妻の関係は少なくとも表面的には穏やかであり、若き日の周作人は日本文化に親しみをもつ冷静な知日派であった。

しかし、周作人が日本に親しい感情を抱いていたのは、むろん、単に日本女性を妻にしていたという事情からだけではない。大学で西欧文学を専攻するかたわら、彼は日本文化にも強い関心をもち、能・狂言や『平家物語』といった古典文学作品の翻訳から、連歌や俳句、江戸時代の文学、さらには明治から昭和初期にかけての同時代文学にも深い造詣をもち、当時の中国における日本文学研究者としても一流であった。

周作人の在日中、日本の文壇では白樺派が結成され、彼はそこから多くのものを吸収した。武者小路実篤の提唱した「新しき村」の理想にも共感を示し、北京にその支部を組織して運動を支援しただけではなく、それが創設された翌年の一九一九年七月には、武者小路を訪ねてはるばる宮崎県日向にまで赴いている。

一九一八年、雑誌『新青年』に発表した「人間の文学」にも、白樺派の理念に共鳴する作人の考え方が如実に表われている。その冒頭で、「われわれが現在提唱すべき新しい文学は、簡単に一言でいえば、「人間の文学」であり、排斥すべきは、反対に非人間の文学である。」と述べ、「人道主義」の文学を提唱したが、そこには、白樺派の提唱するヒューマニズムの文学が意識されていた。

そして「人道主義の文学」とは、彼によれば「個人主義的人間本位主義」の謂いであって、とりわけ、「男女両性の平等」と「恋愛による結婚」が重要なテーマであった。イプセンの『人形の家』や『海の夫人』、トルストイの『アンナ・カレーニナ』、ハーディの小説『テス』等をその理念に適合する作品として例示する。

文中、十八世紀イギリスの神秘的詩人ウィリアム・ブレイク（Wiliam Blake 一七五七－一八二七）の『天国と地獄との結婚』（*"The Marriage of Heaven and Hell"*）を引用して、人間には「霊肉一致の生活」が必要であるという。周作人のいう「人間の文学」とは、まさしくブレイクの歌う「霊肉一致の文学」であり、それは霊肉二元論の立場から、人間の自然な欲求に抑制を加えていた旧い観念への、アンチテーゼとして措定されたのであった。

ところで、このブレークについては、雑誌『白樺』第五巻第四号（一九一四年四月）に「ヰリアム・ブレーク」と題する柳宗悦の長大な論考があり、それに加筆した単行本『ヰリアム・ブレーク』が、同じ年の十二月に洛陽堂から出版されている。そのいずれかに、周作人が目を通していたと考えるのは、無理な推測ではない。

いずれにしても、封建的人倫関係の破壊、恋愛結婚の自由の確立が、同時代の日本に比較してさえも、より困難であった当時の中国にあって、欧米の作家や文学作品を援用しつつそれらを打ち出すことが、「人間の文学」の趣意であった。兄の魯迅のように、親の定めた許嫁との婚姻が普通であった清朝末期、それは今日的な観念では想像することすらも容易ではないほどの衝撃を、世間に与える主張であった。

いっぽう、周作人によって、「非人間の文学」として否定されるものは、「人間性の生長を妨害し、人類の平和を破壊するもの」であって、「儒教や道教から出てくる文章」のほとんどがこれに該当するという。(7)

同じころ、新文学の代表作として文学史上に定位された魯迅の「狂人日記」（一九一八年）も、封建的秩序に基づく人倫の非人間性を諷刺する画期的な口語小説として知られているが、ただ、そこには周作人や同時代の文学者たちが問題にした恋愛と結婚に関する事柄は主題となっていない。自らの自由な意志によって外国人と結ばれた弟がことあるごとに恋愛結婚の必要を説き、それのかなわなかった兄がこのことにほとんどふれないという事実は、奇妙なコントラストを形成する。魯迅にとって、自身の結婚はそれだけ深い傷になっていたということであろうか。

同じ一九一八年、兄弟は武者小路実篤の戯曲『或る青年の夢』をめぐっても、面白い対応を見せた。これについては、すでに別なところで詳しく論じたので[8]、ここでは重複をさけたいが、叙述の便宜上、次にその要点だけを記しておきたい。それは、魯迅の「狂人日記」が発表された雑誌『新青年』第四巻第五号（一九一八年）に、同時に掲載された周作人の「読武者小路君所作一個青年的夢」(武者小路君作る所の或る青年の夢を読む)がきっかけとなる営為である。周作人は武者小路の戯曲『或る青年の夢』について次のような紹介を行なった。

「日本はこれまでも好戦的な国家と称されていた。桜井忠温の『肉弾』は世界に名高い戦争賛美小説である。しかしわれわれの考えるところでは、これも以前の一時的な現象にすぎず、未来永劫にわたる代表とみなすことはできない。われわれの見るところでは、日本の思想言論界には、人道主義的傾向が日ましに強くなっている。最も慶賀すべき事だと思う。いまなおきわめて少数ではあるが、またあの多数の国家主義者に妨害されて、まだ発展させられないでいるが、しかし将来には大いに希望がもてる。

武者小路君はこの一派の壮士であり、『或る青年の夢』こそは、新日本の非戦論の代表である。」

魯迅はこの文章を見て「一本を探し求め、それを読み終わって、非常な感動を受け」、翻訳に着手した。ただし、彼がこの作品を翻訳にかけたのは、好戦国日本に芽吹いた慶賀すべき「非戦論の代表」という周作人の評価とは異なる動機からであった。このことについて、彼自身の述べた理由を整理すれば、次の二点に要約できる。

その第一は、「われわれが国家の立場で物を見ずに、人類の立場でものを見ることです。そうして初めて永久の平和を得ます。しかし矢張り、民衆から目覚めなければ駄目でしょう」という、偏狭なナショナリズム・国家主義に反対する武者小路への共感であり、この限りでは、作人の武者小路受容とそれほど隔たったものではない。だが、第二の理由は、明らかに魯迅に固有の観点から出るものであった。

「劇全体の主旨は、自序ですでに述べられているとおり、戦争に反対するということであって、訳者が改めていうまでもない。だが、私は何人かの読者が、日本は好戦的な国がらであり、その国民こそこの本を熟読すべきであって、中国になぜまたこれが必要なのかいぶかるだろうと考える。私の見解は、しかしまったくそうではない。中国人自身はたしかに戦争が得意ではない。だが、けっして戦争をのろってはいない。自身ではたしかに参戦を願わない。だが、参戦を願わぬ他人にはけっして同情したことがない。自己のことは考えるけれども、他人の自己についてはけっして考えない。たとえば現在、日本が朝鮮を併合した話になると、きまって「朝鮮はもとわが属藩であった」というたぐいの言葉が出るけれども、この口ぶりを耳にするだけで、人を恐れさせるには充分だ。だから、私はこの戯曲も中国旧思想の多くの痼疾をいやすことができるし、それだから中国語に訳出する意義も大いにあると考えたのである。」(「訳者序二」)

魯迅は、被害者の立場で武者小路の反戦論を受け入れたわけではない。条件が異なれば—たとえば「中国にもし戦前のドイツの半分の強さがあれば、国民性はどんな色相を呈するかわからない」(「訳者序」)とも考えた。武者小路の見解を、日本のなかの好ましい現象として受けとめたというよりは、むしろそれを使って、中国伝来の痼疾を治療する処方箋として取り込もうとしたのであった。先に、魯迅の文学的営為の特徴を「常に自らを撃つことにある」と記したが、ここにもそのような彼の態度が読みとれよう。

五　排日に転じた周作人

一九二〇年代前半の周作人は、日本に対して、まだかなり好意的な見方をもっていた。その中にある是非善悪を冷静に分析し、彼がよいと考えるものについて高い評価を与えることにやぶさかではなかった。日本人及び日本文化への真の知日派であったといえよう。だが、その反面、「親日派」の仮面をかぶった「小人」を日本が利用しようとしていることに対する強い不信と警戒があったことも事実である。

「中国で近ごろ、排日をいう人が多くなったのは確かな事実である。……（中略）……だが多くの排日家は、日本のあらゆる人々を一括して排斥し、もっぱら国民同士の憎悪を助長している。私はこれにはとても同意できない。……（中略）……我々の反抗の範囲は、敵対する人間に限るべきである。（「排日の悪化」、原載は『晨報《しんぽう》副刊』一九二〇年十月二十二日）

と述べて、いきすぎた排日に警告を発するとともに、日本文化への深い理解が必要なことを諄々と説いていた。しかしこの翌日、やはり『晨報副刊』に掲載した「親日派」においても、中国には「真の親日派」がいたことはなく、日本の歓迎する「親日派」とは、「実利を貪り、栄達を求める小人」であって、それは「中国が憎悪する」やからであるという。

「我々は一国の光栄はその文化—学術と芸術・文化に存するのであって、その領地や利権、武力に存するのではないと考える。そしてこれらのものは、ときにはその国が固有していた光栄に損失をもたらしさえするのだ。」（「親日派」、原載は『晨報副刊』一九二〇年十月二十三日）

周作人によれば、小泉八雲(Lafcadio Hearn 一八五〇-一九〇四)が日本の文化を理解したように、「日本国民の真の光栄を理解した人」は、中国にはまだいない。それは「中国の出版界には日本の文芸または美術を講じた一冊の本、一篇の文もない」ことからも判明するという。そして、次のように「日本の友」に向かって勧告するのであった。

「日本の友よ、我々は数千年にわたって君の隣人であったが、君の真の知己とみなせる人を、一人として挙げえないのは残念である。しかし、私は同時に、君の不肖の子弟たる悪友を知己と認めず、彼らを拒絶するよう、一言勧告もしたい。なぜなら、彼らは君に土地を売り渡すことができるだけで、これは君にとって真の光栄ではないからだ。」(同上)

日本に対するこれらの発言は、日本の中国侵略政策が、第一次世界大戦以後ますます露骨になっていくなかで、中国内部からそれに呼応して、日本に媚びを売ろうとする勢力があったこと、そして日本がそうした勢力を利用して大陸に利権を獲得しようとしていたことに対する彼の苦言であった。それと同時に、日中間の交流は、数千年来の文化的伝統をふまえて真に理解しあえる知己をもつことが必要である、と希望しているのである。

けれども、事態は彼が期待する方向には進まなかった。この五年後の周作人は、すでに「徹底した排日派」であった。『語絲《ごし》』週刊誌上で、張定璜《ちょうていこう》の「神戸通信」に答えた周の返信(一九二五年十二月二十日附）は、北京の「国民革命」にふれて、次のように記している。

「何人かの日本の浪人と支那通が、あちらで日支共存共栄とかなんとかわめいているが、いずれも完全に人を欺く言いぐさである。虎が人間を食って、人間の血肉を虎の血肉に変え、その体内にとりこむというのが、共存共栄である。……（中略）……日本が最も望んでいるのは中国の復辟《ふくへき》（清朝帝制の復活）、読経（経典研究）、内乱、馬賊……、最も重視している人物は、文人では辜鴻鳴《ここうめい》、武人では張作霖《ちょうさくりん》だ。我々は馮玉祥《ふうぎょくしょう》や郭松齢《かくしょうれい》の類を、どれほど立派な人物であるかを保証はできないが、しかし近ごろの行動から見れば、中国に有益だといわざるをえない。日本人は口をきわめて誇り、不忠、不義の明智光秀だとみなしてはいるが。」

周知のように、辛亥革命（一九一一年）によって清朝政権は打倒されたが、当時の皇帝愛新覚羅《あいしんかくら》溥儀《ふぎ》は、中華民国政府との協定によって、その身分を紫禁城《しきんじょう》（現在の故宮博物院）の中に限定して保障され、宮廷生活を営んでいた。だが、一九二四年、地方実力者の馮玉祥が北京へ乗り込むに及んで、彼は溥儀をこの故宮から追放した。当時、この措置をめぐって国内の世論は分かれたが、周作人は馮玉祥の行動に熱烈な支持を表明していた(9)。

翌一九二五年十一月、奉天派の郭松齢が馮玉祥に通じて張作霖に反旗を翻した時、それを日本にとって不利だと判断した日本軍が軍事介入して郭松齢軍の進撃を阻止、そのため郭軍は張軍に敗北した（郭松齢事件）。これがきっかけとなって、中国国内では反日運動が激化したといわれるが、周作人の「神戸通信」は、以上のような事件を背景として記された文面であり、その最後は次のようにしめくくられている。

「重ねていうが、私は日本を愛するものだ。だが、私は中国も愛する。なぜなら、それは運命が私に住むように定めた地であるからだ。日本の生活は、大半が好きだし、山紫水明の風景もしょっちゅう夢に見る。だが、私はこの恐ろしく混乱し、恐ろしく荒れはてた北京に住むことを願い、黄河の澄むのを待つように、我々自身がそれを整え、住める所に変え、その地に住むようになることを願うのである。……（中略）……真に中国を愛する者は、当然、中国を呪詛しなければならない。ちょうど、真に日本を愛する中国人も、徹底した排日派でなければならないのと同じように。」

一九二五年十二月二十日、作人、於北京西北城

馮玉祥によって紫禁城から追放された溥儀は、日本の手で天津に保護された。後日、満洲帝国のでっち上げに際して、彼の利用されたことは周知の史実である。この当時、周作人や日本政府がそこまで予見していたのでは、もちろんない。しかし、溥儀追放とその後の郭松齢事件に対する日本の対応等を通して、かつての冷静な知日派であった周作人が、「徹底した排日派」に転じた

のは、まぎれもない事実であった。

ただし、周作人はその後も一貫して知日派であった。日本文化に通暁し、その是非についても日本人以上にすぐれた見識を持ち続けた。ただこのころから、彼はかつてのように熱烈な評論家、新文学運動のオピニオンリーダーとして中国の思想界に登場することはなくなり、「閉戸読書」に専念する随筆家、小品文作家への傾きが顕著となる。そして、日本の作家では、永井荷風や谷崎潤一郎への傾倒をますます深めていった。[10]

六　「支那民族性」への反発

「支那民族性」と題する周作人のエッセーがある。先述した魯迅の「馬上支日記」と同じように、安岡秀夫の『小説から見た支那民族性』について論じたものであって、発表日は、この方が魯迅の文よりも一週間早い。[11] 作人もまた、安岡のあげつらう中国人の民族性を、あえて次のように承認する。

「『小説から見た支那の民族性』、安岡秀夫著、本年四月東京聚芳閣出版、全十章。中国人の劣悪な根性を列挙し、元明清三朝の小説を引き合いに出して、痛烈に嘲罵する。私は彼のいうことがすべて中国の欠点に相違ないことを承認しよう。漢人とはまことに碌でなしの民族であって、その進歩のなさ横着さには、いまさら弁解の余地もない。はるばる六百年も昔の小説を証拠にするまでもなく、見聞する事実だけからいっても、卑怯、残忍、淫乱、愚昧、不正直は、まさしくすべてその通りである。最も雄弁な国家主義者でもとうてい弁解しきれないし、そんなことをすれば、傲慢と虚偽をあらためて表明するだけのことである。」

周作人もまた魯迅と同じように、いったんは安岡の侮蔑を、おそらくは痛切な思いをこめて忍受する。だがその後で、現代ギリシャはいささか落ちぶれてはいるが、「欧米各国は往昔の文化的恩恵を憶うが故にあまり刻薄な嘲罵を加えようとせず、たとい記録をするにしてもその調子は坦々として彼ら自身の品位を汚すには至らぬこと」を、米国のハイド教授（Walter W. Hyde）による『ギリシャの宗教とその遺風』を例示しながら、反発する。

なぜなら、「日本の側から見れば、中国はたしかにギリシャ・ローマに似ている点」があるからである。そうであってみれば、「日本が中国を讃美したり、弁解してくれたりするには及ばぬが、せめて誠実かつ厳正に勧告し叱責してくれること」を望むという。ただし、「支那通のあの軽薄卑劣な態度は、やめられるものならやめてもらった方がよい。私は日本文化を愛するが故に、この軽薄さが日本民族性の一つとなることを、願わない」からである、と痛烈な一句でこの文章をしめくくっている。

安岡の著に対する魯迅・周作人兄弟の認識は、基本的には一致しているといえよう。だが、両者の対応はその後微妙に分岐する。魯迅は安岡の侮蔑を忍受した上で、そうであればこそ、そこからの脱却を中国人自身の課題としてその文学で錬成する。いわば、安岡の投げかけた批判を武器として、みずからを鞭打ったのである。

他方、周作人は日本人の批判をいったんは受け入れた上で、しかし、そのような日本人に文化的・歴史的な経緯から反省を求めつつ批判を加えようとした。たしかに手厳しい諷刺の論調ではあるが、そこにはまだ、相手を批判しながら説得を試みようとする姿勢がかいま見られる。周作人の「支那民族性」は、相手側をまったく問題にしない魯迅に引き比べたときに、おのずからその差異がはっきりしてくるのである。魯迅と周作人との、資質面での大きな相違がここには浮き彫りになる。

ただそうはいっても、この時期の周作人はもちろん日本に屈服したわけではない。すでに見てきた通り、「溥儀追放事件」以後の周作人にははっきりとした反日の視座が確立されており、その日本観にはきわめて厳しいものがあった。そして、そのような立場から可能な限り、日本人の良識に訴えようとしたのであったが、このころの日本には、周作人のそうした批判を冷静に受けとめることのできる知識人は絶無に近かった。

七　その後の周作人

一九三六年十月十九日、魯迅は上海でその五十五年にわたる生涯を閉じた。盧溝橋事件を契機とする全面的な日中戦争の始まる前年であった。その柩は「民族魂」と書かれた布で覆われ、「魯迅先生治葬委員会」には蔡元培《さいげんばい》、馬相伯《ばしょうはく》（馬良）、宋慶齢《そうけいれい》（故孫文夫人）、内山完造、A・史沫徳萊（アグネス・スメドレー）、沈鈞儒《しんきんじゅ》、茅盾《ぼうじゅん》、蕭參《しょうさん》（蕭三）らとともに毛沢東も名をつらね、葬儀の当日には「三万の群衆が遺骸を守りつつ万国共同墓地へと長蛇の列をなした。」（鹿地亘『中国の十年』、一九四八年三月、時事通信社）

死の直前まで、中国共産党上海地区の文化人党員たちとの間に激しい論争が繰り返されたにもかかわらず、毛沢東を指導者とする中国共産党中央はその死を悼み、最大限の称讃の言葉を贈った。そして、中国革命のバイブルともいうべき『新民主主義論』（一九四〇年一月）において、毛沢東が魯迅を「中国文化革命の主将」と規定し、「魯迅は偉大な文学者であるばかりではなく、偉大な思想家、偉大な革命家である」と絶讃して以来、中国文化界での魯迅に対する高い評価はゆるぎないものとなった。

すべての伝統文化が徹底的に否定された「プロレタリア文化大革命」中にあっても、魯迅への批判は微塵もなく、むしろ神格化され、彼の残した文章の片言隻句が敵対勢力を打倒する口頭禅として利用される風潮さえ生まれた。

他方、周作人の方は、日中戦争にともなって北京が日本軍に占領され、北京大学が南遷（一九三七年八月）した後も北京にとどまり、日本の手で再建された「偽北京大学」の文学院長を務めたり、華北政務委員会教育総署督辧のような日本統治下での要職についたため、戦後、南京の首都高等法院で行なわれた裁判で「漢奸」（売国奴）として懲役十四年の判決を受け、獄に下った。

日中戦争の期間、「日支親善」を名目とする中国との文化的融和を日本が企図したとき、中国側の文化界を代表する人材を得ることはきわめて困難であった。日本の侵略に抵抗する知識人の多くは日本軍の占領地を離れ、中国国民党統治下の大後方（奥地）や中国共産党を中心とする辺区（革命根拠地）に脱出していたからである。そうした中で、中国文化界の代表的な文化人であり、かつ日本でも知名度の高かった周作人に白羽の矢が立ったのは、きわめて自然な成り行きであった。

だが、先述したように、周作人は一九二〇年代後半には、すでに日本批判の姿勢を明確に打ち出していた。そのような周作人に日本への協力を求めることは必ずしも容易ではなかったはずである。そのためかどうか、一九三九年元旦、李姓の中国人青年がピストルをもって周作人の自宅を襲撃した。幸い周作人は軽傷ですんだが、門前にいた車夫二人に弾が命中し、そのうちの一人は死亡した。

日本の傀儡政権高官の湯爾和（臨時政府議政委員会委員長兼文教部長）から、周作人に偽北京大学教授兼文学院長への招聘があったのは、その直後である。李青年の狙撃を「日本軍の手先が脅しにきたのだと思った」周作人は、やむなく湯の招聘を受け入れたと、南京の裁判に際して周は弁明している。[12] 実際に、二つの事件の間に関係があったのかどうかはわからないが、少なくとも周作人は主観的にそうとらえていたことが判明する。

こうして、「身体が弱かった」ため、北京に在留した周作人は、日本側の指図する数々の要職につき、日本文化界との交流に駆り出された。しかし、彼が本心から日本軍の指示に従っていたのでないことは、南京裁判での彼の弁明からも明らかである。むしろ、周作人はその立場を利用して、日本の「奴隷化教育に抵抗」し、北平《ほくへい》図書館（「北平」は北京の当時の呼称）の図書を保存し、日本軍の検挙によって逮捕された人々の救出に尽力したという。

また、「中国の思想問題」と題する文章の中で、周作人は中国の「中心思想は民族の自由生存」にあると主張したため、第二回大東亜文学者大会（一九四三年八月、東京）では、かつては新感覚派の論客であり、当時は激烈な国家主義者となっていた評論家の片岡鉄兵から、周作人をターゲットとする「打倒、中国老作家」の議案を提出されたほどであった。

この時、周作人は片岡の提議に対抗して、報国文学会からの脱退を声明し、それに狼狽した日本外務省は、小説家の豊島与志雄を中国へ派遣して周の説得にあたらせたという後日談がある。[13]

日本文化を日本人以上に知悉し、日本人の妻を迎えて人一倍知日派であった周作人は、そうであればこそ、日本の中国に対する態度に失望し、日本の大陸侵略を怒った。日本軍の北京占領後は、さすがに露骨な日本批判は抑制しているが、それでも彼が本心から日本のやり方に同意していなかったことは、南京裁判での釈明をまつまでもなく明らかである。

けれども、周作人が北京に滞在して、傀儡政権の主宰する行事に参加したり要職についたりすることは、それだけで日中両国の関係者に与える影響が大きく、そのため当時から、彼は国内関係者の批判を浴びなければならなかった。彼が日本側で主宰した「更正中国文化座談会」に出席したという大阪毎日新聞の報道があった後、中華全国文芸界抗敵協会の会報『抗戦文芸』第四号は、彼の離京を促す「周作人に与える公開状」を発表した。ちなみに、その末尾の一段を次に引用する。

「我々は先生に最後の忠告を行なう。翻然と悔い改め、ただちに北京を離れて、間道から南下し、抗敵と建国の仕事に参加するよう希望する。さすれば先生の文芸上での過去の功績、及び今後の奮発と自贖により、国民は重ねて愛護することもやぶさかではない。さもなくば、世論をあげて攻撃し、先生が民族の大罪人、文化界の反逆者となることを公認するのみである。一念の差は、忠邪を千載に分かつ、態度を明らかにされたい！

（「給周作人的一封公開信」、一九三八年五月十四日）

この公開状は、茅盾や郁達夫、老舎《ろうしゃ》、胡風《こふう》、丁玲《ていれい》、馮乃超《ふうだいちょう》、胡秋原《こしゅうげん》といった思想的には左右を問わぬ広範囲な文学者たち十八名が連名で呼びかけたものであって、この当時、周作人の去就がどれほど注目されていたか、また彼の立場がいかに微妙であったかをうかがうに充分な事実である。

その後もむろん、周作人は北京を離れることなく、そのまま終戦を迎えた。その結果、一九四六年四月から国民党政権により、当時の首都南京で開かれた「漢奸裁判」の中で、彼は「文化漢奸」の巨頭として断罪されたのである。周作人をそのような立場に追い込んだのは日本の侵略政策であり、彼の本心は同国人に理解されることなく、戦後は国を売り、敵に通じた「漢奸」として処断されなければならなかった。

十四年の懲役は、実際には十年に軽減され、その晩年には魯迅に関する追憶の記事や、『平家物語』の翻訳等に筆を執る生活を送っていたようであるが、文化大革命の始まった翌一九六七年には、その八十一年の生涯を閉じることになった。おそらくは、凄惨な批判にさらされながらの最期であったに相違ない。

第七章　魯迅の孫文観

一　魯迅と中華民国

魯迅の孫文に対する評価は高い。それは彼が名実ともに備わった中華民国統一の夢を晩年の孫文に託していたからであろう。だが不思議なことに、生前の孫文に対する魯迅の言及は、今日まったく見あたらない。孫文にふれた彼の最初の発言は、一九二五年三月二十一日、孫文の死（同十二日）からおよそ十日後に書かれた「戦士とハエ」という、短い寓話ふうの文章である。

「ショーペンハウエルがこんなことをいった。人間の偉大さを量ろうとすれば、精神の大きさと体格の大きさとでは、その法則が完全に相反する。後者では距離が遠いほど小さくなるが、前者では逆に大きく見える、と。

近づけばそれだけ小さくなり、また欠点や傷もますます目につく、まさしくその故に、彼はわれわれと同じく、神でもなく、妖怪でもなく、異獣でもない。彼は相変わらず人間である、それだけのことだ。

戦士が戦死したとき、ハエどもが真っ先に発見したのは、彼の欠点と傷である。吸い付いて、ブンブン鳴きながら、得意になって、死んだ英雄よりももっと英雄だと思いこんでいる。だが戦士はすでに戦死しているから、もはや彼らを追っぱらおうとはしない。そこでハエどもはますますブンブン鳴き、自分では不朽の音だと思いこむ。彼らの完全さは戦士をはるかに超えているからだ。

確かに、誰もハエどもの欠点と傷を発見したことはない。

だが、欠点のある戦士は、ひっきょう戦士であり、完全なハエもひっきょうハエにすぎぬ。

去れ、ハエども！　羽根があって、ブンブンやれたところで、どうせ戦士は超えられないだ。なんじら、この虫けらども！」

ここでは何一つ具体的な名称は使われていない。散文詩集『野草』の一節を想い起こさせる簡潔で歯切れのよい文体は、それ自体で独立した一個のアフォリズムである。そのため、この文章は当時の文壇に対する魯迅の諷刺だという誤解も生んだようでる。十日後の三月三十一日、魯迅は「これはこういう意味である」という短文を書いて、『京報副刊』誌上に登載した。その中で彼

は、

「いわゆる戦士とは、中山先生、および民国元年のころ国に殉じながら、かえって奴僕どもから嘲笑され侮辱された烈士のことだ、ハエとは、むろん奴僕どものことである。(1)」

と述べている。「戦士」とは要するに、中華民国建設のために生命を賭した革命家の謂であり、孫文（中山）は、いわば彼らの集合名詞である。そして「ハエ」は、その奴隷性の故に敵に媚びる卑劣な奴僕（原語は「奴才」）に外ならない。魯迅は最大の讃辞を孫文に献げているのだ。だが、そうはいっても孫文を軸として展開されてきた革命の過程に、魯迅はまったく無批判であったわけではない。上記の文から一週間あまり後、そのころは彼の学生だった許広平あての書翰で、魯迅はこんなふうに彼の不満をしたためている。

「大同の社会は、まだしばらく来ないでしょうし、たとえ来ても、今日の中国のような民族では、きっと大同の門外に立たされるでしょう。ですが私は、何はともあれ改革をやるべきだと思います。しかし改革の早道は、やはり火と剣です。孫中山が一生革命に奔走しながら、それでも中国がこんなふうであるのは、彼が党の軍隊をもたず、そのため武力をもった他人に頼らざるを得なかったことが、やはり最大の原因です。この数年、彼らも自覚したようで、軍官学

校を設立しましたが、すでに遅きにすぎたうらみがあります。（一九二五年四月八日）

魯迅は、孫文の輩下に軍隊のなかったことが、革命を不徹底にした「最大の原因」だという。それは中国革命の歴史を知る者にとって自明の事実といえばそれまでであるが、しかし魯迅にとっては、何よりもまず自らの個人的な体験から割り出された痛切な実感である。

周知のように、孫文は一八九五年、広州で最初の挙兵に失敗した。爾来十数年、彼は世界各地をめぐってひたすら革命運動にとりくんだが、彼の試みた武装蜂起はすべて不首尾に終わっている。そんな時、彼の依拠した軍事力は、主として「会党」と呼ばれる民間の宗教的秘密結社だった。

武昌での武装蜂起が成功したとき、孫文はアメリカのコロラド州デンヴァーに滞在していた。一九一一年十一月末には、全国ですでに十四の省が清朝から独立していたといわれるが、孫文はその報に接した後もすぐには帰国することなく、十一月二日にニューヨークを発ち、同月十日ロンドン着、二十一日にはパリへ入って列強各国と外交的な折衝を行ない、十一月二十四日になってようやくマルセイユから帰国の船に乗る。途次シンガポール（十二月十五日）、香港（二十一日）に立ち寄って中国同盟会関係者と意見を交換し、上海到着はその年も暮れようとする十二月二十五日だった。

こうして、同月二十九日に開かれた南京での十七省代表者会議で孫文は中華民国臨時大総統に選出されたが、彼はそのとき、会議の決定によって袁世凱《えんせいがい》に電報を打ち、清朝皇帝退位と引き換えに袁世凱の大総統就任を要請することになる。[2] 清朝皇帝を退位させるためには、この北洋軍閥の軍事力を無視することができなかったのである。

そのころ、紹興にいた魯迅の耳に、このようなあわただしい革命後のプログラムがどの程度つたわっていたかは明らかでない。けれども、一九一二年元旦を期して出発した中華民国の建国と、その臨時政府を南京に置いて臨時大総統となった孫文の姿は、魯迅にとってもきわめて身近な存在であったはずである。ただ、孫文がその地位にあったのは、わずか二か月あまりである。二月十三日には早くも臨時参議院に辞任を申請し、袁世凱をその後任に推薦する。

その翌日、臨時参議院では孫文の辞職を承認したが、その際、臨時政府の所在地を南京に置くべきだという孫文や黄興《こうこう》の主張は認められず、多数意見によって首都は北京に定められた。だが、袁世凱を第二期臨時大総統に選出した翌十五日の会議では激論の末、臨時政府の所在地は改めて南京に定められた。

けれども、北方での動乱鎮圧を口実として、袁世凱はみずからの軍事勢力圏にある北京に都を置くことをあくまでも要求し、三月十日には北京で第二期臨時大総統に就くことを宣誓した。それは魯迅のいうように、孫文が「党の軍隊」をもたなかったためである。

一九一二年四月二日、臨時参議院は政府を北京に置くことを正式に決定した。この時すでに政府教育部の役人であった魯迅も、まもなくそれにともなって北京へ移住することになる。入京の第一日（五月五日）から残されている『魯迅日記』には、彼の教育行政によせる情熱が、政治の反動化とともに、無惨に冷却されていくありさまが、如実に書き記されている。同年七月には、魯迅を教育部に招聘した蔡元培が辞任するところまで事態は悪化した。

袁世凱は専制支配をめざして、急速にその野心をあらわにした。臨時大総統就任の条件の一つだった臨時約法遵守の約束を完全に無視し、国会議員選挙で多数を占めた国民党の実力者で議員内閣制を主張していた宋教仁《そうきょうじん》を上海駅頭に暗殺（一九一三年三月二十日）、同年六月には、善後借款問題で彼に反対する胡漢民《こかんみん》ら国民党の都督三名を罷免した。このような反動に対抗して「第二革命」を起こした孫文らも袁の軍事力の前に敗北する。こうして日本へ亡命した孫文は、一年後に東京で中華革命党を結成して総理に就任（六月）したが、そのことは、この時点で中華民国が完全に実体を喪失していたことを意味しよう。

上述の期間は、それでもまだ名目的に中華民国は存続した。だがその後まもなく、名実ともにそれが姿をなくするような事態が二度までも到来した。その第一回は、いうまでもなく袁世凱による皇帝就任である。一九一六年元旦から年号を洪憲と改めて、袁は形式の上でも民国を完全に抹消しようとした。もっとも袁世凱のこの野望に対しては、そのお膝元からも反対の声があがり、全国的にも帝政打倒運動が起こって、一六年六月、袁は失意のうちに病死した、この後は黎元洪《れいげんこう》が総統、北洋軍閥の段祺瑞《だんきずい》が国務総理となって国会を再開し、南北間の妥協により北京政府のもとで中華民国を恢復する。

民国消滅の第二回は、一七年、張勲《ちょうくん》による清朝廃帝溥儀の担ぎ出し運動(復辟)である。このとき、魯迅はついにたまりかねて辞表を教育部に提出した。南方では孫文が「護法」を主張して広東の独立を宣言した。ただしこの時、孫文の拠り所となっていたのは陸廷栄《りくていえい》(広西)、唐継尭《とうけいぎょう》(雲南)ら西南軍閥の軍事力だった。そのため、まもなく軍閥の反発にあうと、孫文は広東を離れて上海へ脱出することになる。

その後の孫文は、一九二〇年から二二年にかけて、軍閥陳炯明《ちんけいめい》に擁立された形で広東に軍政府を樹立した。しかし北伐に反対する陳のクーデターによって、彼はまたしても上海へ逃れなければならなかった。当時、広州での陳の軍隊二万五千人に対して孫文指揮下の軍人はわずか五百人にすぎなかったといわれる(3)。自らの強力な軍隊をもたない孫文は、こうして再三にわたって革命の挫折を経験する。

ところで一方、一九二一年七月には中国共産党が結成され、十二月にはコミンテルン最初の在華代表マーリンが、桂林に孫文を訪れている。翌年八月にはソ連全権大使ヨッフェの派遣した軍事顧問団が孫文と接触して極東問題に関する意見を交換する。両者はさまざまな曲折の後に、二三年一月、「孫文ヨッフェ宣言」を発して「中国の最も緊要なる問題は、民国統一の成功と国家の完全なる独立の獲得にある」ことを確認した。同年三月、孫文は雲南・広西の軍閥に依拠して広東に三たび軍政府を組織した。

二四年は広州で「中国国民党第一次全国代表大会」が開かれ(一月)、「連ソ・容共・労農援助」

の三大政策が国民党右派の反対をおしきって確立され、第一次国共合作の実現した画期的な年である。しかし孫文を中心とする国家統一事業は、これによってようやくその糸口を見出したにすぎない。同じ中華民国という国名のもとに、別な政権が北方にあり、それ以外にも有力な軍閥がまだ各地に割拠していた。そして魯迅自身は、孫文の統治権が直接及ばない北洋軍閥政権の「中央」官吏だった。魯迅と孫文との関係を見る上で、これは見落とすことのできない大切な事実である。

なぜなら、辛亥革命直後から一貫して北方政府の教育部にいた魯迅の視界に、孫文が中華民国の統治者としてクローズアップされるのは、早くともこの時期、あるいは同年九月十八日の「北伐宣言」以後だと考えられるからである。このことを積極的に証明する材料を魯迅の側から引き出すことはできないが、逆に魯迅がそれ以前に孫文を語らなかったことが、こうした推定の根拠となるのである。

入京以前、天津で肝臓ガンを悪化させた孫文は、翌二五年三月十二日、北京でついに帰らぬ人となったが、この時になって初めて、魯迅は孫文への哀悼を表明する。その後の二年間はタブーがとけたように、何度か孫文について言及する。その具体的な発言を、いま残された記録によって整理することにしよう。

二　魯迅と中山大学

『中山先生逝世一周年』と題する魯迅の文章は、『国民新報』二六年三月十二日附の「孫中山先生逝世周年紀年特刊」に発表された孫文への追悼文である。魯迅の孫文観を端的に表明した格調の高い文章なので、やや長くなるが、ここに全文を引用する。

「中山先生逝世後何周年であろうとも、本来いかなる記念の文章も不必要である。これまでになかった、この中華民国が存在しさえすれば、それが彼の石碑、彼の記念である。

およそ民国の国民たることを自認する者にとって、民国創造の戦士にして第一人者である人を記憶しない者があるだろうか？　だが、われわれ大多数の国民はことのほか沈静し、喜怒哀楽をまったく色に現わさず、それにもまして彼らの熱意と情熱とを吐露しない。それゆえになおさら記念せねばならぬのだ。それゆえにまた、なおさら当時の革命がどんなに苦難に満ちたものだったかがわかり、それによってなおさら、この記念の意義は増大するのだ。

想えば去年の逝世後ほどなく、無責任なる言辞を弄する幾人かの論客さえ現われた。中華民国を憎悪したのか、いわゆる「賢者をとがめた」のか、自己の聡明さをひけらかしたのか、私にはわからない。だがいずれにしろ、中山先生の一生の歴史がある。社会での活動はそのまま革命だった。失敗してもまた革命にとりくんだ。中華民国成立の後も、満足せず、心ゆるめず、引き続きなおも完全なる革命を求める活動に邁進した。臨終のきわになっても、彼はいった、「革命なおいまだ成功せず、同志なおすべからく努力せよ！」と。

当時の新聞紙上のささやかな記事は、彼の生涯の革命事業と同じほど私を感動させた。それは西洋医がすでに手放した時、ある人が漢方薬を服するよう勧めたのだが、中山先生は同意せず、中国の薬にも効果のあるものはあろうが、診断の知識が欠如している、診断できないで、どのように薬を使うのか？　服むまでもない、というものだった。人間は死の危険に瀕した際、たいていは何でも試みてみるものだ。だが、彼は自分の生命に対して、なおこのように明確な理知と確固とした意志を保持した。

彼は一個の全体、永遠の革命者である。何事であれその行為は、すべてが革命である。後の人間がいかに彼をあげつらい、おとしめようとも、彼はついに全てが革命である。

なぜなのか？　トロツキーはかつて、革命的芸術とは何かを説き明かした。すなわち、主題に革命を語らずとも、革命によって生まれた新事物を内に蔵する意識を一貫させる者がそうである、さもなければ、たとえ革命を主題としても、それは革命的芸術ではない、と。中山先生逝世からすでに一年、「革命なおいまだ成功せず」を、こうした環境の中でわずかに一個の記念とする。だが、この記念が顕示するものは、やはり彼がついに永遠に新しい革命者をひきつれて前進すること、みんなして完全な革命を求める活動に努力邁進することである。　三月十日朝」

この当時、魯迅は役人生活のかたわら、北京大学、北京師範大学、北京女子師範大学で非常勤講師として「中国小説史」を講じていた。一見おちついた生活に見えて、実は魯迅の生涯でもかなり波乱に富んだ時期であった。いわゆる「女師大事件」によって、前年八月には教育部僉事《せんじ》を罷免され、平政院に提訴してようやくこの年一月に原職復帰したばかりである。また、この追悼文を書いた直後に「三・一八事件」が起こった。日本軍の内政干渉に端を発したこの事件は、中国人の死者四十七名、負傷者二百余名を出し、そのうえ、事件とは直接なんのかかわりもない魯迅にまで逮捕状の出そうな形勢になった。この追悼文がいうように、段祺瑞臨時執政下の北京は、まさしく「こうした環境の中」にあったのである。

この事件から間もなく、女師大より廈門大学へ移った林語堂の招きで魯迅も同年八月二十六日には北京を離れて廈門へ向かった。「女師大事件」を通して急速に親しくなった許広平が、列車で上海まで同行した。彼女は郷里である広州の広東女子師範学校へ勤務することになっていた。そして上海で別れてからの二人は、すでに師弟の間柄をこえる感情をもった手紙の交換を開始する。『両地書』第二集に相当する部分である。この書翰集には、おおむね順調に進行している「北伐」への期待がしばしば語られている。辛亥革命記念日である双十節(十月十日)への対応は、数年前の短篇小説「髪の話」の中に見られたような悲観的なものではない。

「今日は双十節ですが、私は非常に嬉しかった。本校ではまず国旗掲揚式、万歳三唱、それから演説、運動、爆竹でした。北京の人間は双十節がいやだったらしく、死んだようにひっそりしていたが、ここはいかにも双十節です。私は北京では年越しの爆竹を聞くのがいやで、爆竹には反感をもっていたけれども、今度ばかりはよい音でした。……（中略）……廈門の市街は今日もにぎやかだったそうです。商店や民家も自分から旗を掲げ、赤い布を飾って祝ったそうです。北京みたいに、警官にいわれてから、やっと汚い五色旗を掲げるのとはまるで違います。ここの人民の思想は、私の見るところ、たしかに「国民党的」で、決して古くさくはありません。」（一九二六年十月十日）

「当地の今日の新聞にはよいニュースが出ています。むろん、確かかどうかはわからないが、一、武昌はすでに攻略。二、九江はすでに占領。三、陳儀（孫の師団長）は和平主張を打電。四、樊鍾秀《はんしょうしゅう》はすでに開封へ入り、呉佩孚《ごはいふ》は保定（一説では鄭州）へ逃走。要するに、たとえ割り引くにしろ、形勢のいいことはたしかです。」（同十五日）

これらに対応する広東からの許広平の手紙にも明るさが見られる。孫文亡き後の第一次国共合作の実績は、少なくともこの時点では魯迅にそれ相当の期待を抱かせるものだった。許広平は左派に属する国民党党員である。孫文路線の継承のある限り、魯迅もその立場を基本的に肯定していたといえよう。

厦門大学の雰囲気は、しかし魯迅にとって決して快いものではなかった。着任後二か月もしないうちに、中山大学から招聘されると、翌年一月には早くも広州へ向かった。厦門滞在の期間は五か月にも満たない。

魯迅の最後の職場となった中山大学の前身は、二四年六月に、国立広東高等師範等三つの学校を併合して設立した広東大学である。(このとき同時に黄埔軍官学校も開設された)。そして魯迅が厦門大学に嫌気のさしていた二六年十月頃、広東大学では、孫文を記念して校名を中山大学と改め、戴季陶《たいきとう》を委員長とする改組委員会を設置して、新しい教授陣を整えようとしていた(4)。準備のため一か月間休校して、翌二七年三月に中山大学は開校された。文科主任だった郭沫若は、北伐戦争に参加するため、すでに広州を離れていた。愛する許広平がそこにいることをも含めて、魯迅の中山大学赴任は、こうした幾つかの要素が組み合わさって実現した記念すべき事実である。

文学系主任兼教務主任としての魯迅は、この大学で孫文を記念する一篇の文章と講演記録を残している。いずれも二七年三月、広州で出版された『国立中山大学開学紀念冊』に収録されたものといわれるが、筆者は原本によって確認していない。ただ、前者は同誌の「論述」欄に周樹人名義で発表された自筆原稿らしく、新旧いずれの『魯迅全集』にも、「中山大学開学致語」と題して収録されている。

この文章は「中山先生が生涯を国民革命に尽力した結果、後に遺された最大の記念、それは中華民国である。」という言葉で始まり、中山大学は「孫総理の革命的精神を貫徹する」目的で設立された大学であるが、しかしそれは今や「後方」となった、と説く。他方、孫文の方は「常に革命の前線」にあった人である。ここは「平静な空気の中」にあって、もはや「反抗」も「革命」もなくなってはいるものの、やはり「革命的精神」の充満している所としなければならない、という。もしそうでなければ、「革命の後方は怠け者が安楽をむさぼる所となってしまう」からである。結末の一句は、「私は中山大学人が坐して仕事についていても、永遠に前線をわすれぬことだけを、まず希望する」という、いかにも魯迅らしい言葉で締めくくられている。

いっぽう、同じ「紀念冊」誌上に掲載された「本校教務主任周樹人（魯迅）演説辞」の方は、一文の句読点及び字句を修正して、同年四月一日附発行の『広東青年』第三期に「読書与《と》革命」と題して採録された。『魯迅日記』二七年三月一日の項で「昼、中山大学で開学式を実施、一分間講演、[5]午後に写真撮影」とある記載内容に対応する記事である。これも筆者は原本を確認していないが、そこには「林霖《りんりん》同志の筆記で、魯迅先生もみずから校閲された（由林霖同志筆記、魯迅先生又親自校閲過）」という「編者附識」がついているという。[6]その内容は、その後まもなく出版された鍾敬文編『魯迅在広東』（二七年七月、北新書局）所収の「読書与革命」とまったく同文である。従って、もしこの「編者附識」に問題がなければ、この記録は当然『魯迅全集』に収録されてよいはずである。だが一九五六年版、八一年版、二〇〇二年版ともに、全集編者は「読書与革命」に市民権を与えなかった。なぜか？

魯迅は鍾敬文編『魯迅在広東』に不満だった。李小峰が上海北新書局からそれを出したいといってきた時に三つの条件をつけたが、その第一に「書中の私の演説、文章等をすべて削除すること」を掲げている（二七年九月三日「通信」）。また三四年五月二十二日附の楊霽雲あて書翰でも「『広東における魯迅』中の講演は、記録がでたらめで、ほとんど原意と異なっており、私も訂正していないので、先生は採用しないようにして下さい。」と記している。『魯迅全集』が「読書与革命」を収録しなかったのはこれらの手紙のせいだと考えられる。だが、「編者附識」の「魯迅先生もみずから校閲された」という記載と、魯迅書翰の「私も訂正していない」という書き方とは明らかに矛盾する。『広東青年』の編集者が、魯迅の同意なしに「みずから校閲された」と記したのか、あるいは魯迅が後に「自ら校閲した」事実を忘れてしまったのか？

　そこでこのくいちがいを問題にしながら、魯迅が「訂正していない」といっているのは、『魯迅在広東』に収められた「魯迅先生演説（林霖記）」についての記述であって、「読書与革命」はそれにあてはまらない、という中山大学中文系現代文学組の推定（『中山大学学報』哲学社会科学版一九七七年第二期）も成立しないではない。しかし魯迅自身が「すべて」削除するよう希望しているという事実がある以上、「みずから校閲した」かどうかとは無関係に、『魯迅全集』へは採録しない、というのが全集編集者の態度となったようである。たしかに魯迅の意志を最優先すれば、こうした方針もあながち誤っているとはいえないであろう。だが、やはり一点の疑問が残る以上、「全集」としては少なくとも、これを参考資料として注釈つきで収録してもよかったのではないか。なぜなら、「読書与革命」には、次に引くような、たしかに魯迅の発言だったと考えられる特色をもった文明観が語られていて、これらは当時の魯迅を知る上でも、きわめて貴重な資料であるからだ。

「改革せねばならない所は多い。いまこの地の一切はいぜんとして古い。人々の思想もやはり古い、これらはいずれもまだ改革に着手されていない。軍閥に対しては、すでに黄埔軍官学校の同学が攻撃を加え、打倒したのを、私たちは見ている。だが一切の旧い制度、宗法社会の旧い習慣、封建社会の旧い思想に対しては、まだそれらに開戦した人はいない。

中山大学の青年学生は勉学から得たものを武器として、それらに進攻しなければならない――これは中大青年の責任である。私は諸君が一致してこの責任を担うよう希望する。」

三　魯迅と孫文

すでに見てきたように、魯迅は孫文の指導下に推し進められた北伐、あるいは孫文の遺志をついで実現されつつあった中華民国統一事業を、いったんは打ち砕かれた辛亥革命の夢を回復するものとして、心底から支持し、それに大きな期待をかけていた。この「国内革命戦争」指導者としての孫文には、ほとんど手放しの礼讃、評価を下していた、といっても言い過ぎではないだろう。ただしそれは「蓋棺論定（人の評価は死後に定まる）」の言葉通り、孫文の故人となった後に発せられた魯迅の追悼の辞であった。

ところで、開学直後の中山大学で公表された魯迅の文章及び演説記録は、時期的にはちょうど孫文逝去二周年に相当する頃のものである。そしてこの頃から、「革命策源地」としての広州の政情は、国共合作を推進しようとする国民党左派及び中国共産党にとって急速に悪化する。その発端はむろん一九二七年に、蔣介石の手で発動された上海のクーデター「四・一二」事変である。魯迅の住む広州へは四月十五日に波及した。この日、中山大学は武装警官によって包囲され、四十数名の学生が学内で逮捕された。その中には中共粤区委員会と魯迅との接触を斡旋して、魯迅の所へしばしば訪れた中大の学生党員畢磊《ひつらい》もいた。彼は間もなく、官憲の手で虐殺されてしまった。

こうした状況は、もちろんこの日、突然やってきたわけではない。「四・一五」の前に魯迅の書いた文章や講演記録には、革命策源地広州の実態が必ずしもその言葉に見合ったものでないことを憂えたものが幾つかある。事変のちょうど一週間前、黄埔軍官学校で行なった「革命時代の文学」と題する有名な講演もその一つである。

「広東の新聞に載る文学は、みな古いもので、新しいものは少ない。やはり広東の社会が革命の影響を受けていないことを証明できます。新しいものに対する謳歌もなければ、古いものに対する輓歌もなく、広東は依然として十年前の広東です。それだけではなく、苦しみを訴えないし、不平も鳴らさない。労働組合のデモだけは見られますが、これは政府が許可したもので、圧迫に反抗するものではなく、上からの命令による革命にすぎないのです。中国の社会は改革されないので、懐旧の歌もなければ、斬新な行進曲もありません。」(二七年四月八日)

四月十五日午後、中山大学では各系主任緊急会議が招集された。魯迅はここで、逮捕された学生たちの救済活動を主張したが、国民党右派に属する副学長朱家驊《しゅかか》らの反対にあって受け容れられなかった。その後まもなく、彼は許寿裳(歴史系教授)とともに辞表を大学当局へつきつけた。許の辞表はただちに受理されたが、魯迅のそれは、紛争の発生を恐れた当局が認めず、何度かのやりとりがあった末、ようやく六月六日になってから正式に認可された。

この年の七月、国民党政府広州市教育局は「広州夏期学術講演会」を開催し、魯迅をその講師に招聘した。魯迅はこの場で『魏晋の気風および文章と薬および酒の関係』という演題の下、彼の古典文学に対するユニークな見解を披露しながら、実は偽の三民主義論者(国民党右派)に対する諷刺、権力者批判を行なっていた。たとえば、孫文にふれた次のような一節にもそれを見ることができるだろう。

「いま、わかりやすい比喩を申しましょう。たとえば、ある軍閥が北方にいるとします――広東にいる人がいう北方と、私がいつもいう北方とは、範囲が少し違います。私は山東《さんとう》、山西《さんせい》、直隷《ちょくれい》、河南《かなん》などをいつも北方といいます――その軍閥は、これまで民党を圧迫していたくせに、北伐軍の勢力が大きくなってくると、急いで青天白日旗を掲げ、自分はすでに三民主義を信奉しているんだ、総理の信徒なんだ、というのです。それればかりか、さらに総理の記念週間を催すのです。こんな時、真の三民主義の信徒は、参加するでしょうか、しないでしょうか？　参加しなければ、そいつは、お前は三民主義の反対者だといって、罪に陥れ、殺してしまうでしょう。しかし彼の勢力下にいるのですから、ほかに手だてはありません。真の総理の信徒は、三民主義を口にしなくなるか、あるいは、他人がもっともらしく口にするのを耳にすると、眉をひそめて、まるで三民主義に反対するかのようなそぶりに出るでしょう。（二七年七月）」

蔣介石による反共クーデターは各地に波及し、四月十八日には国共合作を支持する武漢に対抗して南京政府が組織された。そして七月には武漢政府も反共を打ち出し、九月には双方が南京で合体する。だが、孫文の三民主義は彼らにとってもいぜんとして錦の御旗である、そうであってみれば、孫文も三民主義も、いきおい形骸化せざるを得ない。同年十二月、国民党政府はソ連との国交を断絶、「連ソ・容共・労農援助」という孫文以来の三大政策は完全に放棄された。こうして、今や孫文の亡霊だけが一人歩きを始めることになる。

翌二十八年、南京では国民党による中山陵建設工事が大々的に行なわれていた。それをひややかに眺める民衆の目を、魯迅は『太平のまじない歌』という短文の中で巧みに描出している。(7)「おまえの造る中山陵、おれと関係あるものか。魂よんでも行きはせぬ、も一度よぶならおまえ行け。」

——こんな民間の「まじない歌」を引きつつ、彼はこの現実をあえて直視しようとはしない当時の「革命家」「革命政府」および「革命文学者」に鋭い諷刺をあびせていた。

もっとも、ここでいう「革命」には、かつて国民党および共産党にとって共通の目標であった「国内革命戦争」という時の「革命」と、当時すでに「革命文学」を標榜して、魯迅らへの攻撃を開始していたプロレタリア文学者たちの「革命」とが微妙にオーバーラップしている。「革命政府」という時には前者を意味するが、この時点では、それは国民党による反共政権を指すことになる。これに対して「革命文学者」という時のそれは、明らかに後者のプロレタリア文学者を意味する。同じ用語ではあっても、その具体的な内容は、必ずしも時代によって截然と区分できるわけではない。ただし、それらは魯迅に特有の用法というよりも、同時代の当事者には自然に読み分けることのできる言葉であった。また「革命」という単語によって言い表わされた内容が、このように重層的であることによって、魯迅の用法は一層アイロニーとしての効果を高めていたといえよう。

『太平のまじない歌』を最後として、魯迅はその後、死に至るまで、ついに公的な場で孫文について語ることはなかった。それはあたかも、軍閥が「総理の信徒」を自称する時、「本当の総理の信徒」が三民主義をいわなくなるという、「広州夏期学術講演会」での彼自身の発言を裏づけるような事実であった。

「中山は生涯を革命に奔走しました。外国や中国の開港地を往来するだけで、危険な場所へは足を踏み入れませんでしたが、しかし、結局は生涯を革命に奔走しました。死ぬときまでずっとそうでした。中国ではやはり立派な人物に入ります。（三五年二月二十四日）」

中山大学在職中の、ほとんど手放しの礼讃ともいえるような孫文評価に比べれば、魯迅のこの言葉はかなり突き放した客観性を帯びている。晩年の魯迅は、三民主義の継承者を自称する国民党とはむろん対立関係にあり、その期待はむしろ中国共産党の革命根拠地に向けられていた。けれども、だからといって、三民主義によって中華民国の実質を作ろうとした孫文にまで批判の刃をさしむけたわけではない。魯迅にとって、孫文は革命に生涯を献身した、「中国ではやはり立派な人物」と見なし得る人であったのだ。

すでに見てきたように、魯迅の孫文に対する言及はけっして多いとはいえない。孫文の生前、孫文にふれた言葉はなく、孫文の死後もせいぜい二、三年でそれらはぷっつり途絶した。直接的な評価ということになれば、それは逝去後の「戦士とハエ」から、逝世二周年記念にいたるちょうど二年間に集中して公表されたのみである。ただ、この二年間の孫文評価には、北伐戦争に寄せる魯迅の熱い期待がそのままそこに充塡されている。辛亥革命前夜に構想した国民性改造のプログラムを、彼は改めてこの事業の中に描き直す意欲を取り戻したかのようである。

だが、孫文逝去二周年を、まるで待ちかまえていたかのようにして発動された政変は、この時ようやく取り戻した魯迅の意欲に決定的な打撃を与えた。クーデター以後の一年間、魯迅は孫文及び三民主義それ自体についてはいっさい語ることなく、ただそれらを借りて、欺瞞的三民主義者を痛烈に揶揄するだけであった。この後の魯迅は、もはや再び三民主義について語ることはなかった。ただ、わずかに孫文を、歴史的に評価すべき人物として冷静に位置づけたのみである。

魯迅の孫文に対する評価は決して低いものではない。いや、同時代の政治家の誰に対するものよりもそれは高いといってよい。だが、もはや孫文によって中華民国の将来を構想する必要のない地点に、晩年の魯迅は立っていた、ということであろう。

第八章　留日学生と左翼作家連盟

はじめに

一九二八年から二九年にかけて、上海の文芸界ではプロレタリア文芸についての激しい論戦が展開された。いわゆる「革命文学」論争である。当時、文壇の大御所的存在であった魯迅や茅盾に対して、日本共産党・福本イズムの影響を受けて帰国した若手文学者とそれを支持する成仿吾ら第三期創造社のグループ、及びその大部分が中国共産党員である太陽社が、無産階級文芸の旗を掲げて批判の論陣を張り、後者が前者を痛烈に批判することで議論が沸騰した。

批判をしかけた側の多くは中国共産党周辺の、当時はまだ無名に近い青年たちであったが、批判の対象となった既成の作家がそれに反論することで、ほぼ二年間にわたる複雑な論争の幕が切って落とされた。しかし、そうした議論の応酬をかならずしも好ましくないと考えた党指導部の判断もあって、論争は急速に終息の方向に向かい、両者がある種の和解に達した結果、一九三〇年三月に「中国左翼作家連盟」が結成された。

その後、「左連」は六年近くにわたって存続したものの、国民党当局による苛酷な弾圧を受けて、その末期には事実上、活動が困難となった。そして一九三五年末、コミンテルンの中国代表としてモスクワにいた蕭三《しょうさん》が、王明の指示を受けて上海の「文化工作委員会」に手紙を書き、左連の解散を命じた。しかし、その過程で魯迅や胡風、馮雪峰《ふうせっぽう》と「文委」との間で軋轢が生じ、「二つのスローガン」をめぐる論戦が発生した。

ここでは、その経過をこれまで明らかにされた資料をたどることで整理するとともに、その問題点を掘り下げて考えてみることにしたい。それは、中国現代文学史上しばしば問題となる胡風問題の謎を解く鍵の一つでもある。

一　論争の発端は党の周辺から

全国に割拠する軍閥を中国国民党と中国共産党の協力下に平定して、中国全土の統一を実現し、近代国家建設を図ろうとした「国民大革命」（北伐戦争）が国共合作の崩壊によって挫折した時、この革命運動に参加していた知識人たちの多くが上海に集まった。そこはなんといっても労働運動の全国的な中心地であり、外国の支配下にある租界もあって、国民党による直接的な弾圧を避けながら文筆活動を行なう可能性も残されていたからだ。

一九二七年秋、南昌での武装蜂起[1]が失敗した後、陽翰笙《ようかんしょう》が香港を経由して上海に到着した。その数日後には郭沫若もやって来た[2]。中山大学教授を辞任して広東を脱出した魯迅は、彼らよりやや早く十月上旬には当地に居を構えていた。かつては論敵であった創造社の元老と魯迅との間には、共同して『創造週報』を復刊する計画があり、二七年十二月三日付の『時事新報』や二八年一月発行の『創造月刊』第一巻第八期に「『創造週報』復活預告」が、「魯迅、麦克昂《ばくこっこう》(郭沫若)、成仿吾《せいほうご》、鄭伯奇《ていはっき》、蔣光慈《しょうこうじ》」等の連名で出された。

だが、これより早く、成仿吾は創造社の活動を強化するため、日本留学中の李初梨《りしょり》、馮乃超、朱鏡我《しゅきょうが》、彭康《ほうこう》、李鉄声《りてっせい》、王学文《おうがくぶん》、沈起予《しんきよ》、傅克興《ふこっこう》、許幸之《きょこうし》等を上海へ呼び寄せるべく、鄭伯奇や夏衍《かえん》と連携しながら日本へ出向いていた[3]。これらの留学生たちは、このころ日本のプロレタリア文学界を支配していた極左的な福本イズムの影響を受けていたといわれ、魯迅との連合には強く反対した。そのため『創造週報』の復刊計画はあえなく流産、翌二八年一月、彼らは別個に『文化批判』を発刊して既成の作家に手厳しい批判ののろしを上げることになる。

こうして、第三期創造社は成仿吾を軸にしながら旗揚げを行ない、革命文学(プロレタリア文学)の性急な導入を企図して急激に「左旋回」した。ただしこのころ、成仿吾はまだ中国共産党員ではなく、日本帰りの留学生たちにも党活動の経験のある人材は少なかった。

第三期創造社の中では、潘漢年《はんかんねん》、李一氓《りいっぽう》、陽翰笙の三名で「党小組」を結成していたが[4]、この時期、創造社は日本帰りの論客を基盤にした成仿吾が事実上のリーダーであり、年少の三人からなる「党小組」には、理論的にも実際面でも独自の見解を打ち出せるほどの実力はなかったと考えられる。結果的には彼らも成仿吾路線に従って、より先鋭な方向に「左旋回」することになる。

魯迅との合作に積極的であった郭沫若や鄭伯奇、蔣光慈らの方針はこうしてあえなくついえさり、郭沫若も翌二八年二月には日本へ亡命する。つまり、革命文学論争の戦端は、中国共産党の内部からではなく、党周辺部から開かれ、展開されたのであって、政治的・組織的配慮を捨象しているため、それだけいっそう急進的であったといえよう。第三期の出発にあたっては、党員によって組織された太陽社との間にさえ確執を生じるほどであった(5)。

かつて一九二〇年代初期に、第一期創造社が発足の産声をあげた時、既成の作家集団である文学研究会に激しくかみついたのは、やはり日本から帰国した留学生たちであった。それと同じことが、今回またしても第三期の門出に際して繰り返されたのである。当時と同じく、このたびも日本帰りの若い論客が、相当な気負いをもって中国文芸界の老大家を当面の攻撃目標とみなした。ただ、前回と異なるのは、これが単なる文学上の主義・主張の相違ではなく、政治運動ともろに関わりあっていたことである。

その発端となったのは、『文化批判』創刊号(一九二八年一月)の冒頭に掲げられた馮乃超「芸術与《と》社会生活」であった。この評論文の中で馮は、葉聖陶《ようせいとう》と魯迅、郁達夫、郭沫若、張資平といった著名な五人の作家を保守と革命の間で揺れ動く Petit Bourgeois であるときめつけ、郭沫若を除く四名に対しては、とりわけ口汚い罵声を浴びせかけた。たとえば、魯迅に対する馮乃超の批判は次のようであった。

「魯迅という御老体は――文学的表現の使用をお許しいただけるならば――常に薄暗い酒家の楼上から、酔眼陶然として窓外の人生を眺めている。世人が彼の長所を称讃するのは、円熟した手法のみである。だが、彼は常に過ぎ去った昔を追想したり、没落した封建的情緒を追悼しているのではなく、けっきょく彼がうつし出すのは、社会変革期における落後者の悲哀であり、彼の弟とともにヒューマニズムのきれいごとをちょっとものうげにしゃべってみせるのである。隠遁主義！　幸い彼はL. Tolstoyのようにうす汚れた説教人にはなり下がっていない。」

こうした創造社側の批判に続いて、「国民革命」に挫折して上海へ集結した実践的インテリゲンチャを主体とする太陽社からも、その機関誌『太陽』誌上で銭杏邨《せんきょうそん》（阿英）が中心となって魯迅や茅盾への攻撃を開始した。太陽社の場合、蔣光慈、銭杏邨、戴平万《たいへいまん》、洪霊菲《こうれいひ》、孟超《もうちょう》、楊邨人《ようそんじん》、楼建南《ろうけんなん》（適夷）、森堡《せんほう》（任鈞）、劉一夢《りゅういつぼう》、馮憲章《ふうけんしょう》、殷夫《いんぷ》、祝秀俠《しゅくしゅうきょう》等その主要なメンバーがすべて中国共産党員であり、そこには二つの党グループ（党小組）があって、二十名以上の党員がいたといわれている。[6]

二　論争の停止は党の指示による

第三期創造社の若手評論家を中心とした既成作家への激しい批判は、魯迅による手厳しい反批判をもたらした。魯迅はただちに筆をとって「酔眼中の朦朧」と題する反論を自らの主宰する『語絲』誌上に発表、彼らが「政府の暴力、裁判・行政の喜劇的仮面を剝ぎ取る」ことにおいて、彼らの「うす汚れた説教人」と罵る「トルストイの勇気の何分の一すらももちあわせていない」と批判した。

このようにして「革命文学」論争は始まったが、実社会とのふれあいの経験に乏しく、観念的に受け入れたマルクス主義文芸理論を唯一の武器とする彼らの批判は、辛亥革命以来の中国革命の歴史を、自己の内部に挫折の体験として受けとめてきた魯迅たちを納得させるものではなかった。とはいうものの、魯迅自身もこの論争を契機として、そこから多くの事柄を学んだという。『三閑集』「序言」（一九三二年）では、そのことを次のように述懐する。

「私には創造社に感謝せねばならぬことがある。それは彼らに「押しつけ」られて幾種類かの科学的文芸論を読み、以前の文学史家たちがさんざん論じても、なおすっきりしなかった疑問をわからせてくれたことだ。そしてこのためにプレハーノフの『芸術論』を訳し、私の――また私のために他人にも及んでいる――進化論だけを信じる偏向をただしてくれたことだ。」

こうして、論戦は一九二八年の年初から始まり、相互に激しい言葉のやりとりを行なったが、創造社や太陽社の側からの魯迅批判はそれほど長く続かなかった。同年秋ごろを最後として早くも下火となり、魯迅をブルジョア的反動作家とみなす批判が当を得ないものであるという認識が、論争をしかけた創造社・太陽社の当事者たちにもようやく自覚されるようになったからである。ただし、魯迅の方からの批判はその後もことあるごとに執拗に繰り返され、それに太陽社・創造社 vs 茅盾、さらには魯迅・太陽社・創造社 vs 新月社の論争が重なって、上海の文学界は一九二九年秋までにぎやかな論戦が続いた。

中国共産党江蘇省委員会中央宣伝部の方でも、まもなく、魯迅に対する党員文学者の批判を不適当であるとみなすようになり、二九年秋には宣伝部長の李富春《りふしゅん》を通じて党グループに論争の中止を指示した。この経過については、その当時の関係者である陽翰笙が次のように証言している。

「一九二九年秋、恐らくは九月、李富春同志が私と面談した。場所は霞飛路のある喫茶店だった。李富春同志はまず私にたずねた。「君たちと魯迅の論争を、党では非常に注目している。現在の状況はどうなんだね？」

「私は状況を要約して話した。私は、魯迅が近ごろ、多くのソ連の文芸理論やプレハーノフ、ルナチャルスキーの著作を翻訳、紹介しており、これはいいことだ、現在の論争はすでに下火になっていて、昨年のように激しくはない、何人かの同志は魯迅との論争は意義のないものだと感じている、と話した。」

これに対して李富春は、創造社や太陽社の魯迅評価を改めること、論争を即刻停止すること、魯迅を党の立場に立った左翼文化戦線にくみこむことなどを指示した。その二日後、陽翰笙は潘漢年と会って相談した結果、まず「党員会」を開いて李富春の指示を伝達することにした（この時、潘漢年もすでに同様の通知を受けていた）。召集の対象となったのは、夏衍、馮雪峰、柔石《じゅうせき》と創造社の馮乃超、李初梨、太陽社からは銭杏邨と洪霊菲、それに陽翰笙と潘漢年を加えた九名で、彼らはいずれも「当時の党内の責任者」であった。

この会議では、創造社と太陽社のすべての刊行物で以後いっさい魯迅を批判しないこと、及び魯迅のところへ馮雪峰、夏衍、馮乃超の三名を派遣すること等が決定された。夏衍が使者の一人に指名されたのは、魯迅との論争に直接かかわっていなかったからである。この時、魯迅は「満面笑み」をたたえて彼らに対応したという。魯迅にとってもこの論争は、けっして愉快な性質のものでなかったのである。

こうして、二年間にわたる「革命文学論争」に終止符が打たれた結果、翌年春の中国左翼作家連盟の結成にいたる土台が構築されることになった。

三　李立三、周恩来も直接関与

すでに見てきたように、第三期創造社の馮乃超や李初梨が魯迅その他の既成作家にイデオロギー面から猛烈な批判を投げかけた時、彼らの中の「党小組」の指導性はきわめて薄弱であった。また、「党小組」を指導すべき上部組織にも確固たる指導方針がなかったと考えられる。ほとんどのメンバーが党員で構成されていた太陽社とともに、創造社は中国共産党上海市閘《ざ》北《ほく》区第三街道支部に所属していたが、この地域は文化人の多く居住する所であったので、第三街道支部は「文化支部」と改められ、その指導も李富春を宣伝部長とする江蘇省委員会の手に移った。(7) この時点で第三期創造社は、名実ともに党の下部組織に変身したのである。

一九二九年秋には同委員会のもとに文化工作委員会（略称「文委」）が設置された。(8)「文委」の設置と論戦の停止は軌を一にしているのである。「文委」の責任者（書記）は潘漢年であり、これとは別に「文学小組」を組織して、馮乃超がその責任者となった。

ところで、陽翰笙や潘漢年に伝えられた李富春の指示は、どこから出たものであろうか。一九八〇年、左連結成五十周年に際して記した夏衍の回想文では、「李立三同志が提起したというものもいれば、周恩来同志が提起したというものもいる。私はかつて陽翰笙同志が、李富春同志からこの指示を得た、というのを聞いたことがある。当時の指導者で、現在も健在なのは陳雲《ちんうん》と李維《りい》漢《かん》の二人の同志だけだ。私は、この〃左連〃結成五十周年の時に、この問題がはっきりさせられることを願っている。」と述べるにとどまった。(9)

それから十年、夏衍は「〃左連〃六十年祭」(『収穫』一九九〇年第二期)の中で、『周恩来年譜』を引用しながら、論争停止と文化界における統一戦線結成の指示が、周恩来を中心とする上海地区の党の中枢から発せられたものであろうと推定している。論拠はかならずしも明確ではないが、文化支部に対する指導が李富春宣伝部長個人の判断によるものでないことは確かであろう。ちなみに、夏衍の一文からそれに関連する部分を引用してみよう。

「党中央が文化界のこの内部論争を停止し、敵に対抗する共同の団体の結成を決定したのは、一九二九年九月から十月にかけてのことであった。白色テロの激しい上海で起こった出来事であり、文献資料も不完全なため、近代文学史家にはいろいろな説があるけれども、最近『周恩来年譜』を読んで、ようやく問題がはっきりした。「一九二八年の中共六全大会前に、周恩来は上海の進歩的文化陣営にある種の亀裂が生じて、創造社、太陽社と魯迅の間に論戦が発生したことを発見し、帰国後この問題を解決しようと決心した。これは中共中央が文芸工作に力を注いだ発端である」(人民出版社『周恩来年譜』p. 179。ただし「帰国後」以降の引用は不正確。—山田)。周恩来は一九二八年「十一月上旬上海に帰り、中共中央の指導に参加した」(『周恩来年譜』)が、当時、党は非常に困難な時期にあり、陳独秀問題に加えて、コミンテルン極東部門との論争もあり、「年譜」からは、彼が帰国後、日に夜を継いで活動にとりくみ、そのため一九二九年秋になってからようやく時間をつごうして、文化界の問題を処理したことが見てとれるのである。」

『周恩来年譜』の記述を根拠とする夏衍の推定には、やや論理の飛躍があるように感じられるが、要するに、夏衍は論争の停止令が党の中枢から出たものであることをいいたかったのであろう。だがこれより十年前、夏衍がまだ党の指示の出どころをつかみかねていた時、中央宣伝部のメンバーで、「文委」設立当時の委員の一人であった呉黎平が、李立三から直接の指示を受けたという注目すべき証言を行なっている。(10) 直接関係する部分を次に引用する。

「一九二九年十一月中旬ごろ、李立三同志が芝罘路の秘密機関に私をたずねてきて、次のような中央の意思を私に伝えた。

第一点は、文化工作者が一致団結して、共同で敵にあたることが必要であり、自分たち内部でのもめごとを中止すべきこと。

第二点は、ある同志が魯迅を攻撃するのは見当違いであり、魯迅を尊重し、魯迅の旗の下に団結しなければならないこと。

第三点は、左翼文芸界、文化界の同志を団結させ、革命的大衆組織の結成を準備すべきこと。

李立三同志は私が魯迅先生に連絡を取って、彼の意見を求めるように要求した。

一九二九年の年末、私はまず馮乃超同志を通じて魯迅と連絡を取ったように思う。馮乃超同志は魯迅と論争をやったことがあり、とりわけ「魯迅御老体」という言い方は彼を不愉快にさせたが、しかしそれは印刷過程における誤植の問題であって、とっくに魯迅の諒解を得ていた。私の知る限り、彼らの個人的関係はわるくなかった。私は北四川路の内山書店で魯迅に会って話をした。(中略)私が魯迅と連絡をとった前後に、潘漢年と馮乃超同志もこのことで魯迅と出会った。」

以上を要するに、革命文学論争を停止し、魯迅を中心とした上海文化界の統一戦線組織を結成するという方針が、一九二九年九月から十月にかけて中国共産党江蘇省委員会の中央で決定され、それを受けて中央宣伝部長の李富春が「文化支部」に魯迅との和解工作を指示する一方、党サイドからも李立三が直接乗り出す形で呉黎平を魯迅のところへ派遣、中国共産党江蘇省委員会としての正式の態度表明を行なったということであろう。

ただ、先にもふれたように、党員グループからの魯迅批判は二八年秋、つまり李富春から陽翰笙に向かって論争の停止が指示される一年前の時点で、事実上、終わっていた。その後も魯迅は引続き執拗に創造社、太陽社への批判を繰り返してはいるものの、もはや論争と呼ぶにふさわしい応酬が両者の間で華々しく展開されたわけではない。従って、党中央の指示がなくても、論争自体はいずれ自然消滅に近い状態で終結に向かう可能性はあった。

だが、論争をなしくずしに解消することと、それに明確なけじめをつけて新しく共通の基盤を確立することとは、別の次元の事柄である。党の指導部は明らかに後者の道を志向した。膠着状態にあった当事者に和解の手だてを構じ、上海文化界に党を中心とする統一戦線組織を結成するためには、より高度な見地からの指導が必要であった。『周恩来年譜』に記された事実や、当事者による回想の記録は、いずれもそのような判断が党の中央にあったことを明白に物語っている。

四　「左連」結成準備委員会

以上のような経過をふまえて、「革命文学論争」はほぼ二年ぶりに政治的決着がつき、双方の合意のもとに共同の組織を作ることが決定された。もっとも、「双方」とはいっても、片方は中国共産党江蘇省委員会を背景とした純然たる政治組織の代弁者であり、他方の当事者は魯迅ら数名の文学者にすぎない。ただ、上海の文芸界で、党の方針とも基本線で矛盾しない文学者の統一戦線組織を結成しようとする限り、魯迅を表面に立てる以外の方法がなく、魯迅もそのことは承知していた。彼は事実上、一切のお膳立てを党グループにあずける形で新しい組織の結成に参画した。党内部ではその後、何回か協議をかさねたのち、十二名からなる「左連」結成準備委員会を組織することになる。そのメンバーは、夏衍によれば次のようであった。

「魯迅、鄭伯奇、馮乃超、彭康、陽翰笙、銭杏邨、蔣光慈、戴平万、洪霊菲、柔石、馮雪峰、夏衍」

ただし、同じころに記された陽翰笙の回想録では、彭康と戴平万の名前がなく、その代わりに潘漢年と李初梨が加わっている。いずれも当事者の回想であり、どちらの記憶が正しいか、今にわかには断定できない(夏衍によれば、最初の準備委員会が十月中旬に、「北四川路の路面電車終点付近の〝公啡〟喫茶店二階」でもたれた時、出席者は十一名で、そのうち一名は潘漢年が「中宣部連絡員として」参加したという。もしそうだとすれば、潘漢年を準備委員会のメンバーとする陽翰笙の記憶は誤りで、夏衍の記録の方が正確であるのかも知れない)。

とまれ、こうして出発した左連結成準備委員会は、その後毎週一回、時には二、三日おきに会合をもち、組織の「綱領」と発起人名簿の作成にとりかかった。会合の場所はやはり北四川路の喫茶店二階であったが、魯迅がこの委員会に顔を出すことはめったになかったという。綱領は主として日本のナップ(11)のそれに基づいて作成され、発起人名簿は創造社、太陽社、我們社、南国社、上海芸術劇社等の主要メンバーや社会科学の研究者及び演劇活動に従事していた人々を中心に作り、基本的には三十年一月下旬に草稿が完成した。

この後、左連の機構を定める段になって、魯迅に委員長または主席となるよう要請したが、これを魯迅は「きっぱりと断わり」、その結果、左連は集団指導の形をとることになる。(12)ただし、魯迅を事実上の指導者として、「重要な事柄は必ず彼の同意を求める」という提案に対しては、彼は明確な返答をしなかったものの、拒否はしなかったという。左連の機構としては、執行委員会を設置しただけであるが、共産党内部では左連内の党グループを組織した。ちなみに、その「党団書記」には次のような顔ぶれが当たった。[13]

潘漢年（一九三〇年三月―）
馮乃超（短期間）
陽翰笙（一九三〇年後半―一九三一年後半）
銭杏邨（短期間）
馮雪峰
葉林（別名椰林）
丁玲
周揚（一九三三年―）

左連の結成大会は一九三〇年三月二日、学生の来ない日曜日の午後に中華芸術大学で五十余名の参加者を迎えて開催された。[14]上海芸術大学とともに、ここは共産党の影響下にあった大学であるが、元来は創造社の関係者が講習会を開いていた所である。「大学」とはいっても、後に保育所に転用される程度のこじんまりした建造物であり、当日の会場となった最も大きな教室でさえ、数十名の参加者がやっと収容できる大きさしかなかった。
だが、ここで中国近代文学史上、画期的な意義をもつ組織が結成され、以後六年間にわたってさまざまな活動を展開することになる。大会の次第については夏衍が次のように記録している。

「最初に魯迅、沈端先(夏衍)、銭杏邨の三人を議長団に推挙し、その後、馮乃超が準備経過を報告、鄭伯奇が「左連」の綱領に対する説明を行なった。引続き中国自由大同盟を代表して潘《はん》漢華《ばっか》(漢年)同志が祝辞を述べ、魯迅、彭康、田漢、華漢(陽翰笙)等がこもごも演説した。大会は沈端先《しんたんせん》、馮乃超、銭杏邨、魯迅、田漢、鄭伯奇、洪霊菲の七名を執行委員に推挙し、周全《しゅうぜん》平《ぺい》、蔣光慈の二名を執行委員候補とした。」

このように、左連は代表者をおかない形で発足し、形式的には魯迅の意向は尊重されたが、実質的な運営には既述の党グループが当たった。ちなみに、この段階ではここに名前のあがった人々のうち、魯迅と鄭伯奇以外はすべて中国共産党の党員であった。

五　魯迅のセクト主義批判

左翼作家連盟結成大会の当日、中国自由大同盟を代表した潘漢年の祝辞に続いて、魯迅が講演を行なった。後に加筆して『萌芽月刊』第一巻第四号に発表された「左翼作家連盟に対する意見」である。この中で彼は、「〝左翼〟作家は容易に〝右翼〟になる」という、人の意表をつくような言葉を口にする。だが、それは清朝末期以来、中国の革命運動に従事した多くの革命家の変身や、外国の左翼の末路を実際に目にしてきた経験に基づく、彼にとっては動かしがたい結論であった。「実際の社会闘争との接触」がなく、「ガラス窓の内側に閉じこもって文章を書き、問題を研究」しているだけの〝左翼〟や、「革命の実際状況を知らない」〝左翼〟は、「容易に〝右翼〟になる」という。なぜなら、彼らは現実の「革命は苦痛であり、その中には必ず汚濁と血がまじり、決して詩人が想像するほどおもしろくも、美しくもない」ことを理解していないからである。また、「詩人とか文学者は他のすべての人間より高級でその仕事は他のすべての仕事より高貴だと考える」傾向に対しても、警告を発した。

これらの言葉を裏返せば、魯迅の論争相手であった左翼青年グループには、そのような傾向があったことを、彼は指摘しているのである。そしてそのことは、指摘を受けた側でも十分に自覚していた。これより半月前、一九三〇年二月十六日に北四川路九九八号(現在の地番は一九一五号)

の公啡咖啡店で開催された「左連」結成準備委員会でも、同様のことが確認されている。その会議の名称は「上海新文学運動者の討論会」と呼ばれており、これには魯迅も参加していた。

この会は「過去を清算」し、「当面する文学運動の任務を確定する」ことを目標として党グループにより召集されたものであるが、それはこれまでの「新興階級文芸運動」が、「小集団もしくは個人による散漫な活動であったため、運動には大きな進展がなく、さまざまな誤りを犯した」こと、また「文学運動と社会運動とが歩調を同じくできなかった」ことへの反省に立った上での討論会であった。過去の運動に対する討論の結果、次の四点が指摘されたという(15)。

(1)小集団主義ないしは個人主義。
(2)批判の不正確さ、即ち科学的文芸批評の方法や態度が適用できなかったこと。
(3)真の敵、即ち反動的思想集団および国中にいる遺老や遺少(旧時代の生き残り)に不注意すぎたこと。
(4)文学のみを向上させ、政治運動をサポートする文学の任務を忘却し、文学のための文学の運動になってしまったこと。

これらは左連結成の時点で、かつての論争の当事者たちが相互に納得して共有した結論ではあったが、言葉の調子は明らかに、創造社および太陽社の党員たちによる自己批判としての響きをもつ。つまり、「小集団主義ないしは個人主義」にとらわれたのは彼らの方であり、「批判が不正確」で「科学的文芸批評の方法や態度が適用できなかった」ばかりではなく、「真の敵」を見誤って魯迅たちを非難することに急であった。今後は「政治運動をサポートする文学の任務」に立ちかえって、「文学のための文学の運動」に落ちこむことのないよう自戒しなければならない、と過去二年間の自分たちの言動を総括しているのである。

魯迅の「左翼作家連盟に対する意見」は、そのような文脈のなかで述べられた見解であり、さらにそこから大きく歩を進めて、今後の共同戦線のあり方を示唆したものである。その結論は、よく知られているように、「連合戦線は共同の目的をもつことを必要条件」とすること、「戦線が統一できない」のは、「目的が一致できないこと、あるいは小さな団体のためでしかないこと、あるいは実のところ、個人のためでしかないことを証明している」のであって、もし、「目的がすべて労農大衆にあれば、当然、戦線も統一される」というものであった。

このように、政治的な妥協によってではなく、価値観の一致の上に連合戦線を組むべきであるという魯迅の意見は、自分たちのセクショナリズムを批判された創造社や太陽社の人々に対しても十分に説得力のある提唱であった。かくして、二年ごしの論争に終止符が打たれ、「左連」は上海を出発点として、その組織を北京や広州、保定、青島などの各地に拡大し、日本にも東京分盟を結成した。そこには、通俗文学の作者を含む当時の中国文芸界の著名な人士が数多く名をつらねており、いわゆる「左翼」作家に限定された団体ではなかった。それぞれの地域に登録された

人数は、今日判明する限りでは次のようであった。（複数の地域に重複する人員を含む）[16]

総盟（二四八）、北平［北京］左連（一八六）、広州小組（七）、保定小組（二）、青島小組（十三）、南京小組（二）、天津支部（五）、東京分盟（三十九）‥合計五百二名

このような組織の成立が可能となった背景には、それを必要とする中国国内の政治的環境や時宜に適した中共中央の指導方針があったこともさることながら、唯我独尊、わが理論のみ絶対とする左翼文学青年たちの観念性とセクショナリズムに妥協しなかった魯迅のしたたかな姿勢が多くの中国文芸界の人々の共感を呼んだという事実を無視するわけにはいかないだろう。

第九章　胡風と徐懋庸

一　胡風の日本留学

胡風(一九〇四–八五)が中学時代の友人朱企霞《しゅきか》とともに日本へ留学したのは一九二九年、二十五歳の時であった。このころ、日本の文学界ではプロレタリア文学がなお大きな影響力を保ち、文壇全体をリードするほどの隆盛を示していた。

彼は東京神田の東亜日本語学校で三か月間、日本語を学んだ後、翌三〇年からは住居近くの補修学校に設けられた「日語補修班」で日本語を学ぶかたわら、「支那語補修班」で中国語を教え、横浜の商業専門学校でも週二時間の中国語授業を受け持って若干の収入を確保した(1)。

その受講生の中に東京帝国大学の学生武安鉄男がいて、胡風と往来するようになり、彼は日本共産党の機関誌『党生活者』を胡風に紹介する。その後、二人は胡風が中国から携えてきた華崗《かこう》の『一九二五―二七年　中国大革命史』を共同で翻訳した[2]。訳書の原稿は後に作家の藤枝丈夫に預けたけれども、そのまま行方不明となり出版されることはなかったという。

引き続いて胡風は、ソ連の小説『ペトログラードのヤンキー』の翻訳に取り組み、その日本語訳者である広尾猛（本名は大竹博吉、ナウカの創設者）や、同郷の友人方翰《ほうかん》（方天一）から紹介された高津葵子の助けを得ながら日本語訳本から中国語に重訳した[3]。上海で崑崙《こんろん》書店を創設した熊子《ゆうし》民《みん》の依頼による仕事であり、同書店から三〇年に出版した。胡と熊は胡風が日本に来る前の年に鄧初民《とうしょみん》の家で逢って以来、意気投合した仲であった。作品の内容はソヴィエト革命を支援するためにアメリカから派遣された労働者たちの活動を描いたロマンティックな通俗左翼小説である[4]。

胡風はこの作品の題名を『洋鬼』（ヤンキー）と短縮して出版し、そのとき谷非《こくひ》というペンネームを使用したが、彼はこの翻訳によって中国の文化界で知られるようになる[5]。そのため熊子民は、引き続きゴーリキーの『四十年』を翻訳するよう慫慂《しょうよう》、胡風はこの本の日本語訳者といわれていた大宅壮一に英訳本の探索を依頼する手紙を書いた。大宅は胡風の願いを聞き入れるとともに、彼の近所に住んでいた日本プロレタリア作家同盟委員長の江口渙を紹介した。このようにして、胡風と日本のプロレタリア文学作家との交流が始まる。

清華大学を二年で退学した胡風には正式な学歴がなかった。そのため彼が志望した東京帝国大学大学院や早稲田大学ロシア文学科には入学することができず、北京大学教授銭稲孫《せんとうそん》の紹介状によって、三一年四月から慶応大学英文科に在籍することとなった[6]。

ここで彼は、同級生泉充の紹介により、中川の仮名でプロレタリア科学研究所（日本プロレタリア文化連盟所属）の芸術学研究会に加入、季刊誌『芸術学研究』に中国の反戦文学を紹介したり、谷非の筆名でプロレタリア作家同盟編「プロレタリア文学講座」第三編（一九三三年一月）に「中国プロレタリア文学運動の発展」を執筆するなど、日本のプロレタリア文学運動ともろにかかわりあった。

同年夏、江口家で開かれた会合に出席して小林多喜二、秋田雨雀、藤枝丈夫らに紹介され、十月には方翰の紹介で日本反戦同盟に参加、引続き日本共産党機関誌『赤旗』読者グループに加入したが、このグループは後日、日共中央の決定により党員グループとなり、そのまま集団で日本共産党へ入党した。

この間、謝冰瑩《しゃひょうえい》らとともに中国左翼作家連盟東京支盟に加盟した。柳条湖事件（満洲事変）の勃発した前後であり、以後、胡風は日本のプロレタリア作家と中国左翼作家連盟を媒介する役割を担うことになる。秋には、日本亡命中の郭沫若と出会っている。

この年、胡風は方翰とともに聶紺弩《じょうこんど》とその妻である周穎《しゅうえい》、邢桐華《けいとうか》、王承志《おうしょうし》らをかたらい、「新興文化研究会」を結成、その下に社会科学研究会と文学研究会を設置して、彼は文学研究会の責任者となった。「新興文化研究会」は、馮雪峰を指導者とする上海の中国左翼文化総同盟（文総）と日共『赤旗』読者グループの双方から指導を受けながら油印の機関誌『文化闘争』を発行（四期で停刊、以後『文化之光』と改名）していたといわれるが、これより二年前に結成された中国社会科学研究会東京分会との間に確執が生じ、双方の機関誌上で論争が展開された(7)。

そして十一月中旬、胡風は「極東汎太平洋反戦大会」を日本で開催するため、日本反戦同盟中国小組の特使として上海に帰り、馮雪峰らと打ち合せを行なったが、その際、馮雪峰から「左連」宣伝部長への就任を依頼されて固辞した。左連内部での周揚と馮雪峰の対立を警戒したためであったという。

十二月中旬、胡風は「極東汎太平洋反戦大会」の代表として日本へ向かう楼適夷《ろうてきい》とともに再び来日、月末に井の頭公園内の茶店でもたれた国際反戦大会の開催準備についての協議に、日本反戦同盟中国小組の一員として方翰や王承志らと参加した。この会合には日共中央委員で反戦同盟の責任者である池田寿夫(本名は横山敏夫)、中国代表としての楼適夷、朝鮮代表などが出席している。

このころ、文学研究会は先述した中国社会科学研究会東京分会との間に、組織活動のあり方をめぐる論争を続けていたが、楼適夷が「文総」代表の立場で両者の調停にあたった結果、和解が成立し、その声明が胡風の手で日本語訳されて日本プロレタリア文連の機関誌『プロレタリア文化』に発表された。大学の英文科に在籍はしていたが、すでに胡風は革命運動に没頭していたのである。

三三年二月、小林多喜二が警察で拷問を受けて獄死した。『赤旗』の多喜二追悼特集号が聶紺弩の居所で警察に発見され、三月には聶紺弩と周穎、方翰や王承志とともに胡風も逮捕、三か月にわたって拘禁された。この間、拷問をともなう厳しい尋問を受けたが、日本共産党との組織関係が露見しなかったため、六月には関係者十数名とともに国外追放処分となって上海へ送還された（方翰と王承志は日共党員であることが判明し二年の懲役刑を受けた）。胡風と「左連」との実質的なかかわりは、この度の追放による帰国後のことである。

二　胡風と魯迅

三三年六月十五日、上海に到着して韓起《かんき》の家に滞在した数日後、突然、魯迅が周揚をともなって胡風を訪ねてきた。魯迅は胡風が心から敬愛する人であった。二五年秋、北京大学予科と清華大学英文科へ同時に合格した時、胡は二年間の時間的ロスが出ることを承知の上で、魯迅が中国小説史の講義を担当していた北京大学の予科をあえて選択・入学した。予科生には聴講資格がなかったにもかかわらず、胡風はそこで魯迅の講義を傍聴しながら、彼の作品が出る度に講読し、魯迅訳『苦悶の象徴』の中に発見した誤訳部分について手紙で指摘したこともあった(8)。

留学途中に日本から送還されてきた胡の所へ、何の前触れもなく魯迅が訪れてきた意図について、魯迅自身は何も書き残していないが、国民党の弾圧によって人手不足になった左連への協力を要請するためであったろうと推定されている。この一か月前には書記を務めていた女流作家の丁玲が逮捕され、文学面で胡風に影響を与えた湖畔詩人の応修人《おうしゅうじん》も官憲から追われて建物の二階から墜落死した。その他の作家も逮捕されたり逃亡したりして、左連の活動は停滞しがちであった。

この年の八月、胡風は改めて周揚から「左連」の宣伝部長就任を依頼されて、今回は彼もそれを受諾した。この時、馮雪峰は党の江蘇省委員会宣伝部長に転出しており、文化方面には直接タッチしない立場にいたので、以前のように周と馮との対立を懸念しなければならないような状況にはなかったことも、胡の決断につながったと考えられている。

こうした経過をふまえて、胡風は「左連」の宣伝部長となり、周揚は組織部長、茅盾が行政書記となった。党サイドでは周揚が党団書記を、この年の後半より「左連」の解散にいたるまでずっと継続することになる。この時点ではむろん、周揚と胡風との間に確執はなく、十月に茅盾が行政書記を辞任した後は胡風がその任務を引き継ぎ、宣伝部長は周揚、組織部長は盧森堡《ろせんほ》（任鈞）が担当することとなり、「左連」の活動については、この三人が胡風の家に集まって相談しながら事を運んだ。

魯迅に対しては、胡風が常に「左連」の活動内容の報告を直接行ない、実質的な連絡員の役割を務めていた。このころ、胡風は「左連」党団の上部組織である文化工作委員会の責任者陽翰笙もしくは周揚に、中国共産党への入党の意志を表明したが、かつては申請書を提出するように勧めていた彼らが、今回はその受け入れに熱意を示さず、入党問題は立消えになったという。「左連」での胡風の役割を考えれば、にわかには信じ難い話ではあるが、すでになんらかの食い違いが両者の間に生じていたのかも知れない。

ところで、「部長」とはいっても、その職務によって胡風の生活が保証されていたわけではない。胡風が宣伝部の下に発行していた油印の月刊『文学生活』ですらも、その経費は毎月、魯迅が二十元、茅盾が十元を拠金することで維持されていたほどであった。そのため胡風は、孫科（孫文の子息）の出資で設立された中山文化教育館の半月刊『時事類編』に掲載する外国事情の翻訳を行ない、そこから毎月百元の固定収入を得ていた。この仕事は事前に周揚と茅盾の同意をとりつけていたといわれる。

胡風と「左連」との決定的な溝は、一九三四年夏、国民党当局による穆木天《ぼくぼくてん》の逮捕とその転向によって発生した。穆は転向書を書いて出獄した後、胡風が南京（国民党）のスパイであると「左連」に報告したのである。そのため、「左連」指導部は胡風に対して疑惑をもち、しかもそのうわさが中山文化教育館にも伝わった結果、「左連」行政書記としての胡風の身分が同僚の韓侍桁《かんじこう》から暴露され、文化教育館の仕事も継続することができなくなった。

同年十月、胡風は「左連」の行政書記と『時事類編』の職務を前後して辞任、その経過を魯迅に報告した後、魯迅の身辺で文筆活動に専念することになった。その後は魯迅に対する「左連」からの直接的な連絡がとだえることになり、「左連」に対する魯迅の資金援助も途絶した。そしてその年の冬、中共上海中央局が移転し、馮雪峰や瞿秋白が江西ソヴィエト区へ赴いてからは、上海の中央特科[9]に呉奚如《ごけいじょ》が派遣されてくるまでの間、魯迅と党中央との関係が一時的に中断した。

三　「左連」の解散

「文革」の末期（一九七五年四月二十六日）、魯迅博物館が聴取した記録によれば、「左連」の解散について茅盾は次のように語っている。

〝左連〟の解散について話すと、魯迅は賛成しなかった。統一戦線には核がなければならない、さもなければ他人に牛耳られ、利用されてしまうのだ、と魯迅はいった。（茅盾「私と魯迅の交際」一九七七年十一月、文物出版社『魯迅研究資料』第一集）

同じ年の九月に記録された唐弢《とうとう》の話は、より具体的に当時の状況を伝えている。「解散」については モスクワにいた蕭三が王明の指示を受けて手紙を書き、「一九三五年十二月五日、周揚らは蕭三の手紙を受けとると〝文委〟を召集し、〝左連〟の解散問題を検討した」というのである。そして、文委（文化工作委員会）内部で意見が分かれた結果、鄧潔《とうけつ》が魯迅の意見を求めたところ、「魯迅は解散に賛成せず、内部の核組織にできるものであり、統一戦線はこのようにしてはじめて、他人から牛耳られずにすむのだと考えていた」という。

唐弢の発言はきわめて具体的である。蕭三に対して王明が指示を与えた時の状況、上海の中共文化工作委員会がそれを受け取った日附、その後の委員会内部の対応、魯迅の反対意見を聞いた後の周揚の反応、これらはいずれも単なる記憶による発言とは考えにくい。ただし、鄧潔に関する部分以後には「聴説」ないし「拠説」という伝聞の意味をもつ動詞をともなっていて、それが決して彼自身の確認による事実ではないことをことわっている。ただ、いずれにしても茅盾と唐弢による証言は、「左連」の解散が事前に魯迅の同意をとりつけていなかった、ということを述べているのである。

ところが同じ当事者でも、馮雪峰はほとんど内容の相反する記録を書き残している。彼によれば、「一九三六年の初めに周揚らが〝左連〟を解散したのは、茅盾を通じて魯迅に意見を求め、魯迅も同意したこと」であった。「ただし、魯迅には彼なりの意見があり、こんなふうに軽々しく解散したのは残念だ、と話のなかでもらしていた」という(10)。

さらに、馮雪峰にはその後の別な発言がある。魯迅研究室が一九七二年十二月二十五日の座談会記録を整理したもので、一九七五年八月に馮自身が加筆した「魯迅に関する若干の事情について」(『魯迅研究資料』第一集)である。この記録は、一見したところ前回の内容を訂正しているかのようだが、しかし、よく読みなおせばどうもそうではないらしい。

「魯迅は〝左連〟解散に反対だった。一九六六年に書いた参考資料の中で、私は「周揚らが〝左連〟を解散したのは、茅盾を通じて魯迅に意見を求め、魯迅も同意したこと」であると述べた。

ある人が、魯迅先生は当時決して同意しなかったと指摘してきた。私が最近、茅盾先生にたずねたところ、彼は夏衍に頼まれて魯迅に話したが、魯迅は解散に同意しなかった、といった。私はあの参考資料の内容を訂正しなければならない。」

馮雪峰はこのように前回の記録を、「ある人」および茅盾の見解によって修正した上で、しかし次のように言葉を続けるのである。

「私にはもう一つの印象がある。魯迅先生が当時、茅盾にいったことである。解散もけっこうだ、しかし世間に向かって宣言する必要がある、新たな戦闘に備え、新しい団体を結成するために解散するのだということを述べ、撃滅されたのではないことをはっきりさせるのだ、と。私にはこの印象が深くやきついている、ただし、魯迅先生自身が私に話したのではないと記憶しているし、どんな人が私にいったことかはわからない、私は最近も茅盾先生にたずねたが、彼は覚えていない、魯迅が当時、解散に反対だったことしか記憶にないといわれた。」

要するに、馮雪峰は自分の記憶にまちがいはないといっているのである。ただ、「ある人」が注意を喚起してきたし、念のため茅盾に確認したが、茅盾も魯迅が解散に反対だったことしか記憶にないという。だから、自分は前に書いたことを訂正しなければならない。しかし、「印象」は「印象」としてやはり記録にとどめておきたい、というせいいっぱいの抵抗を示しているのである。

たしかに、「左連」の解散当時、魯迅の身辺にいなかった馮雪峰としては、当事者の一人である茅盾らの証言を覆すことは困難であったろう。にもかかわらず、彼が自身の「印象」に固執しているのは、やはりそれだけの根拠があってのことだったに相違ない。現に今日では、徐懋庸《じょぼうよう》を初めとする別な当事者の詳細な証言があって、馮雪峰の「印象」が単なる「印象」ではなかったことが明確になっている。「左連」の解散に関して、党と魯迅との間を往復した徐懋庸の証言に目を向けてみよう。

四　徐懋庸と魯迅

徐懋庸(一九一〇-七七)が魯迅と最初に出会ったのは、彼が上海の国立労働大学中学部に在籍していた一九二七年のことだった。一九一〇年生まれの徐はこの時十七歳、「出会った」といっても直接言葉を交わしたわけではない。労働大学で魯迅が「インテリゲンチャに関する問題」を講演した時に聴衆の一人として、その時は遠くから見ていたにすぎない。しかし、小学校時代の教師を通して、魯迅の文学や思想には早くから共鳴しており、少年時代からその作品には親しんでいたという。

労働大学は義和団事件の賠償金をベルギーから返還された国民党政府が、返還条件に従って二七年に設立した「半工半読」の大学であった。上虞で国民革命に参加していた徐は、四・一二事件のあと逮捕されそうになり、上海に逃れてきた時、新聞広告でその存在を知り、受験して入学した。学費が要らなかっただけではなく食事や宿舎も大学から提供された。この年、魯迅はここで数回にわたって講演を行なっている。

三〇年に労働大学中学部を卒業した後、徐は同窓生から紹介されて浙江省の臨海回浦中学の教師となり、学校では最高の待遇を受けていたが、思想的な問題もからんで二年半で退職し、三三年春には再び上海に赴いた。この時、フランス語から翻訳した（労働大学ではフランス語が必修だった）ロマン・ロランの『トルストイ伝』をたずさえており、従兄弟の紹介でそれを出版して当座の生活費を得ている。

徐が上海に出たのは当時の革命的（左翼的）な文化界で活動するためであった。彼は内山書店から購入した山川均の『社会主義講話』と、唯物史観を講じたもう一冊の書物を翻訳し、それらを胡愈之《こゆし》の紹介によって生活書店から刊行した。この出版社の編集部は、共産主義思想にかたむいていた鄒韜奮《すうとうふん》によって三三年に改組され、徐の訳本は改組後の生活書店が最初に刊行するマルクス主義文献となった。この原稿料によって徐懋庸は身ごもっていた妻を実家から呼び寄せ、生活の基盤を上海に置くことができたのである。

まもなく、『申報《しんぽう》』の「自由談」に掲載された何家干《かかかん》（魯迅の筆名）の雑文に触発された徐は二篇の短文を書いて投稿したところ、それらが採用され、同誌の恒常的な執筆者として三四年一月には編集者の黎烈文から宴会の席に招待され、その場で初めて魯迅の面識を得た。彼の文体が魯迅のそれを巧みに模倣していたため、同席していた林語堂は、徐懋庸が魯迅の新しい筆名であると誤解したほどであったという。

当時、上海では国民党政権による思想統制が厳しく、三四年八月には図書検査制が実施されて進歩的な書物の出版は困難になっていたが、それでも、革命的な文献は広く一般から支持されていた。中国左翼作家連盟のように「左翼」を標榜する組織であっても、思想的に保守的な愛国人士も加盟していた。日本の中国に対する侵略は、そうした「左翼」勢力の支持者を文化界に増大させていたのである。

三四年春、徐は中国左翼作家連盟に入会、以後、左連の秘密活動に従事することになり、秋には常務委員会のメンバーとなって胡風が去った後の宣伝部長の任務につき、左連と魯迅との連絡にあたったという(11)。つまり、徐懋庸は胡風が左連から見限られ、胡が魯迅の懐に飛び込んだ時点から左連の中枢に入り、胡風の職責を襲うことになったのだ。

この時、徐は左連の加盟経歴も浅く、年齢もまだ二十四歳にすぎなかった。左連の宣伝部長という要職に似つかわしくないようだが、それは実利がなく危険のともなう職責であり、革命への情熱だけに支えられた役職であった。事実、徐懋庸の生活費は、三三年から三七年まで彼自身が生活書店から出版した刊行物の原稿料が主であって、左連からの実収入はほとんどなかったと考えられる。

そして間もなく、モスクワの蕭三から、左連の解散を指示する一通の書簡が、魯迅を経由して周揚たち党員の所へ到着する(魯迅を経由したのは、それが非合法組織である上海地区の共産党組織へ文書を届けるための最も確かな手段であったからである)。

五　徐懋庸の証言

一九三五年十二月十二日、魯迅は「左連」の常務委員であった徐懋庸に一通の手紙を差し出した。それは次のような内容であった。

転送を乞う

徐先生：

蕭君から手紙をもらい、ずっと以前に転送しました。たぶん先生のところへも回送されて来てご覧になれることと思います。

やはり先生に、日どりを定めていただくほうがよろしい。ただし、午前とか夕方はだめで、日曜もだめです。

とり急ぎ、ご自愛を祈ります。

ここで、「蕭君から」の手紙とあるのは、「左連」駐国際作家連盟代表の蕭三が十一月八日付でモスクワから「左連」に寄せたもので、[12]「左連」解散を指示した王明の意向を伝える内容であった。この手紙は内山書店気付で魯迅あてに送附され、魯迅から茅盾を介して周揚らの党組織に届けられたという。[13]この中で指示された「左連」の解散に関する処置をめぐって、まもなく魯迅と周揚らとの間に決定的な溝が生じることになる。

よく知られているように、コミンテルン第七回大会ではディミトロフが「反ファシズム国際統一戦線」の結成を提起し、中国共産党でも一九三五年八月一日附で「八一宣言」を発布、抗日民族統一戦線の結成を提唱した。蕭三の書簡は、そうした国際共産主義運動の戦略にそって、中国国内でも「左連」を解散し、より広い文化人の統一戦線組織結成を要求したものであった。

上海の党組織では議論の結果、蕭三の指示に従って「左連」を解散することに決定し、その主旨を魯迅に伝達して同意を求めた。その時、魯迅との関係が比較的よく、当時はまだ党員でなかった徐懋庸が「左連」（というよりは周揚らの党グループ）のメッセンジャーとして魯迅への連絡にあたったが、[14]やがてそのことによって、徐懋庸は致命的な傷を負うことになる。以下、『徐懋庸回憶録』によって、この間の経過を追ってみよう。

この問題をめぐっては、徐懋庸は前後四回にわたって党と魯迅との間を往復している。徐懋庸によれば、最初、魯迅は解散に反対であった。彼は、「統一戦線団体を組織することは、私も賛成だ。しかし、〝左連〟の解散はよくないと思う。わが〝左翼作家〟は、プロレタリア階級といっても、実際にははなはだ幼稚で、ブルジョア階級の作家と統一を相談しても、うまくいかない。彼らを統一できないばかりか、彼らに統一されてしまう。これは非常に危険だ。もし〝左連〟が解散したら、自分たちには問題を相談できる組織がなくなるから、もっと危険だ。〝左連〟はやはりひそかに残しておく方がよい」と語った。

この後、「左連」の常務委員会が召集され、「文総」を代表して胡喬木《こきょうぼく》が出席した。胡は、大衆的な統一団体の中に別な秘密の大衆組織があるのはよくないと述べ、徐懋庸にそうした考え方の伝達を託した。それに対して、魯迅はあえて反対はしなかったが、しかし、解散に際しては宣言を発し、「左連」の解散は、「新たな状況のもとで、抗日統一戦線の文学・芸術団体を組織し、プロレタリア階級の指導する革命的文学・芸術運動をさらに拡大、深化させるものであることを声明する」よう主張した。

このことについては、周揚もいったん同意したが、その後の「文総」の討議で否決され、「文総」が「左連」傘下の全組織を代表して声明を発表することになった。徐懋庸の三度目の報告に対して、魯迅は一言、「それでもよい」と返答した。だが、「文総」が宣言を発すれば、新しく結成されようとしている「文化界救国会」の組織が、「文総」のダミーだとみなされ、国民党の攻撃を受けるという理由で、これも実行されないことになった。

うやむやの内に左連を解散するという四回目の報告（二月二十八日）を徐懋庸から聞いた時、魯迅は「顔色が変わって、一言も発しなかった」と徐は回想している。これが、魯迅と徐懋庸との最後の会見であった。

中国左翼作家連盟は、魯迅を実質的な代表者とすることで成立した組織であった。しかし、現実の組織運営にあたったのは中共上海地区の文化人党員グループであり、その解散には党の政治的判断の先行した組織決定が優先され、魯迅の意見は徹底的に無視された。こうして、魯迅の周揚らに対する以前からの不信はますます増幅された。

徐懋庸個人に関して言えば、彼は左連内部の党組織が下した決定に不安を覚えながらも、終始、党グループの方針を魯迅に伝達するメッセンジャーの役割に徹していた。その後、二人の間には若干の書簡の往復はあったものの、魯迅は五月二日の徐懋庸あて書簡で、「私はこれを最後の一通にしたいと思います。これまでの公事はすべてこれでおしまいです。」という書簡を送った。それは同時に「左連」に対する魯迅の絶縁状でもあった。

六　二つのスローガン

一九三六年四月末に、馮雪峰が陝西省《せんせい》瓦窰堡《がようほう》の党中央から派遣されて上海へ戻って来た。先に引用した馮雪峰の参考資料によれば、馮は周恩来と洛甫《らくほ》（張聞天《ちょうぶんてん》）から、無線局の開設や魯迅を通して左連と連絡することなどの指示を受けて、一九三六年四月二十日に瓦窰堡を出発し、同月二十五日ごろ上海へ到着している。そして、翌日には早くも魯迅を訪れ、以後ほぼ二週間にわたって魯迅の家に身を寄せることになる。

内山書店でそのことを教えられた胡風は馮を訪ね、二人は魯迅家の三階で上海文化界の状況について意見を交換する。この日、胡風は馮雪峰から中国共産党への入党を要請され、それに必要な一切の手続きを省略して、その場で党員になったという。周揚らによって受け容れられなかった胡の入党が、今回は馮雪峰個人の判断によって認定されたことになる。それほどまでにして、馮雪峰には胡風が必要であったということであろう。

このころ、周揚らによって「国防文学」のスローガンはすでに提唱されていたが、魯迅はそれを好まず、「国防文学」のもとに組織された中国文芸家協会の呼びかけにも応じていなかった。胡風の回想録によれば、馮雪峰は胡風に新しいスローガンを考えるように提起し、胡が「民族解放の人民文学」を提案すると、馮はそれを「民族革命戦争の大衆文学」と修正し、魯迅もそれに同意したことで新しいスローガンが確定したという。

その結果、胡風が「人民大衆は文学に何を求めるか?」を執筆、その文面について魯迅および馮雪峰の同意を得た上で、雑誌『文学叢報』第三号に同年五月九日附で発表した。一文は胡風個人の名義で発表されたけれども、その背後には魯迅の影が見えていた。魯迅を直接攻撃できない「国防文学」の主唱者たちは、胡風を「統一戦線の破壊者」として指弾した。「二つのスローガン」をめぐる激論が、七月には最高潮に達した。

こうした中で、雑誌『現実文学』創刊号誌上に魯迅を初めとする七十七名が「中国文芸工作者宣言」を七月一日附で発表したが、彼らの大部分は周揚らの「中国文芸家協会宣言」に加わっていなかった(例外は茅盾、唐弢、陳荒煤《ちんこうばい》の三名で、彼らは双方の宣言に署名している)。上海の文芸界はこうして大きな論争の渦をまきおこした。

おりしも徐懋庸が八月一日附の書簡を魯迅に送り、魯迅に向かって中国文芸家協会を支持し、胡風や巴金《はきん》、黄源《こうげん》を信じることのないようにという要請ないしは批判を行なった。これに答えた魯迅の返信が、有名な「徐懋庸に答え、あわせて抗日統一戦線問題について」である。

この魯迅の文章によって暴露された徐懋庸の八月一日附私信も、徐が普段から耳にしている党グループの意見を、党の同調者の立場から代弁したものであった。しかし、それが魯迅のおさえていた怒りを爆発させ、表向き徐懋庸個人を標的にした文面ではあるが、実際には党グループへの批判として、魯迅がそれを公開した時、周揚らは徐懋庸が「組織の規律を無視した」「個人的な行動」によって、彼らと「魯迅との団結」を「破壊した」といって批判した。(15)

魯迅の文章は徐懋庸だけではなく、周揚・田漢(及び夏衍・陽翰笙)らを「四条漢子」と一括して批判したため、党団グループはこれによって決定的な打撃を受けた。解散声明の有無にかかわらず、左連の活動はこの時点で名実ともに終わりを告げ、それに代わる統一戦線組織として、上海の文化人党員グループが組織した中国文芸家協会もその目的を充分達成したとはいえなくなった。

上海の文化界は、魯迅や馮雪峰、胡風らが提起した「民族革命戦争の大衆文学」というスローガンに同調して「中国文芸工作者宣言」に署名したグループと、「国防文学」のスローガンで「中国文芸家協会宣言」に参加したグループとに事実上二分されたのである。

もっとも、そうした状況は長期化せず、魯迅急逝の直前になって「文芸界同人の団結禦侮と言論自由の宣言」となって一応の決着がついた。それぞれの当事者である魯迅、郭沫若および対立する双方の宣言に加わった茅盾らを含むほぼ全員が新しい宣言に加わり、両者に共通の基盤が確立されたのである。

ただし、論戦の結果、周揚らの上海における活動はいっそう困難となり、彼らは新しい活動の場を求めて間もなく西北の革命根拠地へ移住することになる。そして、それとは別ルートで、徐懋庸も三八年には延安の革命根拠地に入った。

七　文字獄の淵源

日中戦争の始まった後、周揚は延安に向かった。上海で活動の場をなくした徐懋庸も三八年には延安へ入って毛沢東に面談を求めた。彼らはそれぞれの立場から、かつて魯迅と行なった論争について毛に報告する。徐懋庸の報告に対する毛沢東の返答を、徐は『徐懋庸回憶録』の中で克明に記しているが、彼が面談を要請した毛あての手紙には周揚への不満が具体的に記されている。

それに対する毛の回答内容を要約すれば、二つのスローガンをめぐる論争については、すでに周揚たちの報告で基本的に明らかにされていること、それは「革命陣営内部」のものであって敵対的なものではないこと、この論争は政策転換の過程で生じた不可避的なものであって論争すること自体はよいということ、魯迅にも誤解はあったが魯迅に対する彼ら（周揚や徐懋庸たち）の態度には誤りがあったし、徐懋庸の魯迅に対する手紙の書き方はよくなかったということ等である。

この間、胡風は武漢、重慶、桂林といった国民党統治区で文筆活動を行ない、第二次世界大戦末の四五年一月には重慶で『希望』を創刊して作家の主観や情熱を重視する主張を展開している。それは毛沢東による「文芸講話」の路線とは異なる発想から提起された理論であり、当時、香港にいた林默涵や邵荃麟ら党の関係者たちから厳しい批判を受けることになる。

中華人民共和国成立後に発生した恐るべき文字獄の一つ――「胡風批判」も、その根源は「左連」解散の経過およびその後の活動内容に遡って考察すべき問題であり、しかも、そこには表向きの建前とは別に、きわめて個人的な感性段階での思惑が先行していたことを指摘しないわけにはいかない。

文化大革命の後、一九七九年十月三十日から十一月十六日にかけて開催された第四回中国文学芸術工作者代表大会で、周揚は彼がかつて批判した丁玲、馮雪峰などの文化人への批判が誤っていたことをわびたという。だがその時、馮雪峰はすでにこの世にはなく、かろうじて生きながらえていた胡風も、実に四半世紀に及ぶ囚人生活を余儀なくされ、その間、何度か自殺をこころみ、ある時期には発狂状態にあった。高邁な革命の理念を掲げて人を罪に陥れる政治の現実は、中国に限ったことではないが、この中国左翼作家連盟の顚末は、文学と政治、組織と個人をめぐる古くからの問題をきわめて象徴的に暗示しているといえよう。

第十章　古典研究者魯迅（上）

一　『古小説鉤沈』

『漢書《かんじょ》』「芸文志《げいもんし》」は、諸子十家の末尾に「小説十五家、千三百八十篇」を列挙し、「小説家なる者の流は、蓋し稗官《はいかん》より出ず。街談巷語、道聴塗説者の造る所なり」と述べて、小説家を他の諸子九家から明確に区別した。如淳《じょじゅん》の注によれば、「稗」は細米、つまり「細砕の言」であって、そのような取るに足りぬ「街談巷語」を集める役人が「稗官」であった。それは後に転じて、小説あるいは小説家を意味する言葉となる。『説文解字注箋《せつもんかいじじちゅうせん》』では、「野史小説」が正史とは異なり、野生の稗《ひえ》のようなものであるために、それらを指して「稗官」と称したものであるという。

ひき続き「漢志」は『論語』の「子張」篇から、子夏の「小道と雖も、必ず観る可き者有り焉。遠きを致すには泥《なず》まんことを恐る。是《これ》を以て君子は為さざるなり」という一句(1)を引いて小説が「小道」にすぎないことを述べたあと、「然るにまた滅ぼさざるなり。閭里《りょり》の小知の者の及ぶ所、亦た綴りて忘れざらしむ。如《も》し或いは一言采る可き此れも亦た芻蕘狂夫《すうじょうきょうふ》（草かりや木こり、狂人）の議なり」と、価値は低いながらも、ともかく小説を記録にとどめておくのだという。

そのころの小説の概念を、むろん今日のそれにあてはめることはできない。「漢志」記載の小説十五家中、魯迅によって逸文の収集された唯一の『青史子《せいしし》』は「古史官の記事」であり、それは『大戴礼《だたいれい》』や『風俗通義《ふうぞくつうぎ》』等に記された、専ら「礼」について語られた言葉である。これを輯録した魯迅自身も『中国小説史略』第三篇「『漢書芸文志』に記載する小説」の中で、「当時、なぜ小説に入れたのかわからない」と、疑問を呈しているほどである。

だがむろん、今日のわれわれから見て、広義の小説に類する作品は時代とともに数多く出現するようになる。六朝の志怪、唐代の伝奇、宋の話本、元・明の講史というようにそれらは順調な展開をとげ、やがて清朝に入って小説はさまざまな形態に分化する。ヨーロッパの、いわゆる「近代小説」に対応する作品が出るのはようやく二十世紀に入ってからのことではあるが、ともかく中国文学史には中国文学史独自の文脈による小説が、ほとんど二千年にわたるそれ自身の歴史をもつ。

ただしこれらの長年月を一貫して、小説はあくまでも「小の説」であった。中国の文人たちは「漢志」以後もついにそれを正統な学問の領域にもちこむことをかたくなに拒否しつづけたのである。そのため文学史的にはきわめて価値の高い小説作品の多くが作者不明のままひそかに読みつがれ、今日までにかなりの作品がよみ人知らずのままに散逸した。

日本での留学をきりあげて、郷里近くの杭州で教員生活を始めた魯迅が、最初に手がけた文学上の仕事は、こうして過去に散逸した古小説の逸文を蒐集することだった。多忙な教職の暇を盗むようにして、二年あまりの歳月をかけ、稿本十冊が完成した。[2] それは周より隋に至る間の古小説逸文三十六種を校勘して時代順に排列した中国小説史料集で、『古小説鉤沈《こしょうせつこうちん》』と名づけられた。題名の由来については、かつて小川環樹博士が次のように指摘されている。

「この書物に「鉤沈」の名をつけた理由はよく分る。鉤沈の二字は多分、晋の陸機《りっき》（三世紀）の「文賦《ぶんぷ》」のことばから出るものであって海底ふかくひそむ魚を釣針（鉤）でひっかけるというたとえであった（序ながら、魯迅の回想録『朝花《ちょうか》夕拾《せきしゅう》』の名も出典はこの「文賦」にある）。清朝の経学者や文字学者の著作に『古経解鉤沈』『小学鉤沈』などの名前をもったものがあって、魯迅はその名を借用したばかりでなく、その方法をもうけついだと言うことができる。」（岩波書店旧版『魯迅選集』第十三巻『魯迅案内』所収「魯迅の古典研究」）

魯迅は『古小説鉤沈』の序文だけを、一九一二年二月発行の「越社叢刊」第一集に周作人名儀で発表した。この間の事情について、後に周作人はこう語っている。

「彼は一方で古書をひっくりかえして唐以前の小説の逸文を筆写し、また一方では唐以前の越の歴史や地理の書物を筆写していた。この方面での第一の成果は『会稽郡故書雑集《かいけいぐんこしょざっしゅう》』である。……（中略）……叙文には「会稽周作人記」と署名して、これまでわたしの著述としてきた。それはなぜだろうか？　書物を調べる時、わたしもかつて幾分かは手伝った。だがこれはもともと豫才（魯迅─筆者注）の発案になるものであり、編集校勘から、小引叙文を書くことまで、すべては彼のやったことである。草稿から清書までほぼ三、四回、まったく自分で筆写しながら、印刷の段になって名前を出したがらず、おまえの名を書いておこうといって、こんなふうに処置し、二十年あまりそのままになったのである。この些細なことにはたいへん意義があると思うので、いま説明しておかなければならないと思う。このことは彼が何かをするのは、全然名誉のためではなく、自身の好みからであるにすぎないことを証明している。これは学問や芸術にたずさわる上での最高の態度であるが、魯迅を知っている人もふだんあまりわからないことである。輯録した古小説逸文もすでに完成して、『古小説鉤沈』と題し、最初やはりわたしの名を使って刊行しようとしたが、刊行のためのもとでがなく、書店からの出版もうまくいかなかったので、今まで放置されている。」（周作人「魯迅について」一九三六年十月二十四日）

『古小説鉤沈』は、魯迅の生前ついに公刊されることがなかった。厦門大学ではそれを刊行するという話もあったが(3)、けっきょく立ち消えになり、魯迅の死後、一九三八年に出版された『魯迅全集』第八巻に収録されて、ようやく人々の目にふれることになった。しかしこの時は本文だけで、序文が再録されたのは一九五二年刊の唐弢編『魯迅全集補遺続編』である。その後は福建師範大学中文系の『〈輯録古籍序跋集〉訳注』(4)に発表され、一九八一年版『魯迅全集』第十巻にも収録されている。そこには魯迅と古典文学とのかかわりが簡潔に述べられているので、いまこの全文を引いて、古典文学研究者魯迅の誕生を見る手がかりとすることにしよう。段落と番号および傍線は引用者が便宜上、附したものである。

（一）小説者，班固以為「出於稗官」，「閭里小知者之所及，亦使綴而不忘，如或一言可采，此亦芻蕘狂夫之議」。是則稗官職志，将同古「采詩之官，王者所以観風俗知得失」矣。顧其條最諸子，判例十家，復以為「可観者九」，而小説不与·;所録十五家，今又散失。惟『大戴礼』引有青史氏之記，『荘子』挙宋鈃之言，孤文断句，更不能推見其旨。（小説というのは、班固《はんこ》の考えでは、「稗官から出た」もので、「村里のちょっとした物知りの見聞をも、記述して忘れられぬようにしたのであり、かりに少しでも採取する価値のある言葉であれば、それもまた草苅りや木こり、愚人の見解」である。そうであるならば、稗官の職責は、古代に「采詩の官がいて、帝王が風俗を見、当否を判断した」のと同じことである。だが、班固が諸々の学派を列挙し、十家を評定した際、「見るに値する者は九家」だとみなし、小説はその中に入れなかった。収録した十五種の小説は、現在すでに散逸してしまった。ただ、『大戴礼』の中に、『青史子』の作者の記述を引用し、『荘子』の中に、宋鈃《そうけん》の言葉を挙げているが、いずれも断片的な語句で、その内容を推量することはとてもできない。）

（二）去古既遠，流裔弥繁，然論者尚墨守故言，此其持萌芽以度柯葉乎！　余少喜披覧古説，或見譌敓，則取証類書，偶会逸文，輒亦写出。雖叢残多失次第，而涯略故在。大共貨語支言，史官末学，神鬼精物，数術波流；真人福地，神仙之中駟，幽験冥徵，釈氏之下乘。（それから長い歳月が経過して、小説の末流はますます盛んとなった。だが、論者はなおも旧説を固持しており、それは木の若芽を規準にして枝葉を測るようなものだ。私は年少のころより、古小説をひもとくことが好きで、錯誤や遺漏を発見すると、類書によって検討を加え、逸文に出くわすと、ただちに写しとった。断片を集めたものは、おおむね順序不明となっているが、それでもなお輪郭は保持している。およそこまごまとした記述は、史官にとって末梢的な学問であり、亡霊や妖怪を描いた作品は、陰陽家にとって余波末流である。仙人やその居所を叙述したものは、神仙人にとって二流の品であり、冥界や因果応報を説くものは、仏教では三流の品だ。）

（三）人間小書，致遠恐泥，而洪筆晩起，此其権輿。況乃録自里巷，為国人所白心；出於造作，則思士之結想。心行曼衍，自生此品，其在文林，有如舜華，足以麗爾文明，点綴幽独，蓋不第為広視聴之具而止。（民間の小説は、大道を究めるうえで妨げになるとみなされてきた。しかし大作が後に出現したのは、それが発端となったのだ。まして巷間から採録したものには、人々の心情が吐露されているし、創作は文人が想を練ったものである。人々の心のはたらきによって、それは自然に生み出されたものである。文壇における小説は、ムクゲの花のようなもので、文化に彩りを添え、寂然たる境地をにぎわすに足るのだ。単に見聞を広めるための道具ではない。）

（四）然論者尚墨守故言。惜此旧籍，弥益零落，又慮後此閑暇者尟，爰更比輯，並校定昔人集本，合得如干種，名曰『古小説鉤沈』。帰魂故書，即以自求説釈，而為談大道者言，乃曰：稗官職志，将同古「采詩之官，王者所以観風俗知得失」矣。（だが、それを論ずる者は、なおも旧説を固守している。これらの旧籍が日ごとに散逸するのを惜しみ、また今後は、暇が少なくなることを憂慮し、前人の集めた書物をここに改めて編集し、校定を加え、若干のものをまとめたので、『古小説鉤沈』と名づけた。古書を復活させ、それによって自ら喜びを求めたのである。大道を説く者に対しては、稗官の職責は、古代に「采詩の官がいて、帝王が風俗を見、当否を判断した」のと同じことだ、と申しあげよう。）

「漢志」ではまた、「詩は志を言う。歌は言を詠ず。」という『書経《しょきょう》』の言葉（「舜典《しゅんてん》」篇）を引いた後に、「故に哀楽の心感じて歌詠の声発す。其の言を誦す、之を詩と謂う。其の声を詠ずる、之を歌と謂う。故に古えは采詩の官有り。王者の風俗を観じ得失を知り、自ら正を考うる所以《ゆえん》なり。」と詩について述べる。ここでいう「采詩の官」については、同じ『漢書』の「食貨志」、『礼記』の「王制」篇その他に類似した記述がある。

魯迅は『古小説鉤沈』の「序」で、「采詩の官」に関する「漢志」の記載を二度までも引用（第一段落と第四段落）しながら、古小説の輯録がちょうどそれと同じ機能をはたすという。かつて古代の王者が、詩によって「風俗を観、得失を知」ったように、今日のわれわれもまた、古小説によって古代人の心を見ることができると考えたのであろう。これは魯迅の古小説蒐集のモチーフを語る言葉として、すこぶる興味深いものである。

だが、民国初年の当時、世間ではまだそのように小説を評価していなかった。「然るに論者なお故言を墨守す。」文学を論ずる人は相も変わらず『漢書』「芸文志」に説く劉歆《りゅうきん》（『七略』）の小説観を踏襲している。「此れ其の萌芽を持して以て柯葉を度らんか！」、それでは木の若芽を規準にして枝葉を測るようなものでおよそ時代にそぐわない。こうして放置しているうちにも、旧い書物はますます手にしがたくなるだろう。それなら今のうちに集めて校勘を加えておかねばならぬ。いうなれば、ある種の使命感にもえて、魯迅は『古小説鉤沈』の編纂にとりくんでいるのである。けれども、彼にはもともと逸文蒐集癖があった。そのことを、「序」の第二段落はいみじくも物語っている。

余少《わか》くして古説を披覧することを喜ぶ。或は譌敓《かたつ》を見れば、則ち証を類書に取り、偶々《たまたま》逸文に会えば、輒《すなわ》ち亦《ま》た写し出す。

魯迅には少年のころから、古小説をひもといて、テクスト・クリティックをこころみる性癖があったのである。『古小説鉤沈』から『小説旧聞鈔』『唐宋伝奇集』へといたる一連の流れは、そうした少年時代の愛好の、いわば延長線上に集積された業績である。

二　小説への開眼

同時代の読書人家庭の子弟がそうであったように、魯迅もまた幼時から古典の淵藪《えんそう》に育った人である。当時はまだ、科挙に合格して官吏となることが彼らの最高の願望であり、そのためには何よりも儒教のテクストを徹底的に暗誦しなければならなかった。『十三経《じゅうさんぎょう》 注疏《ちゅうそ》』四十三万字を十代でそらんじることのできないものは、その目的を達成することができない、といわれるほどであった。

魯迅の祖父・周介孚《しゅうかいふ》は科挙の最終段階である朝考《ちょうこう》に及第して翰林院《かんりんいん》に入った高級官僚であったが、父・周伯宜《しゅうはくぎ》は「秀才」のまま、ついに最初の関門をくぐりそこねた旧時の挫折者である。しかも父が足ぶみすることによって、祖父までが失脚するという不幸な連鎖反応が、結果的には引き起こされた。近年発掘された資料によれば、光緒十九年(一八九三)の郷試に際して、周介孚は、知人である試験官に受験者六名の合格を依頼して銀貨一万両を送ろうとした。しかもその六名の中には彼の息子、つまり魯迅の父・周伯宜の名も入っていた。

事がらは事前に発覚して、周伯宜は取り調べを受け、一時上海に身を隠していた周介孚も自首して獄に下った。祖父に下された判決は「斬監候」、つまり執行猶予つき死刑である。この事件を契機として魯迅の一家は急速に没落する。同時に進行した父の不治の病もその没落にいっそう拍車をかけた。

けれども、魯迅がこうした読書人家庭の嗣子であったという事実は、やはり彼を必然的に古典の世界へかりたてた。一家の没落以前に彼の受けていた教育は、彼と同じ立場にある読書人子弟と比べて、決して遜色のあるものではなかったはずである。『朝花夕拾』その他にみえる回想によれば、魯迅は七歳の時に「城内で最も厳格だといわれている書塾」へ入れられ、『鑑略《かんりゃく》』から始めて、四書五経、『周礼《しゅらい》』『儀礼《ぎらい》』『爾雅《じが》』と読み進み、その古典教育は着実に年輪を重ねていた。(5)

とはいっても科挙応考のための古典教材は、その大部分が儒教経典である。その範囲内での勉学は必ずしも古典研究者魯迅の誕生にそのまま結びつくものではない。それを可能にした要因は、やはり別なところにも求められなければならない。それでは、魯迅が自覚的に古典研究ととりくむようになったのはいつごろであろうか。また、それはいったい何のためだったのだろうか。

周知のように、清朝末期、梁啓超は亡命先の日本で雑誌『新小説』を発刊して「小説界革命」を唱えた。小説の形式を借りて自らの政治的理念を訴え、それによって人々を啓蒙しようとしたのである。明治十年代、自由民権運動に呼応して盛んとなった政治小説のひそみにならおうとするものであった。一九〇二(明治三十五)年、『新小説』創刊号に登載された梁の「論小説与群治之関係」は、その四年前、雑誌『清議報』に発表されて、中国最初の体系的な政治小説論となった「訳印政治小説序」の趣旨を、より深く理論的に整備した論文である。

「一国の民を新たにせんと欲すれば、先に一国の小説を新たにせざるべからず。故に道徳を新たにせんと欲すれば、必ず小説を新たにし、宗教を新たにせんと欲すれば、必ず小説を新たにし、政治を新たにせんと欲すれば、必ず小説を新たにし、風俗を新たにせんと欲すれば、必ず小説を新たにし、学芸を新たにせんと欲すれば、必ず小説を新たにし、乃ち人心を新たにせんと欲し、人格を新たにせんと欲するに至りては、必ず小説を新たにす。何の故を以てか。小説には不可思議の力ありて人道を支配する故なり。」

小説万能論である。しかしこのいささか度の過ぎた小説万能論は、清国留学生として日本の土を踏んだばかりの魯迅に決定的な影響を与えた。日本留学初期の魯迅は、こうした梁の功利的小説論に導かれて活潑な文筆活動を展開する。外国作品の翻案と思える「斯巴達《スパルタ》之魂」、ジュール・ベルヌによる『月界旅行』『地底旅行』の重訳など、仙台医専入学以前の彼の仕事の一半は、小説界革命への共鳴に基づく作業である。『中国地質略論』のように一見純料学的な論文にも、彼の種族的共和革命に寄せる理念がもりこまれていた。魯迅と梁啓超はこの時点で、すでに政治的立場を異にしていたが、こと小説論に関する限り、魯迅は梁の論理から一歩も踏み出るものではなかった。

同じころ、魯迅は林紓による各国文芸作品の翻訳を片端から買いあさっていた。デュマ・フィスの『椿姫』の訳本である『茶花女遺事《さかじょいじ》』を初めとして、桐城派の格調高い古文に焼きなおされた、いわゆる「林訳小説」を、彼は「出るたびにみな買った」という周作人の証言がある。[6] 儒教的世界とは異質の文化が魯迅をおしつつみ彼はそれらに対して鋭敏に反応していたのである。

けれども彼の文学的開眼は、いうまでもなく仙台以降の留学後期である。「文化偏至論《ぶんかへんしろん》」から「摩《ま》羅詩力説《らしりょくせつ》」、「破悪声論《はあくせいろん》」に向かう新しい系譜の中で、彼はあるいはロマン派に共感し、あるいは自己流にとりこんだニーチェ思想に心酔して、政治小説論とは異なる別な境地を切り開こうとした。文芸雑誌『新生』の発刊計画、スラヴ系被抑圧民族の小説を古文で訳した『域外小説集』の刊行など、いずれも仙台以降の産物であり、そしてこれらの試みはすべて挫折した。

ところで先ほど引いた留学後期の作品群を仔細に検討すれば、それらは一方でヨーロッパ近代の新思潮をきわめて意欲的にとりこみながら、実は他方で自国の民俗的伝統への礼讃がしだいに濃厚となっていく傾きに、気づくだろう。最後に挙げた「破悪声論」(一九〇八年)はとりわけそうである。

「夫《そ》れ神話の作、古えの民に本づく。天物の奇觚《きこ》を睹《み》れば、即ち神思を逞しうして施すに人化を以てし、古異を想出し、諔詭《しゅくき》観ず可きなり。之を信ずるは当を失すと雖も、之を嘲けるは則ち大惑なり。」（そもそも神話というものは、いにしえの民が作ったものである。造化の不可思議を見て、想像をたくましくし、擬人化して、珍奇なものを考え出したのであって、そのおもしろさには一見の価値がある。これをうのみにするのはよくないが、これを嘲けるのはまちがいである。）

ここには古代中国の民衆によって創造された伝統文化への、ほとんど手ばなしの礼讃がある。魯迅の中国古典への関心は、異国文化に接触することで、よりいっそう強化されていったようである。

「小説界革命」と「林訳小説」による小説への開眼は、魯迅が新文学にむかう最初のステップだった。小説によって自国民にはたらきかけ、その「性情を移しかえ、社会を改造」しようして、彼は文学の世界に活路を模索した、という（『域外小説集』再版の「序」、一九二〇年三月二十日、周作人名儀）。とりわけ仙台以後は、中国社会の外在的な側面に目をむけるよりも、中国人自身の「内なる輝き（内曜）」に光をあて、自民族の奥深くにひそむ「心の声」を引き出そうとした[7]。そのような志向は必然的に、彼を再び古典の世界へつれもどすことになる。

『域外小説集』という本は、措辞が朴訥で、当今の有名人（林琴南―筆者注）による訳本には及ばないけれども、ただ作品の選択には慎重を期し、翻訳も原文の持ち味を損なわないように心がけた。外国の新しい文学の流れが、これによって初めて本土に伝わるのである。俗世間にとらわれないすぐれた人物であれば、きっと将来を見据え、わが国の現状を考慮し、その内心の声に耳を傾け、それによって精神のありようを推し量るであろう。本書は大海に浮かぶ泡のようなものではあるが、天才の思索は、まさしくここにこめられている。中国の翻訳界も、これによって遅れを取り戻すであろう。

『域外小説集』初版に附された「序言」(一九〇九年)である。ここでもまた彼は「心の声」を求める。ただ、それは「異域の文術」の中に見られるものである。肝要なのは、やはりそれを自らの内部に見出すことである。問題をもちこしたまま、その年の夏、魯迅は生活上の必要から故国へ帰って教鞭をとることになった。

三　古小説の評価

問題を再び『古小説鉤沈』に戻そう。序の第三段落では、古小説逸文蒐集の意図が非常にはっきりとうち出されていた。

「人間《じんかん》の小書、遠きを致すには泥《なず》まんことを恐る。而して洪筆《こうひつ》の晩起《ばんき》せる、其の権輿《けんよ》なり。況んや乃わち里巷より録せるは、国人の心を白《もう》す所なり。造作に出るは、則わち思士の結想なり。

心行は曼衍《まんえん》し、自ら此の品を生ず。其れ文林に在りては、有に舜華の如く、以て文明を麗爾《れいじ》し、幽独《ゆうどく》を点綴《てんてつ》するに足る、蓋《けだ》し第《ただ》に広く視聴するの具たるに止どまらず。」

魯迅は、これまではほとんど価値を認められなかった古小説を、この「序」で最大限に評価して「漢志」的「小説」観をまっこうから否定するのだった。それが班固と決定的に異なるのは、古小説それ自体に文学的価値を付与したことである。そこにはむろん、小説界革命を初めとする日本留学前後の文学的ないし政治的体験がはたらいているだろう。

ところで、逸文蒐集の作業はいつごろから開始されたのであろうか。林辰《りんしん》氏の詳細な考証(8)によれば、それは日本からの帰国後まもなく、浙江両級師範学堂で教職についた直後だと考えられている。着手時期推定の根拠は、魯迅による序文発表の時期（一九一二年二月）と、『壬子日記』（一九一二年）の記載事項および『不是信《しんならず》』（『華蓋集続編《かがいしゅうぞくへん》』所収）の記述内容である。それは充分説得的であるので、ここではその要点を記し、この時期をもって魯迅の自覚的な古典研究の出発点とみなすことにしたい。

林辰氏は、『古小説鉤沈』の序文が一九一二年二月、「越社叢刊《えつしゃそうかん》」第一集に発表されたとき、すでに蒐集校勘の作業が基本的に終了していただろうと推定する。そしてこの推定は『壬子日記』の次のような記載内容によって、ほぼ確実な裏づけがとれるものと考えられる。

十月十二日　夕刻、二弟からの小包二つを受け取る、『古小説拘沈』の草稿、越人の著書の草稿等十冊…七日附

十一月二十三日　夕刻、二弟からの書物三包みを受け取る、『小説拘沈』の草稿一式…いずれも十八日発。

現存する『魯迅日記』は一九一二年五月五日より始まっている。右の二條はその中で『古小説鉤沈』にふれた最初の事項である。この年の一月一日、南京臨時政府の成立した後、魯迅は蔡元培の招きに応じて南京にある教育部へ着任(二月)したが、そのころ彼と起居を共にしていた許寿裳の回想『亡友魯迅印象記』には、当時、魯迅がすでに『唐宋伝奇集』の資料となる『沈下賢集《しんかけんしゅう》』を同地の図書館から借り出して筆写したという記述はあるが、『古小説鉤沈』に関係する事実はない。これらはいずれも、序文発表段階で『古小説鉤沈』が完成していたとみなされる材料である。

また、材料蒐集の着手時を一九〇九年の帰国後まもなくと考える根拠は「信ならず」に見える次の一説である。これは魯迅の『中国小説史略』が「日本人塩谷温の『支那文学概論講話』の中の「小説」部分を剽竊したものだ、という陳源の批判にこたえた一文である。

「六朝の小説を彼は『漢魏叢書』に拠っているが、わたしは別な本と自分の輯本とに拠った。これにはかつて二年あまりの時間を費やし、稿本が十冊、手もとにある。」(魯迅「不是信」一九

二六年二月一日）

この十冊の稿本は明らかに『古小説鉤沈』である。序文の書かれた一九一二年二月より「二年あまり」を溯及すれば、一九〇九年の後半ないしは一九一〇年初頭ということになるだろう。それは魯迅が杭州で最初の教員生活をふり出した時期である。

林辰氏による右の推定をくつがえす資料は現在のところ見あたらない。魯迅と中国古典との交わりはより早いころにまでさかのぼって見ることは可能だが、ただ自覚的な古典研究ということになれば、やはり『古小説鉤沈』や『会稽郡故書雑集』の編まれた時期に始まる、とみなすのが妥当だろう。そしてこの両書の編集校勘作業は、ほとんど時期を同じくして推進されている。その上、魯迅の古典研究の目的を知るためには、両者は車の車輪のように不可分の関係にある。『会稽郡故書雑集』については後ほど検討することになるので、魯迅がなぜ古典研究にとりくんだか、という点の解明はひとまず保留して、ここでは、先に『古小説鉤沈』の方法と題材をあらかじめ概観することにする。

『古小説鉤沈』冒頭の『青史子』は、『漢書』「芸文志」では「五十七篇」と記されているものの、『隋書《ずいしょ》』「経籍志《けいせきし》」にはすでにその名がなく、ただわずかに『燕丹子《えんたんし》』の下の注で、「梁に青史子一巻有り…亡ず」とふれられているだけである。清・馬国翰《ばこっかん》『玉函山房輯佚書《ぎょっかんさんぼうしゅういっしょ》』も逸文二條を収録するのみである。(9) それに対して魯迅は『大戴礼』から二條、『風俗通義』第八から一條を拾い出し、前者の第一條は賈誼《かぎ》の『新書《しんじょ》』と対校して、両著の異同を一々案語に記している。たとえば『大戴礼』巻第三「保傅《ほふ》第四十八」では、「青史子之記曰古者胎教王后腹之七月而就宴室」と記載されているが、『新書』の「胎教十事」では、「古者胎教之道王后有身之七月而就簍室」というように、両書の間には若干の異同がある。そこで魯迅は両者を対照させながら、この部分を次のように『古小説鉤沈』へ記載した。

古者胎教之道：二字依新書引補。王后腹之七月而就宴室，新書引作王后有身之七月而就簍室。

第二條および第三條については、他に該当する異文がないので、それぞれ『大戴礼』および『風俗通義』の原文を記載するのみである。

この三條の逸文は、いずれも後に『中国小説史略』第三篇「漢書芸文志所載小説」で『青史子』について述べた時に引用されている。陳源《ちんげん》に対する反論の文章（不是信）で書いているとおり、彼は「自分の稿本」を拠り所として「史略」を著しているのである。東京帝国大学教授塩谷温が、『漢魏叢書《かんぎそうしょ》』を材料として中国の「小説」を論じたのとは、まさに雲泥の差があったというべきであろう。

『青史子』の次は『裴子語林』である。これも隋代には散逸して伝わらなかった書物であるが、明代の『五朝小説』では二十條、『玉函山房輯佚書』では二巻を収録する。[10]『古小説鉤沈』中の関係逸文は百八十條である。それらは次のような書籍から蒐集されている。

『太平御覧』（百十二條）
『世説新語』（四十四條）
『北堂書鈔』（四十二條）
『芸文類聚』（二十九條）
『初学記』（九條）
『事類賦』（九條）
『続談助』（七條）
『類林雑説』（七條）
『太平広記』（四條）
『海録砕』（四條）

この他にも『水経注』『草堂詩箋』『困学紀聞』『六帖』『学林新編』（以上いずれも二條）、『琱玉集』『文房四譜』『蒙求』『唐類函』『尚書』『寰宇記』『文選』『晋書』『類杜雑説』『広韻』『小学紺珠』『野客叢書』（いずれも一條）等の書名が挙がっている。

『太平御覧《たいへいぎょらん》』は『古小説鉤沈』全体を通じて最大の供給源であるが、『裴子語林《はいしごりん》』に関しては、実に六十パーセント以上がここから蒐集されている。『世説新語《せせつしんご》』および『北堂書鈔《ほくどうしょしょう》』も四分の一近く（いずれも二十四パーセント強）、『芸文類聚《げいもんるいじゅう》』の場合はほぼ六分の一（十六パーセント強）を占める。もっとも、これらはテクスト・クリティックのため重複して引用されているので、それぞれの書物が単独で使用された頻度ではない。

『太平広記』は、『裴子語林』のためには一條の資料を提供しているにすぎないが、しかし『古小説鉤沈』全体を通じて見れば、『太平御覧』についで多用されている。また時代が下るに従って『法苑珠林《ほうおんじゅりん》』から多くの古小説が引き出され、『冥祥記《めいしょうき》』の逸文の大部分はこれによっている。『紺《こん》珠集《しゅしゅう》』『辯正論《べんせいろん》』『幽明録《ゆうめいろく》』『西京雑記《せいけいざっき》』『開元占経《かいげんせんきょう》』『荊楚歳時記《けいそさいじき》』『酉陽雑俎《ゆうようざっそ》』『抱朴子《ほうぼくし》』『論注《ろんちゅう》』『通伝《つでん》』『三斉要略《さんせいようりゃく》』『意林《いりん》』『高僧伝《こうそうでん》』『感通録《かんつうろく》』『郭子《かくし》』等々、魯迅の使った資料は多岐にわたっている。『敦煌石室《とんこうせきしつ》所出唐人写本残巻』からも、まま引用されている。

このように魯迅は数多くの典籍から古小説を「釣針でひっかけ」、二年あまりの歳月を費やして一冊の『古小説鉤沈』を作りあげた。彼自身はこうした作業を「類書を翻えし、古逸書数種を薈《わい》集《しゅう》す。此れ学を求むるに非ず、以て醇酒婦人に代わる者なり」[11]と、やや自嘲ぎみに語っているが、実際にはむろん、それほど単純なものではなかったろう。非常な努力と、それを支える静かな情熱がなければ、決して完成することのなかった仕事内容である。しかもそれは、生前なん度か公刊の意思を表明しながら、ついに人々の目にふれることのなかった報われない業績である。

ただし、蒐集された材料は、一九二〇年冬から北京大学で開講した「中国小説史」の基礎資料となり、その後に出版された『中国小説史略』の第三篇から第七篇にかけて充分に活用された。そして『中国小説史略』こそは、それまでほとんどかえりみられなかった中国小説史を、初めて体系的にまとめあげた画期的な著述である。とすればすでに日本留学時代から、魯迅にはこうした将来の目標が設定されていたのかも知れない。しかしここではそのことを検討する前に、もう一度帰国直後にもどって、『会稽郡故書雑集』その他との関連で魯迅の古典研究を見なおすことにしよう。

第十一章　古典研究者魯迅（中）

一　『会稽郡故書雑集』

『後漢書《ごかんじょ》』といえば、私たちは通常、「正史」の一百二十巻をごく自然に想いうかべる。うち本紀十巻と列伝八十巻は劉宋・范曄《はんよう》の手になるが、彼はこの書物を撰するにたあたって前人の著した多くの史書を参照した。たとえば『四庫全書総目提要』巻五十「別史類」では姚之駰《ようしいん》撰『後漢書補逸』二十一巻を著録、「後漢書の今に伝わらざる者八家」について解題する。そしてそれらはいずれも范書の重要な史料であった。中でも後漢・明帝の時に創修され、霊帝嘉平年間（一七二―一七八）に成った『東観漢紀』二十四巻は、范曄撰『後漢書』の藍本であったといわれる。

南京の教育部へ赴任（一九一二年二月中旬）してまもなく、魯迅は現地の江南図書館が所蔵する姚輯本『謝氏後漢書補逸』を借り出して筆写し、それについての簡単な解説を施している。壬子

（一九一二年）四月五日から九日にかけての作業である。魯迅の解題によれば、江南図書館蔵本は銭塘《せんとう》（浙江省）の人、何元錫《かげんしゃく》が鈔写したもので、もと銭塘丁氏善本書室の蔵書であった。この書は全部で五巻と記されているが、それは姚之駰輯「謝本四巻」に対して、後に孫志祖《そんしそ》が考訂を加え、范書との異同を校合した上で、姚本に欠けていた部分を別に「続輯一巻」として補訂したためである。

南京でのこの作業を第一回として、魯迅はその後さらに三回にわたって「謝氏《しゃし》後漢書」を筆写校勘している。同年八月の『魯迅日記』に見える次の記載は第二回の筆写で、このとき彼が底本にしたのは教育部所蔵の『七家後漢書』であった。

十五日　晩写汪文台輯本『謝承後漢書』八巻畢。（夜、汪文台輯本『謝承後漢書』八巻を写し終える）

魯迅自身の説明(1)によれば、このたびの筆写は同月二日から開始されていて、同じ二日の日記には、「録汪文台輯本『謝沈後漢書』一巻畢」という記述がある。謝承（字は偉平）、謝沈《しゃちん》（字は行思、静思）ともに魯迅と同郷の先賢であり、彼らの「後漢書」はいずれも前述の「補逸」にも収録されている。

ところで、魯迅の作業は単なる筆写によって完結しているわけではない。彼はあくまでも正確なテクストを要求した。そのことは今日残されている「汪輯本『謝承後漢書』校記」を見れば一目瞭然である。同文によれば、魯迅は一九一二年十二月十一日から翌年一月七日にかけて、すでに転写した「後漢書」の徹底的なテクスト・クリティックを行なっている。このとき使用した書物は次の十一種だった。

胡克家本『文選』、『開元占経』、『六帖』、明刻小字本『芸文類聚』、『初学記』、『太平御覧』、范曄撰『後漢書』、『三国志』、『北堂書鈔』、姚之駰輯（孫校本）『謝氏後漢書補逸』、『事類賦』

第三回は、『魯迅日記』によれば、一九一三年三月五日に着手、同二十七日に終了している。この時に写したのは「共に六巻、十余万字」である。いま十八巻本『魯迅全集』（二〇〇五年刊、以後特にことわらない限り、十八巻本を指す）に収録されている『謝承〈後漢書〉序』は、第三回作業の直後に記されたものであろう。

同じ年の五月十八日、魯迅は北京の骨董品街である琉璃廠《リューリーチャン》で『七家《しちか》後漢書補逸』一部六冊を一元で購い、翌一九一四年二月十五日からは、改めて孫志祖増訂の『謝氏後漢書補逸』を写し始めている。『後漢書』に関する第四回の作業である。そして同年三月十四日の日記には、「傍晩《ゆうがた》写『謝氏後漢書補逸』畢、計五巻、約百三十葉、四万余字、歴二十七日。」という記載が見える。校勘に際しての、魯迅の徹底した完璧主義が彷彿とするような経過である。

また、前述の『謝沈後漢書』についても、魯迅は二回にわたって筆写を行なった。第二回は一九一三年三月のことである。日記の二十八日の項には、「夜写定『謝沈後漢書』一巻」という記述がある。現存するのは、この第二回の手稿のみである。やはり魯迅による序文が著されていて、その執筆時期は二回目の筆写にとりくんだ一九一三年三月だとされている。(2)

撰者謝沈については『晋書《しんじょ》』巻八十二に「謝沈伝」があり、魯迅も「謝沈『後漢書』序」中でこれを摘出、引用する。謝承と同じく「会稽山陰の人」つまり今の浙江省紹興の出身である。いずれの「謝書」も『七家後漢書』に属するものだが、両謝以外の『後漢書』に対しては、彼は関心を示さない。それは他の五家(薛瑩《せつえい》、司馬彪《しばひょう》、華嶠《かきょう》、袁山松《えんざんしょう》、張璠《ちょうはん》)が、同郷人でなかったからだと考えられる。換言すれば、魯迅が二つの「謝氏後漢書」をこれほどまで熱心に筆写校合したのは、彼等がともに魯迅と同じ山陰の出身であったからに外ならない。

同じころ、彼は虞預《ぐよ》の『晋書』についても筆写を行ない、序文を著した。一九一三年三月三十一日の日記で、「夜写『虞預晋書』畢、聯目録十四紙也。」と記すのがそれである。虞預もまた浙江省(余姚)の人であり、『晋書』巻九十三にその伝がある。『虞預晋書』は『隋書』「経籍志」では「二十六巻、本四十四巻」と記されてあるが、当時もすでに完本はなく、魯迅以前には清の湯《とう》球《きゅう》による逸文の蒐集があったのみである。両謝の『後漢書』どうよう、魯迅鈔本は現存する。

以上、いずれも同郷の先人による史書逸文の蒐集と校勘であるが、これらが一段落したところで、今度は史書以外の典籍を写し始める。焦延寿《しゅうえんじゅ》『易林《えきりん》』八巻(一九一三年八月十四日-二十五日)、叢書堂本『嵆康集《けいこうしゅう》』十巻（同年十月十五日?[3]―十二月三十日）、戴復古《たいふっこ》『石屛集《せきへいしゅう》』十巻（同年十一月十六日に、八十日を要して完成）等が『魯迅日記』から判明する。また一九一四年には張淏《ちょうこう》『雲谷雑記《うんこくざっき》』、虞喜《ぐき》『志林《しりん》』、同『広林《こうりん》』、『范子計然《はんしけいぜん》』、『任子《じんし》』、『魏子《ぎし》』等を写してそれぞれに序文をつけている。[4]これらの著者は何らかの意味で、やはり会稽の土地にゆかりのある人々である。

　こうした一連の作業の後、一九一四年十一月三日附の「〈会稽郡故書雑集〉序」を、同年十二月発行の『紹興教育雑誌』第二期に、またしても周作人名儀で発表した。『会稽郡故書雑集』そのものは、翌年六月に紹興の印刷所から木刻で出版されることになる。それは会稽先賢の行状事蹟を著した「史伝」四編と、同じく会稽の地理景物を記録した「地記」四編によって構成されている。各編には、やはり簡単な魯迅の序が附されている。その目録を見れば、この書物の編纂意図が、すでに見た魯迅の逸文蒐集作業ともろにかかわるものであることが看取されよう。

　序
　謝承『会稽先賢伝』
　虞預『会稽典録』
　鍾離岫『会稽後賢伝記』
　賀氏『会稽先賢像讃』
　朱育『会稽土地記』

賀循『会稽記』
孔霊符『会稽記』
夏侯曽先『会稽地志』

この書物を編んだ魯迅の意図は、全体の「序」に詳しく述べられている。次に全文を引いて、編者の声に耳を傾けよう。段落および傍線は、便宜上、引用者が付したものである。字体は可能な限り常用漢字体に改めた。（文末に現代語訳を附記する）

（一）『会稽郡故書雑集』者，最史伝地記之逸文，編而成集，以存旧書大略也。会稽古称沃衍，珍宝所聚，海岳精液，善生俊異，而遠於京夏，厥美弗彰。呉謝承始伝先賢，朱育又作『土地記』。載筆之士，相継有述。於是人物山川，咸有記録。其見於『随書・経籍志』者，雑伝篇有四部三十八巻，地理篇二部二巻。五代雲擾，典籍湮滅。旧聞故事，殆尟孑遺。後之作者，遂不能更理其緒。

（二）作人幼時，嘗見武威張澍所輯書，於涼土文献，撰集甚衆。篤恭郷里，尚此之謂。而会稽故籍，零落至今，未聞後賢為之綱紀。乃脚就所見書伝，刺取遺篇，累為一帙。中経游渉，又聞明哲之論，以為夸飾郷土，非大雅所尚，謝承虞預且以是為譏於世。俯仰之間，遂輟其業。十年已後，帰於会稽，禹勾践之遺迹故在。士女敖嬉，睥睨而過，殆将無所眷念，曾何誇飾之云，而土風不加美。是故叙述名徳，著其賢能，記注陵泉，伝其典実，使後人穆然有思古之情，古作者之用心至矣！

（三）其所造述雖多散亡，而逸文尚可考見一二，存而録之，或差勝於泯絶云爾。因復撰次写定，計有八種。諸書衆説，時足参証本文，亦各最録，以資省覧。書中賢俊之名，言行之迹，風土之美，多有方志所遺，舍此更不可見。用遺邦人，庶幾供其景行，不忘於故。第以寡聞，不能博引。如有未備，覧者詳焉。太歳在閼逢摂提格九月既望，会稽周作人記。

第二段落冒頭および文末の「作人」は、むろん「樹人」（魯迅の本名）でなければならない。執筆の日時は、太歳（木星）が閼逢（甲《かのえ》）摂提格（寅《とら》）の方位にある年の九月既望《きぼう》（満月の翌日）、つまり一九一四年陰暦九月十六日（陽暦十一月三日）と記されている。

なお、周作人の『知堂回想録』によれば、この本の原稿は一九一四年十一月十七日附で北京から紹興の作人へ送られ、同月二十五日に紹興清道橋《せいどうきょう》の許広記刻字舗《きょこうきこくじほ》で木板に附することを予約、翌年五月二十一日に全書八十五葉の板木が完成し、六月十四日にはこれに表紙をつけて百冊印刷している。費用はしめて銀四十八元だったと記す。題字は教育部の同僚で著名な篆刻家でもある陳師曾《ちんしそ》に依頼し、印刷時の校正には周作人があたったという（第二巻、一〇一　自己的工作・四）。

では次に、序の本文をしばらく分析することにしよう。

二　素朴な郷土愛

後年の魯迅は、しばしば「野史」に言及する。たとえば「ふと思いついて」と題する一連のエッセイの（四）にこんな言葉がある。

「歴史には中国の魂が書かれてあり、将来の運命が示されている。ただ塗装が厚く、むだ話が多いので、細部がわかりにくいだけだ。ちょうど密集した葉の間から苔を照らす月光が、点々と砕けた光しか見せないのと同じことだ。しかしもし野史や雑記を読めば、もっとよく理解できるのだ。彼らには史官風を吹かす必要がないからである。」（一九二五年二月十六日「忽然想到・四」）

また、この文と同じく『華蓋集』に収められている「これとあれ」にも類似した発言内容がある。

「野史や雑説もむろん誤りや愛惜を免れかたい。だがなんといっても正史のように肩ひじを張らないので、過去のことが比較的よくわかる。」（同十二月八日「這個《これ》与《と》那個《あれ》―読経与《と》読史」）

周作人もまた、魯迅が「小さいころから〃雑覧〃を好み、野史を最もよく読み、そこからの影響もいちばん大きかった」と述べている。[5] このような、野史に対する魯迅の愛好は晩年まで一貫している。ややニュアンスは異なるが、野史に対する評価という点では、ほぼ十年後に著された『且介亭雑文』の中でも大きな変化はない。

「もしそんな紙や墨や白布を買うムダがねがあるのなら、明代や清代、あるいは現代の人間の何冊かの野史か随筆を選んで印刷した方がみんなにとって有益だ、と私は思う。」（一九三四年十二月十一日「病後雑談・四」）

「有史以来、中国人は絶えず同族と異族によって虐殺され、奴隷にされ、殴打され、略奪され、刑罰を受け、圧迫されてきた。人類として耐え忍ぶことのできない苦しみを、すべて身に受けてきたのだ。記録を調べるたびに、人の世のことではないような感じがする。兪正燮《ゆせいしょう》は野史を読んだためにおさえがたい義憤を感じた人である。」（同十二月十七日「病後雑談之余――〃憤懣をはらすこと〃について――一」）

これらの文中で魯迅が野史に論及した主旨と、『会稽郡故書雑集』の編纂に着手した意図とは、むろん直接的に接続するわけではない。また『謝氏後漢書』や『虞預晋書』も、それらが単に「野史」であるという理由だけで魯迅が逸文蒐集をこころみたわけではない。このことはすでに見てきたとおりである。しかしそれにもかかわらず、これらの作業にとりくんだ魯迅のモチーフには、野史を好んだ彼の性癖との分かちがたい関係がある。いわゆる「明哲の論」からは「郷土を誇飾する」愚行とみなされ、「大雅の尚ぶ所」とはならぬ異端の行為なのであって、つまり非正統という点で両者は接点を共有するのだ。魯迅のこの非正統観念は、彼の文学的営為とも決して無関係なものではない。

とまれ、魯迅の『会稽郡故書雑集』編纂のねらいを、その序文に即して今少しつまびらかにしよう。第一段落ではまず、本書の内容を要約し、先賢の手になる郷土史散逸の経過を述べる。

「『会稽郡故書雑集』は、史伝・地記の逸文を聚め、編みて集と成し、以て旧書の大略を存するなり。会稽は古えより沃衍（肥沃で平坦な土地）と称せられ、珍宝の聚まる所、海岳の精液、善く俊異を生ず。而るに京夏（国都と中原の地）より遠く、厥の美彰せられず。」

このようにすぐれた会稽の自然や人材については、すでに三国時代、呉の謝承による『会稽先賢伝』や朱育の『会稽土地記』がその記録を残している。また、その他の文人の手になる多くの著述もあり、それらは『隋書』「経籍志」の「雑伝篇」に四部三十八巻、地理篇二部二巻と著録されている。だが唐王朝の滅亡後、五代にうち続く戦乱によってこうした典籍は失われ、故事旧聞の今に遺されたものはほとんどない。その後の作者は、ついに整理の糸口をつかむことができなかった。

続く第二段落では、魯迅が幼少期からすでに郷土文献の蒐集にとりくんでいたことを述懐する。文脈からいえばそれは南京での修学以前、少年期の作業である。しかし南京より日本留学にいたるほぼ十年の間は、こうした作業を完全に停止した。いわゆる「明哲の論」を耳にして、「郷土を誇飾する」ことが「学識ある文人の尊ぶ所でない」と思いこんだからである。かつての謝承や虞預も郷里の史伝や地記を集めたために世人の嘲笑をうける結果となった。

だが、十年後に会稽へもどったとき、大禹の廟や越王勾践の遺跡は昔どおりにあったが、郷里の人々はそこに遊びたわむれながら、かたわらに眺めて通りすぎ、ほとんどそれに想いをいたすこともない。ひけらかしたり、うわべを飾ったりするどころではないのだ。それでいて故郷の風土は以前よりよくなっているわけではない。そこで「名徳を序述し、其の賢能を顕彰し、山川地理を記注して、其の典実を伝え、後人をして穆然として思古の情有らしめ」ようとしたのである。古えの作者の思わくは実に周到であった。

第三段落では、こうして蒐集した文献八種に関して編者はいささかの自負を表明する。「書中の賢俊の名、言行の迹、風土の美、多く方志(地方誌)の遺す所、此れを舎きては更に見るべからず」と。かくして『会稽郡故書雑集』は完成した。序文末尾の日附は一九一四年九月十六日、陽暦十一月三日である。作業はこの時点までにすべて終結していたと考えるべきであろう。

さて、この序文によって判断すれば、魯迅が郷土に関する文献の蒐集を始めたのは、清朝の甘粛は武威県の人、張澍がその郷土にかかわる文献を蒐集して「郷里を篤く恭」したという行為に触発されてのことである。そして魯迅が少年期に見た張澍所輯の「涼土に於ける文献」というのは、「二酉堂叢書」のことである。そこには主として唐代以前の涼州地方（張の郷里）の人々による未刻の経典や地理関係の典籍が全部で二十一種、三十巻収録されている。周作人の『魯迅的《の》故家』によれば、魯迅がこの叢書を買いこんだのは戊戌、つまり一八九八年以前のことである。[6] 作人もまた『古小説鉤沈』や『会稽郡故書雑集』が「ここから出発」して大成した作業であることを同書の中で指摘している。編纂の動機がきわめて素朴な郷土愛であったということは明らかである。

作業の手順は『古小説鉤沈』の場合とまったく同様で、可能な限り複数の史料を使って一々の異同を注記する。最も多く使用されているのはやはり『太平御覧』で、全体を通じて九十七條がここに典拠をもつ。次に、大体の傾向を見るために、最も収録数の多い虞預『会稽典録』のみを例として掲げる。主たる出典は次の八書である。

『太平御覧』（六十七條）
『北堂書鈔』（十六條）

『芸文類聚』（十四條）
『初学記』（五條）
『宝慶四明志』（四條）
『乾道四明図経』（三條）
『史記』（二條）
『会稽三賦』（二條）

これ以外にも『呉志』、『文選』『世説新語』『嘉泰《かたい》会稽志』『後漢書』『輿地紀勝《よちきしょう》』『延祐四明志《えんゆうしめいし》』『事類賦《じるいふ》』『傅肱蟹譜《ふこうかいふ》』（以上いずれも一條）の書名があがっている。

また、『会稽郡故書雑集』全体を通じて比較的よく利用されている史料としては、『太平寰宇記』、『三宝感通録《さんぽうかんつうろく》』『太平広記』『白帖《はくじょう》』等がある『晋書』『湖遺老集《こいろうしゅう》』『宋書《そうしょ》』『両浙金石志《りょうせつきんせきし》』『台作堂《たいさくどう》紀勝《きしょう》』『欧大任百越先賢志《おうたいにんひゃくえつせんけんし》』等の書名もわずかながら出現する。

こうして完成した『会稽郡故書雑集』のできばえについては、後に「四明叢書《しめいそうしょ》」の編者張寿鏞《ちょうじゅよう》が最大級の讃辞を呈している。(7)

「浙江図書館の書目に輯本『会稽典録』有るを見る。即ち書を馳せて副を録し、以て寿鏞に示し、且つ曰う、体例極めて善く、其の自ら編する者に勝る者実に多しと。寿鏞因って之を読むに、凡そ它書の称引せる者ほぼ備わり尤も重きは人物に在り、体例は湯氏輯『晋書』に較べて精たり、陶氏『説郛』録する所が全書の名を竊みて数紙蓼蓼たる者と、相去ること遠《はる》かなり矣」

自ら『典録』を編みながら、その完成を見ないうちに魯迅輯『会稽典録』を浙江図書館の書目中に発見し、この写しをとりよせて張寿鏞に示した馮貞郡《ふうていぐん》（孟頵《もうせん》）も、「四明叢書」第七集に収録された『会稽典録』の跋で、自分の『典録』が遠く魯迅の業績に及ばぬことを率直に承認した。

「浙江図書館に伝写せる周樹人編本『会稽典録』二巻、存疑一巻を比ぶれば、捜集広博にして、編次精審、遠く拙著の能く及ぶ所に非ず。」

同好の先人に対する手ばなしの礼讃である。

三　愛郷心の育成

逸文を蒐集したり、郷土関係の著作を編集校勘するという作業は、清朝ではとりわけ盛んであった。魯迅もそうした風潮の中で先人の業績に導かれつつ、方法論的にも彼らのそれを襲って種々の逸文蒐集にとりくんできたということができるだろう。ただ、魯迅の『会稽郡故書雑集』は、その編者自身に即して述べれば、やはり固有の特別な意味を見出し得る作品である。つまり、彼が少年期に古書の筆写にとりくんだ事情と、その後十数年の空白期間をもって再度それに着手した動機との間には、明らかに同一平面上では論ずることのできない要因が別にはたらいているのだ。

この間、彼は伝統の学問を捨てて故郷を去り、人から「兵隊学校」とさげすまれる南京の「K学堂」へ入って新学に身を投じた(8)。そこで彼は西洋の科学に開眼、同時に進歩派の思潮にも接触することになる、鉱務鉄路学堂卒業の後は志願して日本へ留学、この地で彼は梁啓超の唱えた「小説界革命」に共鳴する。しかし仙台医学専門学校での一年数か月を中にはさんで文学への認識に大きな変容を見せ、さらに民族的伝統への回帰ともいうべきある種の復古思想を異境の地で強化した。後者を補強する上で決定的な影響を与えたのは同郷の先輩、章炳麟《しょうへいりん》であった。

それは辛亥革命の前夜である。異民族政権である清朝の体制を改編ないしは打倒し、日本の明治維新を雛型として近代中国を樹立するという明確な目標が、当時の留学生社会にはあった。そのため、彼らは工業技術を身につけ、自然科学を導入し、近代的法制を学んで祖国の近代化をはかろうとこころざした。勢いのおもむく所、迷信や宗教、伝統文化への軽視、または廃絶が叫ばれた。しかしそのような風潮に反撥して物質万能の卑俗な唯物論を批判し、個性の尊重を訴え、民族文化の復興を提唱したのが魯迅である。「摩羅詩力説」「文化偏至論」「破悪声論」等一連の留学時代後期の論文には、魯迅のそうした想いが存分に述べられている。この傾向は「科学史教篇」

のように、自然科学を系統的に解説した論文の中にさえ見られるものである。

だが、このような歳月を経て再び郷里に定住しようとした時、魯迅はそこに、外界の目まぐるしい変転とは無関係に惰眠をむさぼる同郷人の現実を認めないわけにはいかなかった。しかも彼らは、会稽の地に古くから伝わる数々の遺跡には目もくれようとしない。かくてはならじというわけで、『会稽郡故書雑集』の編纂にとりくみ、それによって先賢の遺徳をしのび、風光の明媚を称揚して人々の愛郷心を育成しようとした。そのことがとりもなおさず、現状変革への第一歩にもつながる、と彼には考えられたのであろう。いわく「会稽乃ち仇を報じ耻《はじ》を雪《そそ》ぐの地、身は越人たり、いまだ斯《こ》の義を忘れず」と。

一九三八年六月、魯迅先生紀念委員会の手によって最初の『魯迅全集』が刊行された時、魯迅と同郷の先輩で、光復会以来の同志でもあった蔡元培（紀念委員会主席）が全集のために序文を寄せ、その中で、魯迅による古典研究の意義を次のように位置づけている。

「『山陰道上を行けば、千巌《せんがん》秀を競い、万壑《まんがく》流を争い、人をして応接に暇《いとま》あらざらしむ』このような環境が有るために、代々にわたって著名な文学者や芸術家を生んだが、中でも王逸《おういつ》少《しょう》（羲之）の書、陸放翁《りくほうおう》の詩は、万代不滅の作品である。最近では旧文学の殿軍たる李越縵《りえつまん》（慈銘）先生があり、新文学の開山たる周豫才先生、即ち魯迅先生がある。

魯迅先生はもと清代学者の感化を受け、従って会稽郡故書の雑集、嵆康集の校勘、謝承後漢書の輯録、漢碑帖、六朝墓誌目録、六朝造象目録等の編纂を、彼は完全に清代儒家の方法によって行なった。ただし、彼はまた科学を深く究め、芸術を強く愛し、そのため清儒の掌中にとどまることなく、別の方面へも発展を見せた。科学小説の翻訳、中国小説史略、小説旧聞鈔、唐宋伝奇集等の如きは、すでに清儒が小説軽視の習慣を打破したものである。また金石学は宋より比較的発達した学問ではあるが、まだ漢碑の図案に留意した者はなかった。魯迅先生は独りこの材料の蒐集に留意し、さらに引玉集《いんぎょくしゅう》、木刻紀程《もっこくきてい》、北平箋譜《ほくへいせんぷ》等々にまで作業を及ぼした。いずれも旧時代の考証家、鑑賞者のいまだかつて着手しなかったことである。……（中略）……

　魯迅先生全集を通観するに、越鏝先生と類似した業績も幾分かはあるが、しかしより多彩で、独特の道すじを開拓し、後学のために無数の法門を開示している。それゆえ私は、あえてこの人を新文学の開山と目するのだ。その当否については、これを読者の判断にゆだねる。

　民国二十七年六月一日　蔡元培」

　ここでも述べられているように、魯迅は既述の典籍以外にも更に多くの分野で独創的な古典研究を展開した。

『百喩経』の校合と翻刻（一九一五年）、『寰宇貞石図』の整理（一九一六年）、『嵇康集』の蒐逸と校勘（一九一三年―二四年）、『俟堂専文雑集《しどうせんぶんざつしゅう》』編成の経過等々については、『魯迅全集』第十巻に収録された「古籍序跋集」からもその一端をうかがうことはできる。[9] しかしこれら以外にも、魯迅研究室編『魯迅研究資料』第三集は、まだ次のような魯迅の古典研究関係逸文を収録する。

『墨経正文』重閲後記
『遂初堂書目』抄校説明
『大雲寺弥勒重閣碑』校記
『鄭季宣残碑』考
『□肱墓志』考
『□肱墓志』考（未完稿）
会稽禹廟窆石考
『徐法智墓志』考

『墨経正文《ぼっけいせいぶん》』の正式名称は『墨経正文解義』。「経」上下、「経説」上下、「大取」「小取」の六篇から成り、清末の鄧雲昭による校注がすでにある。「日記」によれば、魯迅は一九一五年一月十七日に周作人の友人である季自求《きじきゅう》の所からこれを借り出している。同月二十二日の項には該書の筆写に関する記述が見える。ただしこのとき写した魯迅の手稿は現存しない。『重閲後記』からは、一九一七年に改めて筆写にとりくみ、翌年八月三日に再度その写本を検討したことが判明する。

郷土関係文献とは、むろん動機を異にする作業であり、墨子の思想自体に対する魯迅の共感から出発した行為である。『故事新編』中の「非攻」は、戦乱の巷に平和を求めて奔走する墨子の生きざまを好意的に描いた作品であるが、『墨経正文』の校勘作業も、そうした魯迅の墨子観と無関係には考えることのできない性格の仕事である。

「遂初堂《すいしょどう》」は南宋四大家の一人、尤袤《ゆうぼう》の書室の名である。そこの書目が京師図書館所蔵の明抄本『説郛』巻二十八にあったのを見て筆写し、異本との校合をこころみたのである。この「抄校説明」は民国十一年（一九二二）八月三日附で記されている。

『大雲寺弥勒重閣碑校記《だいうんじみろくじゅうかくひこうき》』以下の六篇は碑文に対する魯迅の考証だが、これらの原稿を整理した呂福堂氏ら魯迅研究室関係者の「未発表過的魯迅文稿整理説明」[10]（魯迅の未発表文稿整理についての説明）によれば、「浄書された原稿はなく、用紙は不ぞろいで、手稿には書き改めた所も多く、場所によっては文字の識別さえ困難で、執筆年代も今後の検討課題になっている」という。

魯迅の古碑研究の目的については、「袁世凱の手先」による監視をそらすための安上がりの道楽だったという周作人の記述（『魯迅的故家』[11]）や、「何のつもりもない」という魯迅自身の発言（『吶喊』「自序」）もあるが、しかし実際にはそれほど無目的で消極的な営為であったわけではない。一九一四年ころから始まったこの作業は、袁世凱政権が瓦解した一九一六年以後も継続され、一九二六年に北京を離れる直前まで琉璃廠がよいが続いていることからも、それは明らかである。

魯迅の蒐集した拓片は、いま北京の魯迅博物館に五千余種保存されており、彼の写した碑録も一千余頁にわたって現存する。しかも彼は古碑の文面を研究したばかりではなく、その字体や碑面の図案にも関心を示したこと、すでに蔡元培の「序」が指摘するごとくである。魯迅自身の言によれば、『中国字体変遷史』や『漢画象考』の執筆計画もあったようであるが[12]、著書としては未完成に終わった。彼によってデザインされ、現在も使用されている北京大学の校章が、わずかにその痕跡をとどめている。

附記・『会稽郡故書雑集・序』現代語訳

（一）『会稽郡故書雑集』は、史伝や地理志の散逸した文章を集めて書物に編成し、それによって旧書の大体を保存したものである。会稽は肥沃で平坦な土地だと昔からいわれていて、珍しい宝物の集まる所であり、山海の精粋は、容易に逸材を生んだ。しかし中原の地から離れているので、そのすぐれたところは顕彰されることがなかった。呉の謝承は初めて先賢のために伝記を著し、朱育もまた『土地記』を著した。文筆の士は、引き続いて著述した。そのため人物や地理については、いずれも記録がある。『隋書』「経籍志」には、雑伝篇に四部三十八巻、地理篇に二部二巻が著録されている。五代の動乱で、多くの典籍が滅び、古くからの言伝えも、大部分は残っていない。後世の作者も、ついにその端緒を改めて整理することはできなかった。

（二）作人は幼時に、武威の張澍の集録した本が、涼州の文献を、非常に多く採集しているのを見たことがある。郷里を敬うとは、やはりこうしたことをいうのであろう。だが、会稽の旧籍は、零落して今に至り、後世の学者がそれらを整理したということも聞かない。そこで目に入った旧籍について、散逸した文章を採取し、一冊の書物にしたてあげることを始めた。中途で外国に遊学、また、明哲の論を聞き、郷土をひけらかすのは、学識ある文人の尊ぶ所ではないと思った。謝承や虞預さえもそのために世人からそしられた。まもなく、ついにその作業を停止した。十年の後、会稽に帰ると、禹や勾践の遺跡は昔どおりにあったが、郷里の男女はそこに遊びたわむれながら、かたわらに眺めて通り過ぎ、ほとんどそれに想いをいたすこともない。ひけらかすどころではないのだ。それでいて風土がよくなっていたわけではない。そこで名望と徳行のある人を叙述し、その賢才を顕彰し、山川地理を記載して、その史実を伝え、後世の人が粛然として懐古の情をもつようにさせようとした。古えの作者の思わくは実に周到であった。

(三)彼らの著作はすでに多くは散逸してしまってはいるが、しかし逸文はまだいくらか考察することができる。それらを採録して、保存することは、絶滅にいたらせるよりは幾らかまさっているであろう。そこでまた編集、筆写すると、全部で八種類になった。種々の書物や論説で、原文の検証に役立つものがあれば、またそれぞれを採録して、閲読の参考とした。書中にある賢人の姓名や言行、風土の美しさは、多くは地方志が書き漏らしたもので、これ以外ではもはや見ることができない。これらを郷里の人々に提供して、敬慕の念をおこさせ、過去を忘れさせぬようこい願うのである。ただし見聞が狭く、多くの材料を引用できない、不備な点があれば、読者の方でつまびらかにされたい。太歳の閼逢摂提格に在りし九月の既望、会稽周作人記。

第十二章　古典研究者魯迅（下）

一　『小説旧聞鈔』

民国時代の教育部に勤める役人には、教育機関への兼任出講が認められていた。辛亥革命以来の十五年間、魯迅は張勲の復辟に怒って辞職した短い期間を除き、ずっと政府教育部の役人であったが、その後半にあたる一九二〇年八月から一九二六年八月にかけては、北京大学、北京師範大学、北京女子師範大学、世界語専門学校、集成国際語言学校、黎明中学、大中公学、中国大学等八つの学校で前後して兼任講師を勤めている。教育部における勤務時間の拘束もきわめてゆるやかなものであった。一九一二年公布の「辦事細則」によれば、

第一期（四—六月）　午前九時半—十二時

午後一時半―四時半

第二期（七―八月）　午前八時―十一時半

午後休息

第三期（九―翌三月）　午前十時―十二時

午後一時―四時半

と定められていて、一日の勤務時間は多い時で五時間半、少ない時には三時間半にすぎなかった。それとても実際にはほとんど空文化していていたといわれる。(1)魯迅が中央官庁の役人でありながら、それでいていろいろな学校で小説史を講じ、文芸雑誌を編集し、創作や翻訳にとりくみ、古典研究に時間をさくことができたのも、やはりこうした物理的条件があったからだということができよう。

しかしこのような役人生活にも、やがてきっぱりと終止符を打つ時がきた。一九二六年三月十八日の、いわゆる「三・一八惨案」によって北京女子師範大学での教え子を段祺瑞政権の手で虐殺された彼はこの日を「民国以来もっとも暗黒なる日」と記し、やり場のない憤懣と悲哀を「雑感」の筆に託した。事件の消息を耳にした瞬間から、その矛先はもっぱら段政権とそれを擁護する御用学者たちに向けられる。そして魯迅自身も「暴徒首領」の一人にしたてあげられ、彼を含む約五十名の逮捕者名簿が新聞に発表された。そのため彼は、ほぼ一週間にわたって外国人経営の医院を転々として避難することになる。

　こうした北京での生活にいや気のさしていたところへ、事件後に郷里の福建へ帰った林語堂《りんごどう》から招聘の手紙がとどいた（事件当時の林は北京女子師範大学の教務長だったが、この時はすでに厦門大学文科主任兼国学院秘書に転じていた）。かくして魯迅は、国文系教授兼国学院研究教授として厦門大学へ赴任することになる。出発に際して、彼が北京で着手した最後の仕事は、『小説旧聞鈔』の編纂作業だった。それは彼が初めて専任教授として教壇に立つための準備でもあったろう。

　『小説旧聞鈔』は、魯迅がかつて北京大学等で「中国小説史」を講義する際に収集した、小説に関する旧聞の輯本である。『大宋宣和遺事《だいそうせんないじ》』より『二十年目睹之怪現状《にじゅうねんもくとのかいげんじょう》』にいたる四十一種の小説に言及した明人《みんひと》、清人《しんひと》および同時代人の論評をたんねんに集め、それらに校訂を加えて作品別に編集した小説史料集である。一九三五年一月二十四日付の「再版序言」によれば、彼はこれらの資料を収集するため、北京の中央図書館、通俗図書館、教育部図書室から関係書物を借り出し、「廃寝輟食、鋭意窮捜」（寝食を忘れて、懸命に探求）したという。同書は一九二六年八月、魯迅の離京直前に北京の北新書局から刊行された。[2]

　同類の書物としては、これ以前にもすでに蔣瑞藻《しょうずいそう》の『小説考証』が商務印書館から一九一九年に出版されている。それは魯迅が『小説旧聞鈔』を編む上で大いに参考となる業績であったが、ただ前者は『小説考証』と命名されながら「伝奇を併収し、未だ曾て理析せず、原本を以って校すれば、字句また時に異同あり」という杜撰さがあった（『小説旧聞鈔』「序言」一九二六年八月一日）。

それに対して魯迅の方は「皆本書より摭《ひろ》い、未だ嘗て転販せず」と、その作業の緻密さを自負してみせる。ただし、この本を出したことで、魯迅はまもなく創造社の論客成仿吾から思わぬ批判を受ける。それは、やがてきたるべき「革命文学論争」の小さな発端でもあった。

「われわれは趣味を中心とした文芸によって、その背後には必ず趣味を中心とした生活基調があることを理解できる。……そしてこの趣味を中心とした生活基調は、それが暗示しているのは小天地の中での自己偽瞞による自己満足であり、それが誇っているのは閑、閑、そして閑である。……こんな時に、われわれの魯迅先生は華蓋の下に坐って彼の小説旧聞を筆写しており、われわれの西瀅先生の方ではあの閑話をしゃべっているのだ。」

（成仿吾「完成我們的文学革命」一九二七年一月『洪水』第二十五期）

成仿吾はこの文章で、徐志摩《じょしま》の「古装復辟」、劉半農《りゅうはんのう》の「古装書功労」、周作人による「小詩」の提唱等を「文芸進化の過程」に違背する「趣味を中心とした文芸」だと非難、それはアヘンやコカインの毒に似たものだと激しい調子で弾劾する。そして「今はすでにわれわれが革命に立ちあがらねばならぬ時なのだ！」と叫んでいる。それは必ずしも魯迅を標的にみたてた文章ではないが魯迅の方は、成のこうした言い方がよほどカンにさわったらしく、成仿吾の「閑、閑、閑、そして閑」という言葉を逆手にとって、第五評論集の題名を『三閑集』と名づけ、さらに『小説旧聞鈔』の「再版序言」でも、「しかるに上海の馬鹿者どもは、これこそが有閑の証拠であり、有銭の証拠でもあると、鳴り物入りで騒ぎ立てた（而海上妄子，遂騰簧舌，以此為有閒之証，亦即為有銭之証也。）」と、数年たった後にもなお執拗にやり返している。

成仿吾が「われわれの文学革命を完成させよう」を創造社の半月刊雑誌『洪水』第二十五期に発表したころは、いわゆる第二期創造社の時期であって、初期同人たちの主力が広東近辺の革命根拠地に集まり、一方、上海で実際に『洪水』を編集していた周全平ら若手の同人が、郁達夫の手で追放された（?）時である。(3)『洪水』の編集権が名実ともに郁を中心とした初期同人の手に帰するとともに、それを契機として微妙な変化が紙面にも現われてきた。

成仿吾の文面もそうした競いを感じさせるものだが、ここで魯迅、周作人、徐志摩、劉半農、陳西瀅を一括して、有閑階級による「趣味」の文芸であると論難するあたりには、早くも一年後の第三期創造社による『文化批判』や『創造月刊』誌上の論調を予感させる何ものかがある。

閑話休題。ともあれ、魯迅は『小説旧聞鈔』を最後の仕事として北京を去った。おりしも女子師範大学を卒業して、郷里広州の広東省立女子師範学校へ就職の確定していた許広平が同じ列車で出発した。この時、二人がいずれ結ばれるであろうことを、北京に残る朱安夫人は直感的に知っていたという。(4)二十年にわたる夫婦の実質的な終焉でもあったのだ。事情はともあれ、それは夫人にとってむごい後半生の始まりとなる日であった。

魯迅の方では、この廈門行の期間を最初から二年ていどともくろんでいた。(5)そこで暫く身をおちつけた後に、許広平との再会を考えていたのである。[6] だが周知のように、彼がここで生活したのは四か月半にすぎない。その間、「中国小説史」と「中国文学史」の講義をあわせて週五時間担当し、後者の講義ノート作成にはそうとう意欲的であったが、何ぶん短期間であったために充分な展開は望めなかった。その後、広州の中山大学で継続した分と合わせたものが、未完の中国文学史『漢文学史綱要』である。文学の起源から説き起こして、上古より隋に至る古代文学史の著述を構想していたようだが、今日実際に残されているのは、「司馬相如与司馬遷」までの十篇にすぎない。各篇末に記載された近人の「参考書」には次のようなものがある。

児島献吉郎『支那文学史綱』、謝無量『詩経研究』、謝無量『中国大文学史』、胡適『中国哲学史大綱』上巻、范文瀾『文心雕龍講疏』、鈴木虎雄『支那文学之研究』、謝無量『楚辞新論』、游国恩『楚辞概論』

なお、廈門滞在の最後期にあたる十二月三十日に、古代神話を題材とする歴史小説「奔月」を書きあげている。一九二七年一月十一日の許広平あて書信(『両地書』第二集)によれば、それには北京時代に彼の援助を受けながら、当時は雑誌『狂飈《きょうひょう》』によって魯迅を攻撃していた文学青年高長虹を「からかう」意図があったという。ただし『魯迅手稿全集』所収の原文では「奔月」にふれた部分は見あたらない。『両地書』発表の時点で魯迅は大巾に加筆して、「奔月」創作のモチーフを解説しているのだ。そしてこの作品には、高長虹を「からかう」意図ばかりではなく、魯迅の許広平に対する愛情の表白という側面が強い。先に引いた『両地書』第百十二信にも、新しい生活に踏み出す彼の決意がはっきりとうち出されている。廈門から広州への転出は、魯迅にとっては、心からの愛にもとづく第二の人生への出発をも意味していた。

二　廈門から広州へ

一九二七年は魯迅の生活に大きな変化の生じた年である。一月中旬には廈門を離れて広州に向かい、中山大学へ赴任した。出発に際しては、彼の辞任を惜しむ学生と大学当局との間に紛争が生じ、その中に自身もまきこまれて一時的にかなりごたついたようだ。一九二七年十月八日付の韋素園あて書簡にこんな文面がある。

「私は本来、学期の終了後に出発しようと思っていたのですが、いろいろいやなことがあり、がまんできなかったので、急に辞任しました。ところが、ちょっとした騒ぎが起こり、学生がたちまち改良運動に起ち上って、今まさに大きくなりつつあります。だが改良もできないし、改悪もできないでしょう。」

この騒ぎの結果、広東出身の学生三名が廈大をやめ、魯迅について中山大学へ入るため同じ船で広州へ向かった。(7)

このたび改めて魯迅が勤めることになった中山大学の前身は、一九二四年六月に国立広東高等師範学校等三つの学校を併合して設立した広東大学である。一九二六年九月、広東国民政府は国民党左派の領袖であった廖仲愷《りょうちゅうがい》の生前の提案に基づき、孫文を記念して校名を中山大学と改め、戴季陶を委員長とする改組委員会を設置して新しい教授陣を整備しようとしていた。(8)魯迅の赴任する前には郭沫若が文学院院長、郁達夫が英文系主任、成仿吾が文科教授というように初期創造社同人の主力を教授陣に擁していたが、郭は北伐参加のため一九二六年七月に辞任、郁は創造社の出版事業をたてなおすべく同年十二月に辞職して上海へ赴き、成もまもなくここを辞めて黄埔軍官学校の兵器処科技正という職についている。(9)つまり魯迅の赴任した時には、彼らはすべて中山大学を去った後だった。ここで「創造社と連絡して戦線を造り、さらに旧社会に向かって進攻」(10)しようという魯迅の計画には早くも困難が生じた。もっとも、彼のこのもくろみが挫折したのは、右のような物理的条件というよりは、成仿吾の反対のためであったという。(11)そのことは先に引用した、当時の成の魯迅批判から判断すれば、むしろ当然の結果であった。

中山大学では、魯迅は文学系主任兼教務主任という要職につくかたわら、講義の方も「文芸論」「中国文学史(上古至隋)」「中国字体変遷史」をそれぞれ週三時間、計十二時間担当している。(12)そのうえ頻繁に訪れる来客との対応や講演の依頼、原稿の督促等があって「睡眠ばかりでなく、食事をする時間すらもない」という状態になった(13)。

こうしたおちつかない環境の中で、さらに追い打ちをかけるように、廈門大学からは歴史家の顧頡剛《こけつごう》が中山大学へ転任してくることになった。彼は廈門では、魯迅を排斥した「現代」派の旗頭である。これは魯迅にとってよほど不愉快なことであったらしく、以後、彼の手紙には「紅鼻」「鼻」「鼻們」「鼻輩」「鼻子」「鼻族」という文字がさかんに登場し、時には戯画化された鼻の絵まで使用されることになる。いずれも顧頡剛たちを指す言葉だ。

「紅鼻を、以前には多くの人がりっぱだといっていますが、お笑い草です。こんな人物は、めったにいないものです。」（二月二十五日、章廷謙《しょうていけん》あて書簡）

「廈門であんなふうに民党に反対し、兼士《けんし》を怒らせた顧頡剛が、ついにここまで来て教授になるとは、じつさい思いがけないことです。ここの状態も、廈大のように、剛直な者が追われ、改革者が首になるやも知れません。」（四月二十六日、孫伏園あて書簡）

魯迅の顧頡剛に対する憎悪は徹底したものである。このころ執筆した歴史小説「鋳剣《ちゅうけん》」の冒頭部は、主人公の少年眉間尺《みけんじゃく》が「赤鼻」の鼠を葦の茎でいためつけて水に溺れさせ、最後には足で踏みつけて殺してしまう話で始まる。これはたぶん、顧頡剛に対する魯迅の病的なまでの憎しみを表現したものであろう。歴史小説集『故事新編』は、歴史小説とはいっても、実は神話と伝説を素材とする諷刺小説集である。
ところで、魯迅が中山大学へ着任した年（一九二七年）の四月十二日には、蔣介石・国民党による反共クーデターが上海で引き起こされ、それが三日後に広州へ波及して中山大学の学生たちも、多数キャンパスから拉致されていった。そのため開かれた中山大学各系主任緊急会議で、魯迅は逮捕学生の救出を主張したが受け入れられず、それを契機に大学当局へ辞表を提出する。その直後の四月二十日に彼は李霽野《りせいや》あて書簡でこんなふうに記している。

「私が廈門にいた時、「現代」派の人間から大いに排斥されました。私が去った原因の一半はここにあります。しかし私は北京から招聘した教員の顔を立てるために、それを口にしませんでした。ところがその中の一人が、とうとうそこでも落ちつけないで、すでに当地へもぐりこんで教授になりました。この連中の陰険な性質はかえられぬものです。いずれまもなく、また排斥して私利を謀るでしょう。…（中略）…そこで二、三日中に一切の職務を辞め、中大を離れることに決めました。」

魯迅が中山大学を辞めた最大の理由は、むろん国民党右派による「清党《レッドパージ》」事件である。しかし、この職場が彼にとってはあまりにも多忙であったこと、さらには顧頡剛がやってきたこと（四月十八日）も、見逃し得ない大きな理由である。魯迅の紹介で中山大学へ職を得たばかりの許寿裳（歴史系教授）も進退を共にした。許の辞任に魯迅は反対だったが[14]、その辞表はすぐに受理され、許は六月五日に上海へ去った。魯迅の方は、彼の辞職によって紛争の発生することを恐れる大学当局から何度も慰留されたが、彼の辞意はかたく、けっきょく許寿裳が広州を離れた日の翌六日になってようやく正式に認められた。

その後さらに約三か月、魯迅はなおも広州にとどまったが、九月末には許広平と共に船で上海へ向かった。二人が公然たる同居生活にふみきったのはそれ以後のことだ。この間中山大学大鐘楼から白雲楼への移転（三月二十九日）を含めて、魯迅は数回にわたる引越しをくり返している。だが、こうした身辺ただならぬあわただしさの中にあっても、彼は着実に創作の筆を執り、雑文を著し、翻訳に従事し、古典研究を行ない、講演依頼にも応じている。この年は特に次のような業績が目につく。

四月三日　短篇歴史小説「眉間尺」を脱稿、同月二十五日、五月十日附の半月刊雑誌『奔《もう》原《げん》』第八、九期に発表。

七月七日　『游仙窟』序言」を執筆[15]。

七月二十三日　国民党政府広州市教育局主催の夏期学術講演会で「魏晋の気風及び文章と薬及び酒の関係」と題して第一回目を講演。

七月二十六日　右の題目で第二回目の講演を行なう。講演記録は初め『民国日報』副刊の『現代青年』に分載、のち『北新』に再録。

七月三十日　「関於小説目録両件」を著し、八月二十七日、九月三日発行の周刊『語絲』第一四六期、第一四七期に掲載。

八月二十二日　この日より同月二十四日にかけて『唐宋伝奇集』を編み収録作品に対する「稗《はい》辺小綴《へんしょうてつ》」を著す。

九月十日　『唐宋伝奇集』編纂の作業をおおむね終了、「序例」を著す。

「眉間尺」は先に引いた「鋳剣」の原題である。初め『奔原』に発表されたとき「新編的故事之一」という副題をもったことからも明らかなように、『列異伝』や『捜神記』を初めとする多くの「故事」を直接の材料として組み合わせ、その中に魯迅自身の創意を盛りこんで新しく作りあげた歴史小説である。その元となった資料は、彼がかつて『古小説鉤沈』を編む過程でふだんに採集した古小説類であり、それらは魯迅にとって文字どおり自家薬籠中のものであった。『故事新編』に収録された八編の作品中では比較的諷刺性の少ないものだが、それでも顧頡剛を赤鼻の鼠にみたてて冒頭から揶揄していることは、すでに見たとおりである。また後に増田渉あて書簡（一九三六年三月二十八日付）で「其中にある歌はみなはっきりした意味を出して居ない」と記しているが、この哈哈愛兮愛乎愛乎！　ハハ愛ヤー愛ヨ愛ヨ！
愛青剣兮一個仇人自屠。　青剣を愛すヤー一人の仇自ら屠《ほう》る。
夥頤連翩兮多少一夫。　夥しいかなヤー一夫《いっぷ》その数を知らず。
一夫愛青剣兮嗚呼不孤。　一夫青剣を愛すヤーああ孤《ひとり》ならず。
頭換頭兮両個仇人自屠。　首には首をヤー二人の仇自ら屠る。
一夫則無兮愛乎嗚呼！　一夫ここになしヤー愛ヨああ！
愛乎嗚呼兮嗚呼阿呼、　愛ヨああヤーああ、ああ！
阿呼嗚呼兮嗚呼嗚呼！　ああ、ああヤーああ、ああ！

という、何とも奇妙な歌詞は、私見によれば、許広平との再出発を高らかに宣言する意思を表明したものである。ただ、当時もその意味を読みとることのできた人は、青剣にたとえられた当の許広平以外にはほとんどいなかったのではないかと考えられる。

次の「『游仙窟』序言」は、一九二九年二月に章廷謙（筆名は川島、字を矛塵）が北新書局から出版した『游仙窟』の解題として執筆したものだ。周知のように、この初唐の小説は、中国では早くから亡佚、かえって日本で珍重され、章廷謙の校本も日本通行の『游仙窟抄』、醍醐寺本『游仙窟』および朝鮮に伝わる別な日本刻本に校訂を加え、標点を付して出版したものだ。刊行に先立って、魯迅は章あてに何度も手紙で懇切な指示を与えており、実質的には彼の監修下で上梓された本であるといえよう。魯迅の序文は、常璩《じょうきょ》の『華陽国志《かようこくし》』、新旧の『唐書』『順宗実録』『大唐新語』や清、楊守敬《ようしゅけい》の『日本訪書志』及び『全唐詩逸』『知不足斎叢書』等を拠り所として、著者張鷟《ちょうさく》(字は文成)や版本の伝承過程に関する書誌を著したものだ。それは章廷謙の校本を刊行するに際して、手稿のまま影印によって収録されたようだ。[16]

この年の夏、広州市教育局は夏令学術講演会を主催して、魯迅をその講師の一人に招いた。この時の演題が、魯迅による古典研究の精華を示す「魏晋の気風及び文章と薬及び酒の関係」である。

三　夏期学術講演会

魯迅のこの講演は、文学史上「重大な変化」をもたらした漢末魏初の文風を、「清峻、通脱、華麗、壮大」の四語によって概括する。それが「清峻」となったのは、麻の如く乱れた天下を力によって治めた曹操が、すこぶる「刑名を尚んだ(刑罰を重んじた)」からである。その結果として文章には「簡約厳明」つまり「清峻の風格」が生じたという。

第二の特徴である「通脱」は、後漢末期、宦官政治に反対して「清議」運動を起こした知識人や官僚が、宦官の「濁流」に対して「清流」を自称し、その「清」が時には度をこして滑稽な言動となったが、そうした偏屈の弊害をきらう曹操《そうそう》が、いいたいことを気ままにいう「通脱」を提唱、それが文壇に影響した結果だと、魯迅は述べている。

その後さらに曹操の長子曹丕《そうひ》その弟曹植、曹丕の息子曹叡《そうえい》らによって「華麗」と「壮大」の気風が生じ、「文学の自覚時代」が始まった。そして孔融《こうゆう》、陳琳《ちんりん》、王粲《おうさん》、徐幹《じょかん》、阮瑀《げんう》、応瑒《おうとう》、劉楨《りゅうてい》ら「建安の七子」が出ることで「慷慨」の気風が出たともいう。ただし、この「清峻、通脱、華麗、壮大」という漢末魏初の文風に対する魯迅の評定は、決して彼の独創ではない。この講演の冒頭で彼が参考文献として掲げた劉師《りゅうし》培《ばい》の『中国中古文学史』が、すでにほとんど同様の用語を使用しているのだ。（傍線は引用者）

「建安文学，革易前型，遷蛻之由，可得而説：両漢之世，戸習七経，雖及子家，必縁経術，魏武治国，頗雑刑名，文体因之，漸趨清峻，一也；建武以還，士民秉礼，迨及建安，漸尚通侻，侻則侈陳哀楽，通則漸藻玄思，二也；献帝之初，諸方棋峙，乗時之士，頗慕縦横，騁詞之風，肇端於此，三也；又漢之霊帝，頗好俳詞，見楊賜蔡邕伝。下習其風，益尚華靡，雖迄魏初，其風未革，四也。」（論漢魏之際文学変遷）

劉師培によれば、魏の武帝（曹操）は国を治めるにあたって、すこぶる刑罰を重視した。その結果として文章もだんだんに「清峻」の気を帯びるようになった。また、後漢の始祖である光武帝の建武年間以来、諸人は礼教をより所にしてきたが、建安時代になるとようやく「通侻」を尚ぶようになった。俛すれば哀楽を大いに述べることになるし、通じればだんだん味わいのある詩文を作るようになる。

後漢末、献帝の初年には群雄が割拠して、世に出ようとする人は自在にふるまうことを切望した。そこでほしいままに表現する「騁詞」の風が、このころに始まった。同じく後漢末の霊帝もたわむれの文辞を愛し、家臣もその風潮に習った。そこでますます美しくはなやかな「華靡」を尚ぶ風が生じた。魏初になっても、その気風はいっこうに改まらない。

魯迅の講演にいう「清峻、通脱、壮大、華麗」は、劉師培の説く「清峻、通俛、騁詞、華靡」にそのまま対応する。ただわずかに、後二者の言語表現が異なるものの、それとても単なる用語のいいかえにすぎない。そうであってみれば、漢末魏初の文学に対する魯迅の評定は、それ自体では何ら彼に特有のものではない。劉の『中国中古文学史』には、さらに次のような叙述もみられるのである。

「魏代自太和以迄正始，文士輩出。其文約分両派：一為王弼、何晏之文，清峻簡約，文質兼備，雖闡発道家之緒，実与名法家言為近者也。此派之文，蓋成於傅嘏，而王、何集其大成，夏侯玄、鍾会之流，亦属此派。溯其遠源，則孔融、王粲実開其基。一為嵇康、阮籍之文，文章壮麗，摠采騁辞，雖闡発道家之緒，実与縦横家言為近者也。此派之文，盛於竹林諸賢。溯其遠源，則阮瑀、陳琳已開其始，惟阮、陳不善持論，孔、王雖善持論，而不能藻以玄思，故世之論魏晋

文学者，味厥遠源之所出。」（魏晋文学之変遷）

劉師培は魏の太和より正始の間に輩出した文士たちを二つのグループに分類する。一つは建安七子中の孔融および王粲を開祖とする王弼《おうひつ》、何晏《かあん》の流派で、その文風は「清峻簡約にして、文質を兼備」するという。彼らは道家の端緒を拓いた人たちだが、その主張は実際には名法家に近い。傅嘏《ふか》、夏侯玄《かこうげん》、鍾会《しょうかい》もこの流れに属する人々である。

他の一派もやはり建安七子中の阮瑀、陳琳を元祖とする嵇康および阮籍《げんせき》ら竹林諸賢である。その文風は「文章壮麗にして、騁辞を摠采」する。同じく道家の端緒となる人々ではあったが、その主張は実際には縦横家に近い。これら両派のうち、前者の孔融、王粲は議論を得意としたが、深遠な思想をもりこむことはできなかった。それに対する後者の阮瑀、陳琳は議論に巧みではなかった。そういうわけで、世間の魏晋の文学を論ずる人たちは、その源流についてはよく知らないのだ。

『中国中古文学史』に述べられた魏晋の文学に対する右のような観点を、魯迅の講演は基本的に踏襲しているといってよいだろう。魯迅自身も劉師培の北京大学でのこの講義録を、厳可均《げんかきん》編『全上古三代秦漢三国晋南北朝文』及び丁福保《ていふくほ》編『全漢三国晋南北朝詩』とともに、漢末魏初の文学を研究する上で「たいへん参考になる」書物だと、講演の最初にことわっているのだ。ただ、彼は「劉氏の書中ですでに詳しいところは簡単に述べ、逆に劉氏の略したところを、やや詳しく述べ」る、と語っている。そして、魯迅の話のユニークな内容は、実はこの「やや詳しく述べ」られた部分に見られるものである。

この講演の中で、魯迅はまず建安の七子について語る。それもとりわけ孔融に多くの時間をかけ、彼が曹操にたてついた結果、「不幸」を理由に殺害された経過を、さまざまなエピソードをまじえておもしろおかしく紹介する。だが曹操は「最初、人材を集めるときは、不忠不孝でもかまわない」といっていた。それを「不孝」の故に殺すのはすじの通らぬ話である。魯迅はなぜこのことをここで問題にしたのか？　当日の講演を記録した欧陽山《おうようさん》の解釈に従えば、「蔣介石の背信棄義をみなに認識させる」ためである。[17]なぜなら、蔣もかつて「民生主義とは共産主義のことである」といっておきながら、「後には共産党に反対し、大いに共産党の人々を殺した」からである。欧陽山によるこの推定は、たぶんまちがってはいないであろう。

次に魯迅は、何晏、王弼、夏侯玄ら「正始の名士」に話題を転換する。ここでの中心は何晏による「五石散」服薬のことである。それは秦承祖《しんしょうそ》の『寒食散論』や巣元方による『諸病源候論』等、通常の文学研究では用いられることの少ない典籍によって当時の服薬の実態にメスを入れ、それが文人の生活に与えた影響を、医学的な見地から明らかにしている。これは尋常の文学史家の追随を許さぬユニークな見解である。青年時代に医学を志した魯迅にして初めて可能な観点であった。

続いて、講演は「竹林の七賢」に言及する。主として嵇康と阮籍にふれ、二人の性格の相違、文風の異なる原因の一つに服薬の有無を指摘する。これもまた独特の視点である。だが、魯迅のここでの真のねらいは、偽の三民主義論者に対する批判にあった。建安の七子は「表面上、礼教を破壊していたようだが、実は礼教を認め、深く礼教を信じて」いた。ただ彼らは、礼教が私欲に利用され、冒瀆されることに反対だったので、それでかえって「礼教を口にせず、礼教を信じず、ひどいときには礼教に反対する」ようになったのだという。三民主義についても同じことがいえるわけで、口先だけで三民主義を唱えるものに対して、「真の総理の信徒は、かえって三民主義を口にせぬようになり、あるいは人がわざとらしく語るのを聞けば眉をひそめて、あたかも三民主義に反対するかのようなそぶり」を見せるだろうという。これは国民党右派に対する痛烈な諷刺である。

講演の最後は東晋時代の気風、わけても陶淵明《とうえんめい》評価を重点においてしめくくられる。「非常に穏やかな田園詩人」である陶潜《とうせん》（陶淵明）が、実は「俗世間を超越できず、それどころか、やはり朝政に関心をもち、〝死〟をも忘れることができなかった」ことを、魯迅は鋭く指摘する。この指摘は、爾後の陶淵明研究にエポックを画する重要な提言となる。

そしてこのような見方が可能になったのは、魯迅が作者の作品を深く読みこむばかりではなく、その「作者の環境、経歴」にも留意し、それらをきわめてリアリスティックな視点によって合理的に分析し、意味づけたからである。文学研究における魯迅のこの態度と方法は、われわれにとってもすこぶる示唆的である。

なお、この講演については、林語堂によって作られたみごとな伝説がある。つまり魯迅は、国民党右派が牛耳る広州市教育局の要請という踏み絵を逆手にとって、「彼の目的を達成した」というのだ。その目的というのは、彼の講演の「要点」を当局に気づかせることなく、彼が「古代の趣味的問題に没頭している学者にすぎないことを表明」し、その結果、当時の権力者の注意のゆるんだすきに乗じて、上海へ脱出したとみなすのである。

けれども、これはいささかうがちすぎた解釈である。当局者は当然、彼の講演の「要点」には気づいていたはずだ。ただ気づきながらも、実際問題として彼を追求することができなかったにすぎない。それは広州および当時の中国における魯迅の存在の大きさとも無関係ではない。当日は三、四百人しか坐れない会場に「坐ったものだけでも五、六百人、さらに立って聞くものもあった」と、この講演会の模様を欧陽山は伝えている。そして魯迅自身も、彼の言わんとすることが聴衆ばかりではなく、当局者にも十分伝わることを計算にいれていた。その証拠に、講演の一週間ほど前、こんな手紙を章延謙にさし出しているのだ。

「いま私はここの市教育局の夏期学術講演をすでにひきうけたので、八月にならないと出発できません。これはまったくのざれごとです。鼻どもが聞けばおもしろくないものだからです。数時間の講演で自分を売りこみ、鼻どもを何日か眠れぬようにしてやります。これは私の方の大もうけです。」（一九二七年七月十七日）

ここで「鼻ども（鼻輩）」というのは、むろん顧頡剛一味の「現代」派のことである。彼らはこの時すでに当局の御用学者であった。魯迅は彼らの鼻を、この講演であかすことを考えていたのだ。この翌年十二月三十日附の陳濬あて書簡で「小生が広州で魏晋のことをしゃべったのは、まことに心に憤りがあってのことです」と記したことと、まさしく符合する文面である。

四　『中国小説史略』の藍本

魯迅がまだ北京にいたころ、一人の日本人学生が彼を訪ねてきた。当時、東京帝国大学支那文学科の学生であった辛島驍（一九〇三—一九六七）である。彼は夏休みを利用して、東大教授塩谷温の紹介で、魯迅を北京の寓居に訪れたのだった。「魯迅追憶」(18)という文章の中で、辛島は次のように記している。

「私は三度魯迅に会つている。

最初に会つたのは、昭和元年（一九二六年）の夏であつた。

当時魯迅は北京大学の教授であつた。そして私は東大の支那文学科の学生であつた。どういふ順序で会へたのか、日記はすべて朝鮮にのこしてきたし、二十三年前のことではあり、記憶も薄れているので考えてみてもはつきりしない。周作人の方に先に会つて、その紹介であつたやうな気もする。」

辛島は「この初めての訪問の日から数日おいて、今度は、夜、魯迅の方から招かれた」と記す。ただ、辛島の記憶はかなりあいまいで、魯迅に会った経過や日時等についても具体的な記載がない。そこで『魯迅日記』の方から関係事項を拾っていくと、およそ次のような経過が判明する。いずれも一九二六年の夏から秋にかけてのことである。


八月九日。午後、矛塵が来訪、塩谷節山への手紙と書目一部を渡さる。

八月十七日。午前、塩谷節山、章錫箴、閻宗臨へそれぞれ書籍を送る。…(中略)…辛島驍君が来訪、塩谷節山よりの『全相平話三国志』一部を受け取る、岡野も同行。

八月十九日。午前、辛島君が来訪、昼食に引きとめ、活字本『西洋記』、『醍世姻縁』各一冊を贈る。

八月二十六日。午前、塩谷節山に手紙。

九月十二日。辛島君に手紙。

九月十九日。辛島驍君より『李卓吾墓碣』拓本一部を受け取る、北京発。

九月二十日。辛島驍より手紙と李卓吾の墓の写真一枚を受け取る、北京十日発。

十月三十日。辛島君からの『斯文』三冊を落掌。

十一月三日。辛島驍君からの『古本三国志演義』の抜き刷り十二葉を受け取る、十月二十六日発。

この日記に記された事実から見る限りでは、魯迅と辛島驍との交流は、塩谷温が矛塵（章延謙）に託した一通の手紙と書目（八月九日手交）を媒介として始まったことになる。そして辛島が魯迅と「最初に会つた」のは、八月十七日のことであり、その二日後には辛島が再び魯迅を訪れ、昼食をごちそうになっている。辛島の先の文章では「夜、魯迅の方から招かれ」「暗い燈の下に、料理を並べ、魯迅の故郷の紹興酒をくんで」とあるが、それはおそらく二人の歓談が昼から夜に及んだためであろう。このとき魯迅はすでに北京を離れて廈門大学へ赴任することになっていた。彼は「天安門事件」に対する憤りを、この会ってまだ間もない異国の青年に向かい、「目に涙さえ浮かべて」語ったという。

ただし、魯迅が天安門事件——いわゆる「三・一八惨案」で憤ったのは「中国の暗黒な封建的な勢力のゆるぎ難い勢力に対して」ばかりではなく、「その際純真な学生を指導した一部指導者の利己的な行為に対して憎悪の言葉を吐いた」のである。「彼らは、進め進めと号令し純真な学生を銃口に向かつて突撃させる、然し彼ら自身は決してその先頭にたつて胸を銃丸に向けようとはしない。横からたゞ号令するだけである。これが中国の指導者なるものの姿だ。これで中国が救はれると思ひますか。」と「魯迅はその時目に涙さへ浮かべて私の顔を凝視した」と、辛島は記す。

これは、当時発表された魯迅の雑文からは、およそ想像もつかない彼の一面である。「花なきバラの二」から初めて、そのころ魯迅が矢つぎばやに発表した文章は、すべて段祺瑞執政権の卑劣さを糾弾し、その兇刃に倒れた若者たちの勇敢さを心から哀悼し讃美するものだった。ただわずかに、彼は「請願」という行動形態に賛成ではない、という態度は表明していた。しかし請願運動の組織者に対する批判は露ほども明らかにしていない。かりに彼らを少しでも非難すれば、それは殺人者たちを喜ばせることになるからであろう。だが、そうした敵に対する公然たる憤りの表明とは別に、学生たちを素手で権力に立ち向かわせ、自らは表に出なかった指導者——それは。当時の中共北京指導部である——に対しては、心底からの怒りを胸に秘めていたのだ。このことは魯迅という人物をみる上で、充分留意しなければならない事実である。

ところで、辛島と魯迅との交流は、日本の代表的な漢学者塩谷温（節山は号、辛島の岳父）を介しての中国古典文学を軸とするそれであった。すでに述べたように、塩谷には『支那文学概論講話』という著書（一九一九年五月刊、大日本雄弁会）があり、魯迅の『中国小説史略』は、この本の「小説」部分（第六章）を剽窃したものだ、とかつて陳源が『現代評論』誌上で毒づいたことがある。その時、魯迅は陳源の批判に対してこう答えている。

「塩谷氏の著書は、確かに私の参考書の一つだ。私の『小説史略』二十八篇中の第二篇はそれに拠っているし、『紅楼夢』に関する数か所と『賈氏系図』もそれに拠っている。ただし大意にすぎず、順序や意見はまったく違うのだ。その他の二十六篇は、すべて私が独自に準備したものだ。その証拠に、彼の解釈とはしょっちゅう対立している。たとえば現存の漢人小説を、彼は本物だと考えているが私は偽物だと考える。唐人小説の分類を、彼は森槐南に拠っているが、私は自分の方法を使った。六朝の小説を、彼は『漢魏叢書』に拠っているが、私は別な本と自分の輯本とに拠った。これにはかつて二年あまりの時間を費やし、稿本が十冊、手もとにある。唐人の小説を、彼はまちがいだらけの『唐人説薈《とうじんせつわい》』に拠っているが、私は『太平広記』を使い、このほかにも一冊一冊を探索した。……その他の評価や取捨、考証で同じでないところは枚挙にいとまがない。」（一九二六年二月「不是信」）

中国々内ではこうした中傷もあったが、魯迅と塩谷とはむしろ学術面で認めあうところがあった。それがこのたびの章廷謙および辛島驍をメッセンジャーとする交流にまで発展したのである。前記文中で辛島も「東京をたつ前に、あの『中国小説史略』に感服してゐたので、会ふ時の気構へは、作家としての魯迅に会ひにゆくといふのではなく、学者としての魯迅に敬意を表し、その教へを仰ぐという気構へ」であった。二人が出合って間もなく、魯迅は廈門へ向かつた（八月二十六日）ので、この間、実にわずか十日あまりのことである。そしてこの短期間の間に書物や資料の交換を行なったが、この時、辛島の側から魯迅に二種の中国小説目録が示されたという。一つは『内閣文庫書目』であり、他の一つは「舶載書目」であった。魯迅は前者の中から「伝奇演義類」

を許広平に筆与させ、それを携えて厦門へ出発した。

それから一年、魯迅は厦門から広州へ移り、さらに上海へと移住することになった。夏期学術講演会での講演も終わり、いよいよ上海へ赴くために旅装を整えていたが、この間篋底にあった書目の写しにはすでに紙魚《しみ》がついていた。せっかくの小説史料をむだにせぬため、彼は辛島の同意を得る余裕のないことを気にしつつ、資料入手の経過を附して、『語絲』第一四六期及び第一四七期誌上に「内閣文庫図書第二部漢書目録」を掲載した。また同時に、むかし「也是園書目《やぜえんしょもく》」から写しとっていた清、銭曾《せんそう》所蔵小説目二段を巻末に附載、「関於小説目録両件」をそれらの冒頭に記載した。その文末には「一九二七年七月三十日之夜、魯迅於広州東堤寓楼記」と記されている。「東堤寓」とは、クリークのほとりにあるアパート白雲楼のことである。

四月十五日の惨事以降、「同じように青年でありながら、二大陣営に分かれて、投書で密告したり、官憲の逮捕に協力するなどの事件を目撃」し、そのため自分の考えが打ち砕れた（『三閑集』「序言」一九三二年四月）という魯迅にとって、広州ではもはやなすべきことはなかった。上海到着直後の九月四日附で著した「有恒氏に答える」でも、「今後はもう何もしゃべることがないように思います」と、彼は痛恨の思いを筆に託して心から消沈しているのだ。そこには、彼がなまじっか「吶喊」の声をあげたばかりに「幾人かの同僚や学生をまきぞえにしてしまった」という「悲哀」がこめられていた（同右）。この事件によって、彼は「一生のうちでかつてこれほどの殺人を見たことはなかった(19)」という「恐怖」を味わい、しかもその「宴席」の手伝いを、彼もしていたのだと自責する。

こうして、もはや語るべき言葉をもたぬほどに内部へ沈潜した魯迅が、しかし広州の地で最後に手がけたのは『唐宋伝奇集』の編纂という、またしても古典籍の整理作業であった。

第十三章　小説家魯迅

一　処女作「懐旧」

小説家魯迅の処女作は一九一三年四月十五日の『小説月報』に発表された「懐旧」である。だが、その六年後に作られた「狂人日記」が中国近代文学史上で画期的な意義を持ち、かつ口語で記された最初の作品として位置づけられたという事情から、このような作品のあることを、魯迅の生前に知る人はほとんどいなかった。

「懐旧」は文語で記された短篇小説である。『魯迅全集』では、これを一九一二年の作としているが、周作人によれば、「辛亥の冬、家にいたころ」に、「革命の前夜の事」を描いた小説である（「魯迅に関して」『瓜豆集』）。そうだとすれば、執筆年時は一九一一年末から一九一二年二月初旬までの間ということになる。

当初、この文章は無題のまま放置されていた。それに「懐旧」という題名をつけ、周逴《しゅうたく》という筆名で、商務印書館発行の雑誌『小説月報』へ投稿したのは周作人である。作品は同誌の巻頭に、編集者惲鉄《うんてつ》樵《しょう》による称讃の言葉をつけて掲載された。

物語の時代背景は辛亥革命（一九一一年）の直後、革命の波が主人公の住む地方へも及ぼうとする「革命の前夜」である。ただし、登場人物はだれ一人としてこの「革命」の意義を理解していない。二百数十年間にわたる清朝政権の統治が今まさに崩壊しようとしている時、人々はただ動乱の風聞におびえて右往左往するばかりである。

なかでも、「わが師はげ先生」こと「仰聖《ぎょうせい》先生」と、「左隣り」に住んでいる金持ちの「金耀宋《きんようそう》氏」の周章狼狽は滑稽である。彼らは数十年前の「長毛」――太平天国の軍隊――に対処した先人の知恵を総動員して対応しようとする。金耀宋は家訓に従い、「食事を出して軍隊を迎える」という方法(1)で対処すれば、「安民の布告」が出してもらえると考えている。

それに対して、門番の「王じいや」と飯炊きの「李ばあさん」は、事態をば比較的平静に受け止めている。子どもの「私」にとっても、「革命」は別だん恐ろしいことではない。むしろ、「長毛」がやって来て、口やかましい「はげ先生」をやっつけてくれればよい、とさえひそかに考えているのだ。

一場の夢物語に仮託されたこの短篇は、辛亥革命に動揺する旧式の知識人や愚鈍な金持ちを風刺し、いっぽう、社会の変動によって失なう物をもたない庶民の恬淡たる生活態度に、作者は曖かい目を注いでいる。その風刺的な筆致と民衆観には、早くも後年の魯迅の文学を彷彿させるものが感じられる。小説の主人公を私塾で学ぶ九歳の少年に設定して、「私」の見る夢物語として描いた方法は、当時としてはユニークな様式であった。

「はげ先生」を除く作中人物の大部分にはモデルがあり、登場する地名も実際に特定できる場所だと、周作人は記している（『魯迅的《の》故家』）。また、「記されているのは辛亥のことだが、避難の情景は庚子の夏の事情（一九〇〇年の義和団事件）を借用している」とも述べている（『知堂回想録』）。

要するに「懐旧」は、中国近代史上に画期的な辛亥革命が中国社会にもたらした波紋の実態を、その革命の積極的な支持者であった作者魯迅の目から、批判的に描いた作品であり、この八年後（一九二〇年）、張勲による復辟事件を描いた短篇「風波」の描写に通底する叙述内容である。しかし、この小説に描かれた内容は、現代中国の人々にとっても、詳細な解題を加えなければ、もはや理解の困難な世界である。

二　文学革命の前景

梁啓超によって一九〇二年に創刊された雑誌『新小説』は、中国文学史上最初の小説専門誌であった。そして、それが引き金となって以後十数年の間に、「小説」を誌名にもつ雑誌が二十種以上刊行される。[2]『繡像《しゅうぞう》小説』、『新新小説』、『小説世界』、『月月小説』、『小説林』……そして口語体の新文学に「革新」される前の『小説月報』[3]。『晩清文学史』の著者阿英《あえい》によれば、「晩清小説は、中国小説史上、最も繁栄した時代」であった。そして、それらの雑誌に掲載された作品の文章は俗語脈の文体で記され、その形式は伝統的な章回体であった。

　日本での言文一致運動開始からおよそ三十年後、中国の言文一致はアメリカ在住の胡適によって雑誌『新青年』（一九一七年一月、第二巻第五号）に掲載された「文学改良芻議《すうぎ》」によって始まるとされるが、その構想が成熟する過程については、胡適自身の記した「逼上梁山」や『留学日記』、『嘗試集《しょうししゅう》』「自序」』が詳しく述べている通りであり、「文学改良芻議」に先だって『新青年』第二巻第二号（一六年十月）の「通信」欄に投稿された胡適の文章には、すでにそのことが、ほとんど同様の内容で記されている。

　それらによれば、胡適はワシントンの清華学生監督処書記だった鍾文鰲《しょうぶんごう》の「漢字を廃止して、字母を採用せよ」という主張に反駁するところから言語問題を考え始め、当初はまだ口語の全面的な使用にまでは思い至らず、「文語の教授方法を改良し、漢文を教授しやすく」することだけを考えていた。ただし、彼自身は「すでに、口語は生きた文章であり、古文は死んだ文章であることを承認」していて、友人たちとの議論の中でも「文学革命」のスローガンをしばしば提起するようになっていたという。一九一五年夏のことである。

　同年九月十七日、ノースウエスト大学を卒業してハーバード大学へ進学することになった梅覲《ばいきん》荘《そう》のために、胡適は一首の詩を作り、その中で「新潮の来たるや止どむべからず」と歌ったが、この時その詩中に「牛敦（Newton）、客児文（Kelvin）、愛迭孫（Edison）、拿破侖（Napoleon）、倍根（Bacon）、粛士比（Shakespeare）、康可（Concord）、愛謀生（Emerson）、霍桑（Hawthorne）、索虜（Thoreau）、烟士披里純（Inspiration）」等の固有名詞や外来語をとりこんで、ちょっとした波紋を友人たちの間に巻き起こした。「文学革命」という用語を初めて記したのもこの時のことである。その三日後に作った七言律詩で、「詩界革命」という用語を使い、それは「文を作る如く詩を作らねばならぬ」意味だと説明しているが、そのことを胡適は「後に口語詩を作る試みを導きだした」と述懐する。

だが、このころ親しい友人たちの間でも胡適の主張は孤立していた。前述の梅覲荘はもちろんのこと、任叔永《じんしゅくえい》や唐摯黄《とうしこう》、楊杏佛《ようきょうふつ》、朱経農《しゅけいのう》のように腹蔵なく話し合える友人たちも胡適の「文学革命」説には誰一人賛同しなかったという。しかし、そうした友人間の議論を通して彼の考えはしだいに固まり、翌一九一六年二月三日の日記に、胡適はそのことを次のように記した。

「今日の文学の大きな欠陥は、形式だけがあって精神のないことだ。修飾（原文では「文」）だけがあって内実（原文では「質」）がなく、韻の響きだけがあって、外見がその言葉に似ているのみである。今、修飾にかたよっている弊害を除去しようとすれば三つのことから着手しなければならない。第一には内容のあることをいうこと（須言之有物）、第二には文法にかなうこと（須講文法）、第三に、「修飾の文章」を使用する時にはそれを避けないこと（当用〝文之文字〟。時不可避之。)。この三つはいずれも修飾にかたよる弊害を内実によって救うものである。」

この時点での胡適は、まだ口語の全面的な採用にまでは思い至らず、単に文学用語として「俗字俗語を避けない」ことだけを企図していた。しかしまもなく、「文学の生命は一つの時代の生きた用語をもって一つの時代の感情と思想を表現できることにすべてがかかっている」という結論に達し、「文学革命」は「文学用語の革命」だと確信するようになった。これには、「ヨーロッパ近代文学の勃興」が、ラテン語を揚棄することで初めて可能になった、という認識がはたらいていたようだ。

右のような経過をふまえて、彼は「宋代の儒者による口語の語録から、元朝・明朝の口語の戯曲と口語小説」といった俗語文学を「中国の正統の文学」である、という観点に立ち、「中国の今日に必要な文学革命は、口語をもって古文に置換する革命であり、生きた用語をもって死んだ用語に置換する革命である」と結論するようになった。そして、この考え方に対しては、西洋文学を研究したことのある梅觀莊からもようやく賛意をえることができたという。

その後、胡適は韻文及び散文の発展過程を進化論的見地から整理して、口語による作品こそが最も優れた文学だと確信するようになり、「今日の文学では、我佛山人、南亭亭長、洪都百錬生たちの小説だけが〈生きた文学〉と称してよいものだ」とまで極論するようになる。そして、四月十七日の日記にはおおよそ次のように記載する。

「わが国の文学には大きな欠陥が三つある。一つは理由もなく深刻がること（無病而呻）、二つは古人を模倣すること（摹仿古人）、三つは内容のないことをいうこと（言之無物）……」

こうして胡適の文学革命論はしだいに発酵していったが、彼の「文学は今日、少数の文人の私産であってはならず、最大多数の国民に普及し得ることをもって一大能事としなければ」ならず、「文学は社会の営みとまったく関わりのないものであってはならず、およそ世界に永久の価値をもつ文学はすべて世道人心に大きな影響をもったものだ」という考えに対しては、それをUtilitarian（功利主義的）ないしはトルストイの亜流だ、という批判を梅から受けることになる。だが、胡適はこうした批判を甘受し、自己の文学論に対してますます強い信念を抱くようになる。

その後、彼らの議論の焦点は、主として詩に口語を採用することの是非をめぐって展開されていったが、この問題に関する胡適の態度はきわめて明快であった。彼は『去国集』を絶筆として、以後、文語詩の制作を絶ち、代わりに口語詩を試作してその詩集を『嘗試集』と名付けることにした。それは陸游の「嘗試の成功、古えよりなし」という詩句を転倒させ、「古えより成功は嘗試にあり」ともじった上での命名である。彼の学んでいた「実験主義哲学（プラグマティズム）」の一種の適用でもあった。

こうして、口語詩の制作について胡適がほとんど孤軍奮闘していた時、たまたま彼らのグループに参入した陳衡哲《ちんこうてつ》が、唯一、胡適の見解に共感を示した。彼女は一九一六年の夏をニューヨークのイサカで送っていた時、後に夫となる任叔永と出会い、彼から作品を『留美学生季報』へ発表するように勧められ、紀実小説「一日」を同誌の第四巻第二号（一七年六月）に投稿した（胡適の口語詩「嘗試篇」も、最初の掲載紙はこの「一日」と同じ『留美学生季報』第四巻第二期であった）。

陳衡哲の作品集『小雨点』が一九二八年四月に新月書店から出版された時、それに寄せた序文の中で胡適は、「彼女はこの論戦には積極的には参加しなかったが、しかし私の主張に対する彼女の共感は、私に少なからざる慰安と鼓舞を与えた。彼女は私の最も早い同志だった」と述べている。

ただ、『留美学生季報』は在米留学生の機関誌で発行部数も少なく、中国国内への影響もほとんどなかったことから、文学史的には「文学革命」は、雑誌『新青年』に掲載された「文学改良芻議」と魯迅の「狂人日記」が、あたかも日本の坪内逍遙による『小説神髄』と二葉亭四迷「浮雲」に相当する理論および実作として今日では記述されている。たしかに、「紀実小説」と銘打たれた短篇「一日」も、大学生活のレポートまがいのドキュメンタリーでしかなかったので、これをもって中国口語小説の嚆矢とみなすことはできないのであるが、ただその形式だけに関していえば、口語体の試みは在米留学生社会ですでに芽生えていたのである。

三　「狂人日記」の文体

言文一致は提唱されても、それを実行する文学用語としての口語の創出には、大きな困難がともなった。日本でその実作に先駆的な役割をはたした二葉亭四迷も、「浮雲」の執筆に際しては、さまざまな模索をくり返し、後にそのことを「余が言文一致の由来」と題する文章の中で次のように回顧している。

「もう何年ばかりになるか知らん、余程前のことだ。何か一つ書いて見たいとは思ったが、元来の文章下手で皆目方角が分からぬ。そこで、坪内先生の許へ行って、何うしたらよからうと話して見ると、君は円朝の落語を知ってゐよう、あの円朝の落語通りに書いて見たら何うかといふ。」

こうして、二葉亭は坪内逍遙の意見に従いながら、それでもおちつかないので、さらに「式亭三馬の作中にある所謂深川言葉」をも参考にしながら、日本の口語文作成に挑戦する。

今の中国文学史で、魯迅の「狂人日記」は、日本の言文一致運動に相当する「文学革命」において、二葉亭四迷の「浮雲」がそうであったように、口語による近代文学の最初の作品であったとされているが、それだけに魯迅が文体の創出についやした工夫には想像以上のエネルギーを要したはずである。作品の書き出しが文語になっていることも、そうした苦悩の表れと理解すべきであろう。

「某君昆仲，今隠其名，皆余昔日在中学校時良友;分隔多年，消息漸闕。日前偶聞其一大病。適帰故郷，迂道往訪，則僅晤一人，言病者其弟也。…………(某君昆仲［兄弟］、今その名を隠す、みな余が昔日中学校に在りし時の良友なり;分かれ隔たること多年、消息漸く闕けり。日前、たまたま其の一の大病せしを聞く。故郷へ帰るに適り、道を迂して往訪すれば、則ち僅かに一人に晤うも、病みし者は其の弟と言うなり。…………)」

こうした前書きを文語で記した後、作者はあらかじめ準備した口語体でようやく本文を書き始める。だが、それはむろん、いま私たちが知っているような共通語としての普通話ではない。ちなみに、第一章に相当する数行の文字全文を取り上げてみよう。

今天晩上，很好的月光。
我不見他，已是三十多年;今天見了，精神分外爽快。才知道以前的三十多年，全是発昏;然而須十分小心。不然，那趙家的狗，何以看我両眼呢?

我怕得有理。

(今夜はよい月だ。もう三十年あまり、おれはこいつを見ていない。今日は見たので、気分はことのほかよい。これまでの三十年あまりは、まったくぼけていたことがやっと分かった。だが、よく気をつけなければならぬ。さもなければ、あの趙家の犬が、なぜおれをじろっと見るのか？　おれはむやみに怖がっているのではないぞ。)

以上の原文を自然な現代中国語に置換すれば、おそらくは次のようになるだろう。(4)

今天晩上月光很好。

我已経三十多年没見他了。今天見了覚得精神分外爽快。我才知道以前的三十多年我完全是発昏了。然而還需十分小心，不然，那趙家的狗為何看我両眼呢？

看来我怕得有理。

原文は確かに文語ではない。しかし、口語として見た場合に、今なら必ず必要とされる助辞(了)がなかったり、文言文そのままの単語(何以)が使用されていて、現代の書き言葉と比較すれば明らかに簡潔で硬質の響きをもつ文章となっている。換言すれば、文語的要素を多分に残したままでの言文一致文なのである。第二章以下についても同様のことが指摘できるだけではなく、その後の作品についても、「狂人日記」ほどではないものの、おおむね同じような傾向が認められる。とりわけ『野草』の中の一部では、その文体の硬さが顕著である。

魯迅の文章に文語的要素が多いのは、当時はまだ現代口語としての書き言葉に確立した前例が無く、代名詞の表記や句読点についても共通の規範が作成されていなかったことにも起因しているが、しかしそれだけではなく、魯迅自身が弛緩した叙述を好まず、作文に際して表現の緊張を求めたことにも原因がある。そのため、彼の文章は一定のリズムと緊迫感をともない、しばしば反転する論旨の展開によって逆接の接続詞を多用するという特徴をもった(5)。

したがって、魯迅の文体がもつ硬さは、魯迅自身が意識的に採用したものであり、ある程度は時代の産物ではあるものの、同時に彼がそうした文体にこだわったという事実とも無関係ではない。ただ、彼は自分の文章が口語文として未消化であることを普段から気にかけており、それは過渡期ゆえにやむを得ない措置であると自認していた。

「私自身が、かつて多くの古い書物を見たことは、事実である。教師をするために、今でもまだ見ている。そのため、耳にも目にも染みこんで、口語文を書く際にも影響を受け、その字句や文体がしょっちゅう入り込んで来る。ただ、自分でも、これら古人の亡霊を背負って脱却できぬことに苦しみ、いつも気のめいるような息苦しさを感じているのだ。……(中略)……私は、もし自分がしっかり努力すれば、これからでも広く口語を取り込んで、自分の文章を改革できるだろうと思っている。しかし、怠惰と多忙のせいで、今なおやっていない。」（一九二六年十一月十一日、「『墳』の後に記す」）

こうした古文の影響を引きずりながら記された魯迅の文章は、そこに内容面での時代的なずれをも挟んで、今日の若者にはやはり読みづらい作品になっている。しかし、それはそれで仕方のないことだと、当時から魯迅は自認していた。自らを過渡期の存在と位置づけながら、次の世代が彼のしかばねを乗り越えて前進することを期待していたのである。そんな魯迅が、未来の若者に仮託したイメージを、次には作品集『吶喊』と『彷徨』に見られる「子どもの情景」描写に現われた変化から読みとることにしたい。

四　子どもの情景（上）――吶喊の声

五四運動（一九一九年）の前後に、啓蒙的な総合雑誌として画期的な役割をはたした雑誌『新青年』には「随感録」というコラムがあって、魯迅はそこにもっともよく登場する執筆者の一人だった。この欄に寄稿した彼の作品は、後に『熱風』と題する短評集にすべて収録されたが、それらの中にはこんな数節がある。

「人類はまだ未完成だし、人道もむろん未完成だが、ともかく発展し成長している。……（中略）……自己満足しない人の多い種族は、いつまでも前進し、いつまでも希望がある。」（随感録「六十一　不満」）

「生命の道は進歩するものだ。いつも無限の精神三角形の斜面に沿って向上し、何者もそれを阻止することはできない。……（中略）……道とは何か？　それは道のなかったところを踏みつけたものであり、棘ばかりのところを切り開いたものだ。」（同「六十六　生命の道」）

一見して明らかなように、これらの背後には、清末明初に一世を風靡した進化論がある。「故郷」結末の有名な一節、「道」に対する魯迅のエピグラムも、この進化論的発想と同じ土壌に芽吹いたそれである。

「思うに、希望とはもともとあるものとはいえぬし、ないものともいえない。それは地上の道のようなものだ。地上にはもともと道はなかったが、歩く人が多くなると道にもなるのだ。」（「故郷」）

以上に共通する言葉、それは希望と進歩の可能性に対する著者自身の憧憬である。「人類は寂しいはずがない。生命は進歩するものであり、楽天的なものであるからだ。」（「生命の道」）ともいう。

同じころ発表された「我々は今どのように父となるか」と題するやや長い評論文にも、たしかに人類の未来に対する希望が「生物学的自然哲学」的に述べられている。「故郷」をも含めて、それらの文章はいずれも一九一九年の『新青年』に掲載された。

だが、魯迅の眼前にある現実は非常に暗い。それはちょうど「故郷」に描かれた少年閏土《ルントウ》の変化と同じように、もはや手の施しようもないほどに暗い。三十年ぶりに出会った閏土は、「私の記憶にある閏土」とはまるで違っていた。「昔の日焼けした丸顔が、今では黄ばんだ色に変わり、しかも深い皺がきざまれて」いた。幼な友だちの魯迅に向かって「うやうやしい」態度で最初に発した一言は、「ご主人さま!……」であった。

もはや「あの西瓜畑で銀の首飾りをつけた小英雄のおもかげ」はどこにもない。二人の間の「悲しむべき厚い壁」それは、「子だくさん、凶作、酷税、兵隊、匪賊、役人、ボス」がよってたかって作り上げたものであり、それらは彼を「デクノボーのような人間」にしてしまったのである。魯迅は閏土をそんなふうに変えてしまったそれら一切を心から憎悪した。魯迅の前の現実は、まことにたとえようもなく暗かった。

このように暗い現実の中でも、しかし魯迅はけっして希望を捨てようとはしなかった。少なくとも未来をになう子供たちに対しては何がしかの希望を寄せ、彼らの成長にすべてをかけようとした。「随感録・四十」には、たとえば次のような一節があって、それはよく引用される「狂人日記」末尾の、「子どもを救え……」という切ない叫びとも照応している。

「古い帳簿はどうすれば抹消されるか？〃我々の子どもが完全に解放されたとき〃と私は答える。」

目の前の現実はたとえようもなく暗い。しかし現実が暗ければこそ、魯迅は未来と、その未来をになうことのできる子どもに希望を託した。託し得る精神風土が、五四運動当時の状況として、たしかに実在していたからである。

これらの断片的な「随感録」と「故郷」とは同じ時期に著され、作者の同じような気分をそのまま映した作品であるが、後者はまた『吶喊』（戦いの矢声）という魯迅の第一創作集に収められていて、そこにあるのは、まぎれもなく突撃にむかっての雄叫びである。ただしその吶喊の声は、必ずしも魯迅が自らすすんで積極的にあげたものではない。辛亥革命（一九一一年）以後の、革命の挫折を直接体験して傷ついていた魯迅は、希望を語るに際してもなお懐疑的である。「僕の前に道はない／僕の後ろに道は出来る／ああ、自然よ／父よ／僕を一人立ちにさせた広大な父よ／僕から目を離さないで守ることをせよ／常に父の気魄を僕に充たせよ／この遠い道程のため／この遠い道程のため」と謳歌した高村光太郎の「道程」のような、ひたむきな信仰を、ここからは読みとることができない。

「だが私は当時〃文学革命〃に対して、実際には何の情熱ももっていなかった。辛亥革命を見、第二次革命を見、袁世凱の帝政や張勲の復辟を見、あれこれ見て懐疑的になり、そのため失望して、すっかり意気消沈していた。……（中略）……直接〝文学革命〟に対する情熱でないのに、なぜまた筆を取ったのか？　考えてみると、大半はむしろ情熱をもつ人々への共感からであった。」（魯迅「『自選集』自序」一九三二年）

ところで、『吶喊』収録の作品には、めだって多くの子どもたちが登場する。彼らのすべては明らかに作者自身の希望を体している。没落読書人の凄惨な生きざまを描いた「孔乙己」でも、その主人公には、せめて子どもだけは信じようという切ない期待がこめられていた。「薬」や「明日」のように、子どもの死で幕を閉じる作品の場合ですら、そのことは決して例外ではない。むしろ、子どもたちの死んだその時点から、彼らの生命をよみがえらせようとする作者の意志のようなものが感じられる。「故郷」や「村しばい」での子どもへの礼讃は、もはや手放しである。それらは吹きつのる嵐の間にかいま見た、五四運動前後の台風の目であった。

だが、『吶喊』最後の作品、「村しばい」を一九二二年十月に書き上げた直後より、魯迅には一年半にわたる創作上のブランクが生じる。あれほど切迫して書き継いできた創作の筆を、彼はこのときまったく放棄した。そして再び創作に立ち戻ったとき、そこに見られる魯迅の筆ぶりには、明らかな変貌があった。

五　子どもの情景（下）——彷徨の中で

第二創作集『彷徨』の冒頭を飾る「祝福」にも、子どもは主要人物の一人として登場する。しかしその子ども「阿毛」は、ある「雪の降る」日に、狼の餌食となったままついに復活の可能性を与えられなかった。

「酒楼にて」で、私の改葬するはずであった「とてもかわいい子ども」は、棺の中に「布団も着物も骨も、何も」残してはいなかった。

「常夜灯」に出てくる子どもたちは、気のふれた改革者の「短い髪に二本のわら屑」を「こっそり背後から」つけ、「舌をペロッと出して」「サクランボのようにちっちゃな口」から——「パーン！」と脅かすいたずら者である。

「孤独者」での子どもたちの描かれ方はさらに屈曲する。この場での彼らはもはや〈悪意ある実在〉でさえある。それはもちろん、子どもそのものが変わったというわけではない。子どもをとらえる作者の眼が変化したのだ。この作品ではそのことが、三段階に分けて漸層法的に表現されている。

最初のころ、主人公の連殳《れんしゅ》の瞳は子どもたちの姿を見かけると「たちまち喜びの色が現われ」た。彼は「子どもたちを見ると、ふだんの冷ややかさとはうって変わって、自分の命よりも大切にあつかう」のだった。彼にとって、「子どもは常によいもので、天真そのもの」であった。もし「中国に希望があるとすれば、この一点だけ」という持論を彼は堅持する。子どもの「悪は、環境がそうさせたもの」であって、もともと子どもには悪い点がない。かりそめにも子どもを悪くいおうものなら、それはほとんど彼との絶交を意味した。

ここには魯迅特有の諷刺的筆致が見られるけれども、その立場は「狂人日記」を著したころのそれとほぼ共通したものである。しかし、このような子どもへの讃歌も、この作品の中段になってようやくかげりを見せ始める。

「私」との交際があるようになったある日、初めて連殳が私の家を訪ねて来た。いまだかつて例のないことである。このとき、彼は「いくらか悲しげな様子で、なかば仰むいて」いうのだった。「考えてみればまったく変だよ。ここへ来る途中で、街でちっちゃな子が、葦の葉を持ってぼくに向けながら、やっつけろ！　と言うんだ。まだ一人歩きもできないくせにさ……」連殳のこの言葉は、作者魯迅の子ども観の修正である。

「孤独者」より四か月ほど前に書かれた「崩れた線の震え」（散文詩集『野草』所収）でも、同じような場面の設定がある。そこでは息子や娘ばかりではなく、いちばん下の孫までが老婆に向かって悪態をつく。「蘆の枯れ葉で遊んでいた最年少の子どもが、この時それを刀のように振り上げて、自分の年老いた祖母に「やっつけろ！」と叫んだ。その老婆とは、その子の親を養うために、かつては自らの肉体をいけにえとしてひさいだ人である。

連殳が初めて「私」の家を訪れたのは、私に「ここ数日、絶対にぼくの家へ来ない」ように伝えるためだった。それは連殳の「いとこと、その子ども」が、彼のわずかな財産をねらって養子縁組みを申し入れに来ていたからである。ここでの子どもは、すでに「おやじそっくり」である。おやじそっくり——それがこの時点での作者の子ども像である。それはもう「環境がそうさせた」という言葉ではごまかしようのない事実である。だがそれにもかかわらず、作者の幻はまだ決定的には崩れていない。それはより重大な破局への伏線として描かれていたからだ。

こんなことがあって間もなく、連殳は筆禍事件のためにそれまで勤めていた学校の「校長から首にされ」てしまった。わずかな蔵書をさえ手放さねばならぬほどに、彼の生活は窮迫した。かつてあれほど愛した彼の子どもたちが、今では彼の手から落花生すら受け取ろうとはしなくなった。だが彼には、「まだ、なすべきことがあった」ために、「甘んじて乞食」した。それにしても生きることは困難だった。彼は敗北したと考える。だが「ほんとの」敗北は、その後にやってきた。

彼は「むかし自分が憎んだこと、反対したことをすべて実行」し、「むかし自分が信じたこと、主張したことをすべて拒絶」した。連殳は今度こそ「ほんとに失敗した——だが勝利した」。新規の客、新規の贈り物、新規のおべっか、新規の取り入り、新規の最敬礼、新規の麻雀や余興にとりかこまれ、軍閥の顧問となった連殳先生は、もうかつてのように「子どもたちをこわがる」こともなく、子どもが彼に「何かをねだると、子どもに犬のほえるまねをさせたり、頭を床へぶつけてぬかずかせたり」した。「運が向いて」からは「人柄がすっかり」変わってしまったのだ。

作者は子どもを、もう昔のようには単純に美化しなくなった。子どもだって「人間を食う人間」(「狂人日記」)の仲間でないとは言いきれないからである。だがもちろん、このときの魯迅が子どもへの期待、未来への希望を完全に放棄したと見るのも皮相である。「孤独者」が「新規の軽蔑と敵意と、新規の不眠症と喀血」の中で、むしろみずからの生命を縮めることによって結末を飾ったように、連殳や子どもに対する魯迅の描写には、たぶんに逆説めいたところがある。魯迅は連殳に、傷ついた反逆者のいたましい最期、王者の名に恥じない手負い獅子の末路を見て取り、彼をそのような死に導いた責任の一端が、自分自身にあるかのように哀悼する。徒党に与することを潔しとせぬ一匹狼が、満身に傷を帯びつつ荒野に咆哮する凄絶な状景——それがこの小説に描かれた主人公の姿である。

『彷徨』を編んだころの魯迅は、一般に「五四退潮期」と呼ばれる停滞の時代にあって、文字通りさまよい、さすらっていた。そのことは、しかし作者にとっては必ずしも後退を意味していない。それはかつての「進化論だけを信じ」る偏向からの脱皮過程であり、子どもと子どもをとりまく社会環境をば、歴史状況の中で有機的に位置づけて作者自身が考察しはじめたことを暗示する。子どもに対する幻想の崩壊は、とりもなおさず作者の思想上の飛躍である。

『吶喊』の時代に抱いていた子どもへのイメージは、こうして自らの手で完膚無きまでに破摧はしたものの、しかし希望を持ち得るとすれば、それはやはり未来の世代に対してでなければならなかった。そこには信じ切れず、否定しきれずといった、いわゆる半信半疑の魯迅の苦悩がありありとうかがえるわけで、そのことが『彷徨』という作品集の題名に、きわめて象徴的に表現されている。『吶喊』から『彷徨』へ、それは「有恒先生に答える」次の言葉からもたやすく読みとることができよう。

「あの当たり障りのない〝子どもを救え〟という議論をいまごろ持ち出しても、私自身が聞いてさえ、空しく感じるのです。」

『彷徨』の時代の魯迅は前途の希望に安住できず、上下に「求め索ね」てさすらった。それは「故郷」の「道」からはとうてい想像することのできない姿である。ただしかし、この魂の漂泊もそれほど長く続いたわけではない。やがて「女師大事件」として知られる北京女子師範大学での「学園紛争」(一九二五年)を経過した後は、またしても人を瞠目させるような新しい境地へとつきぬけていったのであった。

六　小説家魯迅

魯迅に小説を開眼したのは梁啓超だった。ただし、梁啓超が康有為の唱える維新論と清朝政権そのものの打倒をもくろむ革命派との間で揺れ動きつつも、ひっきょう維新派を脱することができなかったのに対し、留学後の周樹人は傾倒する章太炎のナショナルな革命論を凌駕して共和国建設をもくろむ孫文らの理念に同調し、その文学においても梁の表層的な功利主義から脱皮することになる。

梁啓超の小説界革命に共鳴していた頃の周樹人は、自然科学の導入を志し、科学救国に夢を託する医学徒であった。だが、医専を退学して東京に戻ってからの樹人は「広義」の文学研究と文筆活動にそのすべてを投入する文人として再生した。ここで「広義」というのは、今日われわれがいう意味での「文学」ではなく、哲学や史学を含む、広い意味での文学、つまり孔子が『論語』の中で「文学には子游、子路」と述べた時の、文字によって表現された学問全般を意味する言葉である。(6)

周樹人が仙台で医学への道を放棄し、文学への邁進を決意したことは、『吶喊』「自序」や小説「藤野先生」に述べるとおりであり、そのきっかけが仙台での屈辱の体験であったこと、小説家魯迅の誕生は「藤野先生」に描かれた魂の傷痕（それは同時に強烈な民族意識の表白だ！）であることを、その後の魯迅の軌跡から読み取ることができるだろう。しかし、藤野先生に別れを告げて東京に戻ってからの周樹人が取り組んだ文筆活動は、弘文学院時代のそれと大きく異なっていた。

「人の歴史」、「摩羅詩力説」、「科学史教篇」、「文化偏至論」、「破悪声論」と一九〇七年から八年にかけて彼が雑誌『河南』へ立て続けに寄稿した文章は、自然科学の歴史・西欧ロマンティシズムの称讃・西洋哲学の展開過程など、広範囲にわたって一見脈絡のないような文章の羅列に見えるが、彼はそうした学問の歴史をたどることで、中国人にとって必要な精神のありようを必死に求めていたのである。

後日、『吶喊』「自序」の中で、医学を捨てて文学に進んだという回想を記しているために、この時点で樹人がただちに小説家を志したように誤解されることになるが、このころ魯迅が日本語文献を広く猟渉しながら模索していたのは、中国人のあるべき主体性を追求する、より根源的な課題への挑戦であった。

ただし、留学時代の文学修行は長く続かなかった。一九〇九年には生活上の必要に迫られて日本を離れ、郷里近くの杭州で教職に就く。さらに紹興に戻って辛亥革命を迎え、あわただしい日々を経験することになり、この間にようやく小説の創作に着手する。その第一作が「懐旧」であり、そこにはすでに後日の小説家魯迅の萌芽は認められるものの、その用語は文語であり、一般に処女作とされる「狂人日記」のように強烈な問題意識はない。

ただ、彼の小説への関心はこの間も一貫してあり、古小説に関する資料の蒐集や研究は、それとはまったく関係のない杭州や紹興での授業の合間にも続けられていたし、南京から北京へかけての役人生活でも継続していた。胡適や陳独秀によって文学革命が提唱された時、「狂人日記」によって、いち早くその呼びかけに応えることができたのは、そうした集積の結果であり、その学術的な成果が、後に中国文学史上の画期的な業績となる『中国小説史略』である。

けれども、小説家としての魯迅の作品は『吶喊』に収められた十四篇の短篇と中篇（阿Q正伝）、『彷徨』の十一篇、『朝花夕拾』および『故事新編』の十八篇あわせて四十三篇であり、その創作量は必ずしも多くない。晩年には長篇の執筆も考えていたようだが、それはけっきょく実現しなかった。魯迅の文筆活動に占める比重も、翻訳や評論にくらべれば、むしろ小さかったというべきであろう。

また、小説として見た場合、魯迅には「阿Q」や「孔乙己」のように見事な人物像を形象した傑作がある一方、「頭髪的《の》故事」や「幸福的《な》家庭」のように感動をともなわない失敗作や、問題意識だけの先行した「薬」や「傷逝」のような駄作も見られる。失敗作の多くは、すでに竹内好が指摘しているように、都市の知識人を題材にした作品に多い[7]のであるが、同時に作者がしばしば作品のテーマをはみ出して、本来かかわりのない諧謔や諷刺、私的な好悪感をもりこんでしまうという創作上の傾向とも無関係ではない。その傾きが最も大きいのは『故事新編』である。

魯迅は「フロイト説によって創造――人間と文学の――起源を解釈しようと」するはずであった「補天」の冒頭に「古代の衣冠を身につけた小男を、女媧の両股の間に出現させ」るような「悪フザケ」をしたり[8]、「鋳剣」の冒頭部でもいきなり主題と関係のないネズミの赤鼻を描いて論敵顧頡剛を揶揄、さらに許広平への愛の賛歌を主要人物である「黒い男」に歌わせたりする[9]など、論争の要素や主題に関係のない遊びを作品にしばしば混入させることがある。

「薬」の末尾で革命の犠牲者を追悼するため、塚のまわりに「花輪」を添えてカラスを飛ばせたり、「阿Q正伝」の序章で、口語文に反対する林語堂を揶揄するため、主題とは関係のない叙述文を挿入するなど、[10]それらによって小説としての整合性をみずから破壊することがしばしばある。

この「悪フザケ」や主題と関係のない文章の挿入がよくないことは、むろん彼自身が誰よりもよく認識していた。「悪フザケは創作の大敵である」と、彼は『故事新編』の「序言」においても自戒しているほどである。だが、創作の中にすら論争を持ち込まないではいられないのが魯迅であった。小説家魯迅はしばしば評論家魯迅のダミーであり、彼の本領はむしろ後者であったともいえよう。

第十四章　詩人と啓蒙者のはざま

はじめに

　その五十五年の生涯で残した業績から評定すれば、魯迅は小説家であり、評論家であり、古典研究者であるとともに翻訳家でもあり、近代版画の導入者でもあった。そうした多くの顔を持つ魯迅の思想や人格を、ある人は文学者と呼び、あるいは思想家と称し、革命者と規定したが、周知のように毛沢東はそれらのすべてであると概括した。つまり、一言ではくくりきれない多面的な容貌をもつ人であったが、あえて要約すれば、文芸の啓蒙者である。

　ただ、日本語の「啓蒙者」には単に「蒙を啓く者」、無知な人に知識を授けると言った軽いひびきがあり、そのせいもあって魯迅を啓蒙者と呼ぶことにためらいをもつ人たちがいる。日本での魯迅研究に画期的な業績を残した竹内好も、「他物を支えにしない」という意味で魯迅を「文学者」

と規定し、「文学者であることによって、現われとして啓蒙者」であるという。にもかかわらず、魯迅の営為は啓蒙者としてのそれであり、そのため竹内はこのようにわかりにくい表現をとったのであろう。

だが、魯迅は文字通りの啓蒙者である。ただし、その「啓蒙」の中身は、人間として生きる場合の精神的なありようにかかわる意味あいをもち、その志を問うものであった。創作も、翻訳も、古典研究も、評論も、すべてが中国人の精神形成にかかわる内容を持ち、それを撃つものであった。日本留学の初期、親友許寿裳と学院の宿舎で「国民性の改造」を論じた周樹人の初心は、その生涯にわたって不変であったといえよう。

このことを確認した上で、魯迅の版画運動およびソヴィエト文芸の翻訳に関する業績を、主として『集外集拾遺』の掲載文に即して記述し、あわせて詩人としての魯迅に言及する。

一　創作版画運動の提唱者

魯迅は少年時代から美術に対して強い関心をもっていた。幼少期の遊びの延長線上にあった行為はさておいても、彼は民国初年の教育部役人時代に、夏期講習会で「美術略論」を講じたり（一九一二年）、「美術の普及をはかる意見書」を書いて教育部『編纂処月刊』に発表（一九一三年）したりしたことがある。そもそも、蔡元培教育部長（日本の文部科学大臣に相当）が彼を教育部社会教育司に迎えたのは、「魯迅が美学と芸術教育を研究し」その方面での造詣も豊かであることを知っていたからだと、許寿裳は記している（『亡友魯迅印象記』）。

その後も、同郷の画家陶元慶の個展を応援したり（「陶元慶氏西洋絵画展覧会目録」序）、若手の画家司徒喬の展覧目録に序文を寄せたりした。また、上海到着後まもなく、内山書店で板垣鷹穂の「民族的色彩を主とする近代美術史潮論」（大鐙閣、一九二七年）を購入して、『北新』半月刊雑誌に訳文を連載した。これは魯迅による最初の美術書の翻訳である。それから一年後の一九二八年秋、彼は「数人の気のあった青年としめしあわせて、朝花社を設立」した。その「目的は、東欧と北欧の文学を紹介し、外国の版画を輸入すること」にあった。彼らは「質実剛健な文学」を求めて、『朝花旬刊』を出し、『近代世界短篇小説集』を出し、『芸苑朝華』を出した。（魯迅「忘却のための記念」）

「『芸苑朝華』広告（『集外集拾遺』）によれば、このシリーズは当初、第一期十二集を刊行予定にいれていた。しかし実際に発行されたのは、「『近代木刻選集』一、二集、『蕗谷虹児画選』、『ビアズリー画選』及び『新ロシア画選』の五集だけである。このうち、初めの四集は上海の「合気教育用品社」から発行され、最後の一冊だけが「光華書局」から出ている。後が続かなかったのは、たぶん売れ行き不振で資金の回収ができなかったからであろう。「芸苑からは見すてられてしまって継続するのが困難になってしまったという、「『新ロシア画選』小序」の言葉は、その間の事情を正直に語ったものである。

ただいずれにしても、魯迅による木版画の紹介は。この「芸苑朝花」シリーズを最初とする。それはまた、近代中国における創作版画運動の始まりでもあった。しかも木版画（魯迅の言う「木刻」）は、その後、魯迅の指導下に中国近代美術の骨幹をなすジャンルとして成長した。その結果、中国美術史上での魯迅の位置は、文学史上のそれに匹敵する巨大なものとなるのである。

では、魯迅はなぜ中国に木版画を導入したのか。このことを、彼は後に三点に整理して述べている。第一は、それが「面白く遊べるから」であり、第二は「簡便であるから」、そして第三は「有用であるから」だという（「『木版画創作法』序」『南腔北調集』所収）。ただし、これらの要約された言葉は、その効能を外面から説いたものにすぎない。魯迅のほんとうのねらいは、木版画を、民衆に直接アピールする芸術として、実生活にもちこむことにあった。いうなれば、「革命芸術」としての役割を、彼はそこに期待していたのだ。費用がかからず、短時間で制作でき、しかも文字の読めない多数の民衆に何かを伝えようとすれば、創作版画こそは、「現代中国にぴったりの芸術」だったのだ（同前）。

「『新ロシア画選』小序」でも、右のような趣旨の言葉がさりげなく述べられている。「中国の製版技術は現在のところ精巧ではないので、その形相を変えるよりは急がぬ方がよいというのがその一。革命の時には、版画の用途が最も広く、どんなにあわただしい時でも、わずかな時間ででできるというのがその二。」――これらは、魯迅が「版画を多く取り上げた」理由の一端である。

「芸苑朝華」を嚆矢として、その後、魯迅は次々に木版画の復刻を実行する。「メッフェルトの木刻、セメントの図」、「木刻紀程」、「引玉集」、「北平箋譜」、「十竹斎箋譜」、「ある男の受難」、「ソ連版画集」、「死せる魂百図」、「ケーテ・コルヴィッツ版画集」等が、魯迅晩年の数年間に陸続と刊行された。それらの多くは魯迅の自費出版物であり、発行部数も非常に少ない。それぞれの版画集に附された魯迅の序文と後記の主要な十篇が『集外集拾遺』に収載されている。

『近代木刻選集』（一）小序、附記
『蕗谷虹児画選』小序
『近代木刻選集』（二）
『ビアズリー画選』小序
『新ロシア画選』小序
『メッフェルトの木刻、セメントの図』序言
『北平箋譜』序
『引玉集』後記

これらの大部分は外国の木版画を紹介したものだが、『北平箋譜』だけは中国の伝統芸術保存のために編集された書物で、そのせいかどうか、「序」も珍しく文語体で記されている。「箋譜」というのは、中国の文人たちが書翰や詩をしたためる時に使用する用紙（信箋、または詩箋）を集め

たもので、魯迅も「早くから箋紙を蒐集しており、特に北平（北京）のものに注目していた」と鄭振鐸は「訪箋雑記」（『北平箋譜』第六巻）で記している。『北平箋譜』の編集ならびに刊行は、鄭振鐸との共同事業だった。

この後、魯迅は再び鄭とともに、『十竹斎箋譜』の翻刻作業にはいる。これは、明末の胡正言《こせいげん》が選集した全四巻の詩箋図譜で、河北省通県の王孝慈蔵本を使って、北京の栄宝斎から刊行した。ただし、魯迅の生前には一巻だけしか出版されなかった。「版画叢刊会」の名義で発行している。

こうして内外の木版画を紹介し、保存すると同時に、魯迅は版画の制作者を養成するためにも懸命の努力をはらった。一九三一年夏には、内山完造（内山書店主）に呼ばれて上海に来ていた弟の嘉吉（成城学園小学部の美術教師）に依頼して、創作版画講習会を開いた。六日間の会期中、魯迅は終始通訳をつとめた。

これより少し前、魯迅は馮雪峰を通じて、「一八芸社」の青年芸術家たちが木刻に関心を持っていることを知り、彼らにさまざまな援助の手をさしのべている。一八芸社というのは、一九二九年（民国十八年）に成立した国立杭州芸術専科学校の学生美術団体で、一九三〇年代には「上海を中心とする左翼文芸思潮の影響を受けて、この団体の性格に変化が現われ」た（江豊「魯迅先生と『一八芸社』」）。その結果、芸専当局から放校された学生たちが、三一年春に上海へ出て、「上海一八芸社研究会」を組織した。彼らは、魯迅の出版した『セメントの図』（一九三〇年九月）に啓発され、手探りで木版画の制作にとりかかったといわれる（同前）。

同社はすでに「中国左翼美術家聯盟」の公然化された活動部門となっていたが、馮雪峰は「中国左翼文化総同盟」を代表して、この聯盟の指導にあたっており、その関係で一八芸社とも接触を保っていたのである。魯迅の提唱した創作版画は、こうして当時の進歩的な運動と結びつき、しだいに若手の芸術家を育成したが、それとともに創作版画運動は、国民党当局による厳しい弾圧を覚悟しなければならなくなった。創作版画に従事する青年たちは、しばしば投獄され、処刑されていった。そのような犠牲者に対する魯迅の痛切な哀悼が、たとえば「深夜に記す」と題した一連の文章（『且介亭雑文末編』）や、先述の「忘却のための記念」に記されている。

二　ソヴィエト文芸の紹介

ソヴィエト・ロシアとその芸術に対する魯迅の関心が、もっと明確な形で表明されるようになるのは、一九二四年以降のことだ。それは、『魯迅日記』の各年末に附された「書帳」（購入図書目録）等からも、あるていど読みとることができるだろう。とりわけ、彼が上海へ移住した一九二七年末から関係文献の購入が目立って増加する。同年十月十日の日記には、「午後、内山書店へ行って『革命芸術大系』一冊を買う」という記述があり、さらに二日後には『労農露西亜小説集』一冊を購入している。いずれも日本の金星堂の出版書で、前者は尾瀬敬止の著書、後者は米川正夫の翻訳だと推定される。一九二七年末の二か月余に、魯迅は十五冊の関係文献を購入した。

日本留学生出身で、創造社の論客成仿吾の影響下に評論活動を始めた馮乃超が、「芸術と社会生活」（『文化批判』第一期、一九二八年一月）によって魯迅批判の火ぶたを切り、魯迅がそれを受けて立つことで、一九二八年には「革命文学論争」が戦端を開いた、この年、魯迅の「書帳」には、少なめに見積もっても六十種に及ぶ関係文献が記帳されている。同時に、彼はルナチャルスキーの「芸術論」（昇曙夢訳『マルクス主義芸術論』一九二八年、柏揚社）や、「文芸と批評」（金田常三郎訳『トルストイとマルクス』一九二七年、原始社その他）をはじめとする数冊のマルクス主義文芸理論書を翻訳、出版する。

右のような理論書の翻訳を手がける一方、魯迅はソヴィエト文学作品の翻訳にも手を染めた。むろん、日本語文献からの重訳である。一九二九年から翌年にかけて、彼はソ連の同伴者作家ヤコヴレフ（一八八六―一九五三）が、十月革命期のモスクワを描いた中篇小説『十月』を訳し、初めの四章を月刊『大衆文芸』（郁達夫編集）に連載した。底本には井田孝平の訳本（一九二八年、南宋書院、世界社会主義文学叢書四篇）を使用している。

この外にも、ルナチャルスキーの『解放されたドン・キホーテ』と、ファジェーエフの『壊滅』を重訳しているが、これらは本来「現代文芸叢書」の一環として神州国光社から刊行されるはずの作品だった。だが、「『鉄の流れ』校閲後記」がいうように、当局の「左翼作家への圧迫」が「書店を恐怖させ」、叢書出版の「契約は破棄」された。『集外集拾遺』に収録されている「『ファウストと都市』後記」、「『静かなドン』後記」、「『解放されたドン・キホーテ』後記」等は、どれも「現代文芸叢書」に予定した作品のために著された魯迅の解題である。
彼は、「新しいロシアの文芸作品」を、自分で重訳するだけではなく、柔石や姚蓬子、韓侍桁、成文英、曹靖華、侯樸といった、当時の彼と密接な往来のある多くの文学青年とともに、積極的な導入工作を開始した。それらのあるもの——たとえば、柔石訳の『ファウストと都市』——も重訳である。そして、彼らの重訳に対しては、左右両面からの批判が出た。それに対して魯迅はこんなふうにひらきなおっている。

「当分の間、人から嘲罵されようとも、やはり日本語から重訳するか、あるいは原文をもとにしながら、日本語訳本と対照して直訳するほかないだろう。私はやはりこのようにしようと思うし、また、もっと多くの人がこのようにして、徹底した高尚談義の中から生ずる空白を埋めることを希望する。我々は蔣氏のように「おかし」がっているわけにはいかないし、また梁氏のように「待って」、「待って」、「待って」いるべきではないからだ。」（「『硬訳』と『文学の階級制』」『二心集』所収）

魯迅にしても、むろん「その国の言葉がわかって、その国の文学を訳すのが最もよい」という。「だが、そうしていれば、中国では上はギリシャ・ローマから、下は現代に至る文学の名作の訳本は、なかなか現われない」ことになる。重訳は、原文からのすぐれた翻訳が出るまでの、一時しのぎに欠くことのでないものだと主張するのである（「重訳について」『花辺文学』）。

ところで、予定された「現代文芸叢書」全十冊の中、実際に神州国光社から発行されたのは、『ファウストと都市』および『静かなドン』の二冊だけである。おりしも、曹靖華の手で『鉄の流れ』の翻訳が進行していたけれども、すでに同叢書へはめこむ条件はなくなっていた。しかし魯迅は、このころ中国で刊行されていた楊騒の訳本には不満だったので、曹靖華には出版社との契約破棄の事実を知らせず、あえて曹訳を続行させ、そのすぐれた訳本を、自己資金によって設立した三閑書屋から刊行した。魯迅訳の『壊滅』も同社から出版（一九三一年十月）したが、これにはもう一種類、上海の大江書舗から一か月前に出した版本もある。

ここで積み残された六冊の内、魯迅訳の『十月』だけは、一九三三年二月に神州国光社から、改めて「現代文芸叢書」の一冊として発行されたようだ。同じく魯迅訳となっている『解放されたドン・キホーテ』も、さらに一年あまり遅れて上海の聯華書局から刊行された。ただし、この本は「『解放されたドン・キホーテ』後記」がいうように、実は瞿秋白の訳文である。その間の事情は、同文ならびに「文芸連叢――その開始と現在――」に詳しく述べられている。曹靖華訳の『やくざなアンドロン』その他とともに、それは「文芸連叢」の一部にくみこんで発行された。これらの多くが、木版画の挿絵を採用しているのも、目立った特色の一つである。

それにしても、この分野での魯迅の反応は敏速である。それはソ連の文芸作品、ひいては彼のロシア革命に対する関心と無関係ではない。次のような発言がある。

「私が読んだ範囲でいえば、中国のこの十一年間に、ルナチャルスキーの『解放されたドン・キホーテ』、ファジェーエフの『壊滅』、グラトコフの『セメント』に比べられるような作品は、まったくなかった。」（「『硬訳』と『文学の階級制』」一九三〇年）

三　旧詩作者魯迅

中国の旧時、高級官吏となるためには作詩能力が要求された。したがって、役人はすべて詩作者であり、詩人の多くは官職を奉じていた。だがもちろん、作詩者がすべて詩人である道理はなく、現実には詩魂のない詩人、詩情のない詩作品が、日常的に氾濫していた。科挙（高級官吏登用試験）の受験科目となる「試帖詩《しちょうし》」の多くは、その性格上、とうぜん感動をともなわぬ観念の作品、かつて王朝時代の日本歌人が盛んにこころみたそれと同じく「題詠」であった。この詩は脚韻、音数律ともに厳格な規格の適用を必要とされる定型詩（清朝では五言十六行）である。科挙での登第（合格）をめざす地主や富裕な商人の子弟は、幼時から私塾や家庭教師のもとで、経学とともにこうした受験のための作詩技術を徹底的にたたきこまれた。

祖父が殿試（科挙の最終試験）に登第した「進士」であり、父親が予備試験の合格者（秀才）である魯迅の場合も例外ではなかった。古来、あまたの文人を輩出した紹興の町で、彼は塾師から厳しい薫陶を受け、応試のための勉学に、早くから励んだ。旧詩の制作についても、当然、それなりの技能を習得していた。だが、詩について語るとき、魯迅は常に控えめである。「不幸なことに、私は詩についてはあいにく素人なのである」（「詩歌の敵」『集外集拾遺』）。「残念なのは、私が全く詩を解せず、詩人の友達もないことだ」（白莽作『子供の塔』序）。こう語りつつ、詩からはおよそかけ離れた地点にあると思えるような大量の雑感文を吐き出した。

魯迅がこのように、詩については過度と思えるほど謙虚であるにもかかわらず、彼を知る人はいずれも口をそろえて、彼は詩人であるという。日本留学の早い時期に知り合い、ついに生涯にわたる親友となった許寿裳がそうであったし、一世代若い評論家の李長之も、「魯迅は、文芸上では一個の詩人である」という（『魯迅批判』）。しかも、彼のいう詩人とは、決して「花鳥風月を吟ずる雅人の類に入れる」という意味ではない。なぜなら、「彼は魂の深処で、それほど酔狂でもなく、優美でもなく、また従容としているわけではない」からだ。「彼の所有するものは、むしろある種の強烈な情感と、ある種の粗暴な力である」という。

この詩人としての魯迅には、二十数篇の散文詩と数十首の近体詩、楚辞のスタイルにならった騒体の詩三題五首および若干の口語自由詩がある。そして、彼自身が「雑感」と呼ぶエッセイふうの短い評論文にも、往々にしてきらめくようなリリシズムが行間にあふれ出ている。魯迅が中国人留学生のための日本語学校・弘文学院に学んでいた留学初期、彼の机の引出には、「バイロンの詩、ニーチェの伝記、ギリシャの神話、ローマ神話等々」が、「離騒」とともにしまいこまれていたといわれる。それから数年、仙台医学専門学校を中退して本格的に文学ととりくみ始めたとき、彼が「最も傾倒した」のはバイロンだった。最初の文学評論である「摩羅詩力説」には、そうした魯迅の傾きがまざまざと映し出されている。摩羅、つまり悪魔派の詩の力に関する彼の論説は、セイタニックなロマン派詩人に対する、魯迅の異様なまでの熱情を表明している。その始祖バイロンは、当時の彼が「精神界の戦士」に見立てて描き出した理想の英雄像であった。「詩を以て人の性情を移しかえ、誠実、偉大、強力、敢行の域につかせよう」――こう宣明して、彼は仙台以後の文筆活動を開始したのでる。

魯迅自身は、しかしその後ながく詩を作っていない。今日知られる留学後最初の作品は一九一二年に、友人范愛農の訃報を受けとった直後の「范君を哀しむ三章」である。

風雨飄揺日　　風雨の吹きすさぶ日、
余懐范愛農　　私は范愛農を懐う。
華顛萎寥落　　白髪頭で落ちぶれてはいても、
白眼看鶏虫　　白眼で鶏虫（何幾仲）の輩を見下していた。
世味秋荼苦　　秋荼（にが菜）のように苦い世間に、
人間直道窮　　正論をぶつけて行きづまった。
奈何三月別　　三月の別れが、なぜこうも
遽爾失畸躬　　急な畸人（反俗の士）の死になったのか。

この詩は、花鳥風月の諷詠ではない。韻字の選択さえ規格どおりではない。たとえば、第二句の脚韻「農」は、平水韻では「冬」の字で代表される「二冬」に所属する文字だが、以下の偶数句の句末に置かれた「虫」「窮」「躬」の三字は、いずれも別なグループに属する「一東」の韻である。第三首にも同様の乱れが認められ、それはこの後の魯迅旧詩にしばしば見られる作詩傾向の一つの特徴である。いったいに中国の旧詩は、韻律の整合を過度に要求するきらいがあり、その厳格な形式主義は、しばしば詩人の表白内容を拘束したり、歪曲させたりした。そういうことへの批判をもこめて、後に魯迅は詩についてこんなふうに記した。

「詩には形式が必要です。おぼえやすく、わかりやすく、歌いやすく、ひびきがよくなければなりません。だが、規則はきびしすぎてはなりません。韻は必要だが、旧詩の韻による必要はなく、調子がよければそれでよいのです。」（一九三五年九月二十日、蔡斐君《さいひくん》あて書簡）

これは、たぶん新詩（口語自由詩）について述べた言葉であろう。だが、押韻に関しては、同様の規範が魯迅晩年の旧詩中でもしばしば適用されている。同じころ書いた別な書簡中でも、彼はやはり新詩について次のように述べている。

「内容はさておくとして、新詩にはまずリズムがあり、ほぼ似通った韻があり、みながおぼえやくす、調子がよくて、歌うことができなければならない、と思います。」

もっとも、韻律の軽視と作詩内容の変化は、このとき初めて現われたわけではない。「范君を哀しむ三章」より九年前、魯迅の日本留学二年目の七言絶句「自ら小像に題す」にもそれはあった。（本書第三章参照）

霊台無計逃神矢　霊台　神矢を逃れんに計なく
風雨如磐闇故園　風雨　磐の如く故園闇し
寄意寒星荃不察　意を寒星に寄するも荃察せざらん
我以我血薦軒轅　我　我が血を以て軒轅に薦げん

結句の「軒轅」は、漢民族の始祖と称される黄帝のこと、清朝末期の革命派人士が愛用した伝説上の人名である。詩人はこの古代の皇帝、つまり血統を同じくする同胞にむかって自らの血を捧げようと宣言する。しかも、この重要な意味をもつ一句の中で、彼はすでに大きく近体詩の禁忌を犯していた。すなわち第四句のアクセントは仄仄仄仄仄平平というように、これは旧詩のきまりからいえば、まったく常軌を逸した異様な配置である。

それは、詩人自らの昂然たる志を、なかばたわむれに盛り込もうとした技巧上の工夫であったかもしれない。ともかくもこの詩は、内容面でもそれ以前の詩――たとえば、「諸弟に別る」、「蓮蓬人」等と大きく趣を異にするものであった。いうなれば後日の社会批判を旨とする「諷喩詩」への展開を示す作品である。

四　アンガージュマン

今日残存する魯迅旧詩の八十パーセントは晩年の作である。これを、たとえば夏目漱石の漢詩と読みくらべてみれば、両者の特徴がはっきり浮かび上がるだろう。明治四十三年（一九一〇）七月三十一日、漱石四十四歳のときに作った無題の五言絶句一首をとりあげてみよう。

来宿山中寺　　来たり宿す山中の寺
更加老衲衣　　更に加う老衲《ろうのう》の衣
寂然禅夢底　　寂然たり禅夢の底
窓外白雲帰　　窓外　白雲帰る

これは、漱石が胃潰瘍のために入院していた長与胃腸病院から退院した日の作である。「老衲」の衲は僧衣を意味するが、ここでは僧そのものを指す。「白雲」は単なる自然観というよりは、無心の境地をそこに象徴している。またときには、「彼の白雲に乗りて帝郷に至り」（『荘子』「天地」篇）という際の、俗塵を離れて仙郷へ至る飛行物体としての白雲である。漱石の詩に「白雲」の多用されることはよく知られた事実である。

脱却塵懐百事閑　　塵懐を脱却して百事閑《のど》かなり
偓遊碧水白雲間　　偓遊す　碧水白雲の間
仙郷自古無文字　　仙郷は古えより文字なく
不見青編只見山　　青編を見ずしてただ山を見る

漱石青年時代の紀行文『木屑録《ぼくせつろく》』中の作である。また明治三十二年の作に、「人間固《も》と無事、白雲自《おの》ずから悠悠」、同年の『失題』では、「古意　白雲に寄せ、永懐　朱絃を撫す」など、「白雲」または「白雲郷」を詩語とする漢詩作品は、枚挙にいとまのないほどである。これらを、前述の魯迅旧詩と比較してみるとき、その詩境の相違はおのずから明らかであろう。漱石の詩には、いわゆる「諷喩詩」に類するものはほとんどない。彼はもっぱら、現実に見果てぬ夢を詩歌の中に求め、東洋的理想の境地と彼が想い描いた世界を、そこに創造しようとした。

だが、魯迅晩年の詩は、そのことごとくが諷意に満ちている。惜別の情、哀悼の想いを詠みこんでも、それが単なる感傷であったことは、一度もない。「自ら小像に題す」以後の魯迅旧詩には、この点に関する限り、一首の例外もない。魯迅にとっては、詩でさえもが現実参与《アンガージュマン》の一つの手だてであったようだ。

このような「詩人」にとっては、作詩は、それ自体が必ずしも最終目的ではない。「雑感」の筆先に抒情をもりこむことがあった反面、彼は時として、詩に「雑感」を吐露することがあった。事と次第に応じて、彼の詩は思想を語る武器に変身する。形式だけを旧詩に借りた評論の例を、一首だけ引き出してみよう。

大家去謁霊　　大家　謁霊に去き（みんなそろって墓参り）
強盗装正経　　強盗　正経を装う（物とりどものまじめぶり）
静黙十分鐘　　静黙は十分鐘（黙禱だけは十分間）
各自想拳経　　各自は拳経を想う（いずれは足をすくってやる）

この「南京民謡」と題する五言詩は、一見したところ、絶句のようである。けれども、平仄、韻ともに漢詩の規格から外れていて、旧詩の範疇に属する作品ではなく、拗体詩《ようたいし》（絶句や律詩の変格体）でもない。詩の中身は、時の政情に対する揶揄だけを露骨にもりこんだもので、いうなれば、諧謔を基調とする「打油詩」である。(1) 魯迅にしても、この戯詩に旧詩としての市民権を与えようとは、まったく考えていなかったに相違ない。その証拠に、彼はこれをわざわざ「民謡」と名づけてみせている。

五　詩人と啓蒙者のはざま

すでに見てきたように、詩人としての魯迅は、詩をしばしば諷刺の武器に転用する。それは旧詩だけに限ったことではない。散文詩集『野草』に収められた「私の失恋」と題する定型口語詩の場合もそうだった。ただし、魯迅自身は、「詩歌はもともと己の情熱を発露したもの」と考えていた。それは「哲学や知力によって認識すること」のできないものだ、という考えである（「詩歌の敵」）。もしそうだとすれば、彼の詩作の相当な部分は、本来「詩歌」と呼ぶにふさわしくない作品である。『集外集拾遺』に収められた「好東西《りっぱなかた》の歌」、「公民科の歌」、「『言詞争執《くちあらそい》』の歌」等も、これらはすべて詩の形式を借りた散文である。その詩作品の数も、彼を詩人と呼ぶにはあまりにも少なすぎるのである。ちなみに「好東西の歌」を取り上げてみよう。

南辺整天開大会，
北辺忽地起烽烟，
北人逃難南人嚷，
請願打電鬧連天。

南では朝から大会、
北ではたちまち戦争、
北の人は逃げ南の人はどなり、
請願の電報は連日さわがしい。

還有你罵我来我罵你，
説得自己蜜様甜。
文的笑道岳飛仮，
武的却云秦檜奸。
相罵声中失土地，
相罵声中捐銅銭，
失了土地捐過銭，
喊声罵声也寂然。
文的牙歯痛、武的上温泉，
後来知道
誰也不是岳飛或秦檜，
声明誤解釈前嫌，
大家都是好東西，
終於聚首一堂
来吸雪茄烟。

そのうえどちらも相手を罵しり、
自分は甘くて蜜のようだ、と。
文氏は岳飛《がくひ》を偽物とあざけり、
武さんは秦檜《しんかい》がずるいと言う。
罵声の中にも土地を失い、
罵声の中でも銅銭は募金、
土地を失くして銭は募った、
喊声罵声も今はひっそり。
文氏は歯痛で、武さんは温泉、
後でわかったことにゃ
岳飛も秦檜もおらなんだ、
以前の恨みは誤解であった、
みんな好東西だと声明、
かくして一同一所に集まり
シガーをくゆらす。

詩題の「好東西」は、現代中国語で人をけなす時に使う言葉である。たとえば、「他不是好東西」

といえば、「あいつはよい奴《やつ》ではない（ろくでもない奴だ）」という意味になる。『魯迅全集』の注によれば、この詩は阿二の筆名で一九三一年十二月十一日の半月刊雑誌『十字街頭』第一期に発表されており、南の「大会」は、九・一八事変（満洲事変）勃発後、「国民党内部の蔣介石を指導者とする寧《ねい》派《は》と胡漢民・汪精衛を指導者とする粤《えつ》派《は》が派閥の矛盾を調整するために召集した一連の会議」を指し、北での「戦争」は、同年十一月二十日の「日本軍による錦州進攻」である。

当時、各地の軍閥や政客が事変の勃発に対処するよう請願の電報を打ち、相互に秘術を尽くして争いながら、救国のための義捐金を募集していた。蔣介石は南京の中央軍事学校で学生たちに向って、自分は宋代の岳飛のような忠臣になって日本軍と戦うつもりだが、後方では敵との和平を唱える奸臣の秦檜がそれを妨害するという主旨の演説を行い、胡漢民らの粤派（広東・広西方面の国民党）を非難した。魯迅はそのような寧派（蔣らの南京グループ）を「武さん」、粤派を「文氏」と称して揶揄したのである。詩の形式をとってはいるが、詩情とはおよそ無縁の無味乾燥な内容である。

だが、魯迅を論ずる人々は、誰もが彼を一様に詩人と呼ぶ。それはおそらく、彼の作品に内在する豊かな情感と、外界に鋭く反応するナイーブな感覚、そしてそれらを精錬した言語によって作品にしたてあげることのできる力量を評価した言葉であろう。それは、必ずしも作品の形式によってではなく、その内実によって魯迅の文学を評定した言葉である。執筆に際して、彼が自己の信念に反する何者からの容喙をも峻拒し、ただひたすら自己の内発的な要求に忠実であった、という事実も、彼を詩人と称するときの有力な理由となる。

「文士を養うことは文芸を支援しているように見えるが、実際には敵でもある。宋玉や司馬相如の類はこうした待遇を受けながら、後世の権門の「食客」と同じように、軟弱で犬や馬のような慰みものとなっていたのである。」(「詩歌の敵」)

これとまったく同様のことを、魯迅は別なところでも何度かくり返している。たとえば、「幇忙《おてつだい》文学と幇閑《たいこもち》文学(2)」も、そこから固有名詞を除外すれば、やはり「詩歌の敵」に対する魯迅の激しい憎しみの言葉で埋められた文章である。しかも彼は、こうした発言内容を現実の生活態度によって裏打ちした。たとえそのために不利益を招くことがあると承知していても、彼はあえて筆先を曲げなかった。このような魯迅の営みを指して、「詩人」と称することは、たしかにまちがってはいないであろう。

けれども同時に、私たちは、魯迅が詩の世界に心ゆくまで安住できなかった、という事実にも留意しておきたい。その入口まで足を踏み入れておきながら、気がついてみると、彼の筆先はいつのまにか散文の世界へ舞い戻っていた、という例を、読者は何度も目にしたはずである。寓話まで取り込んだ散文詩集『野草』の不整合、旧詩に型式を仮託した諷刺文の分身、「歌」とは名ばかりの痛烈な政治批判、……こうした作品の数々を、魯迅から拾いあげることはたやすい。

詩情とは無縁の雑文を大量に吐き出して人びとを啓蒙しながら、その一方で、彼は革命の主体となる人間の精神的ありようを常に問い続けた。いや、彼の詩魂が、彼をそのような啓蒙者にかりたてた、というとらえ方も可能であろう。かくして魯迅は、詩の世界についの住処を見出し得ぬまま、詩とも散文ともつかぬ作品を、次々にその手から繰り出していった。魯迅にとっては、こうしたはざまに立つ営みこそが、文筆活動のすべてであった。

第十五章　自覚なき実存

一　革命と文学

中国の十九世紀は、王朝の交替を二千年以上にわたって常態としてきた歴史に大きなくさびを打ち込み、西欧列強による外圧をきっかけとしながらも、この国がかねてからもっていた複雑なナショナリズムを内発的要因として苦悩に満ちた国造りの契機を獲得する時代であった。そして、孫文と魯迅はその時代を象徴的に代表する革命者であった。

一八六六年生まれの孫文と、その十五年後に出生した魯迅は、それぞれが新しい中国の国造りと人作りを、あたかも分け持つようにライフワークとして、生涯にわたる格闘を繰り返すことになる。そのいずれもが青年期には医学徒として始発、一人はそこから実際的な革命運動に従事し、もう一人は文筆によって、国民の精神に抵触しようとした。

当初、彼らは日本の明治維新をモデルとする変法自強運動を改革の理念として共有したが、その期間はきわめて限定的であり、孫文の場合には十九世紀の終焉を待たずして漢民族主体の共和国建設を目標とする武装蜂起に専念、魯迅も二十世紀初頭の日本留学後まもなく満洲族政権である清朝打倒のナショナルな共和革命に共鳴する。

一八九五年、孫文は広州での蜂起に破れて亡命者となり、日本を初めとする世界の国々を渡り歩いて革命に従事し、しばしば生命の危険にさらされながらも建国の理想に燃やす情熱を絶やすことはなかった。国造りの設計は自らの生命を担保とする危険な事業である。ロンドンでの受難(一八九六年)[1]、軍閥陳炯明の反乱による危機(一九二二年)等、彼は何度か死の危険に直面しながら、そのつど奇跡的に危機を脱出し、死に至るまでその理想を棄てることはなかった。実際活動を行なう者として現実的な妥協を余儀なくされることもしばしばあったが、それでもその精神において彼は終生そう呼ばれるにふさわしい革命者であった。

魯迅の場合、その生涯を通じて革命の実際活動に関与する事はなく、建国の設計図さえ示すことはなかったが、それでいて、彼は孫文から毛沢東に至る革命の道程を注意深く見守りながら、いかにすれば革命者が育成できるかを一貫して問い続けてきた。いわば精神の革命者として魂の造型に参与していたのである。

そのような魯迅にとって、文学は現実生活では無効であり、実学とは無縁の「余裕の産物」でしかなかった。だが、無効であり無縁であることによって、それは初めて精神に作用することが可能であると認識されていた。そして、「現状に安んじない」ことで、革命と文学には一致点があると考えている。「文芸と政治の岐路」と題する講演の中で、魯迅は文学と革命及び政治の関係を次のように語っている。

「私はつねづね文芸と政治はいつも衝突していると感じています。文芸と革命は元来相反するものではなく、両者の間には、現状に安んじないという一致点があります。けれども政治は現状を維持しようとしますから、現状に安んじない文芸とはおのずから異なる方向に向かいます。……(中略)……政治は現状を維持し統一させようとしますが、文芸は社会の進歩を促し、しだいに分離させようとします。文芸は社会を分裂させますが、しかし社会はそうして始めて進歩するのです。」

その結果、文学者は政治家から邪魔者扱いされ弾圧を受けるのであるが、しかし、「文学者は自分で芝居をやって人に見せたり、或いは縛られて首をハネられたり、或いはすぐ近くにある城壁の下で銃殺される」ものであり、「文学者とは自分の皮と肉をもって殴られている」ものなのであるという。夏目漱石が『草枕』の旅人に、「詩人とは自分の屍骸を、自分で解剖して、其病状を天下に発表する義務を有している。」と言わせているのとまったく同様の文学観を、魯迅はここで述べている。ただし魯迅の場合は、社会的かかわりにおいて漱石とはかなり距離のある発言であった。

二　個人的無政府主義

人は人生のあらゆる場面で選択を迫られる。その時、複数の選択肢からいずれを選び取るかはその人の価値観に関わる事柄であるが、人間あるいは自らの存在についてあらかじめ所与の羅針盤をもたない場合には、その選択のすべてに自らが責任を負わなければならない。現実存在（existentia）に先だって本質存在（essentia）のあることを認めない実存主義哲学の信奉者は、その自由と引き替えに孤独と不安、絶えざる懐疑と絶望を余儀なくされるのである。

その少年時代には康有為の変法自強説に夢を描き、日本留学後は章太炎や孫文の種族革命に理想を託し、五四新文化運動の中では進化論に共鳴していた魯迅ではあるが、しかしそうした社会改革の理念よりも、それをになう人間精神のありようにより本源的な価値を見ようとする視座から、彼は常に火中の栗を拾い続けた。そして、その根底に見える態度は、きわめて実存主義的であった。

むろん、一九三〇年代にドイツの思想界で確立し、四〇年代のフランスにようやく移入されたといわれる実存哲学が、魯迅の生きた時代に中国へわたった痕跡はなく、それどころか「現実存在」という言葉すら、当時の中国文化界で見出すことは困難だった(2)。ただ、魯迅には留学時代の後期、ニーチェに心酔した時期があり、そのニーチェ受容は本来のニーチェイズムとはかなり異なったものではあったが、あえていえば彼にはその青年期から、実存的な思考に近接する傾きがあったのである。

また、生の哲学はそれが体系化され定義を与えられた後で、初めてその地位を獲得するものではない。それは哲学者によって命名され、思想として構築される以前から、個々人の内面で原初的に存在するものである。魯迅の場合も、実存哲学を学んだ後で実存的な思考を始めたのではなく、彼が現実存在に先立つ普遍的、必然的な本質存在を認めないままに、現前で挫折する社会改革を数多く目撃し、その根底に国民性の改善なくして中国の蘇生はあり得ないという信念を持った中で、結果的に実存的思考にたどり着いたと見なすべきであろう。

換言すれば、魯迅はヨーロッパの哲学者が理論化した現実存在の哲学とは異なる立場で、独自に実存的思考を始めていたのであり、そのことは彼が創作とは別な場面でより端的に内心を吐露した私的文章の中でいみじくも表白されているのである。たとえば『両地書』には次のような一節がある。

「私はいつも〝暗黒と虚無〟だけが〝実在〟だと感じており、そのくせそれらに向かって絶望的に戦うものですから、どうしても過激な口調が多くなります。」（第四信）

同じ文章の中で、彼は自分の訳したアルツィバーシェフの『労働者セヴィリオフ』に言及して、「これらの大勢を徹底的に破壊しようとすれば、〝個人的無政府主義者〟になってしまいます」と記しているが、それは〝実存主義者〟という言葉に置き換えても、それほど違和感のない用語である。『両地書』の第二信でも、許広平の問いに答えて次のような返信をしたためた。

「〝人生〟の長い道のりを歩むとき、最もぶつかりやすいのは二つの大きな難関です。その一つは「分かれ道」です。墨翟先生（墨子─筆者注）の場合は、慟哭して引き返したそうです。だが私は、泣きもしなければ引返しもしません。まず分かれ道に腰をおろし、しばらく休むか、あるいはひと睡りし、それから歩けそうな道を選んで、また歩き出します。もしお人好しに出会ったら、彼の食物を奪って飢えをみたすかも知れませんが、道はききません。彼の知っているはずはないと思うからです。……（中略）……もう一つは「行きどまり」です。阮籍先生も号泣して引返したそうです。でも、私は分かれ道のときのやり方同様、踏み越えて行きます。いばらの中であっても、しばらく歩いてみます。」

これらの文章はいずれも一九二五年に記されたものであり、それはちょうど魯迅が第二創作集『彷徨』や散文詩集『野草』を編んだ時期とも一致している。本書の第十三章でも述べたように、魯迅は五四新文化運動の高揚した「吶喊」の時代から、それが低迷して「彷徨」にいたる過程を時代の流れに沿って体験し、その心情をそれぞれの作品集に命名した。

この後、彼は北京を離れて廈門から広東をさすらい、一九二八年十月には、ついの住み処となる上海に到着して「革命文学」者からの批判を迎え撃つことになるのであるが、その結果、魯迅は「進化論だけを信じる偏向」から抜け出すことになる。

「私には創造社に感謝せねばならぬことがある。それは彼らに「押しつけ」られて、幾種類かの科学的文芸論を読み、以前の文学史家たちがさんざん論じても、なおすっきりしなかった疑問をわからせてくれたことだ。そしてこのためにプレハーノフの『芸術論』を訳し、私の――また私のために他人にも及んでいる――進化論だけを信じる偏向をただしてくれたことだ。」（『三閒集』「序」）

同じ文章の中で、魯迅はまた次のようにも記している。

「私はこれまで進化論を信じていたので、将来はかならず過去にまさり、青年はかならず老人にまさるといつも思っていた。青年に対しては、私は鄭重に対処し、しばしば私が十刀をあびせられても、一矢を報いるだけだった。けれども後になって、私は自分の間違っていることがわかった。」

これは血気にはやる若手のマルクス主義者からの批判に応える中で、みずからもマルクス主義文芸論を学び、その結果として「進化論」から脱皮したことを、やや自嘲的に回想した文章である。ただ、それによって彼の到達した思想的立場については、その後も彼自身が言及したことはない。

しかも、晩年には国防文学論や中国左翼作家聯盟の解散問題をめぐって、周揚を初めとする上海在住の中国共産党員たちと激しく論争しながら、一方では「中国の現下の革命的政党（中国共産党―筆者注）が、全国人民に提起した抗日統一戦線の政策」を擁護し、「無条件でこの戦線に加わる」ことを宣言した。(3) このような魯迅の態度は、一見きわめて分かりにくく、そのためしばしば誤解を生んできた。だが、固定したイデオロギーから魯迅を理解をしようとしても、それは魯迅によって激しく拒絶されるだけである。

三　彷徨する過客

魯迅には戯曲形式で創作した作品が二篇あり、(4) その一つ、「過客」には、「五四退潮期」の中で彷徨する作者の思念が中年の旅人に仮託されている。作中に登場する老人（老翁）と少女（女孩）、旅人（過客）の三人は、それぞれが過去と未来、現在を表象する。

どこから来たかも知らず、どこへ行くかも知らない旅人が、いま向かっている「先」は、老人にとっては「墓場」であるが、少女には「野百合や野バラ」のある美しい花園である。自らの名前さえ知らず、「歩き通して喉がカラカラになり」「とっくに足の歩きへった」旅人は、それでもひたすら前に向かって歩み続けなければならない。「引き返した方がよい」という老人に対して、しかし彼は、「行くよりほかはありません」と答える。「どこへ引き返しても」「看板のないところ」、「縄張りのない所」、「排斥と策略のない所」、「追従笑いのない所」、「空涙《そらなみだ》のない所」はないからである。

それらの一切を憎む旅人は、あえて引き返すことをこばみ、「行くよりほかはありません」という。「いつも先の方からせき立て、呼びかける声がある」からである。だが、足はもうとっくに歩きへって、「傷だらけになり、血だらけに」なっている。彼は「血が飲みたい。血はどこにあるのでしょう。だけれど私はたとえ誰の血でも、飲みたくありません。私は水を飲んで、私の血を補うより仕方ないのです。」という。

この旅人の思い詰めた暗さには、地図をもたない旅人――魯迅の本心が透けて見えるようである。行く先は知らないが、しかし進むしかない。血によって体力は補給したいけれども、そのために他人を犠牲にすることはしたくない。そして、行く先も知らずにひたすら歩き続ける旅人。ここには、たとえ道しるべがなくても、未来に向かって投企するしかないという、思い詰めた魯迅の心情が吐露されているのである。

散文詩集『野草』に収録された作品には、三人の登場人物に過去・現在・未来をあてはめた「過客」と同じ類型が他にも組み込まれている。冬の後に訪れる春を夢見る「小さな桃色の花」と、春の後はやっぱり秋だと諦観する「落葉」との間で、声もなく鉄のように突きたった「ナツメの木」を描いた「秋夜」。「黎明」と「黄昏」の境で「無地」にさまよう「影の告別」、「布施する者」と「乞食」との間で「布施する者の上位」にいて「痾癖と疑いと憎しみを与える」私、「賢人」と「奴隷」から疎外された「馬鹿」。いずれの場合にも、両極のはざまにある者が、このころの魯迅を体現する。

第二創作集『彷徨』と散文詩集『野草』を編んだ時の魯迅は、休息の場を持たない文字通りの彷徨者であった。孤独と不安、絶えざる懐疑と絶望を余儀なくされていたのである。

「辛亥革命を見、第二次革命を見、袁世凱の帝政や張勲の復辟を見、あれこれ見て、懐疑的になり、そのため失望してすっかり意気消沈していた。民族主義の文学者が、今年、ある通俗新聞で「魯迅は疑い深い」と書いた。まことにそのとおりである。」（魯迅『自選集』「自序」一九三二年）

このころ、彼は許広平に向かって「あなたの反抗は、光明の到来を望むからでしょう？　そうにちがいないと、私は思います。だが私の反抗は、暗黒とのもみ合いにすぎません。」（『両地書』の第二十四信）と記し、彼自身は「人道主義と個人主義という二つの思想の起伏消長」の間にある、と自らの思想状況を語っている。

このような魯迅にとっては、「絶望」ですらが「虚妄」であった。あたかも「希望」が「虚妄」であるように。彼は指針のない中で、ただ歩み続けるしかなかったのである。『彷徨』の題辞に使われた『離騒』の一節――「路は漫々としてそれ修遠なり、われ将に上下して求め索ねんとす。」には、暗夜に彷徨する旅人魯迅の想いが端的に表明されている。

四　自覚なき実存

日本でドイツ語のエクシステンツ（existentia）に「実存」という訳語をつけたのは、西谷啓治訳で刊行されたシェリング著『人間の自由の本質』（一九二七年）が最初だといわれている。その後、九鬼周造がハイデッガー『存在と時間』の解説（一九三三年）に「実存」という言葉を使っているが、それらはいずれも「現実存在」を約めた用語である。しかし、実存主義哲学がそれらによって普遍化されたわけではなく、この思想が広く世界に普及したのは第二次世界大戦後のことであり、「実存主義」は、一九三六年に亡くなった魯迅には、無縁の哲学用語であった。(5)

だが、哲学はそれが哲学者によって体系化され、学術用語として定着した後で、初めてこの世に姿を現わすわけではない。人は生きていく上で、あらゆる事態に対して選択を迫られ、生き方について考え、新しい価値を創造していく。既定のコンパスを持たず、むしろ持つことに疑いを持つ人にとっては、自由はそれだけ大きな空間を許容することになる。

ただし、自由は選択の幅を広くする代償として、選択の責任と苦悩を必然的に招来する。サルトルによれば、人間は初めから出来上がっているのではなく、「自分の道徳を選びながら自分を作って行くもの」であり、そのため「何の拠りどころもなく何の助けもなく、刻々に人間を造り出すという刑罰に処せられている」のであり、「自由の刑に処せられている」ことになる。[6] 自由には責任と苦悩、不安、孤独がともなうのである。

「彷徨」にいたるまでの魯迅の生き方は、魯迅自身が述べているように、「暗黒」と「虚無」だけを「実在」と認め、「暗黒ともみあうだけ」であった。彼の思想は自分でも「暗すぎる」と記しているように、出口を見出せない暗さに閉ざされていた。しかし、それでも休むことはできず、前に向かって「歩くしかない」、行く先がたとえ墓場であっても「行くしかない」というのが彼の生き方であった。その生き方はまさしく、「自由の刑に処せ」られた実存主義者のそれであった。では、魯迅は何を拠り所として「暗黒」ともみあったのであろうか？　西欧の実存主義者が主張するほどすべてから自由であったのであろうか？　何の基準も持たないままに、自らを未来に向かって投企しようとしたのであろうか？　むろん、そうではない。

魯迅が生きた時代の中国には、今日では想像もできないほど深刻な社会問題とそれにともなう不幸が日常的に興起していた。人間として生きる最低の条件すら保障されない人々が夥しく存在していた。魯迅はそのことに心を痛め、そうした現実を変えるために何をすればよいのかを真剣に求め続けていた。

その結果、彼にできることは、文筆を通じて人々の精神に働きかけるということであった。青年時代から体験した数多くの挫折によって、彼は中国人の「国民性」と彼が考えるものにほとんど絶望していた。阿Qの「精神的勝利法」を国民性の中に見た彼は、そうした奴隷性を破摧することなしに、中国の再生はあり得ないと確信していた。彼が見た「実存」は、そこから抜け出さなければならない「現実存在」である。先に私が「啓蒙者魯迅」と呼んだ魯迅の文筆活動は、すべてがそうした国民性の改造に向けて凝集された営為である。

だが、彼のためにあらかじめ設置された羅針盤はなく、彼は既成の「現実存在」すべてに懐疑した。その結果、そこから生まれる不安と孤独が彼を絶望させるのであったが、しかし、「絶望」に逃避することは許されない。「絶望は虚妄だ、希望がそうであるように」。

魯迅が「吶喊」から「彷徨」にいたる過程については、「子どもの情景」を通じてすでに見てきた通りであるが、ではその後の魯迅の道行きを、私たちはどう理解すればよいのか？　瞿秋白によれば、魯迅は「進化論から、最終的に階級論へと到達し、進取的に解放をかちとる個性主義から戦闘的に世界を改造する手段主義に進んだ」のであって、最後はマルクス主義に到達したという結論となり、この論に与する意見は今も少なくない。けれども、魯迅自身は自らをマルクス主義者と称したことは一度もなく、それどころか『資本論』を読んだことさえないという[7]。

「革命文学論争」以後、彼は多くのマルクス主義文芸理論の書を読み、それらを中国語に翻訳しながら、自称マルクス主義者以上に関係文献から学んでいた。けれども、文芸論や文芸政策に関しては、当時のソヴィエト共産党内部でさえ見解の相違があり、それに対して魯迅は独自の読みを示している。(8) このような魯迅の態度は、やはりきわめて実存主義的であり、それは西欧哲学史上で体系化された実存主義の文脈とは無関係の、「自覚なき実存」とでも呼ぶしかない魯迅の思考形態である。

注釈

序説　魯迅（一八八一－一九三六）小伝

（1）幼名は樟樹、もとの字を豫山といい、いずれも祖父によって命名されたものであるが、後に改名した。本名とされる樹人は、江南水師学堂への入学に際して、学堂の教師をしていた叔祖の椒生が命名したものである。当時、中国知識人の間では新式学堂への入学をはばかる風潮があり、そのため、学堂への入学者はわざわざ改名したという。また、字の豫山は発音が「雨傘」に似ているため、友達からからかわれるのをいやがった魯迅が、祖父に頼んで豫才とつけ替えてもらった（周啓明「名字与別号」『魯迅的青年時代』）。なお、字とは呼び名のことであって、旧中国では本名以外に字をもつのが普通であり、他人が誰かに呼びかける時、一般には字を使用した。本名は父母が子供を呼ぶときのように、目上の者が目下の者に向かって呼ぶときにしか使用できなかったのである。

（2）『魯迅筆名印譜』（栄宝斎、一九七六年）では百四十二の筆名と、「記者」等や団体の名で使用された十四の名称、あわせて百五十六を記録する。

（3）汪暉「魯迅研究的歴史批判」（『文学評論』一九八八年第六期）

第一章 「読書人」への訣別

（1）「会集諸侯，計功行賞」の意。「計」は「稽」。

（2）紹興師爺については『魯迅筆下的紹興風情』（一九八五年、浙江教育出版社）に詳細な解説があり、「覆盆橋の周氏一族だけでも、十人ばかりが紹興師爺になっている」という。同書の邦訳には木山英雄氏による『魯迅の紹興―江南古城の風俗誌』（岩波書店、一九九〇年）がある。

（3）魯迅「著者自叙伝略」『集外集』

（4）房兆楹『関於周福清的資料』（《魯迅研究資料》七、原載は台湾《大陸雑誌》一九五七年十二月）や姚錫佩『坎坷的仕途―魯迅祖父周福清史料補略』（《魯迅研究資料》七）、『有関魯迅祖父周福清科場案的若干史料』（天津人民出版社『魯迅生平史料彙編』第一輯）等によって明らかにされた事実の経過は次のようであった：一八九三年、江蘇で郷試が実施された時、魯迅の祖父周福清は、彼と同年に進士となった殷如璋《いんじょしょう》が試験官であったため、銀一万両を贈って知人五名と息子（魯迅の父）の合格を依頼しようとした。しかし、その手紙を届けた使いの者の失敗から事が露見し、試験場にいた息子が摘発される結果となった。魯迅の父はそのため「秀才」の称号も剥奪され、生涯にわたって科挙を受験することも不可能となった。祖父自身も斬監候に処せられ、以後七年間にわたる牢獄生活を送ることとなる。しかも、その直後に魯迅の父は肺結核と水腫を患い、漢方医によるほとんど効果のない治療を繰り返したあげくに死亡した。それ以前にも祖父は官職を買うために金銭を費やしていたが、事件後は死刑を免れるために周家はさらなる出費を強いられた。この時の一家の苦痛はしばしば魯迅の作品にも描かれているけれども、事の真相については、魯迅は最後まで記さなかったし、周作人も事件が不名誉な形で父に及んだことについては、一切ふれなかった。この時代に、この事件が彼らに与えた衝撃の深さは、今では想像を絶するものであったろう。魯迅が科挙の県試に合格しながらもきっぱりと「読書人」社会に背を向けたこととも無関係ではないと考えられる。

(5) 周啓明『魯迅的青年時代 一〇 往南京』

(6) 臨終で父の意識がなくなりつつある時、衍太太から何度も父に呼びかけるよう督促され、魯迅はその通りにしたが、それは後から思えば、「父に対する最大の誤り」だったようだ、と魯迅は記している(魯迅『父の病気』)。しかし、『知堂回想録』(周作人)によれば、父に呼びかけるようにいったのは衍太太ではなく、乳母の阿長であった。従って、魯迅は事実を書き換えているのであるが、それは「衍太太」という人物によって、旧社会の影の部分を象徴するための虚構であると考えられる。いっぽう、阿長はそうした社会の無知で善良な庶民として、魯迅は自分の作品中で描いている。あたかも魯迅の自伝のように描かれている『朝花夕拾』にはしばしばそのような仮構が設定されている。

(7) アロー号事件(第二次アヘン戦争)によって、英仏連合軍が北京に迫った時、その危険を避けるため、咸豊帝は一八六〇年九月二十二日に円明園を離れて熱河離宮に向かった。その前日、和平交渉のための欽差大臣に任命された皇弟恭親王は、北京付近に留まって連合軍との交渉にあたった。こうした交渉の間に恭親王の下には対外交渉機構が形成され、それが総理各国事務衙門の原型となる。(この間のいきさつについては、坂野正高氏の「総理衙門の設立過程」(東京大学出版会『近代中国研究』)を初めとする一連の研究業績を参照した。)
富国強兵を目的とする洋務運動は、学校とともに兵器工場(安慶、蘇洲、上海)や機械工場(江南製造局)、造船所、火薬工場(天津)を建設し、炭鉱の開発(基隆、湖北、開平)をも行なって自国資源の開発に着手した。電話線の開設(大沽・天津間)、電報局の設置(天津)も列強に迫られつつ実施した。八十年代には毛織物工場(蘭州織呢廠)、上海機器織布局など繊維関係の軽工業が端緒についた。八七年には天津に鉄道会社が設けられ、その翌年には唐山・天津間に汽車が開通した。貴州に鉱務公商局が設置されたのも、こうした洋務自強策の結果であった。

(8) 周作人によれば、「水師学堂にはもと駕駛、管輪および魚雷の三班があって、椒生は管輪堂の監督として、およそ前後十年間にわたって在職していた。周氏の子弟には彼の関係でその学堂へ入った者が全部で四人いた。(中略)そのころの学校は開設されたばかりで、世間ではバカにされており、水師、陸師の学生はいっそう軽蔑されて、兵隊になるのとあまりかわりがないとみなされていた。そのため、読書人は本名を名乗って出る値うちがないと思い、適当に改名して間に合わせていた。」という(周遐寿『魯迅的故家　第一分　五四　椒生』)。

(9) 姚錫佩「魯迅去南京求学前後的若干史実」(天津人民出版社『魯迅研究資料』)では、この前後の経過を次のように考証する:

一八九八年十月二十六日(戊戌九月十二日)　鉱路学堂に転じて、合格。
　十一、十二月の間(戊戌十月)　南京を離れ紹興へ帰郷
　十二月十八日(戊戌十一月六日)　一族の叔父たちに科挙の県試を受験させられる。

　十二月二十日(戊戌十一月八日)　四弟が病死、葬儀をとり行なう。

一八九九年一月五日(戊戌十一月二十四日)　紹興を離れ南京に戻る。

　一月九日(戊戌十一月二十八日)　県試成績発表、一三七番で合格。

　一月十三日(戊戌十二月二日)　科挙の府試始まる。一族の勧めにより、母親が替え玉を探し、魯迅の名を騙って受験させる。

一月二十八日（戊戌十二月十七日）　家に手紙を寄せ、時間割表を附す。
二月四日　（戊戌十二月二十四日）府試成績発表、三三〇番で合格。
二月二十一日（己亥一月十二日）　鉱路学堂開学、学習が始まる。
十一月七日　（己亥十月五日）　科挙の院試実施、魯迅は参加せず。

姚錫佩は、以上の事実から、県試受験が魯迅の本意ではなかったと結論する。ただし、「一族の叔父たちに科挙の県試を受験させられる（被本家叔輩拉去参加科挙的県考）」とあるのは、姚錫佩の推定であろう。「本家叔輩」は、魯迅といっしょに県試を受けた周椒生の二人の息子を指すと考えられる。

(10) 鉱路学堂的功課重在開鉱、以鉄路為輔（周啓明『魯迅的青年時代　一〇　往南京』）。日本留学時代の初期、ようやく日本語が読めるようになったころに、魯迅は『中国地質略論』や『中国鉱産志』を翻訳、出版した。翻訳とはいっても、「ほとんどは改作」（一九三四年七月十七日、楊霽雲あて書簡）であって、そこには当時の魯迅が目指していた種族革命の論さえ盛り込まれている。

(11) 康有為の上書はそれまで五回にわたって繰り返されていた。戊戌の年（一八九八年）、第六回目の上書が光緒帝の命によって提出されたのは、日清戦争の敗北によって、従来の洋務政策では西欧列強に対応できないことが、ようやく誰の目にも明らかになったからである。

(12) 小野川秀美『清末政治思想研究』（みすず書房、一九六九年）

(13) 惟公羊詳素王改制之義，故春秋之伝在公羊也。（康有為『春秋董氏学』「自序」）

第二章　苦渋の選択――仙台医専

(1) 『周作人日記（影印本）』上冊（一九九六年十二月、大象出版社）「壬寅　西暦千九百二年三月初九日」の項に

は「傍晩接大哥二月卅日自東京来信云於二十六日抵横浜現住市麴町中平河町四丁目三橋旅館不日進成城学校」と記す。ただし、この年の旧暦二月には三十日がないので、これは周作人または魯迅の記述ミスであり、作人は『魯迅小説裏的人物』では「傍晩接大哥二月底自東京来信……」と訂正する。日記中の「三月二十六日」は新暦の四月四日に相当する。

（2）本文は一九八四年六月、赤坂の外交史料館で関係文献を検索していた時、他の魯迅関係史料とともに発見したもので、原寸大のカラー写真各二部を高橋写真に依頼して撮影し、一部は当時、魯迅博物館の館長を務めておられた李何林先生にお送りした。ただしその後、『魯迅、周作人の対日観と文学』（一九九七年『未名』第十五号）と題する拙文に収録するまで公にすることはなかった。その間、北岡正子氏が留学時代の魯迅に関する大量の史料を発掘して『中国文芸研究会々報』に連載され、本史料も拙文発表以前に北岡氏が公表されている。（原文の文面については写真参照）

拝啓陳者本大臣茲准南洋杳派礦務畢業學
生六名來東研究礦學該生等均係初到未諳
貴國語言文字擬先入
宏文學堂肄業俟其通曉語言文字後再行送入
別校相應開列名單送請
貴大臣査照即希
費神轉送入學肄習是爲至荷專泐奉懇順頌
日祉

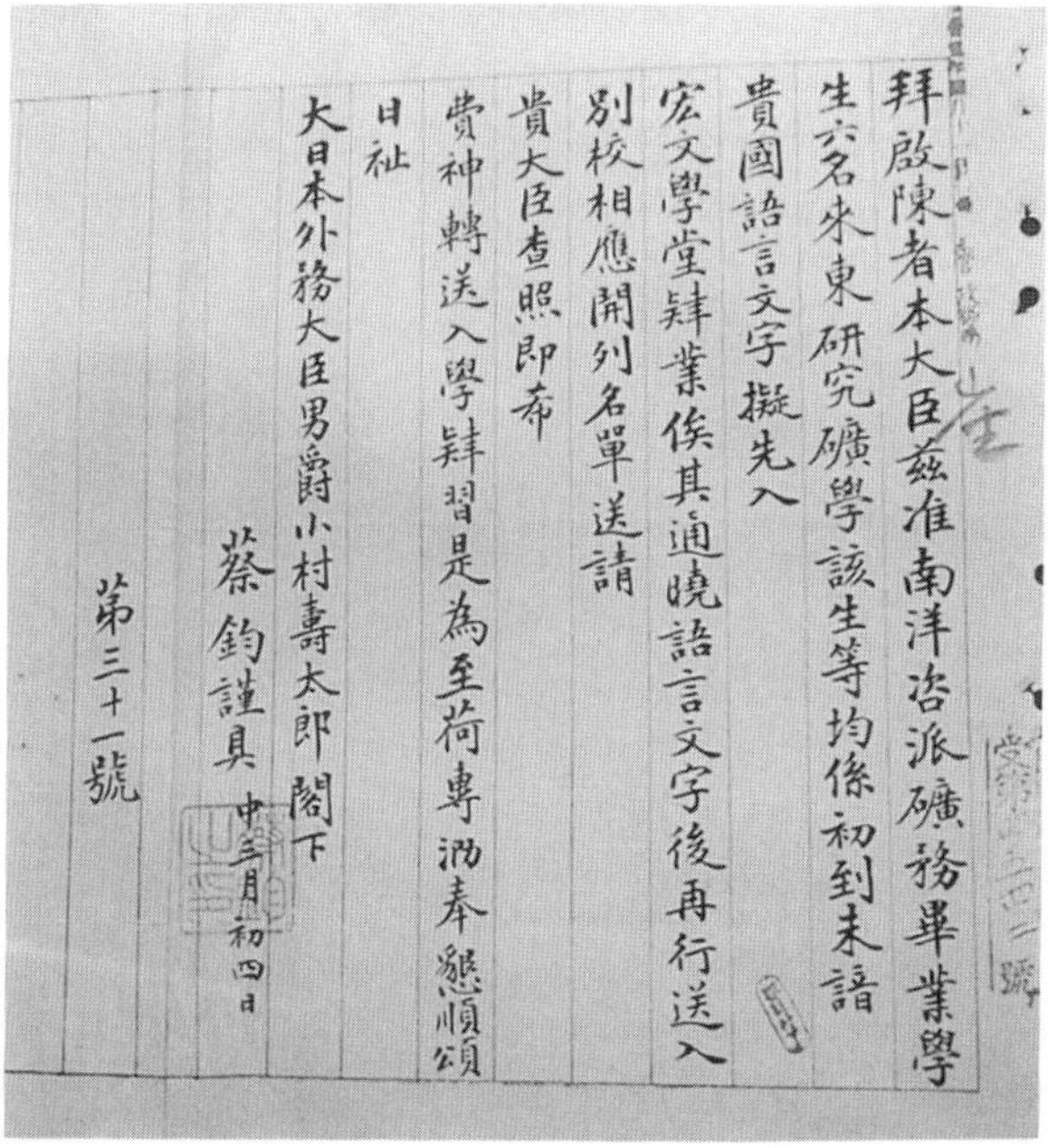

拜啟陳者本大臣茲准南洋咨派礦務畢業學
生六名來東研究礦學該生等均係初到未諳
貴國語言文字擬先入
宏文學堂肄業俟其通曉語言文字後再行送入
別校相應開列名單送請
貴大臣查照即希
貴神轉送入學肄習是為至荷專泐奉懇順頌
日祉
大日本外務大臣男爵小村壽太郎閣下
蔡鈞謹具 十二月初四日
第三十一號

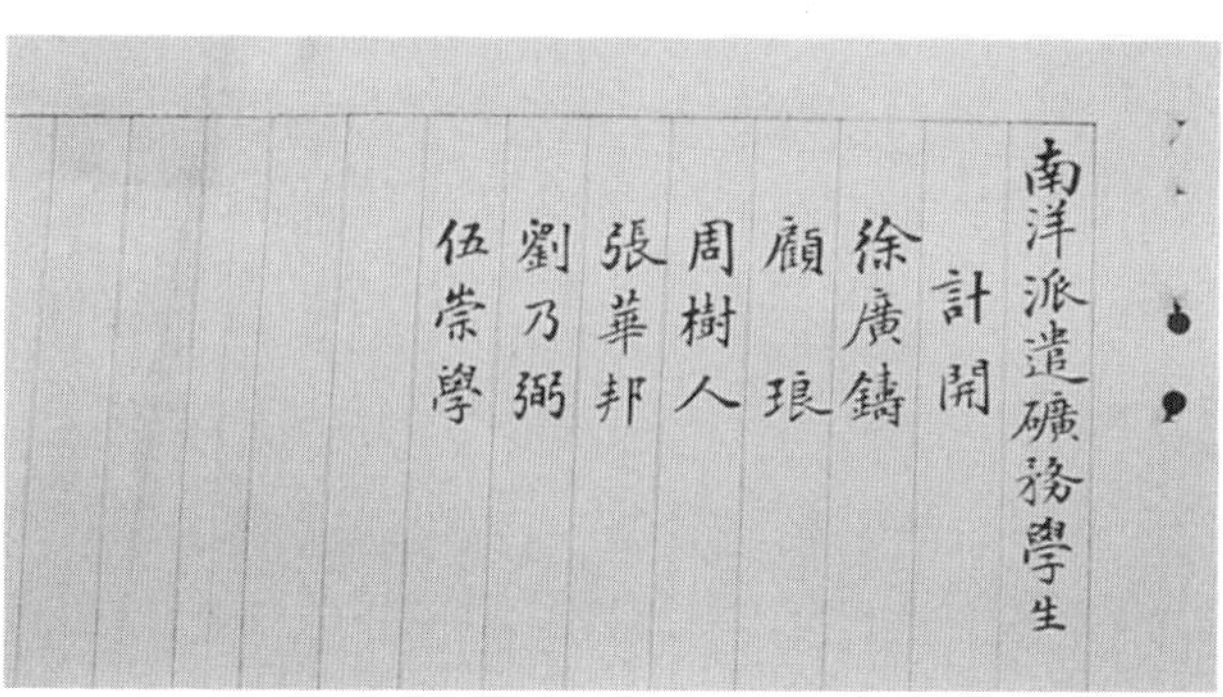

南洋派遣礦務學生
計開
徐廣鑄
顧琅
周樹人
張華邦
劉乃弼
伍崇學

清国公使の外務大臣あて公文書

大日本外務大臣男爵小村壽太郎閣下

蔡鈞謹具　中三月初四日

第三十一號

南洋派遣鑛務學生

計　開

徐廣鑄

顧　琅

周樹人

張華邦

劉乃弼

伍崇學

（3）張華邦は「張邦華」の誤り。房兆楹輯『清末民初洋學學生題名録初輯』では「張邦華」。

（4）横山健堂『嘉納先生傳』（昭和十六年、講道館発行）p. 158。なお、同書 pp. 170〜171 には漢文で記された「學院沿革概要」が、「明治三十九年十月末日調査の宏文學院一覧」から転記されており、横山の文面もおおむねそれに準拠している。

（5）一八九六年から一九〇五年までは李喜所『近代中国的留学生』（一九八七年、人民出版社）に基づいた数字であり、それ以後は『中国近代教育史史料匯編』（一九九一年、上海教育出版社）による。なお、李喜所『近代中国的留学生』では、一九〇六年を一万二千人、一九〇七年を一万人、一九〇九年を三千人と記録する。

（6）馮自由「章太炎与支那亡国紀念会」『革命逸史』初集、同「壬寅支那亡国紀念会」『中華民国開国前革命史』

第十四章。馮自由は当事者の一人であり、神楽坂警察署にも章太炎らとともに出頭していた。

(7) 馮自由の「康門十三太保与革命党」(『革命逸史』第二集)によれば、一八九九年の晩春ないしは初夏のころ、犬養毅は早稲田の私邸に孫文と陳少白、梁啓超、宮崎寅蔵、栢原文太郎ら数人を招き、革命派と維新派とが連合して国事にあたるよう斡旋したという。この時、梁は孫文の言説に対して「異常に傾倒」し、両者のまみえる機会が遅かったことを大いに慨嘆した、と記している。この後、両派の交流は盛んとなり、「孫康合作之声浪」が東京・横浜の間には轟いた。ただし、この動きは康有為を激怒させ、その結果、梁啓超はホノルルへ赴いて保皇会の仕事につくよう厳命された。この間の事情は、同じ馮自由の『中華民国開国前革命史』にも記されていて、そのいずれにも梁啓超がこの年「至香港」とあるが、この部分は誤りである。

(8) 一九一〇年十二月二十一日付の許寿裳あて書簡。原文は「我輩之擠加納于清風、責三矢于牛入、亦復如此」。文中の「加納」と「牛入」は、それぞれ「嘉納」と「牛込」の誤りである。

(9) 「記留学日本弘文学院全班生与院長交渉事」(『浙江潮』第三期)では、退学者の人数を「五十二人」と記すが、細野浩二「境界の上の魯迅」(一九七六年、朝日『アジアレビュー』冬季号)で引く「宏文学院沿革」明治三十六年三月の項では「四十八人」となっている。どちらの場合も、実力行使に出たのは「官費留学生」のみであったことになる。なお、この事件に関する記事には江蘇省出身の留学生が主体となって発行していた『江蘇』第一期にも「弘文学院学生退校善後始末記」がある。同年四月十日—二十八日の『蘇報』にも関連する記事が掲載されている。

(10) 許寿裳「剪辮」(『亡友魯迅印象記』)。なお、「辮髪切り」は、清朝では間男に対する私刑であった。

(11) 『革命軍』について、小野信爾氏の「『革命軍』解説」(一九六八年、筑摩叢書『辛亥革命の思想』)では次のように記している。「大同書局が版を重ねただけでなく、香港でもシンガポールでも、東京でも、あいついで印刷・発行された。章の「康有為を駁して革命を論ずるの書」と併せて出版されたり、『揚州十日記』と合刊されたりもした。後者は百万部をこえたとも称され、『革命軍』は清末の革命宣伝書籍中のベストセラー（?）となったのである。」
(12) 馮自由「壬寅支那亡国紀年会」『中華民国開国前革命史』
(13) 公開組織であった軍国民教育会は一九〇三年七月五日に改革意見書が提出されて以後、秘密結社となり、その性格を大きく変えたという（中村哲夫『同盟の時代―中国同盟会の成立過程の研究―』一九九二年、人文書院）。なお、中村氏は七月以前を前期、以後を後期と呼んで区分する。
(14) 沈瓞民「記光復会二三事」『辛亥革命回憶録』第四集（一九六三年、中華書局）
(15) 同右
(16) 中村忠行『晩清に於ける虚無党小説』（一九七三年三月、『天理大学学報』第八十五輯）
(17) 許寿裳「『浙江潮』撰文」（『亡友魯迅印象記』）。
(18) 『仙台における魯迅の記録』（一九七八年、平凡社）によれば、魯迅の「入学願」は明治三十七(一九〇四)年六月一日付で提出されている。

第三章　科学救国の夢（上）

(1) 引用は角川書店『近代文学評論大系』第一巻による。
(2) 前記電文及び「機密第十五号」については『日本外交文書』第三十一巻第一冊を参照した。
(3) 山田敬三「漢訳『佳人之奇遇』の周辺―中国政治小説研究札記―」（一九八二年、神戸大学文学部《紀要》第九号）

（4）『周作人日記』（一九九六年十二月、大象出版社）

（5）上海から日本へは別な船に乗って来日したことが、近年、北岡正子氏の調査（『魯迅　日本という異文化の中で』関西大学出版部、二〇〇一年）によって明らかになった。

（6）朱羲冑『春覚斎著述記』巻一によれば、林訳小説は『茶花女遺事』（一九〇一年）から『黒太子南征録』（一九〇九年）までのあしかけ九年間に五十一種が出版されており、周作人の記録した数字をそのままに受け取るならば、魯迅らはほぼその半数を買い込んでいる。

（7）山田敬三「『新中国未来記』をめぐって―梁啓超における革命と変革の論理」（狭間直樹編『共同研究・梁啓超』一九九九年、みすず書房）

（8）『月界旅行』の原題は"*De la Terre à la Lune*"（一八六五）。「日本井上勤訳本」によったと記されているが、著者の国名を「美国培倫《ペルン》」と誤る。井上勤訳本の誤りをそのまま踏襲した。
『十五小豪傑』の原題は"*Deux ans de vacances*"（二年間の休暇）。底本となったのは森田思軒訳『十五少年』（明治二十九年三～八月、「少年中国」に連載、同年十二月博文館刊）である。梁啓超主宰の半月刊「新民叢報」第二号（光緒二十八年十月二十五日発行）から連載が始まった。

『海底旅行』の原題は"*Vingt mille Lieues sous les mers*"（一八六九～一八七〇）。南海盧藉東訳意・東越紅渓生潤文『泰西最新科学小説・海底旅行』と題して『新小説』に連載された。そこでは「英国蕭魯士《ジュルス》原著」と記されていて、著者の国名を誤る。

（9）一九八一年『新苑』第三期。

（10）一九一〇年、魯迅は紹興府中学堂で学園騒動に巻き込まれた時、許寿裳にあてた手紙の中で、「故郷すでに雪降り、……風雨　磐の如し」という、この詩の語句とまったく同じ用語を使用している。

(11) 山田敬三「魯迅旧詩『自題小像』考」(一九七四年、九州大学『中国文学論集』第四号)。第三句の「荃」は『離騒』の「荃不察余之中情兮」を典故として用いられた語であり、王逸注が「荃香草以諭君也」というように君主を指す言葉であるが、中国では「人民」の意に解することが多い。許寿裳の解では「同胞」である。当時の君主、すなわち光緒帝と解したのは小川環樹先生のご教示による。当時、中国の知識人には、改革に失敗して幽閉された光緒帝に対する同情があり、それは革命派の人士にも共通していたからである。この詩の調子に軽い諧謔のモチーフがはたらいていることも、そのように解釈できる根拠である。晩年の魯迅旧詩でも、作者がいちじるしく韻律を無視する時には、常に「打油」の性格を帯びるという傾向がある。

第四章　科学救国の夢(下)

(1) 日本で最初に紹介されたヴィクトル・ユゴーの作品は、明治十七年七月から十二月にかけて、『自由新聞』に連載された坂崎紫瀾訳『佛國革命修羅の衢』だと考えられる。

(2) 明治二十五年一月の『自由新聞』に「哀史の片鱗」と題するユゴーの作品が無名氏によって紹介されている。藤井省三氏は『魯迅全集』(学研版)第十二巻の訳注で、「題名を『哀塵』と意訳したのは、『哀史』の塵(一断片)という意味を籠めようとしたためであろう。」と記す。

(3) 山田敬三『魯迅の世界』(大修館書店、一九七七年、一九九一年改版)pp. 60-65。なお、『中国地質略論』に使用されている地図は、明治三十六年五月一日発行の雑誌『太陽』(博文館)第九巻第五号に掲載された肝付兼行『東洋之煤源』に基づく、という指摘が中島長文氏によってなされている。(一九九八年十二月『飈風』第三十四号)

(4) 『北極探険記』について、魯迅は一九三四年五月十五日の揚霽雲あて書簡で次のように記している。「当時は

『北極探険記』も訳しました。叙事には文語、会話には口語を用い、蔣観雲先生から商務印書館へ紹介してもらいましたが、採用されなかっただけではなく、訳し方がでたらめだといって、編集者からこっぴどく罵られました。」

(5) ヴェルヌの作品は、フランスではまず"Le Temps"や"Journal des Débats"といった大人向けの新聞や雑誌に連載された。日本での出版物には平仮名によるルビは施されていたが、当初の読者層は成人であった。

(6) この一覧表は国立国会図書館編『明治・大正・昭和翻訳文学目録』(一九八四年二月、風間書房)に記載された作品名を川戸道昭・榊原貴教編『ヴェルヌ集Ⅰ』(一九九六年、大空社『明治翻訳文学全集《新聞雑誌編》』)と柳田泉『明治初期翻訳文学の研究』(一九九六年 第二刷、春秋社)、富田仁『ジュール・ヴェルヌと日本』(一九八四年二月、花林書房)等によって補正した。

(7) 注(6)の柳田泉『明治初期翻訳文学の研究』p. 477

(8) 杉本淑彦『文明の帝国』(一九九五年七月、山川出版社)p. 7

(9) 注(6)の柳田泉『明治初期翻訳文学の研究』p. 184

(10) 第四回では火薬の発明者について「有説是上古時支那人発明的」という原文にない字句を挿入する。数字に関する部分の誤りも多いが、これは今回、筆者が底本とした人民文学出版社『魯迅訳文集』所収『月界旅行』の誤りなのか、魯迅の翻訳上のミスなのかは断定できない(誤植の可能性も否定できない)。最初、原作のアメリカ「南北戦争」を「独立戦争」と誤訳したのは、井上勤の底本にそうなっていたからである。

(11) 魯迅の『月界旅行』は井上勤訳『月世界旅行』の二回分をほぼ一回にまとめているのであるが、それぞれが厳密に対応しているわけではない。たとえば、井上本の第三回冒頭部を、魯迅訳本では第二回の文末に移行したり、第十六~十八回を一括して第七回にまとめるような改編を行なっている。また、井上本で宇宙の生成と月に関する学説を詳細に記述した第五回、人類がこれまで蓄積してきた月に関する知識の集大成を記録する第六回や、ロケットの発射地点をフロリダに設定するまでの経過を検討した第十一回を魯迅本では省略してしまった。それらの繁雑な内容が中国の読者層の関心を引きつけることができないと判断したのであろう。それらの部分をヴェルヌの原作と対比した場合、井上本でもかなりの省略を行なっているのであるが、魯迅の省略はそれに輪をかけた形になっている。その反面、原作や井上本にない陶淵明の詩句を挿入したり、論語の語句を引用するなど、中国人向けの工夫を随所に加えている。「その措辞が無味で、我が国の人々に適しないものは、少々削ったり書き改めたりした」(『月界旅行』「弁言」)という所以である。

(12) 筆者未見。文末の［附記］参照。

(13) 三木・高須共訳の『地底旅行』は、題名通りの「地底旅行」を描いた小説以外に、自然現象全般にわたる科学的知識を網羅した理科教科書のような部分を含んでいる。

(14) 全部で四十五章からなるヴェルヌの『地底旅行』を、三木・高須訳本では十七回に改編、魯迅はそれを十四回に編み直した。『月界旅行』と同じく、加筆や削除もあるが、章回全体の省略はない。ただし、全般にわたっての省略が多く、三木・高須訳本のセンテンスが長く、外国人にとって読みづらい擬古文の文体であるために、誤訳も多い。アクセルとグラウベンの恋愛感情に関係する描写はすべて削除している。また、第九回で、底本にない「勝天説」についての論を百字以上にわたって挿入するのは、『天演論』(厳復によるハックスレー『進化と倫理』の翻訳)からの影響である。ただし、高田淳「厳復と西欧思想」によれば、「厳復はスペンサーの<任天説>を紹介するために、ハックスレーの<勝天の説>を批判しつつハックスレーの書を翻訳するという不思議なこと」を行なっている(東京大学文学部中国文学研究室編『近代中国の思想と文学』一九六七年、大安)。

(15)『月世界旅行』の最もすぐれた英訳本は、一九七八年に発行された『詳注ジュール・ヴェルヌ月世界旅行』だといわれており、「入手可能なもののなかで、もっとも質が高いのは、ジャクリーン／ロバート・ボールディックの訳による一九七〇年版」だといわれている (Newton Classics、グレゴリー・フィーリー『月世界旅行・解説』)。それ以前の英訳本には信頼できるものがないという。井上らが準拠した訳本が原作者の国籍さえ正確に記していなかった、という一事からもそのことは類推できよう。

(16)『詳注版月世界旅行』(ちくま文庫) pp. 15–16

(17) 魯迅致楊霽雲 (一九三四年五月十五日)

(18) 評論集『熱風』所収の「随感録・六十一」や「随感録・六十六」、短篇小説「故郷」等参照。

(19) 魯迅致楊霽雲 (一九三四年五月六日)「那時還有一本『月界旅行』，也是我所編訳，以三十元出售，改了別人的名字了。」

(20) 人民文学出版社『魯迅訳文集』の「第一巻説明」(一九五八年十二月)

［附記1］『月世界旅行』の底本について

井上勤は、彼が準拠した底本がシカゴの出版社から発行されたものであると記しているが、現在、筆者が所在を確認できたのはニューヨークならびにロンドン出版の次の英訳本のみである。ただし、これらの訳本についてウオルター・ジェームス・ミラーは『詳注版月世界旅行』の「序　ジュール・ヴェルヌの多面の世界」で次のように批判している。「ところが英語圏では、『月世界旅行』はヴェルヌの他の作品同様、無惨に傷つけられ、勝手に手を入れられてしまってすでに久しいのである。……英国の牧師ルーイス・ペイジ・マーシャとそのアシスタント、エレナー・E・キングによるもので、縮約版のやっつけ仕事である。彼の犯した大量の原文削除の結果、ヴェルヌの科学、性格造形、ユーモア、そして社会的、政治的メッセージが骨抜きにされている。この「翻訳」はイギリスとアメリカで刊行された。」

（1） *From the earth to the moon: direct in ninety-seven hours and twenty minutes: and a trip round it*/by Jules Verne; translated from French by Louis Mercier, and Eleanor E. King New York: Scribner, Armstrong, 1874

（2） *From the earth to the moon, direct in 97 hours 20 minutes*/by Jules Verne; translated from the French by Louis Mercier and Eleanor E. King London: Sampson Low, Marston,

（3） *From the earth to the moon, and a trip round the moon*/by Jules Verne. New York: A. L. Burt, [18--?].］

ヴェルヌの原作に代わる者として、筆者が使用したのは、原作に最も忠実な英訳といわれているW・J・ミラーの訳本を底本とした高山宏訳『詳注版月世界旅行』（ちくま文庫）であり、これと井上勤訳『月世界旅行』（明治十九年九月、三木佐助出版）及び魯迅訳『月界旅行』（一九五八年十二月、人民文学出版社『魯迅訳文集』第一巻）を対照した。井上勤の訳本は成城大学図書館の蔵書を借覧した。貴重な本をお見せ下さった成城大学図書館に対し、この場を借りてお礼申し上げたい。

［附記2］『地底旅行』の底本について

三木愛花・高須墨浦合訳『地底旅行』については梅花女子大学図書館蔵の第三版（明治二十一年四月、九春堂）を借覧した。同図書館に対してもこの場を借りてお礼申し上げたい。なお、三木らが準拠した英訳本は不詳。魯迅訳については『月界旅行』同様、『魯迅訳文集』第一巻によった。

第五章　朱安との結婚

（1）紹興城内山陰県丁家弄（現在の丁向弄）の出身。実家は読書人の家筋で父の名は朱耀庭。裘士雄氏（前紹興魯迅紀念館長）によれば、朱安の姪にあたる朱積城氏は生年を一九七八年だと同氏に答えているが、周作人の長男である周豊一氏は、一九八六年一月七日附の同氏宛書翰で「関於朱安生肖，我確記系兎年，推算之，則応是光緒五年己卯年，即一八七九年了。」と記している。他にも一九八〇年説がある。

（2）段国超「魯迅与朱安」（北京出版社『中国現代文学研究叢刊』一九八三年第三輯）→『魯迅家世』（教育科学出版社）

（3）兪芳『我記憶中的魯迅先生』（浙江人民出版社、一九八一年）p. 143

（4）現代中国語では新郎新婦を意味する場合もあるが、ここでは進歩的思想を持った人を指す。

（5）「西三条胡同住屋」（許寿裳『亡友魯迅印象記』、人民文学出版社、一九五三年）

（6）内山「我認識魯迅的経過」（楊一鳴『文壇史料』、大連書店、一九四四年）

（7）注（2）に同じ。

（8）余一卒「朱安女士」（一九八四年『魯迅研究資料』一三）。馬蹄疾「在無愛中死去的朱安」（『魯迅生活中的女性』、知識出版社、一九九六年）等、その後、中国で発行された書物でも同様の叙述がなされている。原書に記された事実を歪曲したり、歪曲された叙述の誤りを確認することなく、踏襲しているのである。

（9）関西中国女性史研究会編『中国女性史入門』（二〇〇五年、人文書院）p. 28

（10）王鶴照口述・周芾棠整理「回憶魯迅先生」（上海文芸出版社『中国現代文芸資料叢刊』第一輯、一九六二年）→周芾棠「魯迅故家老工友憶魯迅」『故郷人士論魯迅』（浙江文芸出版社、一九九六年）

(11)『新青年』第六巻第一号、一九一九年一月十五日発行。
(12)『新青年』第四巻第五号(一九一八年五月十五日)所収。署名は唐俟。
(13)「屈原和魯迅」(許寿裳『亡友魯迅印象記』、人民文学出版社、一九五三年)
(14)「口語詩八首」は雑誌『新青年』第二巻第六号(一九一七年二月)に発表された。『嘗試集』はそうした作品をまとめた詩集である。
(15)注(5)に同じ。
(16)魯迅「阿長与『山海経』」(『朝華夕拾』)
(17)周作人「仁房的大概」(『魯迅的故家』)
(18)周作人「阿長的結局(一)」『魯迅的故家』
(19)以下、「周作人日記」からの引用文は、馬蹄疾の調査結果を周作人手稿の大象社版「周作人日記」影印本及び『魯迅研究資料』所収の『周作人日記』によって検証したものである。
(20)周建人口述・周曄編写「値得紀念的大樹港」『魯迅故家的敗落』(湖南人民出版社、一九八四年)。周作人『魯迅的故家』ではこの他に藍太太の家の茹媽とその娘の毛姑を記載しているが、周建人の名はない。
(21)馬蹄疾『魯迅生活中的女性』(知識出版社、一九九六年)p. 72
(22)「文定」の語源は『詩経』「大雅・大明」の第三章「文定厥祥」に附された鄭箋及びそれをふまえた朱子の新解であろう。
(23)「文定」の時期が一九〇二年四月以降であれば、両家の婚約は魯迅の日本留学中ということになる。
(24)「魯家姑娘嫁到周家」(注20、p. 49)
(25)『魯迅生平資料匯編』第一輯 p. 107(一九八一年、天津人民出版社)。ただし、典拠は明らかにされていない。

(26) 同右
(27) 「要改変国民的精神」(注20、p. 242)
(28) 「朱安」『魯迅生平資料匯編』第一輯(一九六一年、天津人民出版社)p. 107
(29) 「断髪之相」(癸卯三月十二日)、「断髪小照」(同十九日)
(30) 「我們不是烏大菱穀」(注20)
(31) 一九二四年五月一日に国立北京女子師範大学と改称。その前身は一九〇八年創立の京師女子師範学堂で、一九一二年に北京女子高等師範学校と改称され、一九一九年に国立北京女子師範学校となった。
(32) 『両地書』第一集第一信
(33) 一九二六年三月十八日、日本の軍事介入に反対する北京の学生運動が段祺瑞政権によって弾圧された事件。
(34) 魯迅と許広平の結婚について、朱安は「早くからわかっていた」といい、その理由として「二人が一緒に出発した」ことを述べている(兪芳『我記憶中的魯迅先生』浙江人民出版社、一九八一年、p. 142)
(35) 執筆時期は一九二六年十月と考えられている。ただし『魯迅日記』二七年四月三日では「作《眉間赤》訖」と記されているので、発表前にもう一度加筆したのであろう。「赤」と「尺」は中国語では同音である。少年の名前は、典拠となっている『列異伝』では「赤鼻」、『捜神記』では「赤」となっており、それらとの関係で、最初の題名を「眉間赤」と記したのかも知れないが、より直接的には、赤鼻の顧頡剛を小説の中で諷刺する意図があった。
(36) 『両地書』第一一二信参照。
(37) 北方の軍閥を平らげ、統一国家を建設して中華民国を名実ともに近代国家とするため、中国国民党と中国共産党が共同して軍事行動を起こした「国民革命」を意味する。

(38)駒木泉「もう一人の許広平」(『季刊中国』六十七号)がこの間の許の思いを的確に分析している。
(39)唐弢「《帝城十日》解―関於許広平《魯迅手迹話蔵書的経過》的一点補充」(『新文学史料』一九八〇年第三期)
(40)許広平『遭難前後』(邦訳は安藤彦太郎『暗い夜の記録』岩波新書)参照
(41)注(39)に同じ
(42)『帝城十日』(一九四四年十一月、《万象》第四年第五期、署名は晦庵)注(40)による
(43)一九七八年、私が北京の魯迅故居を訪れたとき、魯迅の書斎兼寝室であった「老虎尾巴」や母親の居室には明確な表示板がついていたが、明らかに朱安の部屋と思える所には説明の標識が無かった。現在は朱安の部屋であったことが明示されている。
(44)竹内好『魯迅』(一九四八年、世界評論社 p. 42)→『魯迅入門』(一九九六年、講談社)p. 36
(45)檜山久雄『魯迅の最初の妻朱安のこと』(『古田教授退官記念・中国文学語学論集』東方書店、一九八五年)その他

第六章　清末の留学生

(1)弘文学院は、来日した清国留学生に日本語及び普通科(一般教養)の授業を行ない、彼らが日本の大学や高等学校、専門学校へ進学するための補修をする予備校的な性格をもった学校であり、嘉納治五郎が院長を務めていた。この時期、中国側では清朝皇帝の諱(本名)を避けて「弘」の字を改め、「宏文学院」と称した。本引用文は外務省外交史料館所蔵の史料によるが、浄書前の草稿と思われる。毛筆で記された手書きの書体には不鮮明な部分があり、解読に際しては山室信一氏(京都大学人文科学研究所)のご教示を得た。なお、これに先だって、清国公使蔡鈞による外務大臣小村寿太郎あての公文書が明治三十五年四月十一日附で政務

局に受理されており、そこには鉱務学堂卒業生六名を、日本語学習のため宏文学堂（政務局文書でいう弘文学院―筆者注）でいったん受入れ、日本語習得後に改めてしかるべき「別校」に入学させるよう依頼している。本書第二章注（2）参照。

（2）台湾で発行された『清末民初洋学学生題名録初輯』の「日本留学中国学生題名録」では、「周樹人」の項で、字を豫才、年齢は二十一、籍貫（本籍）は浙江会稽、着京年月を光緒二十八年三月、費別を南洋官費、学校及科目は弘文学院普通科と記載する。

（3）竹内好『魯迅』（一九四一年）。引用は『竹内好全集』第一巻（一九八〇年九月、筑摩書房）による。

（4）半沢正二郎「先生の晩年」『魯迅・藤野先生・仙台』（昭和四十一年十月、日中出版）

（5）『仙台における魯迅の記録』（一九七八年二月、平凡社）p. 104

（6）たとえば、郭沫若の『行路難』、郁達夫の『沈淪』や『懺余独白』等で作者たちは日本留学期に受けた民族的差別による屈折した思いを述べている。

（7）周作人が「非人間の文学」として例示するのは次の十種である。

（一）色情狂的な淫書の類

（二）迷信的な鬼神書の類（『封神伝』、『西遊記』等）

（三）神仙書の類（『緑野仙蹤』等）

（四）妖怪書の類（『聊斎志異』、『子不語』等）

（五）奴隷書の類（甲種の主題は皇帝、状元、宰相。乙種の主題は神聖な父および夫）

（六）強盗書の類（『水滸伝』、『七俠五義』『施公案』等）

（七）才子佳人書の類（『三笑姻縁』等）

（八）下等な諧謔書の類（『笑林広記』等）
（九）暴露書の類
（十）以上各種の思想の和合結晶である旧劇

（8）拙著『魯迅の世界』（一九九一年七月、大修館書店）

（9）この時、北京で発行されていた『順天時報』が、馮玉祥の溥儀追放に反対するキャンペーンを展開したため、周作人はそれに抗議する文章を立て続けに発表したのである。『順天時報』は、一九〇一年一〇月に中国人の手で創刊された華字紙ではあるが、早くも一九〇五年には日本の外務省による資金援助を受け、実際には、中国で日本政府の見解を代弁する新聞になっていた。従って、『順天時報』の論調は、日本政府にとって都合の悪い馮玉祥の行為を批判するものとなり、それは中華民国の先行きを憂える周作人の思いとは相いれない見解を掲載していた。このころ、周作人が発表した「排日平議」や「再び『順天時報』」といった文章には、この新聞に対する彼の反感があらわに表明されている。なお、溥儀追放問題と同紙に関する周作人の反応については伊藤徳也「民族主義ふたたび―周作人の排日と「溥儀出宮」事件―」（『東洋文化』七十二）に詳細な論考がある。

（10）周作人と日本の耽美派作家とは、多くの点で異なった考え方をもっていたが、しかし、彼らの超俗的な姿勢に対して、特に一九二〇年代以降の周作人は、理解と共感を表明している。このことについては、木山英雄『北京苦住庵記―日中戦争時代の周作人』（一九七八年、筑摩書房）、劉岸偉『東洋人の悲哀』（一九九一年、河出書房新社）、趙京華「周作人と永井荷風・谷崎潤一郎」（『中国研究月報』一九九六年五月号）等がさまざまな角度から論じている。

（11）周作人の「支那民族性」は週刊『語絲』第八十八期（一九二六年七月十九日発行）に豈という署名で「我們

的閑話二四」として発表され、『談虎集』収録の時点で「支那民族性」と改題された。それに対して、魯迅の「馬上支日記（二）」は、七月二日附になっているが、発表は一週間後の『語絲』第八十九期である。

（12）周作人をめぐるこの間の事情については、当時、毎日新聞社の中国特派員を勤めていた益井康一氏の『漢奸裁判史1946-1948』（一九七七年四月、みすず書房）を参照した。

（13）「中国的思想問題」は、知堂の名で一九四三年一月の『中和月刊』第一巻第四期に掲載され、後日『薬堂雑文』に収録された。この問題については、当時、興亜院華北連絡部・在北京日本大使館調査官を務めておられた志智嘉九郎氏からご教示を受けた。氏は周作人の怒りを鎮めるため、日本から派遣された豊島与志雄につきそって、調停の仕事にあたられた関係で、一般には必ずしも知られていない事実関係や、当時の北京文壇の実状に通じておられるため、一九九三年九月二五日、張欣さん（東京大学大学院生）及び藤井省三氏（東京大学教授）とともに、神戸のご自宅を訪れていろいろお教えいただいた。また、後日改めて私の主宰していた研究会にもお招きして詳しいお話をうかがう機会があった。

第七章　魯迅の孫文観

（1）魯迅「這是這麼一個意思」（一九二五年三月三十一日）

（2）孫文の行程については『孫中山年譜』（一九八〇年七月、中華書局）によった。

（3）宋慶齢「広州脱険」（一九九二年、人民出版社『宋慶齢選集』上巻 p. 16）

（4）呉相湘「国立中山大学現況（影印本）前言」、中山大学「中山大学招生簡介一九七九」等。また、『両地書』第二集に収められた許広平の書信にもこの間の事情が記されている。

（5）記録された講演原稿は一千字あまりあるため、『魯迅全集』の注では日記の「一分間」を「十分間」の誤りではないかと記している。

(6) 中山大学中文系現代文学組「関於《読書与革命》的一点説明」(『中山大学学報』哲学社会科学版一九九七年第二期)、文叙編『魯迅全集補遺三編』「編後説明」(一九七八年七月、天地図書有限公司)。後者は前者によっていると思われる。また、傅国涌編『魯迅的声音:魯迅講演全集』(二〇〇七年八月、珠海出版社)でも次のような「編者附識」を附して収録。「鲁迅先生能够在百忙之中抽点时间来指导我们广东的青年，我们是何等的荣幸!《读书与革命》是中山大学开学鲁迅先生的一篇演说词，由林霖同志笔记，鲁迅先生又亲自校阅过。另外我要报告一个好消息给大家听:鲁迅先生以后有空闲的时间他很欢喜来指导我们。」

(7) 魯迅『太平歌訣』(一九二八年四月十日、『三閑集』所収)。

第八章　留日学生と左翼作家連盟

(1) 一九二七年夏、国共合作が瓦解したのち、武漢政府を退出した共産党員が南昌に集結し、武装蜂起を行なって革命委員会を組織したが短期間で敗北した。

(2) 陽翰笙「中国左翼作家連盟成立的経過」(『文学評論』一九八〇年第二期)。ただし、引用は『左連回憶録』上(中国社会科学出版社)によった。後者には加筆された部分がある。

(3) 鄭伯奇「創造社後期的文学活動」(『中国現代文芸資料叢刊』第二輯)

(4) 注(2)に同じ。以下、陽翰笙の証言は特にことわらない限り該文による。

(5) 太陽社は一九二七年冬、上海で蒋光慈、銭杏邨(阿英)等を発起人として結成された文学結社。そのメンバーのほとんどが中共党員であった。初期には革命文学の源流をめぐって第三期創造社との間に論争を行なった。

(6) 注(2)に同じ。

（7）注（2）に同じ。

（8）「文化工作委員会」の設置時期については、委員の一人であった呉黎平が「長念文苑戦旗紅─我対左翼文化運動的点滴回憶」（『左連回憶録』上）の中で、「一九二九年後半に成立した」と記している。陳修良『潘漢年非凡的一生』（一九八九年八月、上海社会科学院出版社 p. 8）では「一九二八年在中宣部下成立文化工作委員会」と記すが、誤りであろう。ちなみに史先民編著『中国社会科学家聯盟資料選編』（一九八六年三月、中国展望出版社 p. 1）でも「中共中央宣伝部於一九二九年秋、成立了文化工作委員会」と記す。

（9）夏衍「〝左連〟成立前後」（『文学評論』一九八〇年第二期）。ただし、引用は『左連回憶録』上（中国社会科学出版社）によった。

（10）注（8）の呉黎平「長念文苑戦旗紅」に同じ。

（11）ナップ（全日本無産者芸術連盟）は一九二八年に創立、機関誌『戦旗』、後に『ナップ』を発行、日本プロレタリア文学の最盛期を形成したが、一九三一年、全日本プロレタリア文化連盟に合流して解消した。

（12）注（9）に同じ。

（13）「党団書記」の人名は、関係者の間でも証言が一致しない。ここでは注（2）で引用した陽翰笙の記録によったが、同じ筆者による『文学評論』の回想文には丁玲の名前が記録されていない。

（14）結成大会の模様を最も早く伝えたのは、一九三〇年三月発行の『拓荒者』第一巻第三号だが、当時の政治的事情等によりその内容はかならずしも正確ではない。その後、丁景唐らの綿密な考証により細かい事実も明らかにされつつある。ここでは、〝左連〟成立会址恢復辦公室編『中国三十年代文学研究』（一九八九年九月、上海社会科学出版社）を参考にした。

（15）「上海新文学運動者底討論会」（一九三〇年三月一日『萌芽月刊』第一巻第三期）

(16) 上海師範学院図書館資料組「中国左翼作家連盟盟員考録」(『中国現代文芸資料叢刊』第五集)ならびに盧正言「中国左翼作家連盟盟員続録」(〃左連〃成立会址恢復辦公室編『中国三十年代文学研究』)による。

第九章　胡風と徐懋庸

(1) 胡風『胡風回憶録』(一九九三年、人民文学出版社)

(2) この部分の胡風の経歴に関しては注(1)による。この本はもと『新文学史料』一九八四年第一期〜一九九〇年第三期に掲載された『胡風回憶録』に加筆した文章である。本書には南雲智監訳の『胡風回想録』(一九九七年、論創社)があり、詳細な注釈を施している。拙論の執筆に際しても参照した。

(3) 高津葵子は方翰の知人高津正道の夫人で、胡風は彼女から日本語を学んだ。

(4) 訳名は『洋鬼』(湖北人民出版社『胡風全集』第八巻所収)

(5) 賈植芳「片断的回憶」(『新文学史料』一九八七年第四期)、楼適夷「記胡風」(『新文学史料』一九八七年第四期)

(6) 胡風は東京大学に市河三喜を訪ねたり、早稲田大学で岡沢秀虎に会ったりしたが、いずれにも入学できなかったため、清華大学の同級生だった高琦に頼んで北京大学教授銭稲蓀から慶応大学教授橋本増吉への紹介状をもらい、橋本から英文科教授畑功を紹介されて英文科に在籍を許可された。ただ、このような形で入学したことについては、忸怩たる思いがあったらしく、半月後、友人の朱企霞にあてた手紙では、生活の便宜上やむなくとった「弱者の方法」だと自嘲している(『胡風全集』第九巻 p. 687)

(7) 新興文化研究会に先立って一九二九年から活動していた中国社会科学研究会東京分会は、胡風らの『新興文化』が「文総東京支部」を名乗ったことに対して反発し、彼らの機関誌『科学』上で、胡風らがブランキー主義を宣伝するトロツキストの組織であると攻撃した。爾後に展開された論争は中国留学生内部でのヘゲモニー争いの観を呈し、後に「極東汎太平洋反戦大会」の準備で来日した楼適夷が調停に入るまで争いが続いた。

(8) 『魯迅日記』一九三六年一月十七日に「上午得張光人信」と記載された手紙であり、『胡風全集』第九巻に収録されている。魯迅からの返信はなかった。

(9) 中央特科は、党指導部が江西中央ソヴィエト区へ移転した後、党中央を代表して上海の国民党統治区の革命運動を指導した機関。

(10) 馮雪峰「有関一九三六年周揚等人的行動以及魯迅提出〝民族革命戦争的大衆文学〟口号的経過」(人民文学出版社『新文学史料』一九七九年二月第二輯)

(11) 胡風は徐懋庸がこの時期に左連宣伝部長に就任したことや、魯迅との連絡にあたったことを否定し、胡風が左連から離れた後は、魯迅と左連の関係は断絶したと述べている(「関于〝左連〟及与魯迅関係的若干回憶」『胡風全集』第七巻)。しかし、胡に代わって徐懋庸が左連と魯迅との連絡役にあたったという『徐懋庸回想録』の記述は事実だと考えられる。

(12) 蕭三「我為〝左連〟在国外作了些什麼?」(人民文学出版社『新文学史料』一九八〇年二月第一期)。ここには、王明の命令によって蕭三が、「左連」解散の指示を上海の党組織に出す経過が詳しく述べられている。

(13) 徐懋庸『徐懋庸回憶録』(一九八二年、人民文学出版社)。

(14) 本論中に引用したように、左連の解散問題に関しては、茅盾や鄧潔が魯迅に説得を試みたという証言も残されているが、徐懋庸はそれとは別に周揚の直接の代理役を務めたと考えられる。

(15) 『徐懋庸回憶録』p. 90

第十章　古典研究者魯迅（上）

（1）『漢書』「芸文志」では孔子の言として引用する。
（2）魯迅「不是信」（『華蓋集続編』所収）
（3）魯迅『両地書』第二集。
（4）福建師範大学中文系（福建人民出版社、一九八〇年三月）
（5）魯迅「五猖会」「従三味書屋到百草園」（いずれも『朝花夕拾』所収）、周啓明「魯迅読古書」（『魯迅的青年時代』所収）等。
（6）周作人「関於魯迅之二」（『瓜豆集』所収）
（7）魯迅「破悪声論」（一九〇八年）
（8）林辰「関於〈古小説鉤沈〉的輯録年代」（『人民文学』一九五〇年十二月号）、「魯迅〈古小説鉤沈〉的輯録年代及所収各書作者」（『光明日報』一九五六年十月二十一日）
（9）『玉函山房輯佚書』は『風俗通義』からの一條を欠く。
（10）逸文輯録数は百五十二條と数えられる。
（11）一九一〇年十一月十五日（新暦）附許寿裳あて書簡。

第十一章　古典研究者魯迅（中）

（1）『魯迅全集』（二〇〇五年、人民文学出版社）第十巻「関於汪輯本〈謝承後漢書〉」
（2）同右「謝沈〈後漢書〉序」

（3）『魯迅日記』一九一三年十月一日の項に「午後往図書館尋王佐昌還『易林』，借『嵇康集』一冊，是明呉匏庵叢書堂写本。」また同月十五日の項では「夜以叢書堂本『嵇康集』校『全三国文』，摘出佳字，将於暇日写之。」とある。
（4）『広林』以下三編の序文執筆時は未詳。ただし『魯迅全集』第十巻の注釈によれば、『志林』以下五編の稿本は一冊に合訂され、書写の体裁、筆跡、用紙は同じで、同一時期に記録されたものと推定されている。
（5）周作人「関於魯迅」一九三六年十月二十四日。
（6）「第一分　五十三　抄書」
（7）『四明叢書』第七集、一九四〇年刊。
（8）周遐寿『魯迅的故家』「第一分　椒生」。また魯迅『吶喊』「自序」。
（9）『嵇康集』そのものは最初の『魯迅全集』（一九三八年刊）に収録された。『俟堂専文雑集』は北京の文物出版社から一九六〇年に六百郡出版された（王観泉『魯迅与美術』上海人民美術出版社、一九七九年、p. 4）。
（10）魯迅研究室編『魯迅研究資料』第三巻（一九七九年、文物出版社）。
（11）「第四分　五　抄碎的目的」「六　抄碑的方法」。
（12）『両地書』第二集（一九二七年）、『廈門通信（三）』（同上）、一九三四年三月六日附の姚克あて書簡。

第十二章　古典研究者魯迅（下）

（1）孫瑛『魯迅在教育部』（天津人民出版社、一九七九年）p. 13
（2）『魯迅日記』一九二六年八月十二日の項には「得小峰信並食物四種、『小説旧聞鈔』二十本、『沈鐘』十本。」と記す。

(3) 伊藤虎丸「創造杜小史」(アジア出版『創造社研究』解題、一九七九年十月)
(4) 兪芳『我記憶中的魯迅先生』(浙江人民出版社、一九八一年十月) p. 142
(5) 廈門大学とは二年間の契約だった(『魯迅全集』第十一巻 p. 119 注〔1〕)(許広平『魯迅回憶録』「廈門和広州」)
(6) 『許広平憶魯迅』(広東人民出版社、一九七九年四月) p. 635
(7) 『両地書』一一三信。
(8) 呉柏湘「国立中山大学現況(影印本)前言」、中山大学「中山大学招生簡介一九七九」等。
(9) 『魯迅全集』第十一巻、p. 277 注〔2〕。
(10) 一九二六年十一月七日附許広平あて書簡。『両地書』第六十九信とは一部表現が異なる。
(11) 合作の話は魯迅の上海到着後にいったんは具体化した。
(12) 『魯迅年譜(増訂本)』(一九八〇年、人民文学出版社)第二巻 p. 431
(13) 魯迅書信二七〇二二五。
(14) 魯迅書信二七〇六一二。
(15) 魯迅書信二七〇七〇七には「昨作了一点『游仙窟』序」とあるので、あるいは七月六日の作であるかも知れない。
(16) 未見。『魯迅全集』第七巻 p. 331 の注による。
(17) 欧陽山「光明的探索」(『人民文学』一九七九年第二期)
(18) 『姚源』第四巻第三号(一九四九年六月、吉昌社)
(19) 「自伝」(一九三四年春、外国の翻訳者の要請にこたえて執筆されたもので、生前には未発表。いま、全集第

八巻に収録）

第十三章　小説家魯迅

（1）出典は『孟子』「梁恵王章句（下）」の「簞食壺漿（たんしこしょう）以て王師を迎ふ」

（2）山田敬三「中国近代文学の展開——雑誌「新小説」を中心に」（日本現代中国学会『現代中国』第五十一号、一九七六年八月）。なお該文は校正ミスのため『新小説』を『新青年』と誤まっている。

（3）山田敬三「『小説月報』の「革新」と「半革新」」（東方書店『中国文学語学論集』一九八五年七月）

（4）現代中国語への置換文作成は徐萍さん（北京日本学研究中心研究生）による。

（5）このことについては李長之が『魯迅批判』の中ですでに指摘している。

（6）『論語』「先進第十一」

（7）竹内好『魯迅入門』（一九九六年四月、講談社文庫）

（8）魯迅『故事新編』「序言」

（9）本文第十二章参照。

（10）魯迅の山上正義あて書翰

第十四章　詩人と啓蒙者のはざま

（1）第一句の「謁霊」は、一九三一年十二月、国民党四期一中全会に参加した中央委員が、全員で孫文の陵墓に参拝したことを言う。第二句の「装正経」は、まじめなふりをすること。南京派と広州派の妥協が一応成立したので、国民党の領袖であった孫文の中山陵に参拝し、一見しおらしい行動をとったことを諷刺している。

第三句で「十分鐘」というのは、当時の習慣では黙禱は三分間であったが、魯迅は彼らの「まじめぶり」を誇張して揶揄したのである。この詩は「好東西の歌」や「公民科の歌」、「『言詞争執』の歌」等とともに、「満洲事変」前後の国民党内紛や反動的政策を諷刺している。同時期に作られた無題の詩（大江日夜）や「湘霊歌」と同じ趣旨の作品である。

（2）一九三二年十一月二十二日、北京大学第二院での講演。同年十二月十七日の天津『電影與文学』創刊号に掲載された。

第十五章　自覚なき実存

（1）当時、ロンドンに亡命中だった孫文は清国公使館によって逮捕・監禁され、その被難記は翌年、“*Kidnapped in London*”と題して刊行された。

（2）解志熙『生的執著—存在主義与中国現代文学』（一九九九年、人民文学出版社）によれば、一九三四年十二月に出版された『清華周刊』の「現代思潮特輯」で「存在主義」（日本語では「実存主義」）に関する紹介がなされている（筆者未見）。ただし、それによって実存主義哲学が中国文化界で定着したわけではない。

（3）本書の第九章で言及した「徐懋庸に答え、併せて抗日統一戦線の問題について」（一九三六年八月）

（4）『過客』以外にも『故事新編』に収録された『起死』がある。

（5）九鬼周造『ハイデッガーの哲学』（一九三三年「岩波講座・哲学」）

（6）サルトル『実存主義とは何か』（一九五五年、人文書院）

（7）魯迅は一九三三年十一月十五日附の姚克あて書翰で、『資本論』には「目を通したことがないばかりか、手にしたことすらありません。」と記している。

（8）　この間の事情については、『火を盗むもの——魯迅とマルクス主義文芸——』（旧著『魯迅の世界』）で詳しく論じたことがある。

跋

――この書を亡き妻典子に捧げる

三十年ほど前、『魯迅の世界』を今回と同じ大修館書店から出版した時、魯迅の思考形態には、実存主義的な傾向があるのではないか、と記した。最初にそれを言い出したのは、そのころ、魯迅を一緒に読んでいた妻だった。一九六〇年代の半ばである。

第二次世界大戦後、一世を風靡した実存主義哲学もマルクス主義陣営やキリスト者、さらには構造主義理論の批判に包囲され、すでに下火となっていたころだったが、それでもまだ余燼はくすぶっていて、世間ではあいかわらず危険視されていた。

当初、私自身は実存主義の中身をよく理解しないままに、むしろ魯迅に実存主義的思考があるという妻の見方には容易に同意せず、そんなはずはあるまいと勝手に思いこんでいたのである。だが、十数名の仲間と共に続けていた「魯迅を読む会」で、引き続きその作品を読む中で、やはり魯迅を既成の思想的枠組みにはめ込んで理解することは、とうていできないという想いが強くなり、その時になって初めて私自身は実存哲学への関心を温めるようになった。

だが、その頃、魯迅に実存主義的思考のあることを日本で説く人は絶無であった。本国の中国ではむろん、それはタブーであった。というよりも、「実存哲学」そのものが中国の社会では容認されなかった。魯迅もマルキシストでなければならなかったのである。

ただし、日本では第二次世界大戦の中で書かれた竹内好の『魯迅』が、「他物を支えにしない」とい意味で魯迅を「文学者」と規定し、彼は「一生変わらなかった」と評定していた。竹内のいう「文学者」を「実存主義者」に置換すれば、彼の直感的な読みは、ほぼ的を射ているといってよい。

むろん、本書の中で述べたように、魯迅は「実存哲学」を知らず、西欧哲学でいう「実存主義」とは無縁の人である。その青年時代、ニーチェに耽溺したことはあるが、それは彼独特の虚無主義受容であって、本来のニーチェイズムとは矛盾する中身さえ含有していた。

にもかかわらず、虚心に魯迅作品を読めば、彼に「実存主義的思考」のあることは、歴然とした事実である。文学や思想はそれが文学者や哲学者によって体系化され、命名された時になってから、初めて文学や思想に形作られるのではない。魯迅の文学と思想は魯迅自身によって形成されたものである。魯迅の場合は、それが結果として「実存主義的」であったに過ぎない。

私の素人判断では、中国の哲学界は一九九〇年代に入って「実存哲学」への関心が急速に深まったように見え、サルトルを初めとする実存主義者の作品が数多く翻訳されている。そして昨年、それらの成果を全面的に吸収した魯迅の研究書が、若手の魯迅研究者によって発表された。彭小燕（汕頭大学）による『存在主義視野下的魯迅』（北京大学出版社、二〇〇七年十一月）である。

この書は彼女の学位請求論文であり、著者に同書の研究テーマを採用するよう示唆したのは、その指導教員であった王富仁である。論文審査の主査は元魯迅博物館館長王徳後。該書は解志熙の『生的執著―存在主義与中国現代文学』（一九九九年、人民文学出版社）や王乾坤『魯迅的生命哲学』（一九九九年、人民文学出版社）、汪暉『反抗絶望』（二〇〇〇年、河北教育出版社）等、魯迅を「実存主義的な視野」でとらえようとした先行研究をふまえるとともに、それまで著者が従事してきたトルストイ研究などへの比較文学的な研究成果を下敷きにしている。私の旧著（韓貞全訳『魯迅世界』一九八三年、山東人民文学出版社）も幾分かは参考にしていただいたようだ。

中国での魯迅研究は、本書の「序説」でもふれたように、一九八〇年代に入って新しい展開を見せるようになった。そして、一九八一年には「魯迅与《と》存在主義」を標題とする論文が季刊雑誌『外国文学研究』に掲載され、そこではサルトルの思考と魯迅のそれにきわめて近似したもののあることが早くも指摘されている。しかし、ここではまだ実存主義的思考をそれ自体として評価することはできず、それまでの思想的くびきを脱するにはさらに十年の歳月が必要であった。

日本での魯迅研究は、魯迅の読者が減少する一方、研究者レベルではますます細密化し、部分的な読み込みの深くなる傾向が強い。その良し悪しは別として、若い世代による新たな研究方法の探索が必要になっているように感じられる。

拙著は、旧著からほぼ三十年の間隔を置いてまとめた雑論集であるが、それにもかかわらず、魯迅に対する読みは旧著と代わり映えのする内容ではない。方法論的にも新規の展開があったわけではない。ただ、旧著の部分的な誤りの幾つかは訂正しているので、旧著の再々版が望めない今、そのことをここでは若干補足しておきたい。

㈠　旧著『魯迅の世界』では、「中国同盟会」をすべて「中国革命同盟会」と表記している。あながち間違いではないが、これは今日ではやはり前者でなければならない。

㈡　魯迅の旧詩「自題小像」に対する読みを大きく変更した。許広平に対し、魯迅がこの詩について言及していたことが明らかになったからである。

㈢　旧著では人名の一部に誤ったルビを振っている。はずかしい間違いであるが、それがこの度では訂正している。

㈣　「第七章　魯迅の孫文観」については、史実の誤りに関する記述を補正した。この部分にはすでに誤りを含んだまま中国語訳がなされており、それがインターネット上でも公開されているので、今回、補筆・訂正したことをお断りしておきたい。

本書は、旧著の出版後に書いた魯迅関係の文章に加筆したものであるが、原載雑誌などについては記述を省略する。専門的な立場で検討を必要とされる方があれば、私の古稀に際して刊行していただいた『南腔北調論集―中国文化の伝統と現代』(二〇〇七年、東方書店)所収の「学術活動の記録」をご参照いただきたい。なお、叙述の必要から、内容的には旧著といくらか重なる部分が生じた。旧著と併せてお読み下さる方には、あらかじめご海容をお願いしたい。

拙文の冒頭にも記したように、魯迅に見られる実存主義的な思考方法について最初に示唆を与えてくれたのは亡き妻典子である。彼女は一九九二年、赤十字へ献血した際、C型肝炎に感染していることが判明し、その後、この病に見られる典型的な経過をたどって肝硬変から肝癌に移行し、一昨年九月に肝細胞癌で永眠した。生前、本書の刊行を生きている間に見たい、という言い方で私の怠惰をたしなめてくれていたが、それには応えることができなかった。悔恨の思いを込めて、本書を亡き妻に捧げる。

二〇〇八年六月一日　山田敬三

[著者紹介]
山田敬三（やまだ けいぞう）
1937年，兵庫県に生まれる。京都大学大学院修了後，九州大学，神戸大学，福岡大学で教職に就いた後，北京日本学研究センター海外特別客座研究員を経て現在は北京大学教員として北京に滞在中。著編書に『魯迅の世界』（大修館書店），『十五年戦争と文学—日中近代文学の比較研究』（東方書店），『境外の文化—環太平洋圏の華人文学』（汲古書院）などがある。

魯迅《ろじん》　自覚《じかく》なき実存《じつぞん》

NDC924／xi, 406p／20cm

初版第1刷——2008年11月1日

著　者———山田敬三《やまだけいぞう》
発行者———鈴木一行
発行所———株式会社大修館書店
〒101-8466　東京都千代田区神田錦町3-24
電話03-3295-6231 販売部／03-3294-2352 編集部
振替00190-7-40504
[出版情報] http://www.taishukan.co.jp

装丁者———山崎　登
編集協力———中国文庫株式会社
印刷所———壮光舎印刷
製本所———三水舎

ISBN978-4-469-23252-3 Printed in Japan

魯迅の世界

山田敬三 著

四六判・三七六頁
本体 二、一三六円

大修館書店
定価＝本体＋税五％（二〇〇八年十月現在）